2023年中国作家协会重点作品扶持项目

大运河

上

李亮 —— 著

天津出版传媒集团
百花文艺出版社

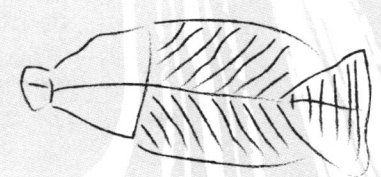

图书在版编目（CIP）数据

大洛河. 上 / 李亮著. -- 天津：百花文艺出版社，2023.8(2023.11重印)
ISBN 978-7-5306-8472-6

Ⅰ.①大… Ⅱ.①李… Ⅲ.①长篇小说-中国-当代 Ⅳ.①I247.5

中国国家版本馆 CIP 数据核字(2023)第 103221 号

大洛河（上下）
DA LUOHE(SHANG XIA)

李亮 著

出 版 人：薛印胜　　选题策划：汪惠仁
编辑统筹：徐福伟　　责任编辑：李　跃
美术编辑：郭亚红
出版发行：百花文艺出版社
地　址：天津市和平区西康路 35 号　　邮编：300051
电话传真：+86-22-23332651（发行部）
　　　　　+86-22-23332656（总编室）
　　　　　+86-22-23332478（邮购部）
网　址：http://www.baihuawenyi.com
印　刷：山东临沂新华印刷物流集团有限责任公司
开　本：900 毫米×1300 毫米　　1/32
字　数：540 千字
印　张：21.75
版　次：2023 年 8 月第 1 版
印　次：2023 年 11 月第 2 次印刷
定　价：98.00 元（全二册）

如有印装质量问题,请与山东临沂新华印刷物流集团有限责任公司联系调换
地　址：山东省临沂市高新技术产业开发区新华路 1 号
电　话：(0539)2925886　　邮编：276017

版权所有　　侵权必究

一

北方的春天是攀着藤索般的河流艰难地爬上来的。

当它从关中平原镂冰剪玉地出发时,北洛河上游的群山尚在沉睡。这些山一如毛发森森、首尾相接的灰褐色巨兽,或趴或卧地静默着,似乎只要有几声来自远古的咒语或呼喝,它们就会甩头摆尾地缓缓立起,继而迈开大步四向奔跑。

又或者,山和人一样,都在等待体内的经络被再次软化和接通,等待着一份永恒而无法安放的野性被春天所携带的湿润、柔软和芬芳再次招安。

每到这个时节,住在婆婆镇的人就能听到北洛河蛋青色冰层下传来的声响,这声响要么细远空灵直达人的天灵盖,要么闷声闷气吞吐着"唷——唷——"的声音,仿佛冰层下正潜过去一只灵兽。这奇妙的声响游离在两岸的红石峡谷中,不时会在河槽和岸边碰激出悠缓的回音。不几天,河面的厚冰就开始在暖阳中咔嚓嚓地裂开,禁闭了一冬的流水逐渐从裂缝间重新展露出来,柔柔地舔舐着泛青的冰层断面。

终于，大河在日渐欢朗的流水声中彻底解冻了。攀着这些软软的河流之绳，春天继续往中国更北更高的地方而去。

娑婆镇是北洛河上游的一个小镇。

这里交叠过古羌、犬戎、鬼方、白狄和匈奴的身影，也更替过历代戍边的将士。小镇居民语调独特，多夹杂汉字无法书写的音韵。走在这片土地上，随时会碰见头发卷曲、深目耸鼻的男子女人，当那些棕色的大花眼望向人时，眼神既有坚定安静的神气，又有一丝害羞或狡黠的意味。

娑婆镇人直接称北洛河为洛河，称两岸住户为"川面上的人"。人们不关心"娑婆镇"这个名字的出处，也不操心洛河从何而来要向哪儿去。他们只清楚这川地里的黄绵土能长最好的禾稼，也明白这川道上的米粮满仓年复一年诱惑着住在山岭上的人，诱惑着来来往往的贩夫走卒，也诱惑着往北或更往北那些漂泊不定的牧民。

年景稳的时候，娑婆镇几百户人家分居洛河东西山间，戴毡帽，穿羊皮袄褂、毡窝子鞋，种糜谷，饲羊子，狩猎砍柴，饮食习俗近古羌之风。但若一遇战乱，这里就成了兵戈铁骑、血肉横飞的战场，军士民众或以两岸石山上的军城、寨堡为据，或以石崖上的窨子为家，守得住者，战乱一平各自撤回，一旦失守，军民皆成刀下冤魂。

经年累月，娑婆镇周边红石崖上窟穴累累，如无珠之眼，似惊呼之口，妇女小儿过之一瞥，不敢久视。

为抚恤战死军民，娑婆镇南山和西山各有几处宋金两朝依山而凿的佛窟，题记"一尊伏愿，合寨安乐……父母利益，亡者升天……佛土同今……"佛窟内方柱接顶，红石浮雕如来观音、天王力士、罗汉弟子，造像敦实浑圆。窟顶藻井中则雕龙、雕兔、雕马、雕鸟雀，无不神态活脱，翎甲毛发细微可数。窟内四下石壁又多凿小千佛，皆闭目合十，若在嗡嗡梵唱。

佛窟也曾有僧尼，几经岁月，只在附近山坳留下几座高高低低的舍利塔，塔边荒草萋萋，杂木掩映，已难知僧众名号。

河岸边最宽广的台地正是集镇所在之地。客栈、木匠铺、铁匠铺、小炉匠铺、成衣铺、郎中铺、当铺、棺材铺，酒坊、油坊、粉坊、豆腐坊、纸坊相对熙然而立，中间拥出一条大路，平坦坦的，可并行两驾车马。通南达北的驼队脚户四季经过，叮叮咚咚的黄铜脖铃在此摇下来自八方的风尘和趣闻。

娑婆镇每年农历三月三、四月八和八月十五的庙会，上至三边关外，下至鄜州、洛川、韩城的人都来敬神还愿，互通有无。每遇会期，东边河滩的牲口市上人头攒攒，马嘶驴叫骡子尥蹶，牛哞狗吠仔猪乱跳，一派热气腾腾的繁闹景象。

庙会上最让本地人乐道的一是定边人打的驴油炉馍，二是从鄜州贩来的"五里香"火瓜，三是甘肃"庆源班"的披蟒青衣五喜子。驴油炉馍四季常有，"五里香"一年一见，卸了妆的五喜子娑婆镇还没有人真正见过。

在这三场大庙会上，敬玉皇、娘娘为的是家口平安、人丁兴旺，敬真武祖师多求斩妖除魔、祛病驱邪，敬三官大帝能赐福解厄、积德免难，敬关公财源旺盛、买卖顺心，敬文曲星君的家中定有读书儿郎。此外，山神土地、马王牛王、虫王八蜡也各有塑像神位，庄稼人多要给这几位上香，祈求五风十雨，庄稼牲灵平安无灾。

传咸丰年间，曾有一和尚在娑婆镇化缘，与人说自己从琉璃寺而来，到九华山去。娑婆镇有一老学究问琉璃寺何在，那和尚一指面前的洛河道："漫道中流细，迂回曲转肠。远山萦带回，古寺发源长。别派原名洛，归河却是黄。从兹放四海，有本始无疆。琉璃寺在白玉山中，乃此河源头也！"

老学究从此记得了这首诗偈，反复品咂，以知晓洛河源头与归流为荣，不时与人卖弄炫耀，炫耀归炫耀，没几个人能真正听懂。

七九鸭子八九雁，九九上来个火镰伴。

此刻，前晌的太阳正在浅滩激起粼粼银光，像许多银鱼汩汩噜噜地欢跃不止。

啾，啾，啾。一只早来的火镰伴鸟点头摇尾地在前街长满苔花的孝女牌坊上鸣叫。娑婆镇人都认得这种鸟，也很喜欢看见它们石板灰的头背和朱磦色胸尾。

此刻，在北方早春特有的一种雾灰迷蒙中，这只火镰伴如一团鲜丽的明火。

这座孝女牌坊修得庄严。挑檐巧悬置山顶，柱榫稳接石鼓座，左右竖雕"玉质冰心不亏从前奇女子，龙章凤篆如斯几个未亡人"，乃乾隆年间知县、训导、典史三位官员奉旨为本乡守寡四十八年的赫氏而立。

算起来，这牌坊在洛河畔并不古老，也不过上辈子的人事。

柔韧的春风中，娑婆镇周边的川台地刚被犁过。能看出农人和耕牛都是老手，那些犁过的田垄像是给学童在纸上打出的横格般，又直又匀。

朱四一身灰袍，背着行头又到娑婆镇出马。

朱四是个巫神。干他们这一行的，出门给人看病叫"出马"，看病的过程叫"行艺"。今年开春后，朱四已经出马五次了。

娑婆镇上的人请他是今年的第二次。

头一次是正月初七去给东山上的孙氏看病，说是妇人沾了邪，一入夜就衣不蔽体，胡言乱骂，且能于墙头上来回飞奔。朱四去后一番击鼓唱诵、禳改驱送，当晚孙氏就清明过来。

其实鬼神之事朱四也不甚明白，他只知道每当香案设起，冥冥中就有一股"气"从他顶门而入，继而操控他如提线人偶，说什么话，唱什么调，击什么鼓点都不由他——要问这个过程中朱四难受吗，难受也得受，师父说过，于世间行艺救人能积大福德，就为这句话，朱四心甘情愿。

朱四解下背着的羊皮大囊靠放在路边大槐树下，囊中一阵生铁环乱撞的锵啷声。去年才箍的这面青草板羊皮鼓真是绝了,鼓面清透,敲起来声音又大又响,似乎光是这样拿着都能给他平添几分威仪。

多年行艺,他已打坏七面这样的鼓。

西山宗家的保川子过了洛河上的柳椽桥,急急提着棉袍一角上了土坡,一眼就看到了槐树下的朱巫神。

"哎呀,朱师傅!久等!"保川子粗眉扬起,声音亮得轰起一群麻雀。他冲朱四作揖,恭敬柔软的笑与须髯满颊的脸组成惊险之美。

"客气了,宗家掌柜!我也才到!"朱四利落地站起,也抱抱拳。

"那咱就走?您嘱咐的香楛黄纸、黑驴蹄子和百家面昨日就已备下。"

"好,走。"

朱四提起大囊往背上一抢,铁环又是一阵冷水激热油般的响。

宗家人明朝永乐年间便居于婆婆镇,祖上曾出武举,到保川子这一辈,传下一套铁连枷和十二式打法,这铁连枷舞弄起来颇似陕北农人用木连枷打场,只是多了抢、扫、缠、撩和舞花,需配合步法方能缠绕自如。传名将狄青在此地与匈奴打仗时,将士多用此冲敌阵、破兵甲。

宗家到这一辈育有三子,保川子、连顺子、安来子。

保川子力大,自小习练,坡后一棵百年老枣树的树干硬是被他用铁连枷打穿。连顺子耿直,喜欢尖枪,靠着哥哥触类旁通的指导操练着。自父母病故后,保川子就理所当然成了宗家掌柜,他与连顺子农事之余倒腾药材和皮张绒毛买卖,在婆婆镇颇有威名。

三子唯十七岁的安来子尚未成家,他从小体弱,脾性绵软,一直瘦寥寥的只长个子不长肉。观其脸色黄中带黑,两眉眉尾如拂尘般开散下垂,眼内虽有灵光却少刚毅,唇薄微紫,总似三魂七魄少了两分。

有这样一副身板,安来子自然不喜舞刀弄枪,就连书也没读多少,只略识些字,平日留在家中做些杂事,记管财务。

自去年秋底,安来子整日昏沉,夜间乱梦纷纷,形容愈发消瘦。保川子找婆婆镇上的老郎中来把脉诊治,开了温中补气安神的方子,吃了俩月不见效,挨过了年,无奈之下只好请朱巫神来试着禳改。

夜色如幕,大山黑黢黢地横亘在洛河两岸,天是极深沉的墨蓝色,星月和东西山中家户亮起的麻油灯若银若金,缀在黑蓝二色之中。

婆婆镇街上的店铺早已打烊,只骡马店后院的牲灵们偶尔打几个响鼻,脖铃子叮当几声,引发远远近近三五狗吠。

宗家院子里燃着几支火把,院中香案上的五点香头在风中着得急切。

朱四一身玄色薄袄长裤,袄外套着暗红镶黑边的对襟褂子,腰间绑了锦缎刺绣的八宝战裙,他把头发攒在头顶编紧,戴好五佛冠,又在额前、脑后和左右太阳穴处各扎一枚黄裱折的扇花。

嘴唇翕动间,朱四在案前一拜再拜,片刻便呵欠连天,浑身战栗,似在半梦半醒间腾空了身体,以期神灵入住。

保川子和连顺子候在朱四旁,不时给他递上所需物品。

宗家五个窑里此刻都掌着灯,大娃娃在炕上哄着小娃娃,婆姨们正挪着小脚搂柴添火,烧水做饭。知道朱巫神不能沾腥荤,连顺子一早就去街上买了豆腐,家里还有些老林里收的耳子和花菇,午时招呼朱巫神吃了烩菜涮油饼,晚间正好勢白面。

宗家边窑的门大敞着,灶台上的米碗中也插着三炷香,香烟缭绕着升到窑顶,又贴着窑顶从贯钱耳窗流出去。

安来子面对香碗跪在地上,等着朱巫神进来。他的脸色像团旧棉花。

....
　　香溢三界缕缕化祥云
　　斟酒鼎肴千盏敬诸神
　　正神值事
　　众神协力
　　急急如律令

院中朱巫神的声音突然转高,继而,羊皮鼓"嘭嘭嘭嘭"地急骤响起,蒲扇似的羊皮鼓在他腕间摇摆抖动,鼓柄下的生铁九连环伴着鼓音飒飒作响,每个鼓点都郑重如一座小山,铁连环的声响则连接了山与山的溪流。

鼓声中,朱巫神向院中四方旋舞,一时七彩战裙绕膝翻飞,脚步如猿似兽,跃动间还不时把头顶发辫甩动如黑脊腾蛇,这使他看起来像是从天而降,又像从上古而来。

周边几个熟惯人早赶来看热闹。他们围着香案,袖拢双手,紧盯朱巫神手中舞出的那团蒙蒙白光,阵阵鼓声让这些汉子的心和血紧缩在一起,激动而紧张,而那柔缓的铁环相撞声却又拖拽出些什么柔软的往事,让他们生起几分怅惘与哀怨。

四方舞毕,朱巫神定于当院,鼓声愈急,唱词紧促地从嘴里迸出,声响高低错落如大小钢珠交相发射。敲击唱诵中,他忽而跺足如怒斥,忽而耳贴鼓面如倾听,不时颔首领会,似乎那羊皮鼓中附了能指导他的神明。

片刻,朱巫神高声祝颂着疾步掠入边窑,示意保川子和连顺子用红布蒙住跪着的安来子,继而厉声击鼓唱诵。

  行年值星小运不通
  头疼脑晕浑身发病
  一心祭献列设香坛
  茶酒供献明灯八盏
  保命护身禳过改转
  …………

安来子虚汗涔涔,心都要被那鼓声震荡得飞出腔子,他两手紧按在脚地①上勉强跪稳,忍了几忍,突然觉得自己的身体在鼓声的捶打中浮了起来,如一片柳叶般轻飘飘地在鲜红色的急浪中旋转,最终只剩一丝细小的心识默念道:嗨呀,老天爷保佑,我安来子还没活人哩,可不想就这么死。

宗家院里的羊皮鼓一直响到深夜。渐渐地,只有灯火焰苗忽大忽小,摇曳不定地坚守着,孩子们早已困倦睡去……

此时,紫禁城里的娃娃皇帝也该睡了吧。说起来,这几年内忧外患的事几乎让这个娃娃遇全了。虽说他的母亲不能小觑,可不管她怎样做,全天下的老百姓都捏着一把汗。这个满族女人也够辛苦,不仅要把家内事务安排好,还得和洋人们周旋,同时兼顾权衡军权,平定南边的动乱。对于这母子二人,老百姓能说什么?自古女人当家也不是没有的事。

不时就有洋人要如何乱国或太平天国之事传来,西北地区表面还像从前那样平静坦荡着,内里却早已风沙暗涌。

身在这宏大诱人的川面子上,婆婆镇的百姓怎能不忧心呢?听老人们讲,烽火狼烟在这里就没真正灭过,仅西夏朝时,十年间李元昊的骑兵就沿洛河下来过九回。婆婆镇周边的山山峁峁上,那五里一墩台可不是用来摆着看的。

三月里,脚户们路过婆婆镇时的脚步突然更急切了起来。他们一边处理手中货物,一边收拾回家行囊。这些人的鼻子比狗还灵,他们不仅能嗅到最边远处的银子气味,也能嗅出西北刮来的风沙中夹杂着的不安。

刚入五月,婆婆镇北边的大林子就聚起一伙五六十人的土匪,首领名为"丑山王",有说他五短身材大疤脸,也有说他高大威猛如悍将,又说他心性无常,杀人如切瓜。这丑山王领着众匪来去如风,掠抢过往商

---

① 脚地,陕北方言,地、地上的意思。

旅。不多时,婆婆镇便商事渐无,众匪又闯入家户掠抢粮食、羊只和财物。

婆婆镇算不得紧要边关,官府本无驻兵,大清国又不允地方有民团武装,一时人人自危,店铺几不开张,农户们中午才敢出山务农牧羊,不到天黑就关门闭院,吹灯噤声。

匪事未平,北边就传来了更惊怖的消息,说回汉百姓相互杀红了眼,不讲事理,不留活口,腥风血雨怕是也要卷过来了。

是夜,宗家三子围在油灯下呆坐。

"二弟,我看咱也得走了,婆婆镇人都在收拾东西,东山上的几个大户已走了两天。"

"是北边就快过来了?"

"就这六七天!听说甘肃十多万人跟着起了事,怕是也得过来!"

"大哥,你能撂得下这院子、这川地?反正我是撂不下!"

"唉,不要说这些,没用!"

"大哥,二哥,要不咱上寨子去?"

"上寨子?被围住的话缺水少粮,能撑多久?"

"这世道!又是土匪又是兵乱,还让人咋活?"

"老根子不稳,迟早的事!我倒是也不怕和人打,连顺子,你怕不?"

"大哥,我武艺不精,也没和人真正交过手,真打起来怕是顾前难顾后……安来子,你能护得住我身后不?"

"我?就我这样儿……你们也知道……怕是……怕是自身难保……"

灯焰突突几跳,安来子眼皮悚悚眨动,他偷觑了一眼保川子,又照[1]了一眼连顺子,身子勉强坐端,盘着的腿上下摇了摇,即刻低眉垂首,如一只病鸡把头掩在翅下。

"唉!能想的办法都想了,朱巫神把土地也安了,你把百家面也吃了,咋还是这副病恹恹的样儿?"保川子把炕沿拍得啪啪响。

---

[1] 照,陕北方言,看、望的意思。

此时，宗家齐展展①的五孔窑院外，系着骡子拴着马，触目惊心地招摇，这窑院如今像一个名声在外、肥羊上百的羊圈，时刻吸引着远山中的狼群。

没出三日，丑山王的人马就围了宗家。

后半晌，天阴沉得快压到河道上来，狗吠声突然连片而起，骤雨般打在尚留守在婆婆镇的人心上，阵阵黄尘和嘈杂呐喊声交织成一张劈头盖脸兜下来的大网，让人挣脱不得。

保川子紧攥铁连枷堵在大门处。

连顺子端了三棱缨枪扎在当院。

安来子勉强攥了把牛尾刀，两股战战跟在连顺子身后。

宗家其他家眷紧闩窑门，在炕角缩作一团。

这是场赌局，押的是全家老小的命。

"嚯——铁连枷！想不到婆婆镇还有会武的好汉！"

声音过处，众匪让出一人，竟是个俊俏的白面书生，丑山王如此文秀，这让保川子有些意外。

丑山王勒住马，一眼盯住保川子，不动弹，也再不说话。

"你们要干啥？抢人？抢人也不是这么个抢法！"

沉默了半晌，丑山王才又慢吞吞开了口，音却柔，像是书生在教导学生。

"弟兄们干这营生就为吃口饱饭，你们若肯给些钱粮，咱两相平安，若是不肯，难免见血飞红，到时就不好收拾了。"

丑山王话音一落，众匪手中刀片子锵锵相碰，一阵乱叫。

"打家劫舍的贼人！身为男人你不保家卫国，却在这里欺负平头百姓！少在这里花言巧语！"保川子怒目圆睁道。

"保家？卫国？呵……但凡得过，谁愿落草……没想到你还是个硬

---

① 齐展展，陕北方言，整齐的意思。

茬！既然如此，那就看看你能不能挡我！"

丑山王突地冷笑，向后一招手，十多人跃下马，半围了保川子与他缠斗，其他诸匪则包抄至院子侧墙，墙头上栽的仙人掌瞬时被砍得啪啪乱飞。

保川子铁连枷过处，连敲带打扫倒七八个，呼喝叫痛声不绝于耳，但他毕竟少有实战经验，又狠不下心直击面门要害，不多时左臂就被砍伤，只得趔趄着退进院中，铁连枷混着血在手中簌簌作抖。

墙外诸匪见大门已破，一拥而入，围了三子。

连顺子见大哥受伤，狠心抖起几团枪花，直中为首三匪大腿，三人几声惨叫，鲜血淋地。

保川子也拼力甩动铁连枷，胳膊上的血顺势溅出去，有几滴正好击在安来子脸上。

安来子哪见过这样的阵势，昏天暗地中，鼻端血腥阵阵，他当下身如筛糠，几欲作呕，手中牛尾刀也提不住了。

"大哥——大哥哎——"安来子直声喊叫着，叫着叫着神志不清，竟一把从背后抱住连顺子，"二哥——二哥！"

"安来子！你疯了？！"连顺子一个急转踹开安来子，险被对面一匪挥刀砍中。

观战的丑山王见状，向旁示意，一红脸大汉扑出去，两脚踹开窑门，顺手捞出个男童，抓起孩子后领提到空中抖了抖。

"宗家兄弟！还不停战？！"

男童的哭叫一时让院中所有人停顿下来。

"罢了！你们要什么就拿去，不要伤我家人性命！"保川子双目赤红，臂上新淌出的血继续顺着铁连枷滴答在地上。

"都是父母生父母养，各位手下留情！"连顺子一手扶住保川子，一手把缨枪收回。

"好说！早知如此，不就省下一场争斗？咱西北人脾气还就是犟……

不过,我敬娑婆镇还有你们这两条好汉！今日说到做到,不害性命！"丑山王脸上无喜无悲,抱拳道。

说话间,几匪分别抢进窑内,寻银子装粮食,又把炕上枕头挨个儿豁破,挑出查看,枕头里的荞麦皮从各窑内直撒到院里。院外其他土匪则在牲口圈里翻找,手起刀落砍了十几只羊,看得保川子和连顺子阵阵心惊。

不到一个时辰,众匪便呼啸而去。宗家院里只剩下女人和孩子的阵阵哭声。

连顺子给保川子的伤口上了龙骨粉裹好,二人安顿家眷,清点财粮,自始至终,未看缩在墙角的安来子一眼。

好容易缓过来,安来子自个儿趔趄着爬起,摇晃着进了边窑,软软倒在炕上。

天始终定着,没有下雨。

第二日一早,保川子带伤去街上打探消息,女眷们在家清理打包。安来子还是魂不守舍睡在窑里,盖着被子冷战连连。

保川子回来后脸色更难看了。

"看来非走不可了,镇子都快空了！"

"——安来子,安来子！你起来！你说你咋办？"

"二哥,你们去哪儿,我就跟去哪儿……"

连顺子一把揪起安来子,"啪"地甩出一耳光:"跟着我？跟着我好害我是不是？你说！昨天你自己不要命不说,为甚还死抱住个我？！"

"我……我当时啥也不知道了……"

"放屁！"

"哼！安来子……你也想走？别出去丢祖宗的脸！你这号人只配留在娑婆镇！是死是活看你造化！死了就当我宗家没你这个人,活了,还指不定能立起个势来！"保川子在旁一声冷笑。

安来子闻言再不辩解,两行清泪淌下,呆坐片刻又软软瘫倒。

保川子召集了方圆三十多号宗姓族人商议一同逃走。

临行前,安来子茫茫然立在当院,眼神涣散,不知该看向哪里。有保川子阴着脸盯着,谁也没同他讲一句话。等所有人出了大门,连顺子才靠近道:"安来子!你脸皮放厚些!大哥嘴硬心软,你又不是不知道?你追上去说几句软话!"

"二哥——我不走了,走到哪里都一样,有今天没明天。"

"噫!正该强时你不强,这阵子却又铁了心!"

"你们走吧,以后能回来了再回来,我留下了,说不定还能给宗家照个摊帐。"

"现在不是说这些话的时候,保命要紧!快去撵大哥!"

"我真不走了。"

"你……你真不走?"

"不。"

"唉!一个比一个犟!你……你真不走的话就随意到哪儿逃命去吧,留下必死!若有一天实在过不了,你就回这院里来,有些救命的东西,我和大哥压在了咱窑顶石板下,你记住,安来子!"

说罢,连顺子眼眶一红,追出大门再未回头。

宗家二子带了族人急急向南而去,从此不知所终。

两日后,安来子一人逃往一百多里地外的永安府。

乱军过处,洛河川人走的走,死的死,躲进大山更深处的则不知是死是活。上了寨子和窨子的人谁也没能保住命,人血顺着红砂石淌下来,像一条条被撕扯过的暗色布条粘在崖壁上。

最惨的是洛河边的另一个镇子白沙镇,那里本来是一天一驮银、三天一起镖的繁华之地,一天间全镇三四百人齐齐殒命,只活了一个山上拦羊的老汉、一个死人堆里爬出的被砍掉半边脸的男娃。

洛河两岸逐渐陷入死寂,唯有鸦雀偶尔扑棱棱从河这边展翅掠到那边去,停在庙宇瓦檐上哑哑呻唤几声。

二

　　安来子战战兢兢挤在逃难的人群中,像洪水中漂流的半截浮木。洪水涌到永安府外,浮木杂草就围着城墙转圈。

　　永安府能有多大呀,哪能放这么多难民进城?

　　守城官兵在城墙上高喊:"老爷有令!今日特许有功名之人或家中祖辈有功名之人进城!"

　　人群中当即有几个帽缀素金顶子的人通报上去,携家眷入了城。其他人只能继续在城门外涌动嘈杂。

　　此时,安来子也不知哪里来的气概,在人群中一声大喊:"官老爷!我祖上出过武举,出过武举哪!能不能准上数?"

　　众人见安来子那瘦寥寥、病恹恹的模样,一阵哗然。

　　守门官兵叫过安来子:"你祖先姓名?何时为举?"

　　"我祖宗耀昌!嘉庆爷时的武举!官爷可以查证!"

　　"就你一人?"

　　"就我一人!"

　　兵丁一迟疑,终于从牙缝里挤出一个字:"进!"

安来子就这样进了城,像是被他那做过武举的祖先突然一把捞起。

城外,部分难民涌动着继续南行,剩下的就近被安置在附近山上。人们各自楔进夹缝,如新撒的籽种般企图安身立命。

所幸乱军都绕开了永安府。也许永安府有驻军,又都是难民,不值当过来吧。

安来子虽无大志,却多少识些字,又自带几分机灵气,很快就在官府粮行寻了份斗记抹升子的差事,吃住都在粮行,勉强混个温饱。

每日起来,安来子只做一件事——先用撮铲把粮食装进斗里,再用刮板把斗里的粮食刮平,抓住斗梁抖动几下,里面的粮食就陷下去一截子,接着再用撮铲把斗补满,再刮平,这算一斗。

每盘一斗,安来子就把一个两头尖的木棒递给卖粮人,粮食全部盘完后,数数卖粮人手里的木棒,十个木棒为一石,剩下几个就是几斗。

这活计一做就是六年。

这六年里,安来子每日只重复几个简单的动作,枯燥、乏味,但没想到的是,这刮刮板、提斗梁的活计竟让他原本羸弱疲软的身体精壮了起来,两臂和腔子上添了几分瓷实,唇边的胡须也旺盛了不少,这让他有些哭笑不得。

春冬粮行不忙时,安来子就在城内四下转悠,希望能打听到丁点儿宗家的消息。遇永安城边的清凉山起了庙会,他也一定要去山上的万佛洞上些布施,为大哥二哥祈个平安。其间,他结识了一个姓万的老汉,老汉身形稳重,须发如针,腰间常紧缠一条黑色腰带,原先也住在洛河川,是个庄稼人,乱时带着婆姨和一个养子逃出来。安来子和他叔侄相称,两人不时朋伙着做点儿小买卖。

这年月,永安府里里外外所有人都瘦瘦的、窄窄的、蔫蔫的,像好不容易从夹缝中努上来的草,魂儿都不全,见风就能伏倒。

又十年,陕甘局势略稳,却又来了丁戊奇荒。

永安府也是大旱。

其间,耕牛骡马被悉数宰杀,猫、狗、鼠之类也被捕捉吞咽。再往后,田野山坡的草根、树皮搜寻殆尽后,饥民只能四处捡集鸟粪,用水淘洗后挑食其中未完全消化的粮食颗粒。洛河下游不少人吞食白土或以石子磨面充饥,食后不久即腹胀而死。

饿殍遍野间,人吃人,狗吃狗,鸦老鸹饕石头。有饥民实在扛不过,自制大旗,上书"王法难犯,饥饿难当",集结成众,吃大户,抢大户,拦路抢掠。

永安府开仓放粮加民间赈济,部分灾民勉强得过。然城外大半人都四散而逃,鹄面鸠形的饥民,要么上宁夏走口外去蒙地谋生,要么下鄜州过洛川向关中平原而去。

大旱第三年时,安来子偷偷回了一次婆婆镇。他回婆婆镇做甚?一来看看老家情形,二来洛河川百姓素有在窑顶、牛驴槽下、磨道、炕洞子里窖藏银钱的习俗,连顺子当年安顿的事他还记着。

眼见洛河瘦成一线,婆婆镇方圆十里杳无人烟,安来子不由阵阵心悸。

宗家窑顶的石板大部分被动过。安来子寻挖摸索了好久,细看之下,只有一块石板还在原位,他不由心中暗祷,果真在那块石板下挖到七八块碎银,除此一无所获。

安来子不由苦笑几声,亦悲亦喜地叹道:安来子呀安来子,你命里就这么一点儿,没办法。

想到保川子和连顺子,想到从前这院里的好光景,想到自己在永安府扎挣活命的艰难,安来子惆怅地坐在窑背上,望着黄凄凄的群山,不由呜呜地哭了。

回到永安府,安来子买了一头半大的驴驹,平日由万老汉仔细照管。万老汉当初逃难时曾吆来两头叫驴,年馑时如命般护着藏着,有这两三头驴,二人商量着又渐渐伙起了贩盐生意。

万老汉也不易,他的养子三年前熬不住饿,又知道了自己是抚养来的,一根筋地犟着走了,从此失了音信。万老汉着了气,半个多月没和人说过话,他的婆姨也病了一场,她怨自己的肚子像块盐碱地,万老汉种了大半辈子都没长出一根苗。好在得与安来子相互照应,乱世之中,二人表面上叔侄相称,实则已如干大义子。安来子日常的缝缝补补全靠万氏打理,每日从粮行下了工,安来子总要到万老汉窑里帮做做活儿,再说会儿话,万老汉与婆姨因此心中宽慰不少。

灰驴驮着灰口袋,一老一少两头忙。安来子和万老汉在永安府和定边花马池间风餐露宿,担惊受怕着挣点儿辛苦钱。

又熬过一冬,清明时老天开恩下了一场透雨,皱巴巴的人心总算稍微舒展了些。

安来子和万老汉定下再去定边驮一回盐。

算计好行程,两头大驴驮了锅碗口粮、铺盖帐子,小驴驹则跟着空走,算是也让"见见世面"。

两人腰里各别了把牛耳刀,谨慎出了永安府,他们准备过泉井界,顺熟悉的洛河川一路而上。

清明前后一场雨,强如秀才中了举。先前大旱三年,山川都已熬煎得黄瘦不堪,亏得清明时降的饱雨,土地这才像用尽气力活过来的产妇,自己一醒,又得挣扎着给生灵们哺乳。

"安来子,你这几年攒下点儿钱没有?该给你娶个婆姨了——羊皮烟袋打火镰,没老婆的男人真可怜。三十几的人了,你就不想有个女人?"

"好叔哩,这年月保命都难,到哪里去寻女人?再说了,就算有女人,谁能看下我这穷命鬼?"

万老汉抽手"啪"的在驴屁股上一拍:"唉!你就大大画个圆圈,把命交给老天爷!"

"能有口饭吃就是烧高香了……"

"世事总有个翻身转变哩嘛。你看,清明这场雨可不就下饱墒了?"

"雨是好雨,可这几年大年馑跌的窟窿太大!能存住人都难,我看我这光棍儿算打定啦!"

说话间,一只白蝴蝶忽然飞到安来子和万老汉面前,它借着流动的风飞得那样自在轻快。二人突然都不言语了,只稀罕地盯着那蝴蝶看,直到它飞远。

即将出泉井地界时,万老汉突地站住。

"安来子!你把牲口挡住。我好像听到哪里有人叫我,像是我一个姑舅妹子的声气!"

"——我怎么没听到?"

"你心杂,没我老汉耳根清净。你再听!"

果然,路上方传来几声弱弱的女音:"三哥,三哥——"

二人朝上一瞅,路边的台地畔上,一个衣衫褴褛的女人被天光耀成个薄薄的黑色纸人人,与一棵枯树粘在半空中。

"三哥——你是万有发三哥不?"

万老汉不敢冒认就爬上台去,见台地里还有几个妇人灰头土脸地趴在地上挖苦菜。

地畔上那女人一手拎把破铁刀,一手拽着半拉破筐子,缓缓挪过来道:"三哥,你不认得我啦?我远远就照见过来的像是你……我……我梦也不梦还能见上你!"

万老汉又照了几眼:"你——你是蝉女妹子?你不是出嫁到上川了吗,咋会在这里?"

女人"哇"的一声哭开了。

"三哥!三哥!你不知道,出嫁过去的第二年,我男人就在洛河里淹死了!这些年我婆家人死的死逃的逃撂下我没人管,我娘家人也找不到了,听说咱洛河川的牛棚圪塝住下了一伙吃人贼!我怕得不敢再住,跟着庄里存下的几个人逃到这儿,我们就偷偷住在这山后的破窑里……三哥,一点儿吃的都没有,就连地下的壮地虫都让我们挖出来吃了!这不,总算下了雨,今年的野菜芽又努上来了,只能掏挖着吃点儿勉强吊着命……"

万老汉鼻子一酸:"蝉女妹子,你先跟我下来。"

蝉女软软跟着万老汉挪到路上,也没气力久站,眼看就要趴下。

安来子连忙上前扶住蝉女。呀,这女人的身子,轻得像片葱皮。

万老汉照照台地上没人跟下来,就从驴身上的褡裢里摸出一块米糠窝窝递给蝉女:"快先吃上点儿再说!"

蝉女眼神一闪,一把抓过窝头送进嘴里,唇皮绷出的血珠艳红地沾在窝窝上。

"慢慢吃,慢慢吃,小心噎住!"万老汉拿来桦皮水壶让她喝了几口,女人这才稍有了点儿精神。

"……好三哥哩,要不是今天遇上你,我怕是离死不远了。不怕你们笑话,你看……看看我的肚子!"

蝉女撩起衣襟露出干瘪的肚皮,根根凸出的肋骨间,女人的肚腹正真切地透着一种青绿色。

"你这肚子咋是绿的?"安来子忍不住问。

"安来子,你可没见过也没受过这号罪吧?这是长时间净吃野菜草根吃成这样的呀,肠子都绿了……蝉女妹子,你真把罪受了!"

"幸亏我今天来这台上挖野菜,不然赶死怕也见不上个亲人了。"蝉女哀哀道。

万老汉又抹掉一把泪。

"妹子!我和安来子去定边驮盐,现在带上你不方便,也不保险!你也晓得如今这世道……你就先在这里住着,哪哒也不敢去!等我们从定边返回,我带你走!到了永安府再想办法看咋安顿你,你看能行不?总比你孤魂野鬼饿死要强!"

蝉女一听，眼里又汪起泪来："三哥，我当然愿意！我就在这等你，哪儿也不去！你们最多再有十来天就回转了吧？十来八天，我大概还能撑得住。"

万老汉又摸出两块窝头递给蝉女，临行突然又记起什么，从驴身上的口袋里搜出一把黑豆塞给蝉女。

"这把黑豆你藏好。若再没什么吃，实在饿得不行时你就摸出一颗嚼，人只要沾点儿五谷气就死不了！如今人都受饿着，三哥对不住你，我两个也实在没多余口粮留给你了。"

蝉女连连点头，把窝窝放进烂筐里，用两把苦菜芽盖住。

"三哥，你的话我记住了，你们赶紧起身吧，就为等你回来，我也不能死！"

安来子不由得又多看了她几眼。

光景好的时候，她应该是圆脸吧，长长的眼眉，睫毛有些黄，如今虽然饿得几乎脱了相，但曾经的俊俏还留存着一分在那薄薄的面颊上。

安来子先前觉得这瘦小的女人似乎随时要让风刮跑，但此刻，她原本无力趴着的脊背挺了起来。

已走出二三里地了，安来子还在想着女人的黄睫毛和她脊背上突然生出的那股劲儿。那是一种什么劲儿啊？不也就是对活着的渴盼吗？

想到此处，安来子心头一软。

万老汉一路都在自责着没多给蝉女留点儿吃的。但若多留，他和安来子就到不了定边。

从刚才遇到蝉女起，万老汉和安来子就觉得毛驴背上多驮了一个女人的性命，两人不约而同加快了脚步。

嘚儿——嘚儿求！

呼喝声中，毛驴蹄子刨得更紧了，就连那头小驴驹也紧跟着大

20

驴,奋力迈着细腿。

原定五天的路程四天就到了。

进盐池,装盐包,过秤付钱,驮盐上路,二人无心逗留,只担心着一件事,那就是一个濒死的女人正在泉井地界等着他们!

回程第二天,正行间,万老汉突然抿嘴一笑,他拽拽安来子的衣袖让他站住,细细端详了几眼,又拍拍安来子肩膀。

"呵呵,安来子啊安来子,我想到咋安顿我这妹子了!就让她跟上你过光景!"

"啊?老叔,你是清楚着,我现在一人的日子都过不了,哪里还敢再拾掇一个?"

"你真是个死心眼儿,你在粮行白干了那么些年!你每次回来时袖口偷别回两撮米也把她养活了。女人家能吃多少?

"我给你说,瓜无滚圆,人无十全,虽说她是个寡妇,可我这妹子是个爱好人①,又会过光景,你带回去让她好好吃上几天饱饭就缓过来啦,我给你说,她可长得不丑!

"再说了,人留后人草留根,你和她成个家,生上几个娃娃,那才算是个生活嘛!

"安来子,咱们打交道这么多年,蝉女跟了你,我也放心!你好好想想,这可是个造化!"

安来子眼前又浮现女人的模样神态来。万老汉突然这样一提,倒像是猛地揭开了一口冒着热气的大锅,那锅里正白格生生卧着一笼暄软的白面馍。

唉,看看这事……她咋突然就要跟了我?我要了她,以后的光景日月该咋过?真要偷粮养活?若不要她,那她该去哪里,能去哪里?

安来子的心乱了,一股热气在他腔子里乱窜。他犹豫着,迟迟没

---

① 爱好人,陕北方言,讲究人、爱干净的人、体面人的意思。

给万老汉一句答复。

　　万老汉却已志在必得,他走路的脚步也轻快了,嘴里甚至还哼起了歌子。

　　　　好骡子好马自生那走
　　　　好婆姨好汉天配就
　　　　寻得下好汉满天飞
　　　　寻不得好汉不如鬼
　　　　…………
　　　　羊肚子手巾留穗穗
　　　　你是哥哥的心锤锤
　　　　隔沟照见妹子儿好
　　　　不知道妹妹脚大小
　　　　…………

　　万老汉一边唱着,一边嬉笑着斜眼睨着安来子。安来子又急又臊,他有些恼火万老汉此时竟唱出这么一首贴切的酸曲儿来,但嘴不由自主咧着笑了,当他意识到自己在笑时,又暗暗恼怒自己没出息。

　　担心万老汉看出他的心思,安来子装作背过身去路边解手。

　　此刻,阳光热酥酥地晒着洛河的河床,晒着两岸大山裸着的脊背。坡上几枝低矮的桃花粉雾般好看,似乎靠这几束轻柔的颜色,人间的一切愁苦就能即刻得到宽慰。

　　一只胖大的蜂子突然"嗡"地从安来子耳边掠过。

三

万老汉和安来子领着蝉女回了永安府。

他偷偷观察着蝉女和安来子见面后的神情举动,确定两人躲闪扭捏间却又心照不宣后,便找了个时机把话说了开来。

没有提亲,没有彩礼,没有贺喜,没有酒席,仅凭媒人万老汉的几句话,安来子和蝉女就结成了夫妻。

于安来子而言,他从此就要担负起一个丈夫的职责,养活顾全自己和婆姨。这近二十年里,他虽勉强不用挨饿,但也受尽了恓惶。当初逃难时,他觉得自己就像洛河发洪水时水头子上的那些浮木柴草,在永安府安顿下来后,他更琢磨透了一件事,自己本来就是根病枝,理所当然要从宗家家族树上掉落或掰下扔掉,至于掉在了山里还是河里,谁也不知道,谁也不在乎,唯一真切的是他再也长不回那树上去了。这十几年,他独自在泥浆里打滚,在荒野中曝晒,在阴雨天里被苦水浸泡,不知多少夜都是睁着眼熬过来的。

但即便如此,他也从未怨恨过保川子和连顺子,相反,他恨自己的不争气,假如重来一次,他会拼命向前冲,甚至冲到保川子和连顺子前面去,哪怕被土匪们打残打死他都无怨。可这样的机会再也没有了。

就在他以为要这样浑浑噩噩活下去的时候,竟凭空捡回了一个婆姨!这婆姨就像根柔软的藤条一下卷住了他,还绿绿地抽出芽来,这让安来子心里酥酥痒痒地悸动,他的双臂和双腿也生出了从未有过的劲头。

对蝉女来讲,她则像是溺水之人突然抓住了一块浮木并上了岸。对于一个乱世中饥寒交迫的小脚女人而言,到处充满着危险和腐败的气息,她曾恐惧着逃荒的路途,恐惧着把自己寄存在那些荒凉破烂的村落里,恐惧着随时可能会遇上新的危险,恐惧着会不会无声地死在某个角落或寻食的路上。

她忘不了听说的故事——某某地人逃荒,途中碰到过一个男人,他的褡裢中竟装着两条人胳膊,兵丁盘查时,说是实在饿得无法,就把一同逃难的婆姨杀死,只吃剩两条胳膊……而路上其他难民看到后竟都议论着说,要是能从那褡裢中分到一只手来吃该是多么好啊。

蝉女每想起这件事就毛发悚然。万一自己也死了,会不会就被山中的狼和野狗们吃了,或者……她不敢往深里想,对死后的担心似乎远远超过了死亡本身。

她只能拼命和那几个婆姨去找一切能吃的东西。运气好的时候,她们能挖到几颗洋芋,碰到几穗残缺的玉米。她裤带上挂着的火镰成了唯一的依靠——这火镰是她男人留下的,有它就有火,有火就有活下去的希望。

其实,这些年蝉女真不明白自己是怎么活下来的,她只清楚一点,那就是她不想死。

这次好运遇上万三哥,竟让她同时有了个归宿。

虽然彼此还都不清楚对方的脾气秉性,但那日路边初见,她感觉到安来子是个好人。再者,就像三哥说的,有个住处,有口饭吃,还有啥能比这两件事更要紧？三哥还说，年荒有个完呢，往后的日子慢慢过，能过好——往后的日子蝉女现在还不敢去想，但跟了安来子，她再不用提心吊胆躲在那些破窑里了，就算死，也终于有个人能为自己收尸。所以，蝉女不问安来子要带她去哪儿，她觉得去哪儿都好。

就连老天爷也像为安来子和蝉女高兴，接着又是几场轻风漫雨，大地的焦渴已经缓解，人们干巴苦透的心也终于被泡开了，就连眼仁儿也重新泛起了亮光。

安来子带着蝉女在城边租了一孔小窑洞，他提醒和要求自己，每天都要尽力让女人吃饱。

蝉女的口粮是他从自己那份中节省出来的，有时迫不得已，他也会冒险用拆开的上衣袖口偷卷回两撮小米。

有个女人就是不一样。

安来子觉得租住的小窑不知为何亮堂堂的，窑里的气味也都不一样了。虽说不上来为啥会这样，但他每天在粮行一做完活儿就想赶紧回去。他心中牵挂着女人，无时无刻不在脑子里盘算着女人的脸，女人说话的神情，女人坐在灶火边拉动风箱的背影，说实话，他越看她越觉得俊样……

但安来子刚带蝉女回来的那些天，他和她是分开睡的。蝉女在后炕，他在前炕。他觉得自己不能占便宜。尽管数次冲动想一把将女人搂在怀里，摸她那黄软的头发，亲她的眼睛、嘴唇，但他又总觉得胆怯——这女人仅仅是为了能吃上口饭而跟了他吗？不知看见他是否顺眼？更何况，她从前曾有过丈夫，她会不会心里还记挂着他？那个男人对她会不会比自己对她更好？

他不知道的是，女人这些天心里也是欣喜的。

原来这个男人脾气和心肠这么好。快一个月了，她觉得自己从发梢到身体的每个骨节都在返青，她的脸色鲜活了起来，腰肢软和了，身子里也渐渐有了水汽。

她从心里感激万三哥和安来子,也感激老天爷能让她遇到个好男人。

终于,一个夜里,蝉女赤身钻进了前炕安来子的被窝。她把男人的胳臂拉过来枕住,耳朵贴在安来子的胸膛上,听到男人心跳如鼓。

安来子僵着不敢动弹。

娘死得早,三十多岁了,他才第一次触到女人身子。他在晕眩中低声说:"蝉女,你不要勉强自己。我想着一直到你心里真正愿意。"

"憨人,你对我好我心里知道。要是不愿意,我怎会过来?"

蝉女一边低声呢喃,一边把瘦冰的两脚滑进安来子的小腿间让他夹住。

男人终于也感到了女人的真心偎依,这才慢慢转过身来,小心翼翼把她紧搂在怀。他的手像之前想过的无数次那样,摸上她的头发,她的额头,她的眼睛,她的嘴。

女人拉着他的手放在自己柔软冰凉的胸脯上。

"安来子,从今夜起,我就是你的婆姨了……要是我们从开头就遇见该有多好,我就能给你个囫囵身子。"

"蝉女,快别这么说,你不嫌弃我一穷二白就行了,在我心里,你就是我的新媳妇……"

女人"嗯"了一声,紧紧贴在他怀中,气息从唇鼻间呼吸出来,把他胸前呵得潮湿……男人手心和额上沁出一层细汗,终于,他唤了一声女人的名字,本能地把女人往身下一揽,那瘦弱的身子立即就被他包裹住了。

月儿从窗户纸透过光来,把一方银辉小心翼翼放在地上,像是唯一能给这对夫妻的贺礼。

尽管这是安来子第一次与女人睡觉,但有些事就像天给地下雨那么自然,不用教。两人在炕上相互摩挲着对方,缠绕着,斗搏着,交织的喘息间,体内的血四下欢淌,冲刷开了从前所有的淤堵、忍耐和扎挣。

窑洞外,初夏的大山也袒露着身体,尽情接受着晚风温柔的抚慰。也只有在这样安静的夜晚,人世的种种不幸才能沉淀下去,世间才得以恢复短暂的安宁。

说起粮行的活计,安来子是又爱又恨,虽说能混个肚圆,可粮食里的细黄尘也把他呛了十几年,如今他一看见堆积太多的粮食就嗓子眼儿发堵,气短、胸闷,加之后来常要偷偷摸摸,安来子总觉心中有愧。

现在年头刚缓过来,人们隔三岔五断炊不算稀奇,连饭都不太能吃上,贩盐自然也算不得稳定营生。再说了,安来子和万老汉一当脚户,蝉女就没了照应,他放心不下也想得不行。一个初尝女人滋味,一个久旱逢雨,两人谁也不愿分开,唯想着日夜厮守。

安来子和蝉女去找万老汉商量——只要天再不要大旱,地上没有兵匪之乱,那就回洛河畔上的娑婆镇老家去!一扯出这个话头,安来子和蝉女似乎已像从前那般听到了洛河汩汩的流水声,听到了火镰伴鸟啾啾的鸣啼,听到了布谷鸟在山间"种谷!种谷!"的喊声。

安来子用驴驹换了万老汉一头大驴,又补了一锭碎银给他。

连换带买的一头毛驴,刚从粮行领的一把铜钱和剩下的两三块碎银,一口破耳子铁锅,一把豁牙菜刀,两双树枝做的筷子,两个破瓷碗,一片中间开洞的薄毡,两床烂白菜似的被子,一把剪刀,一包针线,两身旧冬衣,两个瘪瘪的蓝布枕头。

这些就是安来子和蝉女的全部家当。

安来子狠狠心,靠多年的人情,用剩下的所有钱去粮行低价买了两口袋小米、一袋燕麦炒面、几把谷种和一把菜籽。

就这样,安来子带着蝉女和十多年挣的全部家当起了身。

临行前,万老汉和婆姨自是不舍,但终究算是"回家",外人不能挡。其他的事,万老汉和安来子心照不宣,将来落叶归根之时,若那绝情义子还未回返,安来子和蝉女也已站稳了脚跟,那便算是在家乡有个人帮他和老婆料理后事,照应坟头。

安来子和蝉女还是先准备翻山到泉井界,再沿洛河一路北上。这条路离娑婆镇最近,安来子这些年和万老汉也走得熟。

一路上,还是十几里地都碰不见一户人家或一个人。好在洛河已经又有了河的样子,不时能听到活泼泼的流水声,两岸的山上也恢复了些气色,不至于让人觉得太过凄凉。

日子渐长,安来子和蝉女迟歇早起,夜间在路边破窑里打火过夜,清晨天麻麻亮就起身赶路,第三天前响,二人便入了娑婆镇。

此时的娑婆镇满目疮痍,从前街道两边的铺子倒的倒,塌的塌,东西山上照不见一处炊烟,只有几只蝉儿拉着长音"喂唔——喂唔——"地叫。四下院落蒿草连云,从前被人走得发白的路早积了厚厚的浮土杂草,几不可辨。

唯一让安来子觉得这里就是娑婆镇的,只剩那个兀自傲立的孝女牌坊,它就像赫氏的坚贞一样,始终守着方圆之地。

"我看这周边还是不敢住,太靠近大路。一有个啥事,最先倒霉的就是这儿。真可惜这些靠水的川台地了!"

安来子叹息着,眼前似乎又出现了从前的情景——镇子东西山上鸡犬相闻,婆姨、男人们在家院和山中牧羊劳作,山间不时就响起几声高亢悠长的喊叫声。一到夏日,半大小子们光着屁股在洛河里戏水乱叫,清冽的水花在太阳下闪闪地溅起老高。

"安来子,从前你家在哪里?"蝉女柔声道。

"就在西山上!你看,那儿!下面那几块地也是咱家的!"

"还就是在大路边哦,那确实是不敢住!"蝉女愁道。

"现在人都走光了,后沟里留下的地方应该很多,要不咱就从西山沟里进,走得深深的,看能不能寻个合适的地方安家。"

"能行,你说咋样就咋样,你说到哪儿就到哪儿!"

"好,蝉女,那咱们走!只要有水吃,就算沟再深也不怕!等安顿下来,我再回这老地方找找,看有没有能使唤的东西。"

安来子一拉驴缰绳下了坡。

洛河上从前的木椽子桥早被冲得无影无踪,他挽起裤腿,牵着毛驴从浅水处蹚过去,天的蓝倒映在洛河水里,云就在水里漂。驴身上的蝉女不时咯咯笑。

沟里的树长得多密啊,人得猫腰钻梢林洞子才能进去。

蝉女不得不从驴背下来步走。她让安来子把毡卷放到驴背上。她心疼男人一路背着东西。

安来子用短刀劈了树杈削成棍,二人边走边左右敲打没膝的野草,驱虫防蛇。遇到挡路的刺丛枝杈,安来子要么用力踏倒,要么往一侧使劲儿掰住,好让毛驴和蝉女通过。他觉得从前缺欠的男子气魄此刻满满充沛在身上。他要为自己的女人开山劈路,要给她找寻一个安稳的窝。

二人越走越僻静,便由最初的警觉逐渐放松下来。夫妻俩坐在石头上吃了点儿炒面,又喝了几口溪水。

安来子把毛驴背上的东西也卸下,让它去吃草。

蝉女捏着安来子的手,掰下一根艳红的马茹针给男人挑手里扎进的毛刺。

此刻,婆婆镇西山沟深处有种不可思议的安静和喧闹。

夏风从溪流那边的草头上跃到这边的草头子上来,不时又去揉搓坡上的树叶子,沙沙沙、嗒嗒嗒地响。长翅膀的虫子们在草间弹跳飞动,发出奇妙的振翅声和"吱儿——吱儿——"的叫声,细声细气。偶尔还有公雉鸡猛叫几声,展翅扑沓沓从这面山的高坡掠到那面山的低洼去,那红亮的冠子、幽蓝墨绿相间的脖颈,身上白、棕、黑交织的圆点和尾巴上长长的翎羽,无一不在阳光下闪动奇异的光彩。

雉鸡的飞动又惊起几只灌木丛中的兔子,它们欢跳着钻进了沟渠里。

在这些声响中,白蝴蝶、黄蝴蝶、虎斑蝶尽情在洁白的野老麻子花、粉紫色的野棉花和深紫色的大蓟花上蹁跹。

两只松绿色的蜻蜓起先在溪水上交尾,突地又向上分开,有一只径直飞过来落在女人坐着的石头上。

蝉女望着那只蜻蜓,一动也不敢动,她想让这灵物在自己身边多停一会儿。这些年见惯了外面的萧条荒凉,突然进到这深沟中,看到这番生灵欢欣的情景,她感觉像是在做梦。

安来子看女人的样子,不由伸手搂住她道:"蝉女,这沟里有水,山里有野鸡、兔子,只要没有狼豹,光景肯定能过好!你不要愁!等安稳下来,咱就养几个娃娃,那时就好啦!"

女人眼神寻着惊飞的那只蜻蜓,轻轻把头靠在男人肩上,梦呓般应道:"嗯,等家安下来,咱就要几个娃娃,再种上几亩地,好好过日子……"

四

从前响一直走到后响,七拐八弯,少说也向沟里走了二十里路,到了一个从前叫泥塔沟的地方,安来子和蝉女终于遇上了一院中意的地方。

看得出先前的主家是齐整人。

三孔窑洞面南,窑口箍着的柳橼子还很坚实,门窗也算完整。院旁的驴圈、鸡窝也都能看出个模样来。最让人高兴的是院中石磨石碾都还稳稳地蹲守着。

把驴拴定,二人选了一眼门窗最齐整的窑,推门进去。

窑内遍布蛛网鼠洞,尘土厚积。好在水桶、水缸、瓦瓮一应俱全,炕沿的灯柱子上还有盏完好的灯,后灶膛上竟还稳坐着一口大铁锅!更让蝉女高兴的是炕台上还有两只木箱,揭开后里面竟有不少旧衣。

其他两孔窑内,破粮囤、烂簸箕、脱了底的筐筛、面箩子、笸箩散落一地。凡是看着能用的,安来子都把它们捡拾起来拿出去晾晒。这些东西都是过光景离不了的正经家什!

想来主家当年也是走得急,凡是不便携带的东西都留下了——

也许是慌乱中的逃离,以为不久便能回转;也许是厌倦了这沟里的孤独隔世,彻底离开,不管怎样,人再没回来过。

从院中折了几把黄蒿扭作简易的扫帚,清理了窑内尘土杂物,安来子又找了些大大小小的石头蛋子填补了鼠洞。碹畔上从前的柴垛子还在,窑洞脚地上就打起了一堆火。不一会儿,三疙瘩石头支起了铁锅,热腾腾烧起了滚水。

一孔烂窑就算收拾齐整了,蝉女把院中晾着的衣物还能穿的放在一边,已破烂的就撕作布条布片,挡绑在窗孔子上。

天就快黑了,二人又把另一孔窑门打开,把驴吆了进去,扣住门环子。

男人把从永安府带回的老麻油倒在灯盏里,女人从烂冬衣中抽出一缕棉花,换了新灯芯。

火堆中抽出的细柴枝稳稳挨到新灯芯上,火苗展舌一舔,灯就着了。那灯焰缓缓地由小到大,由暗到明,突地又暗了一下,焰苗便稳住了。

窑内一切都沾上了橘色的光气。

"这下好了,总算有个样儿了!唉,蝉女,你看,跟着我这没本事男人,连窑也是住别人的。"

"你何必说这话!"

女人娇嗔间又细细扫了一遍炕,把铺盖展开。

安来子上了炕,凑在灯旁瞅着那灯焰。

"憨人,你不饿?看这灯苗能顶饱哩?"

"嘿嘿,这光亮让人心里舒坦,那阵儿干活儿的心劲大,都忘了饿!"

"憨人!锅里烧下滚水了,我给咱舀来拌点儿炒面,赶紧吃点儿!今晚先凑合着,明天锅灶烧利索了就给你做顿正经饭。"

"你歇着,我去吧!一天了,知道你脚疼。"

"哎呀,你坐着!"

…………

脚地上的小火堆逐渐暗下去。两人都舍不得吹灭灯盏。

男人又如那夜把女人搂进怀里。

"安来子,你听,这会儿沟里咋什么声音都没了?我咋感觉这世上就剩咱两个了?"

"蝉女,不要怕,你细听,河湾癞呱子在叫哩!院里蛐蛐儿在唱哩。"

男人像拍着婴孩般轻拍着女人肩背,又把女人往自己怀里揽了揽。

一弯新月如红莲瓣低低飘在夜海之上。

此刻,若从外面看去,窑里那点灯光随时会被浓重的黑暗吞没。但在这巨大无比而又深邃的黑暗里,这点光焰却又似乎足以把整个窑洞都染成明亮的金箔色。这金箔色的最中心正包裹着一个暖红湿润的胎葫芦,孕育再现着一个亘古的故事。

隔天,安来子四下搜寻到两把锈烂了的铁锹,跑上跑下通了烟囱,蝉女坐在灶火边,又是吹,又是扇,烟灌了一窑,把她熏得泪眼婆娑。好不容易灶膛里的火终于欢欢地笑开了,柴枝子噼里啪啦地燃着,前后锅里水被烧得嗡嗡响。

蝉女用力洗刷着那口大锅和脚地上的水缸瓦瓮,水开了时,给前锅下了点儿小米,又把安来子在旁边台地上拔回的苦菜和白蒿芽儿拾掇干净放进锅里。

黄色的小米和着灰绿色野菜在锅中咕嘟嘟地翻滚冒泡。窑内之前的阴寒逐渐散去,空气潮潮的,热热的,弥漫着一股饭食的清香。

女人做饭,男人凑合着用烂铁锹斩了院中杂草,平了土,修整了先前的驴圈,又加固擦洗了边窑里翻出的几个野鸡套子和野兔夹子。

第三日,女人从灶膛里挖了些灶灰,把从前主家留下的那些旧衣服包起拿到小河边,在坡上揪下些灰苔草包在衣服里。在河边坐定后,她抓起灰苔草放在衣服上用力揉搓,不时用棍子反复捶打,摆洗干净草末后,又给衣服上撒了一层草木灰,接着再在溪水里摆洗干净——女人洗得很高兴,好多年了,都没这么畅快洗过衣裳。

不出几天,这个原本荒芜的院落已被彻底收拾齐整。院里还翻开了园子,点了几行菜籽。一有人气和火的滋养熏烤,窑洞和周遭一切便有了灵气和底气。沟里的山山水水也开始围着人井然有序。

隔三岔五就能吃顿野味,加上在山里拾翻的各种东西,足够安来子和蝉女过活。二人又在窑边的地里犹豫着撒了半把谷种,还有幸寻到几株野生的谷苗,自此把它们如宝贝般照料着,希望秋里能多收几颗粮籽。

入冬后,沟里一株株野棉花吐出大朵白棉絮,蝉女把它们采收回来填进被褥,这东西虽比不上棉花暖和,却也软软的,让人铺盖着舒服。

安来子和蝉女就像两个野人,附近的山山沟沟都成了他们的领地。

这一年过年,安来子把鞭子在院中响亮亮地甩了十几下,算是放了鞭炮。

到了第二年春季种地的时节,男人女人都犯了愁。有驴没犁具,有地没籽种。

去年秋里好容易从鸟雀嘴里夺的一把粮籽,实在少得可怜,加上从永安府带回的没敢种下的那两把谷籽,加起来不够种几亩地。

安来子突然想起宗家的窑院里还有些多年前喂猪的谷糠,便吆着驴去装了两口袋。这一去,还寻得一镢一锄一斧头,虽已生锈不堪,打磨一番也算可用,唯有犁铧遍寻不着。

坡上从前主家种的地已荒了太久。春风里,安来子一镢头一镢头把地掘松,又细细把土疙瘩敲碎。他撸着袖子,紧咬着牙关,那下垂的高眉弓下,一双眼睛闪现着机敏和稳重的神采,高挺的鼻梁和薄唇间已蓄了两撇胡子,方正的下巴看起来终于有了宗家男人的刚毅劲儿。

二人把仅有的粮籽撒进地里,拼命一样,又将安来子寻回的谷糠挨着撒了一遍,期待着里面能有些囫囵糜谷还能发芽。

没有糖地的糖可咋办?

男人心一横,砍了些榆树梢子绑在一起,让女人坐上去揿牢,来回拉着走了几遍。

就这样,安来子和蝉女算是把地给种了。

天不杀瞎雀,每个猪娃脑上都顶三升糠。不多时,谷苗子上来了,比预想中多得多!见苗一半收成,二人大喜,心劲儿也大了,每天起鸡叫睡半夜,营务着这片谷地。

女人一有空就用榆条子编筐编筛,她一边编织着那些经纬,一边编织着母亲和孩子以后的故事——记得当她把有了身子的消息告诉安来子时,安来子瞪大了眼睛,半晌才哈哈大笑起来。他把她抱起来放在炕上,一会儿问她想吃什么,一会儿又问她想吃什么,把蝉女逗得又好气又好笑。

秋里,安来子把糜谷拢成捆子背到院里晾晒,蝉女也欢欣地挺着大肚子在院里忙着搬动糜捆子,安来子根本劝说不住。

谷稠穗子小,糜稠一把草。因为缺籽墒才把种子撒得稀,不想长出来后棵棵壮实,种的庄稼竟收了满满三口袋,瓮里还装了半截。

就在粮食装进口袋和瓦瓮的当晚,也许是动了胎气,蝉女开始隐隐肚疼。起先她还没太在意,出去小解时看到身底已见了红,这才忙叫安来子把她扶上炕,刚坐稳,肚子就一阵赶着一阵地大疼起来。

她想起从前和庄里的小姐妹神神秘秘说过养娃娃的事。在一知半解和惶恐的猜测中,她们曾总结出大概的过程——肯定先是肚子疼,接着会流很多血,然后肚里的娃娃就自己爬出来了。

她们也曾问过各自的母亲,可除了肚疼,谁也没告诉过这帮女娃们任何多余的字眼。等出嫁到上川后,她和庄里那帮年轻的小媳妇们聊天,从几个生养过的、嘴泼的婆姨言语里才总算真正明白了养娃娃是咋回事。

有了听来的过程和经验,蝉女心中便不觉慌张。

她坐在炕上,让男人从灶膛里掏了几碗草木灰出来,细细捡净后在炕头厚厚铺撒了一层,又让男人赶紧抱柴烧上热水。

女人褪去下身衣物,咬牙挪到炕头铺的灰堆中,靠着炕墙半倚半坐。剧烈的疼痛一阵急过一阵地攫取了她全部心神。

人养人,怕死人——安来子此刻才体会到人常说的这句话。他眼看着疼痛把炕上的女人拧成了一条忽软忽硬的绳头子。疼痛来时她整个身体绷紧着,僵硬着,疼痛一过,又满头大汗地软下来。

安来子头皮发紧,心肺紧缩成一团,手忙脚乱地在旁边一会儿扶,一会儿拍背,一会儿又手足无措地捋着女人被汗水湿透的头发。

在阵痛的抓扯中,蝉女突然想到了自己先前被洛河淹死的男人。那日,他前晌骑着马过洛河,好端端的怎么就闪进了石窝子,石窝子里的水多深啊……庄里人把他捞上岸时,身子早僵了。她哭天抢地也没能再唤醒他。他也曾是个好人,若当时也有了孩子,如今又会是什么光景呢?

又一阵剧烈的疼痛劈来,蝉女思绪瞬间被拉回到灯下。她努力挤出一点儿笑给身旁的男人。

"安来子,你不要怕……女人养娃娃都是这样,再疼一阵儿就不疼了!"

天将亮时,蝉女突觉腹内哗啦一声,一大泡水瞬间从身底奔涌而出,渗进那些草木灰之中。

安来子不由"娘呀——"一声叫唤。

蒙眬间,蝉女觉得大水从自己下身涌出的那一刻,所有脱皮掉肉般的疼痛突然消失了,她像是终于从寒冰烈火里逃了出来,瞬间无比畅慰,可不等她再喘息一下,肚子中那个小东西似乎也开始向外努挣。

"天哪,我的娃娃——"一股热泪瞬时涌满蝉女的眼眶。剧痛没能让她流泪,可一感觉到腹中那团肉的挣扎,女人的心就软了,化了。

蝉女也本能地开始用力。她脑子里复又一时清明一时糊涂。她觉得自己此刻又像逃荒时那般，一个人拼命在田埂上跑着，跌倒了爬起来再跑。她听到水声，听到窑洞外秋风呜呜地刮过，忽而又听到身边安来子在不停叫她，只是所有声音都忽大忽小，缥缥缈缈。

而那团肉终于扑落一下掉进了灰堆中，猫儿子一样弱弱哭叫起来。

"呀，蝉女，是个男娃——"男人惊喜地叫道，他的手呆在空中，甚至不懂去接那团肉。

女人扎挣着坐起身，抱起孩子剪断脐带，又沾着温水擦拭净孩子身上的灰，把他包裹起来。不多时，胎盘也顺顺下来了。

安来子眼见母子平安，不由扑通一声跪在脚地上连连磕头道："老天爷爷保佑啊，母子平安，母子平安，多谢老天爷！"

娘曾说起月地里要多喝米汤，这样奶水就旺。

娘曾说月地里女人不能吃太咸，不然将来有可能憋不住尿。

娘曾说月地里女人不能着风受凉，不然会浑身疼。

女人把娘说过的嘱咐给男人。她想娘曾说过的话，也再次想起了娘。

第五天头上，孩子突然不肯吃奶，额头烫烘烘的，号几声就昏睡老一阵儿。撩起小裹肚一瞧，脐带处又红又肿。蝉女想起娘说母奶干净，还是凉性的，就用奶水给孩子洗额头、洗肚脐周围，凡是从前听来的法子都试过了，烧却一直不退。

女人日夜把孩子抱在怀里，眼见手摸着孩子像一粒小火籽般逐渐暗淡下去，直到那小小的胸脯再也不起伏。

女人大声号叫着，抱着那孩子，把奶头一次又一次往他嘴里塞，期望他能再次吸住她的奶头，咕噜咕噜地吞咽起奶水来。

她把孩子紧贴在胸前，男人夺也夺不走。直到孩子身体彻底凉了，女人才呆呆松了手。

洛河畔人讲究夭折的孩子不能掩埋，需得放在山野外才好。

男人抱着孩子,把他小小的身体送到了对面的远山上。

已到冷的时候了。天阴得直压到山头上来。树梢子上还零星挂着几片黄叶。秋风从山坡下涌上来,贴着山顶把一群枯叶刮在男人脚底下和那小小的襁褓旁。

男人边走边回头照,深一脚浅一脚地下了山。

蝉女足足在炕上睡了二十多天,孩子的啼哭声总响在她耳畔。

"老年人常说,万事万物都有造化,咱这个娃娃大概就没造下他成人。你宽心养好身体,指不定来年又能怀上一个……"男人宽慰她道。

女人默不作声,只是一把把地抹泪。

这一年来,秋里收的那些粮食成了他们最大的慰藉。

经历了生养之事,孤寂落寞之中,安来子和蝉女想明白了,洛河也是根脐带哩,对于每个河边出生的人而言,这脐带终身都剪不断,扯着心连着魂哩。如今内乱渐息,年荒已过,在外飘零的日子也该有个头了。洛河畔的人只要能活着,只要不失去他们手中最后的镢头锄把和牧羊鞭杆,他们是不会离开家园这么久的!

夫妻俩一直盼着娑婆镇能早日再多回来几户人家。

大雪时节,洛河封冻。天地间再次苍凉起来。但就在这苍凉中,娑婆镇周边十里八峁总算有了别的家户。

人们清理荒芜的院落,生火入住。这些院落,有些是从前自家的,有些是别家的。

男人们在山上背柴时,偶尔就碰见了彼此,稀罕地能说半天话。问得多是先前哪哒住,现在哪哒住;先前家里几口人,现在回来几个。问着说着,眼软的就先淌下泪来——经历了动乱和饥荒的浩劫,已没有谁的家是完整的了。

五

　　立春后,从河南上来个圆脸秃头的铁匠,带着女人在东山一个小窑里安了身,不几日便支起炉灶叮当叮当开始打铁。其间也有北草地下来的牧民吆了牛羊到婆婆镇来叫卖。

　　"哞——哞——"这是大犍牛雄浑有力的吼叫声。

　　"咩、咩!"这是羊羔子奶声奶气的唤母声。

　　牛群和羊群霍霍地走在土路上,不时扑沓扑沓落下几泡沉甸甸的牛粪,或是扑落落滚下一地羊粪珠子。

　　洛河的冰冻逐渐开始消融,陆续回转的人经过河边时,又听到了那水底传上来的空灵入魂的声响。

　　这一年,洛河畔上人烟渐旺,行人日渐增多,泥塔沟里也陆续住进了三四户人家。

　　第三年头上,婆婆镇的集市又开张了。人们稀稀拉拉从沟里山间撵来赶集,多是以物易物交换些必需的东西。

　　东山的铁匠姓王,打的器具钢水好,刃口利,他一遇集就和婆姨在大路边摆摊,一趁来往的人能照见,二来趁个买卖时的热闹。

安来子和蝉女也渐渐开始在集市上走动,把那些套住舍不得吃的兔子山鸡拿去卖了,换点针头线脑的杂物,还捉了一只狗和几只鸡娃回来喂上。

说来也怪,这两年二人求子心切,蝉女几乎是连肚又养了两个娃娃,一男一女,可惜还是没能抱起。

蝉女整日里灰塌塌的,两颊再次陷下去,人也呆呆的,常常坐在灶火边发怔。

安来子苦更重,又要照顾婆姨,又要在地里和山上为了口吃食奔忙,两年下来背就驼了不少。

这天,安来子去集上买菜籽,见一瘦小的外地算命先生正给人掐算。那摊后还贴了一张纸,上写"善观气色"四个大字,左右分书"一支铁笔分休咎,三个金钱定吉凶。"安来子心间一动,上前攀谈。

"先生可能算儿女之事?"安来子恭敬作揖道。

算命先生闻言抬眼,两柱目光照在安来子脸上。"看面相,三阴三阳之处色正平满,你乃多子之人!"

"唉,先生啊!可不敢提什么多子的话,我婆姨连养三个都没活!您说我多子,怕只说对了一半!"安来子又哀哀作揖。

那先生眉毛一挑,冷道:"我还没算过不准的卦!把你和你女人的生辰八字说来,我细看看!"

安来子忙说了二人生辰八字,凝目端立,如等判决。

那算命先生一番掐算,倒吸了口气,皱眉道:"呀,再生一个还是不行。"

安来子脑中嗡地一下:"难道我们这辈子就没个盼头啦?"

那先生见他几乎要流下泪来,目光不由柔和几许:"你也不要太伤心,有些事是可以转化的。"

安来子急道:"先生有办法疗破?"

"办法是有,就得看你有没有这个命!你和你女人只需有个养子,便能挡得了命里的劫煞!"

"好先生哩,如今人烟凋残,又眼见缺男壮劳力,谁家愿把男娃给我?"

"我才说过了,有没有转变就看你时运如何了。"

回到家,安来子把算命先生的话原原本本告诉了蝉女,蝉女心中顷刻间也燃起了新的希冀,却又和安来子一样,发愁着不知该去哪里找个养子。

担心着噩运再次降临到下一个孩子身上,安来子和蝉女都格外小心,生怕不经意间又有了身孕。

一到逢集的日子,哪怕家里什么也不买,蝉女都要催安来子放下活计去赶集。

"集上人多,你给认得的乡邻安顿一下,看谁家有养活不过来的男娃……你再想法子给永安府的三哥捎个话,外面人多,看能不能遇上合适的主……"蝉女每次都这么安顿一番。可惜直到过年,还没盼来什么消息。

又一年的春天来了。

这天,安来子正和蝉女在窑里吃饭,忽听门外拴着的狗叫,继而响起一阵咯哩银当的敲打声,二人趴在窗户上向外一瞅,院中一个老汉肩上搭条细长的旧口袋,一手执根树枝,树枝上扎些破烂的红纸花,另一手夹着两块破碗瓷,身旁还有两个半大的男娃。

二人知院中人是讨吃子,连忙开门出去。

那老汉左眼萎缩翻白,右眼混浊着,眼屎黏连,见有人出来,便哆嗦摇动树枝上那些纸花,伴着碗瓷敲打声唱了起来:

  同治五年三月间,杀气弥漫天。
  十余万人一朝尽,问谁不心酸。
  哎,莲个莲花落哟,打上一个莲花落!

桃含愁来柳带烟,万里黄流寒。
家破人亡泪潸潸,染成红杜鹃。
碧血洒地,白骨撑天,哭声达乌兰。
哎,莲个莲花落哟,打上一个莲花落!

安来子和蝉女听得真切,知道是唱前些年的事,又见老汉一道浊泪从右眼淌出,不由也是一阵心酸眼软。

听他说完,安来子进门搬出板凳让老汉坐下,蝉女舀出两碗滚水,端给老汉和那大点儿的男娃。那男娃喝了几口便把碗递给小点儿的男娃让他喝。

老汉喝了水站起,双手把碗递给蝉女,身旁那孩子也照样双手递过水碗。接着,老汉敲起碗瓷又唱开了:

碗瓷一打响四方,恭喜发财又兴旺。
今日老汉上门讨,各位贵人莫嫌扰。
同治年间刚熬过,又遭光绪大饥荒。
老婆含恨半路死,丢下二子受恓惶。
沿路乞讨没着落,无奈求到你门上。
残汤剩饭不嫌弃,喝口米汤也满意。
若是再能给点粮,莲花台前敬高香。

唱毕,老汉和孩子眼巴巴盯着主家。

安来子和蝉女赶忙把三人领进家中,又让坐到炕上去。老汉死活不肯,只说给口饭吃了就走,却又依不过敬让,惶恐间点头哈腰脱了烂鞋,上炕盘腿坐下,两个孩子也怯生生依在老汉身边。

蝉女陀螺般抱柴烧火,做饭熬菜,下米时,她特意多下了冒尖儿两勺。

安来子和老汉一边喝水一边问些外面的世事。

老汉说他带着儿子一路从山西起身,听说南方还是不太平,就过黄河向北入了甘肃,走到哪儿算哪儿,夜间破庙烂窑随处栖身,这几天翻山想到川道上去,走了三十多里路才看见这么一户人家,可怜俩娃跟着要饭,饥渴交加……

"老大哥,你今年多少岁?"

"平五十!唉,眼不方便,人也受罪,这两年头发都白完了。从前老婆在的时候也一直有病,得子迟,这不,这把年纪了,娃都还不大!"

"哦……你们从甘肃过来,那边天年可好?"安来子好奇道。

"唉,如今走到哪里都差不多!哪里的人都艰难!"老汉叹道。

饭一熟,蝉女连忙端上炕,看那父子三人端碗埋头大口刨吃着,她给安来子使了个眼色,二人出到院里。

"你知道我为啥叫你出来?"蝉女悄声问。

"你的心意我还能不知道?"安来子也低声道。

"那就不多说了,你知道该咋办?"

"知道。"

再进去时,蝉女笑微微地从米瓮中寻出十个鸡蛋煮进锅里。

安来子又上了炕,看老汉和孩子们吃喝完毕就开了口。

"老大哥,有件事我不知当不当讲?"

"你夫妻二人心眼儿好,肯给我父子这么一顿好饭,有什么你但说无妨,可惜我一个讨吃老汉,能帮得了你们什么?"

"老大哥呀,你是个出门人,这年头我知道你也是被逼无奈……你看我和我婆姨,我们都快四十岁了,还是没有娃娃。也不是不能生养,实在是养下了存不住!有算命先生说只要抚养个别家的男娃,今后就顺了!你一人带着两个小子,我看见都是好娃,你要是能给兄弟抬举一个,那您就是我们的恩人!今后也可时常走动。要是舍不得,不愿意,那就当我没说过这话!"

43

老汉听后思索半天,把两个孩子拉到外头问了许久,这才回到窑里道:"唉,眼见娃们跟着我吃了上顿没下顿,讨吃这营生,少一个总比多一个强!我刚已给孩子开导好了,我这二小子就留给你们吧!孩子娘死得早,能有个安稳的地方,也算他的福气……再者,看你夫妻二人良善,肯定也亏待不了他!"

"老大哥,你放心,娃是我们的福星,我们咋能对他不好?"

"说得也是。来,明顺!眼前这两人就是你的新爹娘啦!你跪下给他们磕个头就算认了,你不要怨我和明诚把你留下!"

那个小些的叫明顺的孩子点点头,跪在地上磕了三头站起,却没叫出爹和娘。想来娃也是吃了不少苦头,说是七岁了,长得却像四五岁的模样,大脑瓜壳薄眼皮,腿脚细得麻柴秆儿一般。

叫明诚的孩子却开始淌泪,拉着弟弟的手不肯松开。

蝉女给老汉身上搭着的那条布口袋装了些米和炒面,又把锅中十个鸡蛋给了明顺一个,其他九个用布包了递过去。老汉默默接过,拾起地上绑着红纸花的树枝,和明诚一步三回头地走了。

"——弟弟,你别怕,等我长大了就来寻你哦!"

远远传回明诚带着哭腔的喊声。明顺也啪嗒啪嗒掉着泪,却没咧开嘴哭。

开始几天,明顺总躲着安来子和蝉女,吃饭时蹴在灶火圪坳,拉不上炕。可毕竟是孩子,没出半月便熟悉了院落,又见新父母对他柔声细语,百般疼爱,童心烂漫间,不由撵着安来子和蝉女爹一声娘一声地叫。

两三个月下来,明顺的精神就养了起来。他跟着安来子上山下地去玩,又在院中挖土扣雀,"嗷——嗷——"地呼喝空里想来抓鸡的鹞子和老鹰。有了他欢奔的身影和清亮的叫喊,院落一下子就显得小了起来。

有了明顺,蝉女便要考虑新做些衣服鞋袜,清明前后,安来子在对面台上掏出一片空地,好容易换到些老麻种籽种上,只为秋地给蝉女沤些麻线,好方便她缝新补烂。

算命先生的话果然应验,蝉女第二年就生了个小子,壮壮实实,吃起奶来把蝉女奶头唖得生疼,哭起来声音亮得震人耳朵。蝉女把孩子叫来存儿。

自此后,安来子和蝉女几乎两年一肚,接连又生下三儿一女。

二子生下来挥手踢腿个不停,叫了喜奔儿。三子乖,叫安全儿。四子生来正逢雪天,便称丰年儿。又一女于秋日所得,遂名香果儿。

这群孩子坐下一桌子,站起一个阵。醒时个个欢腾,里外乱窜,把个明顺也忙得不亦乐乎,一会儿抱抱这个,一会儿又哄哄那个,俨然大哥模样。

蝉女手巧,她把旧衣裳改绞开,给孩子们缝衣做鞋,虽然穷苦,却也不至于衣衫褴褛。

儿多母瘦,蝉女这几年下巴尖削,夜间又睡不好,眼眶也陷进去了一圈,但她心里不愁苦,每到夜间,她都要给孩子们唱些歌谣,让他们一个接一个进入梦乡。

蝉女最爱哼的就是洛河畔上不知传了多少辈的谣曲。

"猫娃睡睡,娘给你捶脊背背,猫猫睡着念古经,古经古棒,老婆算账,算的布,长半丈,一半给老汉做个帽扇子,一半给老婆做个鞋垫子……"

觉着孩子听腻了,蝉女又唱另一首。

"噢噢,毛娃睡觉觉,老虎带帽帽,屁股架个草裰,后面跟个野雀雀……"

似乎是对前些年的补偿,这些年,天年出奇平顺,见苗就长,安来子和蝉女种的地也越来越多。住人旁边的两孔窑正好用来储粮和牲口草料。除去一家人的口粮,其他长余的粮食就吆驴驮出去卖掉或换些自家没有的东西。渐渐地,院里又养了二十几只羊,还从定边人手里买了一头年轻的叫驴,安来子狠了狠心,又买回一头大犍牛,贩牲口的蒙地人豪爽劲儿一上来,又半卖半送了两头小牛犊。

此时的明顺已是十七八的大后生了,他个高腿长宽肩膀,看着英武,脸上却始终有种腼腆的神态。春秋农忙时他和安来子一起务农,平日里上山放羊拦牛。明顺心细、勤快,把羊个个儿照顾得膘肥毛顺,很快就衍成了五六十只的大群。夜间,明顺和来存儿睡在一个窑,蝉女和安来子招呼另外四个孩子。等孩子们接连睡着后,蝉女不是在灯下纳着鞋底子,就是缝补着大大小小的衣裳。

安来子和蝉女每晚睡前都要在灯下说会儿话。

安来子总是挨个儿从炕头看到炕尾。这一炕娃娃,一个比一个大一头。

安来子看着看着就笑了:"蝉女,你真厉害!你看咱这群儿子,有时候想,咱咋能生出这么一群来着?"

"唉,命运也不知道咋安排着,我看是要把咱两个熬死!尤其是你,苦更比从前重了。"

"蝉女,你的苦也不轻,抚养娃娃长大可不是件容易的事!不过,咱也不要发愁,娃们给口稀米汤也就慢慢都大了,从来没听说谁家能把娃娃饿坏的。蝉女啊,多想想儿女们大了的光景吧!嘿,这几个小子长大就能顶上大事喽!那时咱就等着享福吧!"

蝉女抿着嘴笑了一下,眼神柔柔地在孩子们的脸上看了一圈,这才继续在香果儿穿的小鞋子上绣那朵粉色的桃花。

六

　　一场雪后，山河皆白，只山崖陡峭的地方还袒露着棕红色石壁。洛河的冰面上覆了厚厚一层雪，这让它看起来更像是条平坦的大路。偶有过往的人畜慢慢在这路上走，留下几串脚印蹄痕。也有人在河边用斧头凿冰取水、饮牲口，冰洞里浮着的一层碎冰不时在阳光下闪着剔透的光。

　　年前，娑婆镇陆续回来两个五十多岁的读书人。他们本是同治年间镇里的秀才，四书五经熟烂于胸，又善八股和五言律诗，正准备参加院试之际，世道大乱，逃亡间家眷惨死，从此再无心功名。在外这些年，分别在韩城和白水的大户人家当账房，后来又在鄜州和大荔的私塾中当先生，种种人情冷暖皆已尝遍。听说娑婆镇方圆已有二三十户人家，两人思乡心切，便一路背着书箱从洛河踏冰而上，回了阔别多年的家乡。

　　刘先生一把山羊胡，有点儿驼背，回来后在娑婆镇东山上开办了村塾，有钱的给交点儿学费，没钱的交点儿粮食，半年下来，收了五六个年龄参差的学生。

高先生中等个儿，淡眉花眼，不留胡子，很爱干净。因为太瘦，眼角几条皱纹显得很深，似乎掩藏着不少苦难。他脸上还有个鲜明的特征，那就是嘴角有两个艾灸留下的圆疤，每当说话或笑的时候，这两个酒窝一样的疤痕就为他的脸平添了几许生动的开朗，冲淡了眼角的伤痛之色。

高先生过去曾与宗家有些来往，打听到安来子住的地方，便也进泥塔沟里找了个小窑住下，与安来子和蝉女仅半个山塆之隔。

高先生住进来后首先收了宗家几个孩子为学生，日日教他们诵读明理，习字下棋。

婆婆镇的洛河畔和山沟里重新响起了稚子童声。

自高先生住进沟里，安来子和蝉女将他视如亲人，二人多年没有亲戚来往，如今多了个邻居，加之又是孩子的老师，更是殷勤备至，敬重有加。

高先生分别给几个孩子取了官名，明顺避二叔连顺子名讳叫了宗永明，来存儿名为宗永志，喜奔儿取名宗永华，安全儿取名宗永惠，丰年儿取名宗永祥，香果儿取名宗永芝。

安来子盘了两斗麦给高先生送去算作赐名酬谢。除了香果儿，从此家中门外便只唤儿子们的大名，意为接纳名字中的吉祥之意。

第二年四月间，除了永明，其他五个孩子一个传一个都出了天花，蝉女翻出家中所有旧布，用针线缝成一块大毯子蒙在窗户上，生怕哪个着了风，落下一生的毛病。

娃娃出过疹和痘，才算解了阎王扣。

这五个娃白天黑夜睡在炕上出疹发热，永志、永华和永惠不用太操心，只需端吃递喝照看着不让下炕就可。永祥和香果儿还小，尤其香果儿黑夜里哭闹得厉害，蝉女和安来子只能替换着一夜一夜往天亮抱。

担心之余，安来子和蝉女跪在院中对婆婆镇庙院里的娘娘许了愿,求娘娘保佑几个孩子都能平安熬过这一关。

一出五月,娃们都活泼泼地下了炕,除了永华脸上留下些斑点,其他几个没受什么影响。安来子和蝉女总算舒了口气,这些子女快把他们熬挣坏了。

但总有更欣慰的事。永志和永华也已开始为家出力了!他们跟着父亲春种秋收,轮换着帮永明出山放羊、拦牲口,帮母亲推磙碾磨,担水劈柴,给家里挖盛粮食的树皮筒子,挖养蜂的蜂筒子。

永志、永华少年心性,免不了还要在山里逮兔追野鸡,地头轰雀撵獾子,为此常常耽误了念书。但永志记性极好,对诗文大意也常能无师自通地猜对七八分,就连石子儿棋也常能赢得了高先生。高先生赞叹之余,常让永志抽时间和永惠一起写字。可永志只爱听,不愿写——他最入迷的是听高先生讲古朝和那些外面世界的事。

到了永明二十二岁时,安来子和蝉女才张罗着给他问婆姨——早些年,婆婆镇地面儿上的男女一般十四五岁就成亲,家境穷些的早早把女子送到男家当童养媳。到永明这一辈,人们刚从乱世灾荒中逃回来,休养间,孩子们的事就都觉得有些耽搁了。

顺洛河往北的金佛村有户张姓人家,也住在洛河畔上。他家也是十四五年前才从外回转,掌柜的叫张德胜,有一女名为莲花,比永明小两岁。

张家人丁单薄,又没什么手艺,只靠在地里下苦糊口。莲花的哥哥拴柱尚未成家,娶媳妇的彩礼全都指望在妹妹身上。

张德胜和安来子是在婆婆镇赶集时认识的,二人话语投机,攀谈间就成了亲家。

"好容易遇到这么个岁数合适的女子,看大人也实诚。"安来子回家给蝉女细说道。

"如今女子可是稀有!方圆几十里哪里要有个寡妇,那上门求亲的人都能踏破门槛,何况一个正儿八经的大姑娘。这是咱的福气哟!"

蝉女喜得眉开眼笑。

婆姨汉这厢一商定,第二日早饭时,安来子在永明面前开了言。

"永明,你如今也到了成家的年纪——前几年根本就打问不下合适人家。这两天,大好容易在集上给你问到个合适的,就看你愿不愿意了。愿意的话咱找个日子一同去看看那女子?"

"还早哩嘛。"永明羞赧一笑,低下了头。吃谁家饭,像谁家人,这个山西娃如今粗看之下和宗家几个弟兄眉眼处竟颇为相似。

"不早啦!洛河川早些年像你这个岁数的人娃娃都养下几个了!这几年女子不好打问,不然我和你大早应该抱上孙子啦!"蝉女说着给永明碗里又添了一勺饭。

"呀!大哥说下婆姨了!赶紧看去,看好了快快娶过来,我们就有嫂子啦!"永志笑道。

"是哩!永明婆姨娶过门,就轮到你们几个!"蝉女也笑道。

"我才不要!"

"我也不要!"

"哎,你们为啥不要?"

"有了婆姨好吃的就轮不上我们啦!"

"哈哈,愣娃!"

过几日,安来子就近请了高先生当媒人,一来二往就把彩礼也议定了,二十个银圆,十只羊,就这几年来说,这彩礼可不低。

亲一订,张德胜就传话来,说让永明寻个时间来看看,要是双方都满意就赶快把事办了,女子大了,娘家人再不想养活了。

安来子和永明、永志抓紧用麦皮子和了细泥,把三孔窑壁展展裹了一遍,又从集上买回新麻纸,只等永明去看过莲花后就糊窗纸,准备好洞房窑。

永明和莲花的事正在筹办,这日院里突来了一蓝衣汉子,肩膀平展展的,立在院中就"明顺——明顺——"地喊,原来竟是当年同老乞丐离开的明诚。

亲兄弟相见,十几年前的约定得以实现,两人抱住涕泪交加。

虽说明顺留下来时只有八岁,但他已能清楚记事,这些年来,他常常惦记父亲和哥哥,不知他们身在何处,如今哥哥寻来,虽一时不知用意和缘由,但那份骨肉深情藏也藏不住。

安来子和蝉女让儿子女儿都喊明诚为哥,又问了那年之后的情形。明诚说,当年把明顺留在婆婆镇后,父子二人顺洛河而下,去了关中一带,年荒一过,就回了山西老家,也是种地打粮,这几年光景才渐渐好转,父亲如今年迈,只心心念念一件事,那就是被留在宗家的明顺不知是死是活。

明诚说他走时,父亲安顿如果找不到当年的路,就向人打问永安府的洛河和婆婆镇。明诚一人带了盘缠走了三天,过黄河,从东向西又走了半个多月才寻到这里。

"既然寻来,看看弟弟就走!如今见你们光景好,又有了这么多子女,真是欣慰!"明诚道。

安来子和蝉女也未多想,杀鸡宰羊,真心实意地招呼明诚,晚间又让弟兄二人睡在一起,蝉女隐隐听他们絮絮叨叨一直到深夜。

一两日后,永明带明诚一同出山放羊,说是哥哥过几天就要回山西,兄弟二人想多在一起相处几天。

蝉女自然每天都给弟兄俩带足干粮,生怕对明诚招呼不周。二人每天回来干粮口袋都是底朝天,吃晚饭却又能吃两三碗。蝉女心中暗暗惊奇,却又想年轻人爬山上洼拦羊下苦,多吃也正常。

如此又过四五天,这日,到了平常吃早饭的时间,仍不见弟兄二人起床。安来子打发永志去叫,可他们住的窑里哪里有人?

羊在圈中,人却没了踪影,蝉女叹道:"看来这两个娃是走了,要走也该说一声,哪有不让走的道理。只是如今已和张家定了亲,永明一走,可怎么给人家交代?"

51

永志和永华不死心，专门去了趟永明经常放羊的山沟，果然在一个柳树洞子里看到了些干馍渣和熟米粒子。原来他们早算计好了回山西的路程，每次出山放羊都把干粮积攒在这树洞子里。

安来子听了情形，连忙嘱咐蝉女为自己准备盘缠干粮，要去追永明。

"这事当年因咱而起，虽说当初他们也是不得已，但自己的娃娃都是心头肉，这么多年不见心里肯定也不好活！如今咱这么多儿子，我得再去见见永明大，把事商量清楚！这可是大事！"

蝉女听了也赞同，担心之余，让永志与安来子同去。亏得永志记性好，前几日已在和明诚交谈间记下了山西那边的地名和村名。

安来子又给蝉女安顿说千万不敢走漏了风声，万一让张家知道就不好收拾了，一切都等父子回来再说。

明诚和明顺走了的当天中午，安来子就与永志从家中背了褡裢起身，过了洛河，二人一路东行。安来子一边担心着明顺，一边又觉得家中撂下蝉女母子几人不放心，心烦意乱间，恨不得插翅就到山西。

此时的安来子已是五十出头的人了，长期的操磨和劳累让他不仅背驼得比从前更厉害，两腿也因长期负重有了轻微的罗圈。他没有真正出过远门，当年跟万老汉到定边贩盐已算是走得最远，这次冷不丁要去山西，安来子并没有底气，但想到这事的前前后后，他不由把腰间的带子紧紧缠住，暗自给自己鼓劲儿。

永志在身后看着父亲的腿，不由一阵伤怀。但这伤怀很快就被变换的风景替代了，这也是他第一次出远门，外面的一切对他来说都是新奇的，他甚至感觉头顶的天都和婆婆镇泥塔沟里的天不一样。

父子边走边打听，夜间投店，白日赶路，四五天就到了黄河边的延水关渡口。原希望能追上明顺和明诚，可条条大路，谁知他们走的哪条。到了延水关再一打问，光渡口就有好几个，又哪知道他们从哪里过河？

安来子和永志站在黄河边看了许久,那闷雷般的水鸣和滚滚浊浪让他们不由心惊目眩。二人从未见过这样的大水,也未见过渡口那十几个鼓鼓的羊皮浑脱扎成的羊皮筏子,更未见过艄公泰然自若立于木排上来回运送过河人的情景。

"大,不要怕,你看人家都稳稳过去了嘛。再说,咱不多少有些水性?"

"唉,今天怕也得过,晕也得过,不能让黄河挡住!"

父子相互宽慰着上了羊皮筏子,艄公见他们战战兢兢的模样,捋捋胡子呵呵一笑:"你们是第一次过黄河?"

"是,是!以前没见过这么大的水!这水吓人哩!"

"呵呵!靠山吃山,靠水吃水。这浪头上的营生我都干了几十年喽!"艄公把桨一摆,筏子就悠悠动了起来。

安来子和永志坐在那筏子上,紧紧抓住间隙间的绳子,浑身提缩着。好不容易靠了边,安来子和永志付过船钱上了岸,回头照一眼刚过来的河面,又是一阵后怕。那艄公却悠悠踏了筏子,载了几个要过陕西的人向对岸漂去。河面传回几声酸曲:

  十七八的女儿在船上站哟
  三声五声问不言传
  头上的金丝谁刨乱
  口上那胭脂谁亲干
  …………

入了山西地,居民说话口音与婆婆镇人相差甚大,好在问什么答什么双方还都能听懂。

一路走,一路打问,三四天后,二人终于寻到明顺生父的村子。

明顺与明诚正坐在院中剥玉米,一见安来子和永志进院,二人半响不敢动弹,好容易反应过来,明顺立起来结巴道:"大……永志,你们,你们咋来了?"

明诚接着起身道:"唉!伯,永志兄弟,我们那天走时没给你们言传,当时也是怕你们不放人。"

安来子和永志寒着脸,没有言语。

他们打量了几眼这院子,三孔窑洞,高高的窗户楞子上贴着几张褪了色的旗子样窗花,永志认得纸上写着的字:满门吉庆,早生贵子。

说话间,一老汉拄着拐杖摸索出来,正是当年唱莲花落的老人,他如今更瘦小了,发白如雪,但大模样没变,曾经好着的那只眼勉强罅开一条缝。

安来子紧走几步上前扶住老汉:"哎哟,老哥,老哥!明顺大!你还认得我不?"

老汉的手颤抖着,一手把安来子的手掌抓住,一手把拐棍儿在地上狠狠杵了杵道:"唉!娃们不懂事,你看,你看!把你那么远闪过来!明顺!你还不过来跪下?!"

明顺乖乖走过来,跪在安来子面前。

"还不给你大磕头赔罪!这一路上要遭多少罪才能寻到这儿啊!"

"大,对不住,是我和明诚哥没考虑周全,担心说了你们不让我走。"明顺磕了几头,垂下脖子,不敢抬眼看安来子和永志。

明诚见状,也过来跪下给安来子磕了俩头:"伯,真对不住,出主意的是我,回来时,明顺一路都在担心你们,说自己做错了事。"

"你们这两个娃呀……快起来!你们真该说一声再走的!明顺,这么多年你还不了解我们的脾性?都善得跟啥一样,咋会不让你走呢?再说你们这是打断骨头连着筋的至亲,就算你明诚哥不寻来,日后我肯定也会想法帮你打听的!"安来子一边说,一边扶起兄弟二人。

"先前是一直没消息,我心里总想着哪天你们能再来我门上,看看娃这些年有没有遭罪,看看娃这些年长成这么周正的一个大小伙子……这样,我也算对你们有个交代了。这么多年,好不容易盼到明诚,看兄弟俩抱头痛哭,我是又心疼又宽慰!要说你们团聚也好,可婆婆镇那边如今已给明顺定了亲,你们一走,这亲事可咋办?不把人家女子闪到了半路上?"安来子又道。

"明顺哥,高先生说嫂子长得可俊哩,你真不想和她成亲?"永志笑着帮话道。

明顺一时不知如何作答,低了头,脚使劲搓着地上的玉米芯子。

明诚和老爹连忙把安来子和永志让进窑里,明顺依旧不敢正眼看安来子,半垂着脑袋给几人端茶递水。

"我也给你说说这些年的光景吧。我和明诚当年逃难回来,又住到了老地方,就是现在这院儿。回来后我办了个老婆,照顾我们父子饮食起居——都是可怜人,也就凑合着过光景……这几年年景还好,生活慢慢又熬出了样子,明诚也已成了亲,这不,老婆子和儿媳妇去不远的集市上买肉,也就该回来了!正好也招待你们父子二人。"老汉边说边叹,又与安来子讲了些当年离开婆婆镇后在外乞讨的事。

不多时,一白发瘸腿老妇和一细眉细眼的年轻媳妇回来了,见家中来了两个陌生人,看样貌,听口音,再看看明诚明顺的举动,早猜到了八九分。两个女人也不多言,只是默默地张罗着端上饭菜。

"实不相瞒啊,宗老弟,我这明诚与媳妇成亲已有三年,可至今也怀不上一男半女。也在庙上问过,就说到了明顺这件事上,说人口不旺和这事有关啊!"老汉说话间又给安来子斟酒夹菜。

"伯,若非如此,我们也不会费尽心力想把明顺找回来,这个万望您老人家担待。"明诚戚戚然道。

"噢,话说开了就好!唉,都是缘分!你说婆婆镇那地方论起也不算太小吧?可你们父子刚好就进了我家的院,上了我家的门。"安来子道。

"多亏你们收留照料。明顺那天一进门,我就哭了一鼻子,看他端端正正的模样,想也能想来这些年没少让你们操心!这恩情我们是不敢忘的。"老汉说着,一行老泪淌下来,又犹豫道,"事到如今,不如我说个办法,看你们愿意不?"

"但说无妨,都是为了娃好,为了娃以后过个安生日子!"安来子道。

"我身边有明诚照顾,就让明顺跟着你们回去吧,毕竟已经和人家女娃定了亲,将来开枝散叶后我只一个要求,若明顺能有两个儿子,其中一个就让姓了我们杨姓吧!也算是我杨家多了一份香火,多了一支人!"

"主要看明顺咋想?他要是愿意,我们自然没什么意见。两家过成一家,这是多好的事情!"安来子道。

"老爹,大,我一切听从你们的安排。对我来说,不管在山西还是在婆婆镇,我感觉都是一样的亲。"明顺答道。

从杨明顺到宗永明,他在这两个名字间也曾有过迟疑,有过矛盾,但这些年宗家从未视他为外人,养父养母恩情如山,这些他怎么能不明白呢?

第二日,明顺便决定随安来子和永志返回,临行时,明顺扑通一声跪在大门口,给亲爹和哥嫂叩了三个响头,承诺等将来有了孩子一定再回来。

明顺在山西买了两块布料,说是一块给蝉女,一块给香果儿。

父子三人归心似箭,一路平安回到了婆婆镇。

照见父子三人高高低低地从碥畔上来,蝉女的心这才放下,想想明顺的身世和他的山西老爹,蝉女又百感交集,掉下泪来。

七

婆婆镇向南十三里的青羊咀住着一个名叫安老五的老吹手,环眼络腮胡,夏季常敞穿一件对襟汗褂子,冬日也比常人穿得少,说是多年练就的功夫,气足,不怕冷。

安家吹手班子从前在婆婆镇无人不知,从同治年乱了后就再没能组建起来,如今只剩班主安老五逃荒回来,守住一把旧唢呐。

这几年婆婆镇人烟稀少,几乎没人过红白喜事,安老五也无心再召集人马,唯务农之余在山梁上呜呜哇哇自吹一曲以解心焦。

安来子提着一罐酒去了青羊咀。

"老安,你也是老安,我也算老安,我腊月里要娶儿媳妇!你再能叫来人不?一人能不能吹?"

"唉,好我的老安,这年月,难叫!只要主家不嫌单调寒酸,咋不能吹?!"

"不嫌!喜事上咋离得开唢呐?离了吹手悄无声息的有甚意思?"

"那行!我拾掇拾掇我这老家什,提前一天就到!"

"好!来了招待老兄你吃羊肉、喝烧酒!"

"那短不下!"

十一月初五是莲花的生日,安来子和蝉女商议,正好趁着这个机会儿让永明去看看,一来看女子样貌丑俊,二来看茶饭手艺,再者,说话行动间,品品女子性情如何。这三点可是洛河川人最讲究的。

安来子和永明天不亮就从家起身,把自家两只大公鸡缚了爪子提着,一到婆婆镇就向北拐,直接从平坦坦的河道上往金佛坪赶。冬日的洛河冻得瓷实,就算一个山峁两道弯,直接踏冰而过也不算费劲。中午时分他们就到了金佛村。

张德胜和儿子拴柱正坐在院里编筐子,不见莲花和莲花娘,原来她们趁着这会儿太阳暖和,去庄里的碾道压米去了。

看见亲家带个年轻小伙,张德胜心知这是女婿,又见永明模样俊朗,精干利落,他不禁心中暗喜。

几句寒暄,安来子就让永明和拴柱在院中杀了那两只鸡,将毛燂净,又烧了一把柴火,燎了细毛开豁好,单等莲花娘和莲花回来。

金佛村的碾道上,莲花娘和莲花一边挪着小脚推碾子,一边把边上的软米扫到中间去。

"莲花,今天这顿糕娘一定给你蒸得软软的,放上蜂蜜,肯定好吃!眼看你腊月就要出嫁,以后娘要见你就不那么容易了,务养了二十多年,这婆家一下就要引走。"

莲花娘说着就眼圈一红,声软得低了下去。

"娘!你看你,按大和媒人高先生说的话,人家光景比咱好,你该高兴才对!我出嫁了,我哥也就能娶婆姨了!过一两年,嫂子给你养个大胖孙子,你就顾不上想女儿啦!"莲花抱住娘的肩膀娇嗔道。

"死女子,就你嘴巴子利索!你过了门,在婆婆跟前可是要少说两句才好!"莲花娘不禁破涕为笑。

等她们回到家,永明已坐在灶前把前后锅烧得热气腾腾。拴柱去井子上担水。安来子和张德胜坐在炕上说话。永明和莲花目光相碰间都羞得不敢开口说话。

永明低头猛往灶火里添柴,催的莲花娘前锅后锅忙个不停,前锅鸡肉咕嘟嘟地刚炖上,后大锅水就直冒大气,她忙不迭又开始和面蒸糕。

"你柴添慢些,不然锅里都烧焦了!"莲花不知什么时候站在了永明身边,轻轻提醒道。

"哦,好,好!"永明一着急,从灶火抽出几根还燃着的柴撂到院里去。

莲花娘瞅了女儿一眼:"看你把人家说的。"

"没事,我这是夸他哩!"莲花捂嘴一笑。

安来子和张德胜都在洛河边长大,两亲家说着说着,突然忆起从前洛河川人家冬日里娶亲时坐的大冰车。

安来子听他这么一提,也想起自己小时候见过的那种大冰车模样来——两匹带着大红璎珞串铃的蒙古马打了带着倒刺的马掌,拉着大杨树板做成的双层冰车,冰刃稳稳地在洛河宽阔的冰面上轻快地划过,洛河的红石峡谷间留下串串铃声和唢呐声……这样的情景他也只见过一次,以至于让他有时怀疑那是个梦。

张德胜咂巴着旱烟,慢吞吞说道:"亲家,你思量一下,贺喜那天,从你家起身到婆婆镇是二十里,从镇子到我家走路又是二十里,来回加起将近八十里,我愁赶天黑都不得回去。说起大冰车,反正这一段洛河又宽又平,咱商量一下看能不能也从冰上走,算算能省下不少路哩!"

"这冰车娶亲的主意好是好,可惜现在婆婆镇周围都没有马!不知道驴能拉动不?"安来子愁道。

"这个你不用愁!冰滩上咱都知道,就起身那一下费劲儿,一走起来,冰刃本身是个省力的东西!富人有富人的讲究,咱穷人有穷人的办法,你说是不?"张德胜笑道。

"那就好,那就好,我回去就想法做上一个,不,做上两个!简陋些不怕,只要平稳,能坐人,我觉得就好着哩!咱按老传统来,让如今洛河川的年轻娃娃们看个稀罕!他们呀,怕是听都没听过哩!"安来子也笑起来。

"哎呀,我说掌柜的,你也不问问人家永明究竟能看得上咱莲花不,就急吼吼地说上贺喜娶人的事了!"这时,炕下的莲花娘看了张老汉一眼,提醒道。

张德胜一拍大腿道:"你看,你看,唉——我就是个粗人!今天正好也是莲花生日,你父子来就来,还捉两只大公鸡,这也是抬举我女子哩!如今两个娃娃面也见了,不知道都满意不?"

"永明!快,你丈人问你哩!"安来子忙提醒永明。

"满意,满意!就怕莲花看不上我哩!"永明激动地站起来道。

"莲花,你也说说,你愿不愿意跟永明?"张德胜把女子叫到炕边,让莲花挨着永明站着。

"哎呀,大!咱洛河川儿女婚姻向来都是听老人安排!你为甚还要问我……"莲花扭着衣角低低道。

"哈哈!那就这么定了!亲家——现在真正叫你一声亲家,两个娃娃我看也般配,那你们就看着定日子娶亲吧!来,来,咱亲家好好喝上两盅!"

吃了蘸蜂蜜的软糕,一人又吃了半碗鸡肉,莲花娘让莲花赶紧和了白面,准备就着鸡汤煮些面条。

永明又下地去烧火。莲花就站在灶台前,两人再一次离得很近。

莲花身胚儿生得又端正又匀称。

莲花的脸也好看,眉毛匀净,大眼睛扑闪着灵光。

莲花和面的时候腰软软的,手腕也软软的。

莲花擀面的时候,脑后的长辫子一扭一扭地在背上扫动,也在永明心里扫动。

永明回到家还想着那柔软的手腕。一人独处时,他嘴角不由就泛起笑意。每晚睡前他都把莲花从心里唤出来,度量着她的眉眼、她亮闪闪的眼波和那软软的腰身。

定下的成亲日子就在腊月十九,蝉女忙里忙外,煮黄豆、生豆芽、做豆腐、压软米糕、推荞麦、罗白面……她浑身洋溢着轻快和喜气。

安来子和儿子们则忙着杀鸡宰羊,又去婆婆镇买了十来斤猪肉和一副猪头蹄,集市上等住一个关中的货郎,专门买了红纸和两丈红布。

大冰车也不愁。宗家从前老地方的门板和门框就能用,安来子和永明、永志把它们背到王铁匠那里,让他打了四条长长的冰刃,又给门板钻了孔,三个一组用皮绳牢牢绑成两排,最后,把门框锯合适了装到门板下,冰刃牢牢钉到门框棱子下。

父子几人看着面前做好的这两个结实、笨重的大家伙,不由傻笑了。他们把这大冰车暂时寄放在王铁匠这里,只等娶亲那天到了婆婆镇就套上驴子,在河道里尽情滑行一番。

永明这一个月里主要还是放羊,每天回来,他背上都齐齐整整有一撂柴,这些柴被他仔细地码到高高的柴垛上去。

永惠、永祥、香果儿也感受到了喜庆气,三个孩子在院中玩着新郎娶新娘的游戏,永惠、永祥双手十字交握手腕,组成一个小小的方方的"轿子",香果儿作为新娘坐在两个哥哥的手上,两只小胳膊紧紧搂住哥哥的脖子,两个男孩紧握着对方的手腕,上下一颤一颤地抬着香果儿在院子里转悠:

哇呜哇,噔噔镲!娶得个新媳妇背坐下!我问新媳妇吃什么,瓜子花生油炸炸!

高先生受嘱托给永明的洞房窑上写对子。他斟酌再三,最终定了

61

这样一副:风暖丹椒青鸟对舞,日融翠柏宝镜初开。横批:天赐良缘。

眼看娶亲的日子几天就到,安来子和蝉女又犯了愁。娑婆镇乡俗是得一同去两个引人婆姨,不能是寡妇,且必须是父母双全的已婚女人,可放眼全娑婆镇,如今这样的女人真是不好找!

"引人婆姨难找,想必张家送人婆姨也难找!不如叫高先生去说好,双方只管让亲近的人迎送即可!咱只要守住老规矩,去引人的是单数,回来成双数就也算合乎礼数。"蝉女道。

安来子一听有理,连忙又央求高先生去张家传话,女方果然也回了话来,如今确难寻到两全之人,双方有咋样的条件就咋样来,一切都不搁事。

光绪二十四年(公元一八九八年)腊月十九。

高先生、永明、永志、永华和安老五先一早步行到了娑婆镇,几人去王铁匠院里抬下那两架大冰车,套上额前绑了大红布花的那头大叫驴,又给驴掌上绑了些毛口袋防滑,永明坐在冰车最前方拉着驴缰绳掌控方向,其余四人坐在后面,空着的冰车上也绑了一朵大红花,用绳子拴在后面,拉着给莲花的妆新衣裳和一个新的驴鞍。

永明头戴一顶兔皮帽,灰蓝色棉袍外套了一件黑色马褂,辫子梳得光滑锃亮,身上斜绾着一匹大红布——按洛河川老早以前的规矩,新郎倌儿本不去新娘家接人的,但来回路上人烟稀少,生怕再出什么差错,这几年,新郎便也去新娘家,方便两相照应。

这大冰车还真够宽敞,五人坐上去正好!

高先生抚掌笑道:"妙哉妙哉!这两架冰车顶得上八匹马!"

安老五也笑道:"驴拉大冰车娶新媳妇,稀罕稀罕!"

毛驴在洛河平展的冰面上迈开了四蹄,拉着冰车稳稳滑行着,冰车上的男人们哈哈笑着、吼叫着,安老五行进间高兴地吹起了唢呐,大冰车滑过之处,两旁石崖上的鸽子不时扑棱棱一群群惊飞而起。河畔上住的人听到唢呐声就跑出来看热闹,对着河道里这难得一见的娶亲队伍兴奋地"噢——噢——"叫喊着。

一曲《狮子令》午时便响起在金佛村张家院子里。

憋了十几年,虽没有其他鼓乐相和,安老五也吹得酣畅!他两手在喇叭眼子上尽情翻飞,腮帮子一鼓一吸间就把气息转换成了连绵不绝的曲调。这一曲响起,不光是安老五本人,所有张家院子里的人都湿了眼。这久违了的曲调和嘹亮的喇叭声,一下子让人想起了从前的许多事。

众人在院中吃了简单的酒席,就到了新媳妇"上马"起身的时候。

莲花被舅舅从自家窑里的炕上背了出来。她头戴一顶男式皮帽,脸蒙着大红帕子,只露出两只眼睛,身上穿了件大红色偏襟袄,宽宽的灰色裤脚里露出两只男士毡袜。这游牧民族传下来的打扮,不仅是为了保暖,还有保护新娘不被窥视的祈愿。

张家的毛驴已在另一架冰车上套好,拴柱把陪嫁的两床被子摊开铺在冰车上,莲花舅舅把外甥女稳稳放在被子上让她坐稳,张德胜则把自己的羊皮袄披在莲花身上,莲花娘又给女儿后背上挂了块镜子,嘱咐娶亲送亲的队伍走到半路上一定要把这镜子翻到莲花胸前去。

安老五、永志、永华按原位置就座,永明、拴柱、高先生把莲花围在冰车中央,这架冰车换由莲花舅舅掌驴缰绳。

《大摆队》在河道上嘹亮地响起来了,虽然只是一杆唢呐,却也喜气洋洋。唢呐声中,高先生按礼数喊道:"新娃娃上马起身喽——吉日吉时,一路平安——"

莲花回头冲着爹娘挥挥手,眼泪不由淌下,濡湿了脸上蒙着的红帕。

宗家这边,红彩子一早就在碹畔上高高挂起,院里早早打了火堆,火舌在粗壮的木材上左右舞动,发出欢快的呼哨声。

宗家院子里也不过十来个人,今天来的都是住在西山沟里的乡邻,婆婆镇周边请的几户得明天才到。

此时,吃了羊肉荞面的人一起聚在院子里烤火,攀谈间有几人就理清了乱世之前的关系,成了亲戚。来了的女人们则主动在窑里帮厨,准备晚间的下马宴席。

娶亲大冰车一路轻快到了婆婆镇,太阳炽白地照着,在周围灰褐色大山的映衬下,洛河如梦如幻地把冰面也变成了镜子,与莲花胸前镜子的光交相辉映。

河道里,永明和莲花身上的大红色是那么醒目和明亮。

两架大冰车暂时拉到岸边立起来。永明和永志绑好驴鞍子,莲花舅舅再次背起莲花把她放到驴背上去,陪嫁的两床铺盖驮到另一头驴身上。

远远照见宗家院子时,安老五按从前的讲究吹响了《得胜回营》,唢呐声在沟道里得到拉伸和扩张,声音亢亮得直冲上两侧山顶。

宗家碥畔上,一群人揪长了脖子探照。娃娃们停止了打闹,可劲儿喊:"新媳妇来啦,新媳妇来啦!"永祥和香果儿则喊:"我嫂子来喽,我嫂子来喽!"那两个孩子就不服气,把永祥捣了几拳,香果儿见状一扑上去扭打,永惠笑着过来,忙拉开锈作一团的几个孩子,一时唢呐声、娃娃哭叫声和哄笑声响作一团。

安来子和蝉女也挤在人群中,看到坡底下的娶亲队伍缓缓上来,蝉女不由一边笑,一边伸手抹泪,旁边年纪大点儿的婆姨们也抹起眼泪——女人们似乎生来有种把喜悦和悲伤掺杂一处,并让二者和谐共生的能力,她们喜悦至极时要流泪,悲痛至极时也要流泪,每次看到其他女人嫁人的场景也忍不住要流泪。这种复杂敏感的情绪有时似乎直接与她自己的经历和命运画了等号,所以,女人在哭泣时往往不仅是哭别人,也是在感慨自己。这样的哭泣不仅治愈自身,同时也是对人生最难怅、最深情的表白……

进了院,拴柱和舅舅喝了两杯接风酒,交代了陪嫁物品。高先生立于院中清清嗓子,悠悠喊道:"请咪,请新媳妇下马咪!"

早有人将一条毛毡拉出来铺在地上，永明把莲花从驴背上抱下来放在毡上。

从前主家留下的一张高桌此刻也派上了用场，桌上放着一个盛满五谷的粮食斗，五谷中又插了几枝纸扎的红花。

"请咪！请父母高堂就座咪——"高先生又喊道。

在众人的嬉笑中，安来子和蝉女坐在桌子两边。安老五此时停了唢呐，院中喧哗的人群也安静了下来。

"新娘脱掉羊皮帽，一路平安把家到——"

莲花摘下头上的皮帽，大红帕子虽还裹着头脸，但依然能看出新娘子俏丽的脸颊轮廓。

"新娘脱掉羊皮袄，一路吉祥幸福绕——新娘脱掉毡靴袜，脚踩贵气入门来——"

永明帮莲花把披在身上的羊皮袄和脚上的毡袜脱下递给拴柱。至此，娘家人护送新娘的职责才算完成。

"新人拜天地咪！一拜天地送福来，跪——"

永明和莲花双双下跪磕头，永明起身作揖。

"二拜高堂养育恩，跪——"

永明和莲花面向安来子和蝉女双双下跪磕头，永明起身深深作揖。安来子和蝉女连连伸手示意，一边又是泪眼婆娑。

"三拜夫妻结同心——拜——新贵人作揖——"

永明向莲花作揖，莲花款款地弯腰。

"吹手奏乐《喜迎春》！新人抱宝斗，入洞房——"

安老五摇头晃脑地欢奏起喜乐，永明上前双手抱起桌上木斗，莲花伸出一只手，扶住木斗底部，永志和永华在新娘新郎前面不停把毡倒换到他们脚步前面去，以免新娘子踩在地上。

莲花此刻心里又羞又喜，她知道，自己正随了男人走向新的命运，这洞房窑的门槛一迈进去，自己的女子时期就过去了。想到留在金佛村的父母,莲花眼圈一红,泪眼蒙眬中被后边的人簇拥进了窑内。

永明和莲花按高先生的指挥上了炕,永明倒穿布鞋踩四角,寻出铺开的被子四角下压着的枣和核桃。

高先生出到门外向众人道:"年月不同,本要父母儿女双全的妇人才能为新人笸头,如今也不能讲究那么多,看哪个婆姨人家会念叨的,就来给这俩娃翻床笸头!"

人群中就有一刘婶子道:"我会,我会!我念的可好哩!"

又有一张大娘也道:"给新人笸头也要成双成对,我也算上一个!"

两妇人洗了手,齐齐上了炕,抓住被子四角翻了床,把炕上撒着的红枣核桃围在新人周围,永明和莲花的头发各被解出一绺儿搭在对方头上,她们这才各自拿着梳子念开了:

一木梳交丝结夫妻,二木梳恩爱到白头。
双双核桃双双枣,双双儿女满院跑。
养女子,要巧的,石榴牡丹冒铰的!
养小子要好的,穿袍子来戴顶子!

门口围着看热闹的人一阵大笑,永明和莲花喝下和了蜂蜜的交杯酒。

夜已深,洞房内明灯摇曳,炕墙上贴着的红双喜让永明和莲花恍如隔世又见。

"莲花,你知道不?那天见过你,我就总想着你。"

"我那天其实可担心哩。"

"担心啥?"

"一来担心我家穷,拿不出好的招待你们,二来,二来担心我做的饭你觉得不好吃!"

"怎么会呢?莲花,你不知道,从那天起我就盼着你早些成了我的婆姨。我也算前世积德,近世修福,才能娶到你。"

逐渐地,二人的声音就呢喃着小下去了,只剩些神秘美好的细微响动。

第二日,即使步行二三十里路,娑婆镇请的那几户人家还是赶了来。娑婆镇人从前就有"驴咬脖子功变功"的习俗,即红白喜事上,村里的婆姨男人们主动去给事主帮忙,等到自己家也过事情或平时有什么事,对方也自然记着从前的功劳,不用去叫就来了,这古老的传统竟自动保留了下来,丝毫没受到离乱的影响。

早晨吃羊肉荞面饸饹,外加炸油糕,蝉女调的酸萝卜丝让人胃口大开。

昨天给永明莲花筶头的刘家婶子负责了榨油糕的活儿,主家蒸的糕本来就软,一下锅就滋滋炸出一层金黄酥脆的皮来,刘婶子一边夸着蝉女的手艺,一边偷偷就背转身吃了一片。

午间的宴席前,刘婶子又成了抓碟子的,那粗糙的大手"啪"的一把下去,紧抓住一把瓜子,照准另一手端的碟子一松,刚好,不少不溢,满满的,好看。

另一位娑婆镇来的张大娘和昨夜筶头的西山沟里的张大娘手艺也好,撕猪头肉、切耳丝、萝卜片、泡蘑菇、截粉条、片豆腐、洗大白菜、捞绿豆芽、黄豆芽,和另几个婆姨忙得团团转。

今日负责烧火的是永志和永华。两个窑,四口锅,前锅里滋啦滋啦地炒着、烩着,后大锅里咕嘟咕嘟炖着放了地椒草的羊肉,香味四散。

每装起一盘菜,两个张大娘总要用筷子把那些菜往高里攒攒,让每盘菜肴都尖尖地堆起,这样不仅看着干净利落,还能显出主家的修养和待客的诚心——这些都是娑婆镇人的老讲究,讲究得有理有据,是得这样讲究!

这些帮厨的女人,借着宗家这场喜事把久压在心底的欢快都释放了出来,她们尽情发挥和展示着各自的手艺。女人们说笑着,喧哗着,仿佛窑洞里已是她们的天下,外面则是留给男人们高谈阔论的地方。

午间宴席共坐了四桌人,永明和莲花喜气洋洋地给众人敬酒。酒是自家酿的糜子酒,这酒已放了两三个年头,红亮清甜,很是应景。

安老五提前吃过饭,为给众人助兴,从宴席开始一直吹到宴席完毕,孩子们围在他身边,眼羡着他那黄铜喇叭里头能飘出那么多好听的音调。

洛河畔的婆婆镇,这曾经唢呐锣鼓阵阵响彻山谷的地方,太久没有这么热闹过了。尽管光景还不是那么好过,可安来子和蝉女还是尽所能给永明和莲花大办了喜事。

这桩喜事成就了这么几个人。

一是高先生,此后,婆婆镇的红白喜事少不了由他做管事。

二是刘家婶子和两个张大娘,她们成了婆婆镇人红白喜事上掌勺挖厨必叫的红人。

三是吹手安老五,虽是独奏,却也再次一吹成名,从此后就不停有同行或学艺的年轻人慕名而来,一年后他就重新组起了七八人的新班子,再次开始四季行走于洛河两岸,让那时而催人兴奋,时而惹人泪下的唢呐声再次响起在沟峁川道之间。

八

娑婆镇原来的集镇旧址上又零星搭建起了店铺。

山西郝若鲁木匠铺、榆林党家豆腐坊、定边袁家杂货店,陆续都开张了买卖。从前娑婆镇约定俗成的集市也越来越热闹起来。

从来没有人能忘得了自己的家乡,也没有任何一方土地愿把自己的子民抛弃。洛河两岸的土地还在陆续接纳着负伤而归的儿女们,流水不仅滋润着两岸的庄稼,也冲刷着人心中积攒的泥沙和暗沉的瘀血。

莲花嫁到宗家,真是锦上添花。

安来子的劳累较从前明显少了,他还是爱赶集,时常拉上永安府吆回来的那头老驴去凑凑热闹。

算起来,这头老驴也算是见多识广,去过永安府,到过定边,听过当年万老汉唱歌,也听过他和蝉女说过的许多私房话。也就是它,看着曾经年壮的夫妻是怎样一天天熬老的。

虽然它现在已干不了什么重活儿,但安来子从未想过卖了它。于他和蝉女而言,这驴子早成了家中一员。

安来子饭后常常斜倚在后炕头,想着过去和将来之事。他黑瘦的颧骨显得更高了些,眼角也有些耷拉,法令纹深深刻在嘴角两侧,额头已有了四五条黑褐色的纹路,胡楂和两鬓头发也白了一半,唯有方正的下巴看起来还像等着什么般挺着。

这两年他也抽上了旱烟。去年他去北边宝鼎镇赶集时,从蒙人手中买了杆鹿蹄子镶黄铜的烟锅,这烟锅既好看又神气,一到饭后就被他嘬得嗞嗞响。

安来子常常在吐出一口烟雾之际想到保川子和连顺子。他们若是还活着,如今在哪儿?要是知道他这本该死的兄弟也有了一份家业,会不会就原谅了他?

安来子总是思想完从前的事,又把现在的光景和七个娃娃齐齐盘算一遍。

永明、永志、永华三兄弟分工明确着哩——永明掌管放羊、拦牲口和饲牧的活儿,好着哩!永志记性好,人活泛,在山西见识了一次世面后,心里那个窍就彻底拨开了,他如今爱在外走动,不时和婆婆镇本乡人去定边驮盐历练,要么就是跟三边来的人贩卖皮毛,家中这几年吃不了的余粮太多,也是他出去找粮食贩子卖掉,也好着哩!

还有永惠、永祥这两个跑腿,读书之余,抱柴烧火,扫院喂鸡,哪里忙了就上手帮哪里,这也让人心里宽慰。

香果儿更不用说,自从莲花嫂子过门,整天被疼爱着,莲花今天给她梳个这样的头,明天又梳成那样,还给她洗衣,陪她玩耍,香果儿对这个嫂子喜欢得不得了。

蝉女呢?她虽然和自己一样也老了,但他还是觉着她好看!这些年,她跟着他可是把罪受了,等娃们都成就了,可是要好好歇两天……

安来子盘算着,欣慰着,不知不觉就又靠着炕墙子扯起了鼾声。

蝉女已习惯男人这样,便也不去惊动。在男人长长短短的鼾声中,她又接住男人的思绪开始了盘算。

——全家现在九口人了。圈里三头大犍牛，两头驴，永明牧养的羊子眼看就快上百。羊粪种地，事半功倍，家里粮食这些年打了不少。自从莲花过门，家人个个衣装整齐干净，窑里窑外收拾得明光锃亮。

蝉女也爱回想往事，她回想起当年第一个丈夫怎样怎样，逃荒时她一人怎样怎样，遇到安来子后怎样，先前夭折了的孩子怎样，想起生每个娃时怎样，想第一次见明顺时怎样。

想着想着，蝉女就感觉自己活到如今像活了三世。

莲花过门后给宗家带来的改变还有一个人也看在眼里，那就是高先生。自己的婆姨娃娃惨死在乱军刀下的情景，高先生至今历历在目。二三十年了，女人和孩子的音容笑貌他也还记得一清二楚。

高先生如今也六十多岁了，他觉得靠从前肚子里那些学问还能支撑着一人过活，加上宗家多方周济，吃饭穿衣不成问题。在婆婆镇人眼里，他是个有学问的先生，这两年给人当管事，到了哪家哪家抬举，可谓一领长袍无牵绊，一人吃饱全家暖。

人前的高先生谈笑风生，但每次一回到自己住的小窑，他就倍感凄清。高先生曾数次动过再寻个婆姨的念头，可惜总过不了自己心里一关，加上如今年轻的光棍儿汉都问不到婆姨，更不要说他这个老汉人家，就算是寡妇，也多是被有钱的鳏夫给办了去。思前想后，他只能一次次熄了心火。

可这些天，婆婆镇人纷纷传扬着的一件事，又让高先生的心有些慌，有些乱。

离婆婆镇镇子二十里的沙界子沟里来了几个山西的人贩子，他们带了二三十个妇女来卖。乡人传说这些妇女多是乱世灾荒中自卖、被卖或与家人失散的妇女。

高先生扭扭捏捏把这事说与安来子和蝉女，想让安来子同他一起去看看。

安来子和蝉女自是知道高先生这些年的不易，这十来年，洛河川的男人们找婆姨可是受了难！

第二日，高先生和安来子打早就骑了驴赶往沙界子沟。一进沟，迎面就等上娑婆镇后山岭上的光棍儿汉楞二娃，楞二娃拉着的驴身上，正骑着一个头发蓬乱、破衣烂衫的半老女人。

"哎哟，宗老三、高先生！你们，你们也来买婆姨？宗老三，你不是……不是有婆姨了吗？"楞二娃结结巴巴地憨笑道。

"唉，这个愣人！我们来看看红火！"安来子笑道。

"楞二娃，这是你买的婆姨？"高先生问道。

"不是买的！是……是换的！"楞二娃嘿嘿一笑，展开一个巴掌，"五……五斗米！"

那女人木木地望了一眼安来子和高先生，在她的眼神里，看不出痛苦，也看不出高兴。她像只没魂的木偶。

"你们快去，正……正卖着哩！五斗米的婆姨呀，哥哥拉着你走！"楞二娃嘴里胡乱哼唱着，一拉驴缰绳兴冲冲走了。

"唉，想不到如今人这么贱，五斗米就能换，这官府也不管！"安来子叹道。

"你不听前些年人说的？男人走口外，女人挖野菜，实在饿不过，女人只能站在路边念叨，谁引我，紧相随，不用银子不用钱！民间光棍儿汉太多，官府也睁一只眼闭一只眼，省得他们滋事生非。"高先生也叹道。

二人边说边行，片刻就照见山腰处一个破旧的院子旁熙熙攘攘围了一堆男人。高先生和安来子把驴拴定，也挤进人堆中。这群光棍儿汉有老有小，个个破衣烂衫，身上散发出阵阵熏人的汗气味。

几个身穿长袍、腰挎弯刀的汉子正在院外喊叫着。

"哎——你们这些人听着！要做买卖，先得知道路数！有钱的任你挑选，没钱的可拿粮换，也可盲买！"

"盲买？怎么个盲买？"有人问道。

"都是明码标价！想买的必须眼睛蒙上黑布,进这院里的窑中摸买！摸准后把她牵出来就算成交！先付一半订金,摸出后付另一半就可带走！丑话说在前,摸出后不许反悔,若有反悔,订金不退！"

这时,一老一少挤到人贩子面前,哆哆嗦嗦交了订金,被蒙上黑布,由人拉着进了院里的窑中。

不多时,两人就蒙着眼牵着两个女人出来了。

一出来,众人哄然大笑,只见那老汉牵着的是个二十多岁的姑娘,那年轻后生牵着的是个五十多岁的老妇！

二人扯掉眼上蒙着的黑布,一时满脸通红,说不出话来。两个女人此时也看清了买她们的男人,那姑娘当即淌下泪来。

"咋,哭啥?！有人买就算是你们的福气了,还想挑肥拣瘦？"人贩子呵斥道。

"后生！想想！要不要反悔？要反悔就把人送进去！不过先前可是说明了的,订金不退！赶紧的,想好了就能带人走了！"那个收钱的汉子抽出腰间弯刀指着那年轻人提醒道。

两人一阵紧张,几乎不假思索地走过去交了另一半钱。

"哎！哎！这样太不仁义了——换了换了换了！老的跟老的,小的跟小的！反正价钱一样！"围观的光棍儿汉们忍不住吵嚷起来,他们笑着喊着,想争取主持一回公道。

那老汉瞅了几眼身旁的姑娘,低声吞吞吐吐道:"换？都是按规矩来的……咋换？"

那年轻后生低头不语,脖子都红了。

"唉！罢了！换就换吧！我老汉这把岁数了,不能糟蹋了人家年轻人！"老汉突然头一仰,把年轻姑娘牵到后生身旁,一把拉起那老妇急忙挤出人群。

后生大喜,也一把拉住年轻女子的手,扶她骑上驴匆匆走了。

光棍儿汉们一看这情景,连连拍掌大笑道:"好！好！这才像话嘛！"

73

"唉,安来子,咱走吧!"高先生长叹一声。

"走？你不想要了？"

"不了,不要了！这事咱做不来。"

高先生把长袍一撩,牵了驴转身就走。安来子急忙跟上去。

"先生,你想好。"

"我想好了,就一人过吧。"

"你真不想有个婆姨把你伺应着？"

"我这把年纪了,出门一把锁,回家一把火,倒也自在！再说,让在亮处挑选的吧咱买不起,黑里摸不是混账吗？女人的脾气可当紧哩,黑天黑地摸回个糊涂蛋,邋遢鬼,那真连没有也不如！"

高先生自此再没提过要办婆姨。

九

光绪二十六年（公元一九〇〇年）间，三年一次的童生县试在即，官差早早就骑马通知了娑婆镇各村人。

宗永惠正赶上这次县试。虽说年岁还有些小，但也符合考生要求。高先生深知永惠资质不薄，又习得一笔好字，更是极力赞成一试。

这日，永志在娑婆镇集上卖了几张羊皮，路过木匠铺时，见郝若鲁正细细打磨一个木箱。看那箱子样式奇特，永志便问是做什么来用。郝若鲁答道，这原是读书人赶考时用的书箱，可背可提，两开门，一层放书册和笔墨纸砚，另一层可放杂物。这两个正是做给娑婆镇刘先生村塾中的两个弟子。

永志从未见过这样新奇的东西，便把旁边已做好的一个箱子翻来覆去端详了半天，又把门儿打开，见榫卯处没一点儿毛茬儿，提手处的雕花也做得精致，便想着永惠的书册放进去是什么情形。

"你看已做好的这个我能不能今天先拿走？我家路远，来回不方便。"永志笑着问郝若鲁。

"这恐怕是不行。"

"那两个学生还没来看过吧？木材可都是在你铺子里选的？"

"看倒是没来看过,这几日都在用功念书哩！说是二月十八要用,现在才是正月二十,还早！"

"那就这样,我给你另加二十文钱,你就让我把这做好的拿去,我家兄弟也要参加乡试,他见了肯定喜爱！"

郝若鲁略一思索,便放下手中活计,把那木箱提给永志。"我也是成人之美。你出去不要乱说就行！"

永志满口答应,付过钱提着那木箱便走,回到家给永惠一看,又把书册纸笔放进去端详半天,果然齐整爽利。

香果儿在这箱柜的周围转着瞧,不时鼓捣一下柜门玩。永祥连忙喝住香果儿："妹妹,你能不能轻点儿,等四哥用完我还要用呢！可不敢给我弄坏了！"香果儿噘了嘴,惹得大家一阵笑。

二月十八这天,鸡刚一叫,宗家三孔窑的灯盏就亮了起来。高先生也起了个大早赶过来。

蝉女在灯下给永惠把辫子梳齐整,又给他穿上一件青色的新棉袍。"娘,有大哥送我去,你不要担心！"

"儿行千里母担忧,说不担心是假的。不过有你哥陪你去,我和你大放心着呢！"

"永惠,去了好好考,不要怕！你想想,咱宗家祖上出过武举人哩！你要是也能考个举人状元什么的,那可就把你大我高兴死了！"安来子咂一口旱烟,坐在炕头笑道。

"永惠,别听你大胡说！娃娃尽力了就行,能不能考上又有啥？咱现在光景又不是不得过！就算考不上,识文断字的本事将来肯定也能用上！"蝉女白了安来子一眼道。

"有道是万般皆下品,唯有读书高！这次是永惠,再过几年,就该是永祥去乡试喽！"高先生一捋胡子笑道。

莲花早给褡裢里装足了干粮,又煮了六七个鸡蛋放进去。

二月的清晨,沟里的一切都是麻黢黢的颜色,冷风刮得两个年轻人脸生疼。

十四岁的永惠背着书箱,随着肩搭鼓鼓囊囊褡裢的永志出发了。

"永惠,哥这几年没咋读书,这乡试会考些啥?你心里可有数?"

"大哥,平时我都是听高先生的,他让学啥就学啥,他让温习啥就温习啥,其实我也心里没底,毕竟从前也没考过,这也是第一次!"

"那不打紧,婆婆镇刘先生那儿的学生不也都是第一次?"

"嗯,哥,学以致用,这次考试,我正好看看自己学的咋样!"

行到洛河边时,天大亮了,东山上一片橙色映在洛河中。兄弟二人过了桥。路过木匠铺时,郝若鲁刚刚开门,照见永志和永惠,他笑嘻嘻地道:"啊呀,这后生背这书箱好看哩!"

"那是木匠做得好嘛!我兄弟要是能考上功名,那这箱子也有功劳!"永志回道。

"好!我等着你兄弟的好消息!"

永惠想着刘先生的几个学生不知走了没,便在坡下叫道:"刘先生,刘先生——"

刘先生听到叫喊,出门一照,回道:"宗家兄弟,你们才到这儿?"

"刘先生——你这里的学生们走了吗?没走的话相跟①上!"

"他们天不亮就走啦!你们两个走快点,指不定能追上他们!"

"你那几个学生都能考上吧?"

"我品见差不多!呵呵!你们快走吧,我约莫你们也差不多!"刘先生的声音带着笑意。

"走!撵他们去!"永志嘿嘿一笑。二人向刘先生摆摆手,顺着洛河边的大路急急朝东南追去。

太阳逐渐移到了天中间。

---

① 相跟,陕北方言,一起、搭伴的意思。

永惠没咋出过门,对一切都好奇,一边走,一边寻思着眼前景色和书本里念到的那些诗词,每有相近之处,便在心里悄悄把相关诗句默诵一遍,同时,也体会到了那些诗词中的意境,心中没来由地泛起一阵怅惘。

他们计划赶天黑就要走到县城,一路不敢多歇。快到宁安县城时,他们终于追上了刘先生的学生。

这四个学生一高三矮,都是二十来岁的模样。高个儿的名为贺万仁,三个矮的分别叫刘河生、王明章、胡桂祥。四人之中,唯贺万仁看起来老成干练,其余三人颇为老实木讷。

"哎呀!人说有飞毛腿,我看你们就是!看人家这后生文文气气的,一看就是能考中的料!"和永志永惠一照面,贺万仁就笑道。

"听说宗家光景好,你们早晨起来定是吃了好的!喝一碗米汤肯定没有喝一碗米汤又吃一个馍的人走得快!"刘河生道。

"你就知道吃!这要看起得迟早,不是看吃多吃少吧?"王明章笑道。

"我看你们说的都不要紧,最重要的是要看这里要不要紧!"胡桂祥说着指指自己的脑袋。

几人边打趣边走,倒也不觉得疲累。

到宁安县城时,天色已近黄昏,但见县城城墙低矮,从西城门入内,里面又是一个小城,城洞里零星穿梭着一两个行人,城门旁的火神庙香龛里亮着几点香头,近一里地的住户甚少,只两家客栈掌了灯,此外,城里最为明亮的景致就算县府衙。府衙门前,两个大灯笼高高挑起,照着旁边仅有的四五座兵房和仓库,几个衙役正忙着领本地各村来的考生在礼房登记。

来应考的考生要求严格,需报上姓名、籍贯以及父母、祖父母、曾祖父母三代的存、殁、已仕、未仕履历,或出具同考五人互相保结,保其身家清白,不属优倡隶皂子孙,更不许冒籍、顶替、捏造姓名。

接连十几年以来,参加乡试的人都没有今日这般多,众生皆觉有股子红火热闹劲儿。考生们出了各自村子,第一次见到这么多读书人,相互攀谈吹捧,希望可以多结识几个朋友弟兄,真正谈及学问的反倒很少。

礼房负责登记的先生是个外地人,听院中二三十名考生嗡嗡着吵闹拥挤,不由皱眉道:"一个一个来,大家都是读书人,要知书达理!"

"唉,好先生哩!不是一个一个,我们只能算半个读书人!"其中一考生嬉笑道。

"何出此言?"礼房先生道。

"白天种地,夜间读书,一半为农,一半为文!农文相混,夜梦不宁!"那考生答道。

"是哩!是哩!"众考生闻言一阵应和哄笑。

那礼房先生见众考生嘻嘻哈哈的模样,不由摇头叹道:"唉,果真是边地,怪不得有《七笔勾》一文!"

当晚,县衙特地腾出两间兵房供考生们歇息,有嫌睡不好的就去住了客栈,婆婆镇几个考生也在客栈要了一间房,大家挤在一起,翻了翻书页便都困倦睡去。

第二日,在知县的主持下共考了三场,经文各一,五言六韵诗一首。

永惠看考题皆是高先生平日所提点内容,暗喜之下胸有成竹地用楷书分别按题工整书写。

前两场刚考完,院中便发了圆案榜文。待第三场一完,长案也发了出来,案首正是贺万仁,第二为永惠,刘河生、王明章、胡桂祥都在中间名次。

县试一完,考生各回自乡,只等四月份参加府试,因事先知道各自的天赋秉性,众生多觉无愧于心,这场考试于他们倒像是交了份多年来的苦差。

永惠乡试一场,虽未得案首,却也荣光,高先生自此对永惠更加严格,日日督促着用功温习。

四月一到,安来子和永志陪永惠去了永安府。青山未改,安来子触景生情,感慨着自己从前和如今的人生境遇,不时对儿子说起当年的苦难。

到了永安府,安来子安顿好儿子,一人去找万老汉。万老汉和老婆如今年龄大了,跑不了远路,靠着为人处事的好声誉给城里一户有钱人家当了看门人,还算平稳。安来子告别时给万老汉怀里硬塞了些钱,还嘱咐他只要想回婆婆镇,就来宗家落脚。

永安府一试,永惠不负众望中了秀才,贺万仁中了贡生。乡试和府试不仅令他们开了眼界,同时也感觉到了要想真正求取功名是何等不易。永惠少年心气,立志要继续考取功名,贺万仁却犹豫不决,想到自己家境状况与年龄,竟自愿放弃了去国子监就读的名额,只想着先回本乡,有机遇任个教谕便算满足。

婆婆镇读书人本就少,永惠与贺万仁从此便成了婆婆镇名人。

蚕老一时,麦熟一晌。转眼又到了六月,洛河川常下冷子暴雨,所有男劳力们必须早起晚睡,龙口抢食。就连孩童都知道粮食的重要性,他们跟在大人身后,在地里细细地捡拾麦穗。

骄阳热浪里,安来子带着五个儿子在麦地里拼了命地劳作,高先生也主动来帮忙,直到麦子全都堆上场,众人才算缓了口气。但这时还不能放松,麦子在场上晾晒三天便又能打了。

安来子带着五个儿子,在麦场上套了驴牛,拉着碌碡滚场。

五子对面而立,辫子缠于脖颈间,不停抡起连枷扇子,有节奏地起起伏伏,像是一小队兵士于阵前操练,他们被太阳晒得黝黑的皮肤上不停滚落着汗珠子。

其时,婆婆镇周边的每个场上都是如此,几乎皮开肉绽般的劳累中,没有人抱怨,也没有人对此感到不耐烦。人们敬爱粮食等同敬爱父母,甚至胜于敬爱父母。四五天下来,麦子总算都打好入了粮囤。

六月六,新麦面馍馍熬羊肉。

太阳炽亮,鸡狗们都撵着树荫凉。灶火里的火却不能停,现杀的大羊羯子炖进了铁锅,咕嘟嘟响着。抓一把坡上新采的地椒叶儿撒进去,羊肉本身的腥膻立即被调成一种奇妙的清香。这清香从每一块羊骨和每一丝肉的缝隙间飘散出来,只需一闻,人嘴里就能汪起涎水。

奇香无比的羊肉配上蓬松香甜的新麦面馍,这是对庄稼人辛苦半年的最好犒劳。

高先生早早就被叫了过来,割麦时他没少出力。

蝉女给每人连汤带肉舀起一碗,又分别撒上红葱和芫荽,众人就齐齐在院里吃开了!有坐着板凳的,有蹴在地上的,他们大嚼着羊肉,刺溜刺溜吸着羊棒骨里的鲜髓,肉吃得差不多了,筛子里抓个白面馍,吃一口馍,就一口羊汤,也有直接把馍掰成大块泡进肉汤里的,肉香被吸到馍的每个孔隙里,让人吃得更加酣畅!前几日的疲累乏困似乎也在吃中间烟消云散。

午间,高先生和永惠永祥把所有的书都搬到太阳下晒,说是古人讲究"六月六,晒书虫不蛀"。

这一天,住在洛河畔上的人不仅要吃好,还要去洛河里"洗神水"。老人们说,六月六这一天的河水全都变为上天所赐的"药水",洗了能驱病除邪。

平日里,河畔上的人总担心娃娃下河耍水有危险,只有这一天,娃娃们耍水似乎才天经地义。

晌午后,洛河水已被太阳晒温,会耍水的小子们光着屁股扑通扑通跳入水中,有相互拍水的、河里逮鱼的,水花四溅中,不时就有耍恼了站在岸边石头上哇哇哭叫的,哭着哭着,扶起小牛子就给河里撒下一泡尿,又偷着乐呵呵地跑了。

男子们也爱脱光了进洛河里畅游一番。婆姨女子们若有闲工夫就选个僻静的水湾去洗洗胳膊和腿脚。

像宗家这样住在沟里的人也会下到小河中去"洗神水"。

泥塔沟里的小河水不深,平时只能漫过脚脖,幸亏沟里有几个天然的石窝子,人进水后刚能过腰,每年夏天就成了沟里人洗浴的好去处。

男人们从沟底一上来,蝉女和莲花、香果儿就起身了,她们小心翼翼下到沟里,撩起衣衫洗胳膊洗腿。

香果儿见莲花嫂子每次撩水都绕过膝盖,不让膝盖粘水,不由好奇道:"嫂子,为啥你不洗膝盖?"

"这个嘛……我们庄的人讲究女子出嫁后不能洗膝盖,不然会把娘家人的福气洗掉!"莲花有些害羞。

"哈哈,嫂子,从出嫁就不能洗膝盖的话,赶老了膝盖上得有多厚一层垢甲?"香果儿一边笑,一边团团地坐在石头上,把还没有缠过的双脚伸进潺潺的细流里去,那水滑滑的,软软的,柔柔的,让她感到一阵惬意。

"香果儿,娘问你,要是这个讲究真管用的话,那你将来出嫁了洗不洗你的膝盖?"蝉女笑道。

"呀,要是真能给你们积攒福气,那我肯定也不洗啦!"香果儿想了想道。

"那你不嫌垢甲脏啦?"莲花笑着问她。

"不嫌不嫌,最好是厚得发亮!那样一低头就能当镜子照啦!"香果儿说着就笑得喘不过气来。

蝉女和莲花也被她逗得笑了起来,三种笑声扑落落跌在水面上,随着流水清泠泠地淌到洛河里去。

十

莲花有了身孕。

她害口害得厉害,一点儿油腻腥膻也闻不得。永明出山放羊时总想法给她摘回些酸苹果、野毛桃,就着这些酸脆之物,莲花勉强能吃点儿饭。

蝉女是过来人,每日寻思着给儿媳妇做些清淡的吃食,这天又用荞麦糁子做了几盆凉粉,锅里炝了酸汤,莲花一口气吃了两碗。

七月十五这天,与往常一样,洛河川人都要蒸软米糕,第一块出锅的先捏成一根糕棒穿在筷子上,然后去粮囤里给糕棒黏上五谷,最后端端地把它立在碗架上,祈求今年有个好收成。

安来子一早也按乡俗去地里给庄稼挂了田幡,回来吃过早饭,兴冲冲骑了驴又去宝鼎镇赶庙会。

宝鼎镇离婆婆镇有二十多里地,镇子东南洛河环绕,北为大川道,它和婆婆镇一样,也是历来商旅集贸的要地。宝鼎镇因有山如鼎而得名,这山生得奇崛,西门额刻"洛中山",东门题"无量洞",山上有石窟庙宇,还有通河石井,平日里是百姓烧香敬神的地方,战乱时也作避难军寨。

关于宝鼎山,洛河川百姓多有传说。一说洪荒年间,玉帝看洛河洪水泛滥,随手扔下案上一个小宝鼎镇水,宝鼎落地即成石山;二说为二郎神担山赶太阳时遗落下的一座金山;三说它与洛河沿岸的三台山、石楼台山为三姊妹山,原本都是西天佛殿的女菩萨,看洛河一带历来饱受战乱兵匪之苦,便下凡在三处化作石山,保佑两岸百姓,三位菩萨化作的石山相约长高,直到彼此能望见,谁知被一个河边洗衣的村妇点破玄机,遂停止生长,从此只能靠洛河流水来传达姐妹情谊。

除了神话,更有"宝鼎山元帝显灵破套房"的故事被人传得神乎其神。说明朝乙巳年间,北寇突然攻打山寨,忽见元帝显像,带领天兵天将脚踏祥云从天而至,半空中旌旗森列,护住山寨,吓退来敌。当年知县曾为此事亲撰碑文,立于寨门前。有此神迹,周边居民更是深感神恩,争相膜拜。

宝鼎山与婆婆镇一样,也曾蒙尘寂寥过二三十年,如今,它也在洛河流水声中重新被洗涤干净,显露出曾经的彩光和灵秀。

安来子在山下的会场中看了戏,听了书,又转悠着扯了五尺关中花布,称了四两三原蓼花糖,还买了几串本地人种的酸葡萄。

过了晌午,一股羊肉香在会场中直勾人鼻子,安来子凑到摊前,见锅中羊肉肥瘦相宜,汤色清亮,不由也坐下美美吃了一碗,吃罢还加了两勺羊汤一气喝完。

吃了羊肉,安来子心满意足地圪蹴在会场边抽了一锅旱烟,这才骑驴慢悠悠往回走。出宝鼎镇行了十来里路,北天上突然黑云如山般端站,黯黯直压川道而来。安来子暗暗心焦,打驴快行,还没走出五里地,一声闷雷滚过,霎时大雨如幕,就地起水,川道平坦之处根本无处避雨,行人无不被浇个浑身浇透。

暴雨泼得急,收得也急。安来子浑身湿透,鞋壳子里都是水。雨一住,河道上阵阵冷风泛上来,让他森森打了几个冷战。再看褡裢里装的东西,蓼花糖早成了和着白芝麻的糖稀。

安来子脱下上衣拧了两把水,寒战瑟瑟地又走了两三里路,突觉腹中拧扯,疼痛不已,趴在路边呕吐了几次。天快黑时,他才挣扎着回到家,进了院子,他勉强唤来永祥拴了驴,自己踉跄着进了窑,把身上的褡裢递给正在做饭的蝉女。

"蝉女,你赶紧把这褡裢里的东西掏出来……花布是给你的……糖给香果儿……葡萄给莲花送过去……"

蝉女细看之下,见安来子身穿湿衣,面如金纸,嘴唇青紫,知道是路上淋雨着了凉,连忙给他换上干衣让睡下盖好,又拿铜钱刮了一阵痧,用火罐前胸后背拔了十来罐。

按说寻常羊毛疔用这样的土法治治也就过了,这次却不见好转。

还没到平时吹灯睡觉的时候,安来子已神智昏迷,一会儿叫着渴,一会儿又喊着疼。

蝉女急急打发永志叫了高先生过来,高先生也是不明就里,说安来子今天这症状从未见过。又挨了约一个时辰,永明和永惠只得点了火把起身赶去婆婆镇,期盼能寻到个郎中来救治。

永志和永华半抱着父亲,暗暗垂泪。蝉女跪坐在一旁六神无主。莲花在另一个窑里照看着香果儿,担心她受了惊吓,不让她过这边的窑里来。

东方刚刚泛白,安来子突然清醒过来,喘息间,他紧抓蝉女的胳膊苦笑道:"唉,你看我这命,刚把光景操磨得有个样儿了,我就又是这个样子了……我怕是不顶事了,我就是放心不下……放心不下你们,又要把你……把你们撂在半路上了。"

蝉女俯身听着,眼泪滴在安来子手上:"你不要怕……当年那么大灾难咱都挺过来了,你不要灰心。"她抽泣着再也说不下去了。

恍惚间,她又回到了当年听见自己男人被洛河淹死的那个瞬间,她的心又像那时一紧一紧地抽着疼,她想把眼前的男人拼力抓住不让他走,可对面似乎有一双更有力的手在拉拽着。

蝉女多想把男人的头抱在自己怀里,安慰他的痛苦惊恐,可此刻,已经长大的儿子正紧紧让父亲依靠着,她能做的只是把一只手按在丈夫的手背上摩挲,另一手不停抚摸着丈夫的胸膛给他顺气。这个瘦削的肋骨能当琵琶弹的男人,也曾在多少个白天黑夜给过她爱护啊!

这时,香果儿挣脱莲花跑了过来,一看炕上情景,似乎也明白了什么,她趴在安来子跟前哭了起来,一边哭,一边用手摸着安来子的额头。

"大,你咋了,你咋了?"

"香果儿,大给你买的蓼花糖,路上让雨浇成糊糊啦。"安来子努力伸手摸摸香果儿的头顶道。

"大——大——糊糊不怕,你病好了再给我买——"

安来子没有回答香果儿,他眼神迷蒙地望向窑顶某处,断断续续自言自语道:"唉,我等了这么多年,看来是等不回来你们了。"

说完这句,他又努力盯着永志和永华:"咱宗家老坟地……照料好……老院子周围和川道上有地……你们要纠留回来……"说着,大颗眼泪从眼角滚落。

安来子突然定定望向蝉女,眼里的光片刻间就熄灭消散了。

蝉女呆呆盯着安来子,她看见男人在自己的泪眼中漂浮了起来,他软软地没有骨头般飘上了窑顶,对着她挥挥手,便从窗户上方的贯钱气孔烟雾般穿了出去。随即,蝉女听见院里的狗突然一阵呜咽。

"安来子啊,你不等等我——"儿女的哭喊声蝉女已经听不见了,她只听见自己心里这样呼喊着,接着便眼前一黑,倒在了丈夫身边。

安来子的铺盖被卷起来搁在院墙上,岁数纸也挂了出去。

洗了脸、净了身,因没有提前备下老衣,安来子只得穿了平日里最好的长袍和马褂,被双脚朝外停在脚地铺的高粱秸秆上。

洛河畔的人大多降生于草木灰堆之中,死后又停于干草之上,来世一遭,真可谓落草为人,生死都在草上。

蝉女被永志背去了另一个窑里躺下,她浑身木然,动弹不了。莲花和香果儿陪坐在一边低泣。

永志忍住悲痛,与高先生安排了分工——莲花、香果儿照料好母亲,高先生与永祥留在宗家院里照应,他与永华吃了驴去娑婆镇与永明、永惠会合,置办棺木用品。

弟兄四人在半路相遇,相互一问,才知永明、永惠二人跑遍了娑婆镇街都没找见郎中,只能急着返回。此刻见了永志和永华,知道父亲已殁,不由跪在当路痛哭起来。

伏天里的丧事等不得,幸亏郝若鲁店里有一副早前做好的杨木棺材样品。买了棺木,永明和永惠又去置办香裱号布,租独轮架子车,永志则急着去离娑婆镇六里地的崖柏坡请阴阳先生。

阴阳先生姓何,问了安来子生辰八字,掐指推算一番,皱眉叹道:"哎,你大是个苦命人,往后五天才有合适的下葬日子,可现在这天不能等,怕是得先偷丧出去,到了合适日子再——补过。"

"何先生,我弟兄几个都年轻,什么都不懂,一切全靠先生做主。"

何先生带了两个徒弟,随永志到了木匠铺,众人合力把棺木抬上架子车,又蹚水送到洛河对岸,兄弟四人跪在河畔对帮忙的几个汉子深深磕了三个头。

第二日,天麻麻亮时安来子就入了殓,何先生按乡俗批了"阳单",上书安来子生卒年月日和时辰揣于他胸前。

没有唢呐,不让哭喊,也没有通知庄邻四舍,众人喝过粥,合力抬起棺木,向后沟山上的墓地而去。

蝉女从炕上挣扎起来,追着棺木到了磄畔上,扶着院墙,眼泪簌簌淌下。望着渐渐远去的棺木,她喃喃道:"唉,你这人啊……走还走在这阵儿,你就让人一天都多留不成?"

87

棺木吊入昨日打好的墓穴,何先生把墓灯、五谷、祭食钵一一安置,棺木盖上又放了桑弓柳箭,随即就按偷丧风俗暂且堆土松松掩盖了穴口。

接下来几日,兄弟几人才分头请了吹手、厨子、纸火匠人及相伙人等。

纸火匠人胡巧手和徒弟赶了两个通宵,按永志要求做了四十八件的中院。这院纸火精描细绘,极尽工巧。纸火中所有亭台楼阁和院墙的门窗皆能活动,檐瓦廊柱明朗有序,更让人惊叹的是,楼阁内桌椅茶具、锅灶碗筷样样俱全,器具上的花纹虽细如发丝,却又纤毫毕现。院子旁又配着金山银山、童男童女、纸马转灯、幡子火蛋,花花绿绿让人目不暇接。

到了何先生卜的合适日子,宗家院里前晌请灵,设了灵堂,总管高先生领哀子们至灵前行了成服礼,个个头戴孝帽,斩衰垂地,麻捻系腰,白布鞔鞋。

午间,庄户送来了宗家买的猪,只等领牲时用。

上了午祭,迎了幛子纸火后,高高的引魂幡杆竖起在院中。顶弓一只白鹤,幡吊垂下一大蓬彩花、彩球、璎珞,热热闹闹簇拥在一起,不时在风中瑟瑟作响。

请的宾客陆续到来,莲花娘家人也赶到了,永明这才舒了口气,安顿丈母招呼好莲花,不要让她受累。永志弟兄几个不时向刚刚进院的宾客跪地叩首。

尽管哀恸沉沉地压着蝉女的眼睛和嘴角,她却再没有于人前流一滴泪。

蝉女洗了脸,头发梳得整整齐齐,挺着脊背,与帮厨的婆姨们一起忙碌着,众人劝都劝不下。莲花和香果儿只得寸步不离地跟着她,生怕她再跌倒。

晚间,院里铺经、绕灵、上祭,按乡俗一一进行,安来子的灵棚在火把的映衬和纸火的簇拥下,显得既凄清又热闹。

第二日一早,"嘟呼——嘟呼——"的掌号声浑厚绵长地响起在坡下,安家唢呐班子到了。永志弟兄几个赶紧到碥畔上跪迎吹鼓手。

"嘟呼——嘟呼——"

绵延不绝的号声回荡在沟里,像是在告慰亡灵,又像在宽慰活着的人。

《散兵营》《下江南》《花道子》《上南坡》《杀场尾》……吹手们坐在火堆旁一曲一曲吹奏着,曲调时而哀婉缓慢,时而急骤高昂,闻者无不动容。

吃罢饸饹,何先生带两个徒弟诵了《救苦经》,安了四门,意为"破狱游莲"。

午祭时分,备祭饭,写祭文,安排好撑盘人,所有孝子按大小依次排跪于灵前,此时,灵前明烛点燃,香烟缭绕,祭品满桌。

高先生肃穆而立,高声唱喏道:

"行盥洗脸——

"移盥洗梳——盥洗——净洁——移拜灵前——

"就位——鞠躬——拜——兴——

"行初献礼——"

…………

唱喏间,鼓乐在前吹奏《哭荆州》引路,后随请来的撑盘两汉子,他们右手扶盘置于头顶,左手执手绢且走且舞,步态轻盈,以"四门斗底"和"天地牌子""十二莲灯"的步法穿行于跪拜的宗家孝男孝女间,期盼安来子灵魂最后一次在家享受酒宴,然后升入极乐世界。

撑盘人舞罢,安老五把手中几个钱打得叮当作响,起身立于灵侧,说了一段喜:

嗨——孝子们不哭了!

日出东山落西山,吹手师傅站两边。

龙喝千江水,虎过万重山。手拿千张纸,迈步灵位前。

金童引上天堂路,玉女带进斗牛宫。此后能从何处见,除非夜半睡梦中。正说时,抬头看,空中过来四大仙,脚踩云头撒金钱,金钱撒在灵位前,子孝孙贤代代传,荣华富贵万万年……

安老五说罢,灵前烧纸焚香,把手中几钱递于高先生,高先生按礼数回了数倍。安老五这才抹了一把泪道:"唉,你这个老安,还等着你再来请我给你娶二儿媳妇哩,你咋就先走了?我这个老安不是为要你家钱,是为你说喜,说喜哩!你听了心里高高兴兴的,跟着金童玉女升天吧,这下再不用在人间受罪啦!"

临黑时,碥畔底下一块平整的台地上栽了百余根杆子列成方阵,设一个大门、八个中门、六十四个小门,每根杆子上都安了一盏面灯,杆子与杆子间用绳索连成迷宫。

此为洛河川有钱人家丧事上的"转道场",一为亡人祈福,二为亡人的家人祈福,取绵延不绝之意。

永志举着纸幡在前引路,何先生手执铜铃叮叮摇动念诵,鼓乐、孝子列队其后。场地上灯火通明,幡吊飘飞,唢呐声声,人影熙熙。

道场转毕,又有几十盏面灯从台地上一路排到碥畔上搭起的"奈何桥"头,此为"撒路灯",即给亡魂引路。这"奈何桥"即两桌对边架一块木板,下放一盆水意为桥下流水。

永志抱了安来子牌位,继续在前,嘴里喊着:"大呀——过桥来——大呀——过桥来——"

到了桌边,永志在永明和永惠的搀扶下,从"桥上"跪行而过,跪行间,依旧叫道:"大呀——过桥来——"旁边众人应道:"过来了——过来了——"

最后,永志把灵牌安放在供桌上,何先生高声道:"亡人已过奈何桥——礼成——"

施食过后,月已中天。宗家院中点了数十支火把,毕剥毕剥燃着。此时已是道场最后一项,名为"跑马放赦"。

院内搭起神台,孝子跪拜后,何先生又是一番唱喏,之后鼓乐高奏,何先生扮作长老坐于神台之上,一徒扮成仙童,身背赦书,从门外飞奔而至,将赦书拜送长老,长老宣读赦书后丢进火盆焚之。寓意为玉帝差仙童送来赦书,赦免了安来子生前所有罪过,允许他升入仙境。

欲知亡者叮咛事,晚间领牲问猪羊。跑马放赦后,永明进羊圈牵出两只大羊羯子当问信羊,一羊交给永华在旁抱住,另一羊洗了嘴蹄,浇了脊背,由众人围住。

那羊立即全身紧缩,浑身发抖,众人都道:"收住了,收住了!"意思是安来子的魂魄已经附到了羊身上。此时,只见那羊转头四下照看,似乎是安来子如梦初醒浑浑噩噩的模样,它走动间看着跪成一圈的孝子们,似在一一辨认。

"安来子!你领了这只羊!这是你家人给你献的——"高先生立于场地中间对羊说道。

羊还是左瞅右望,似乎是在度量着什么,忽而,它走到蝉女面前,直直地盯着蝉女。泪光蒙眬中,蝉女看到这羊的眼神分明就是安来子的眼神——这是他借着羊的眼睛,最后一次与自己告别吗?蝉女心中吃痛,两手紧攥,指甲都要抠进肉里。

"哦!安来子,你是放心不下你婆姨。你不要担心!你看,你儿子、女儿、儿媳妇跪下这一院子,还愁她没人照顾?"高先生动容道。

"大,你放心吧,有我们几个,娘受不了罪!你就领了吧——"永志哭道。

"大,大,我想你呀——"香果儿不停哭叫着。

蝉女看着那羊的眼睛滴泪道:"你看见了,有咱这群娃娃们招呼我哩,你……你就不要再操心啦——"

蝉女话音刚落,那羊突然原地大筛起来,把身上的水珠子簌簌抖落在地。

"领了!领了!主家羊领了——唉,蝉女,看来他心心念念还是放不下你啊!"高先生叹道。

旁观人群中一阵唏嘘。蝉女闻言又哑哑哭出了声,摇摇欲倒。

永华把第二只羊抱住,几人又给它洗了嘴蹄,浇了脊背。

"安来子,这算是你宗家家族给你献的羊!你家过去的事情我们都知道!其他人都到不了,你也不要怪罪!干脆利落地领了吧——"高先生哽咽着道。

这次,羊在场内来回走动着,若有所思地环顾众人,咩咩叫着,许久不肯抖落身上的水。

"安来子!隔山隔海,心如明镜。你这就不对了,你看孝子们跪在地上多辛苦!你咋也不要抱怨你两个哥!多会儿也是手足情深!当年我想也是无奈之举!你一把领了,好让娃娃们继续操办接下来的事情呀——"高先生又对那羊道。

羊依旧焦躁地在场中走动,偶尔轻轻摆头,摇晃身体。

"唉,娃娃们,你们几个再给你大说说吧!唉,魂灵上了羊身子,亡人心思全靠猜,谁能说到点子上哩?"

围观众人提醒道。

"大!你放心!今后一旦有了大伯二伯的消息,我们几个到坟前给你说!"永志哭道。

"是哩嘛,大呀——我们都替你等着!"永惠也对那羊磕头哭道。

那羊似是有所领悟,又用眼睛环顾四周,却还是不肯作罢。

"罢了,让拉下去吧,他心里这关过不了,孝子们跪了多时了!"何先生对高先生道。

几人抢进场中,把那羊拉了出去。

"家族羊已领——"高先生高声道。

"唉！骨肉天亲，同枝子连起——一个好汉还要三个帮，家族这羊不肯领，那肯定是安来子有怨气了嘛！"

围观者又是一阵感慨，有的叹息保川子连顺子心太狠，当初不该把安来子撇下不管，有的又说是安来子自己不肯跟着走，但人家如今家大业大，也不枉留下一场……

羊领过，场中黄土攒成个小土堆，土堆上插了支点燃的香，那头买来的猪也被吆进场中，洗了头、口、四蹄。

"安来子，娃娃们又给你献猪一头！再没啥说的，你爽快领了，好让厨子操办！"高先生道。

那猪哼哼几声，没有丝毫犹豫，径直走到土堆边用嘴几下把那支香掀倒。

"孝子献猪一头已领——"高先生又喊道。

两羊一猪当即被拉到硷畔上宰杀，猪头割下，由吹手迎到灵前。羊子剥皮立于灵前，肚油被挖出来剥开，白纱巾般挂在羊角上，把羊头蒙住。何先生给羊背上驮了事先做好的纸口袋，上书安来子名字及生辰八字，口袋里放置数个纸元宝，是为"驮钱马羊"。

灵前献了一阵子，猪羊便都被抬走交给厨子炖煮，算作第二日宴客之用。

第三日，清晨路祭过后，吉时一到，何先生叮叮摇动铜铃念着发丧咒殃，永志扛起引魂幡在前引路，永惠怀抱牌位，永明、永华、永祥紧随其后捧着纸火，抛撒纸钱，呼唤着："大呀——回茔来——大呀——出庄来——"

因莲花有孕在身不能去坟地，何先生安排香果儿搀着蝉女拄着哭丧棒随行。

到了墓地，何先生一手摇动铜铃，一手执引魂幡，念念有词：

"宗安来一位之灵入墓安宁！天无忌，地无忌，神无忌，鬼无忌，阴阳无忌，百无禁忌，生魂退出，亡魂入墓……"

一勺烧热的清油从预留的墓室口子倒下去,永志把引魂幡的长杆插在墓室口正中,其余几子开始填土攒坟踩实浮土,永志又背身把那引魂幡杆子逐步上拔,直至堆土成冢。

用皮绳抹去坟冢周围的人踪脚印后,几子按胡巧手嘱咐,把纸火院子的门窗一一划开,烟囱戳破,意为安来子正式入住。

火镰声响过后,那纸檐画楼、金山银山、童男童女、纸马转灯顷刻被火舌舔舐一净。

埋葬安来子的地方,向南照去,山峦由黄绿到灰青,一望无涯。向北照去,山峦也是由黄绿到灰青,连绵而远。向东,向西,人的眼光投射到最远的天与山交界之地,便没法更远了。

在群山组成的大圆之中,安来子的坟像一块土疙瘩那么小,像半个扣着的干黄豆皮那样轻。

十一

安来子的死使宗家弟兄一夜长大成人。

十七岁的永志成了宗家默认的少掌柜。此时的他,脸庞轮廓颇有保川子粗犷的影子,细看之下,眉目间却又似安来子和蝉女的灵动,挺拔的鼻子下,双唇总是若有所思地紧抿着,这让他的神色总有种超越年龄的成熟。他的身材虽不算高大,但丝毫没有安来子少年时的孱弱,每走起路来轻巧飞快,像只年轻强壮的头羊。

而永惠则像安来子多一些,瘦削挺拔,眉清目秀,举止有理,不喜多言,言必有因。

永华和永祥长得更像蝉女,圆脸大眼,心思单纯。

如今,父亲的死让他们每个人都增添了沉稳,似乎从前父亲挑着的担子一下就分担在了自己的肩上。

戚戚然过了年,第二年一开春,永志托高先生在院子斜上方相了一面土坡,计划再开挖五孔新窑。永志已盘算过了,有个新院,一来能让母亲换个地方,免得日日睹物思人,二来备几个弟兄将来各自成亲后分住。

眼前活计越来越多,永志只得雇了四个长工,又买了两头骡子。四个长工吃住都在宗家,永惠担心人多事杂,母亲与嫂子、妹妹三人难以应付,只得跟着帮厨做杂。

泥塔沟里好地不多,山地灌溉不便,收成多少全看天年。

一过惊蛰,永志和永惠就去了宗家先前的老地方,他们把周围的耕地按父亲先前指过的盘点了一遍,竟发现有几块川地已被犁过,田垄旁倒下几个粪堆,分明是有人要在地里耕种。

一番打听,种了宗家地的原来就是贺万仁一家。

永惠早就知道,贺万仁自回乡后,一直没等到县衙放官,只能偶尔到刘先生学堂去教教学生继续等,闲暇之余照顾老娘,帮衬自家兄弟过光景。

为难之余,两兄弟还是决定去找贺万仁问个究竟。

说明来意后,贺万仁用手扶扶头上的素金顶子帽,向他们抱了抱拳:"永志兄弟,永惠兄弟,这事好说!自我家逃难回来,见那几片地一直无人耕种,也无人管护,便在今年种上了。既原是你宗家耕地,我也不好再说什么,只是今年已耕,你弟兄二人行个好,发个善心,今年就让我家种了吧!明年开春你们宗家去耕种就行——"

"这样也行,地是宗家祖宗传下来的,我兄弟二人也不敢对不起祖宗,今天来只是针对清楚!今年你照收你的庄稼,明年再不要去耕种便可!"永志也抱拳道。

"不愧是大户人家,够爽快!"贺万仁又抱抱拳。

"沾祖宗的光!如今还要好好往人前爬哩!"永志回道。

出了贺家,永惠忧心道:"哥,这世上咋啥人都有哩?他肯定早都打问见是咱家的地!就算种,也该给主家招呼吧,难道是因为大去年殁了,这小子想着宗家无主,就大了胆子?"

"是哩,我看他是十个麻雀脑炒了一盘子,尽嘴无肉!"永志恨恨道。

"罢了,事已说定,咱也要宽宏大量!明年咱自己早早来耕了,免得再起事端!"

四月间,莲花将生,永明去金佛村请了丈母娘到宗家守月子。

莲花娘早早就给莲花缝了"下地裤子",给蝉女缝了件大红的"撩孙子"裹肚,外孙的"褪毛衫衫""连蹄蹄裤儿"也早都准备妥当。莲花还没过门的嫂子也按乡俗捎来了一顶花帽。

莲花娘来的第五日,莲花产下一子,取名毛藤儿,毛藤儿的降生总算宽慰了蝉女的心。

满月时,张德胜和拴柱又带了花布来,还给毛藤儿挽了红线锁。

这年近八月十五时,有两家刚回来不久的有钱人集资修缮了婆婆镇先前的庙宇,乡众还自愿布施,请了两班大戏助兴,婆婆镇又要重新起办庙会,还在之前五天的基础上又加了两天。

自从父亲殁后,家中所有人少有舒眉欢畅时刻,加之七月间刚过了安来子忌辰,愁云久久未能散去。听说间隔了几十年婆婆镇又要起会,这新庙会一定会热闹非凡。永志提议全家人都去散散心,永明和莲花说带着毛藤儿不便出门,便由永志、永华、永惠、永祥带着母亲与妹妹去赶庙会。

八月十五一过,每条路上都有往婆婆镇赶的行人。方圆几十里地面上,新一茬的年轻人们为赶红火,拖家带口在所不惜。

蝉女抱着香果儿骑在驴身上,香果儿觉得什么都新奇,问个不停,蝉女则有一句没一句地答着,她又想起之前安来子在时的光景,她也终于明白了本乡酸曲中唱的"想拿筐子扣住个人脚踪"是什么意思……

"娘,你该好好的,往开了想。"永志看出母亲心思,宽慰她道。

"娘知道。你别操心。你大走了,日子不还得过?你也能娶个婆姨啦……你们弟兄多,娘这心要分成几瓣儿,难免对你们照顾不了那么细致。"蝉女眼睛一热,应道。

"哥，就是的，你常出门呢，就没瞅下个合适的女子？"永华、永惠、永祥也附和着。

"我是常出门在外，可这好女子得慢慢打问。说点儿高兴的，我成了家后，永华、永惠，接下来就该是你们两个啦！你们两个之后是永祥。"永志道。

"我可不想要婆姨，我还要像三哥那样考秀才呢！"永祥一努嘴道。

"那你考上秀才之后呢？"香果儿道。

"考了秀才也得说婆姨！"永志笑道。

"呀，我好多个嫂子，要都像莲花嫂子那么好，那我就前响后响换着让她们给我梳头，逢集遇会都能吃好的！"香果儿咯咯地笑了起来。

听着儿女们叽叽喳喳，一丝难得的笑意也悄悄爬上蝉女眼角。

农历八月的洛河两岸，庄稼都已成熟，放眼望去，满川丰年饱收的景象。天气不冷不热，一路瓜果飘香，让人甚是惬意。

死去的人已安睡黄土之中，活着的人只要还能看见太阳月亮，山川河流，便会随时感受到自然给人的宽慰。

传说八月十五是月光菩萨诞辰日，娑婆镇佛窟里的月光菩萨像下香烟袅袅，供品满桌。娑婆镇被重新修葺过的庙宇也座座香烟缭绕，前来赶会的人们在娘娘庙里求子嗣，关公庙里求生意兴隆，祖师庙里问病禳灾……几个稍有些学识的老者自愿担任了各殿"住持"，一边注意照看着功德布施箱，一边帮人抽签打卦。

永志带着众人分别在庙院上了香，便放松了心情闲逛。

会场上人头攒动，叫卖声此起彼伏，相互交杂。

"估衣哦——又新又干净的估衣——还有各种布料卖咪——"这是山西来的卖估衣和布匹的。

"儿马叫驴大犍牛哎——驴驹马驹小尾羊——"这是北草地来的牲口贩子。

"镢头斧杖——锄头镰耙——铁锹斧叉——"这是东山王铁匠摆的摊子,他这般一叫,旁边那麻子脸的婆姨也叫开了,"笊篱铁勺,箱扣门闩,嚼环马镫——手艺好不好,用了才知道——"

王铁匠婆姨汉旁边又站了几个货郎子,他们也是河南来的。担子里挑些花红柳绿的染料,还有婆姨女子们心爱的头花、胭脂和手绢。

本地乡民则多肩担驴驮些自家的瓜果梨枣来卖。

戏台子还是从前那个石砌的旧戏台子,只是郝木匠早早就把四根角柱修整稳当,又把原本腐朽的雕梁换做一新。

此刻戏台上正有一戏子粉妆玉琢执扇缓缓唱道:

　　天津卫城西杨柳青么哟外,有一位美女名叫翠英,从小小学得会画画,小佳人,十九春,丈夫南轩那苦用功,常年年回来在四月半中。

　　四月天立夏缺雨旱风,白二姐高楼摆下龙凳,手拿纸扇细观看,高丽纸,白生生,洋漆盒子一点红,这么好的扇面上无有功名。

　　八仙桌子安当中,五色的颜料摆得现成,扇子放在桌面上,仔细想,不消停,画上北京那一座城。画上片扇面显显手能。

　　头一处扇面上画北京,四门四宫在正当中,再画一座紫禁城,画三宫画六院,金銮宝殿画朝廷,文臣武将画在两厢。

　　二一片扇面破洪州,杨宗保搜搬兵回了朝中,萧天佑摆下了天门阵,困住六郎杨延景,来了元帅穆桂英,杀退了番兵救出老公公……

永惠听台上唱得有趣,便拉住母亲和弟弟们讲解起来。

香果儿左顾右盼,照见不少新鲜玩意儿,正闹着要去买,突地咣咣锵锵一阵锣响,原来是会场旁一个耍猴人正准备开演。

场中,三四只猴子正在吃东西,耍猴的人比猴还瘦,见人都围过来,又敲了一通锣,就让猴子开始钻圆圈,爬杆子。片刻又拉过一只老猴,让他接飞刀。

娑婆镇人一听要接飞刀,都屏气凝神盯着场中。

"乡亲们看清楚!三把飞刀,喊个一二三,刀子冲上天!接得好了还算罢,接得不好扎瞎眼!"

说话间,便喝那老猴站起,口中喊到三时,一把尖刀高高抛起,眼见要落地,那老猴照着刀把一捞,继而把刀横叼到嘴里。

哎哟!接得好!众人一迭声夸猴。

这时,耍猴人又连抛两刀,老猴左右开弓连接两次,接住后又叼在嘴里,众人拍手大笑。

人群中,两个娑婆镇老汉嘀咕着:"人常说毛猴子红屁股,你说这猴屁股咋不是红的?"

"唉,我咋知道?你问猴儿去!"

旁边一个瘦大娘剜了两个老头子一眼,尖声道:"你们两个死老汉子!人家看猴子爬杆哩,钻圈哩,接飞刀哩!你们就盯着看屁股!"

那两老汉也不示弱,其中一个呵呵一笑,捋了一把山羊胡子道:"刘家婶子,咋,你看你的,我们看我们的,我们看的是猴子屁股,又没看你的屁股!"人群哄的一声笑开了,那刘婶也不恼不臊地笑道:"哎哟——你个死老汉,好好看!小心你那两颗眼珠子让猴抠了!"

耍猴的这时又锵锵锵敲锣一通,几只猴子分别端了个帽儿到人群中讨赏。

蝉女看得有趣,听得好笑,又见几只猴子皮瘦毛黄地可怜,便让永志摸了五六个钱赏了,带动众人纷纷铜子儿入帽。

一家人午间在摊儿上吃了粉汤,买了些月饼,边看红火热闹,边置办家中平时要用的杂物。

永志一人去牲口市逛了逛,打听了当下牲口的价钱,正准备回转时,突然看见前面一个女子正袅袅娜娜走着,永志一下就被这背影迷住了。

苗条的身胚儿在淡蓝色夹衣中若隐若现,一绺又黑又顺的发丝垂在背上,发尾处夹了一支豌豆银卡子,耳垂下两颗小小的红玛瑙珠子轻轻摇动。衣袖款摆间,一条粉色的帕子被左手轻轻捏着,帕上绣几朵黄色的梅花,另一手挽个小篮,篮里七八颗艳红的林檎果儿。

永志心里不由赞道,婆婆镇竟还能见到这样的人物!他心里想着,脚不由跟了上去,一时,会场的熙熙攘攘似都听不见了,只剩眼前那个身影和篮子里的几点艳红。

那身影走在一处卖向阳花盘的小摊上停住了。

"这葵花坨儿咋卖呢?"声音像是风摇动了小小的银铃子。

"女子,这是我家地里种的,三个十文!"卖东西的老汉笑道。

"我不要那么多,一个就行!"

"一个的话你就给上四文吧!"

"哎呀,叔!三个是十文,一个就是三文多一点儿嘛!你看,你这坨儿有大有小,我挑一个中等大小的,你也不赔,我也不亏,你看能行吗?"

"这女子嘴巴子利索!行行行,自己种的东西,你就拿上一个吃去也行——女子你是哪里的?"

"香柏坡的!白拿肯定是不行,我就给你三文钱!种这也不容易呢!我家地里也有!就是走时没想起来,这会儿看你卖又爱了!"

"哟,过去常听人说香柏坡的人心肠都可好哩!我一个姑舅哥也住在香柏坡——你是谁家女子?"

"赵家!"女子咯咯一笑,帕子往怀里轻轻一披,弯腰挑了个葵花坨儿,付过钱,把那小篮子往左腕子上一套,捏着那花托儿,右手两指巧巧提出一粒瓜子,跷着小拇指捏着送到嘴边去。

永志站在不远处听女子说话,看着那手指捏着瓜子壳儿轻轻扔在地上,真是奇了,他都能听见那瓜子壳儿碰地的声响。

女子走在戏台旁，尖尖的小脚在一棵杨树边站住，看来是走乏了，身子微微斜倚着那树干看起戏来。

这一副天真烂漫的小女儿家情态，让永志心里像是扎了一根细细的仙人掌刺，痒痒的，疼疼的，又激动又胆怯。

此刻戏台上已唱着《火焰驹》选段，两个小旦咿咿呀呀，旁边一把胡琴拉得缠缠绵绵。

  清风徐来增凉爽，为遣情丝赏秋霜。花园里边眼界广，胜似那整日守闺房。满园花儿齐开放，绿树阴浓细草长。你看那虹似胭脂白如雪霜相辉映，处处争妍簇簇堆锦暗生香……

永志趔趔摸着装作要去近处看戏，挤进人群中，他觉得自己背上都生出一双眼来，只瞅着那女子走还是没走。站了一小会儿，心中闪电般盘算了几个法子，他这才装作四下寻人的样子转过头看向那女子。

这一看，永志心里又是一阵激荡。

女子圆圆的脸，眉上一弯齐齐的刘海儿，杏核眼，眼皮薄薄的，眼珠子黑亮黑亮地正盯着戏台上的小旦看。那手却丝毫不受影响，一粒接一粒把瓜子轻巧地抠下来送到嘴边去，瓜子仁嗑进嘴里，壳还由那两指捏着，轻轻扔在地上。

永志觉得女子此刻不是在嗑瓜子，她是在天女散花。

永志装作四下找人的样子，来到了那棵杨树下。

"哎，麻烦问一下，有没有见一个老婆儿和一个小女娃儿过去？"

女子从戏台上收回了目光，瞄了一眼永志，又是那铃子般的声音："没看见！我只顾看戏了！"说完眼睛又瞭向戏台。

"哦，哦，没看见，没看见啊，那我……那我再找找！"永志佯装要走，却又像突然想起来什么般一回头，"哎，你是香柏坡人？"

"你咋知道？"

"我会算命!"

"我不信!你又不是算命先生!人家算命先生都有摊子有旗子,你有吗?"

"你不信?那姑娘你是不是姓赵?"

"呀!你真会算啊!又说对了!"

"我还算见你不是一个人来赶会的!"

"那你算算我和谁来的?"

"和你大来的,对不?还吆着一头毛驴一头牛!"

"啊,你真厉害!我就和我大来的嘛,他去牲口市卖牛去啦!"

"我还知道你大把牛一卖就会来戏台这儿找你,你们就要回家!"

女子咯咯笑了,她把身子从那棵杨树上抬起,站直了道:"我算是听出来了,你是在套我的话!"

"呵呵,还是你聪明,不怕你笑话,我这是牛吃柳条屄筐筐,编的!"

"那你根本不会算命?"

"有时候会,有时候不会!"

"你这人有意思,你是婆婆镇哪里的?"

"西山沟里的!"

"你叫个啥?"

"宗永志!你哩?"

"赵满盈。宗永志——我咋听着名字这么耳熟?哦,对了——我听村里人说起过你,那本乡秀才宗永惠是你啥?"

"你知道宗永惠?他正是我二弟!"

"这婆婆镇谁不知道贡生贺万仁和秀才宗永惠呀!你们宗家人厉害呢!"

正说间,一个老汉牵驴走了过来。

"满盈,这个后生是?"

"大,这是宗永志!呀,咱家的牛卖啦?"

"卖了,卖了,就是没给上价——宗永志,泥塔沟里的宗永志?你们原来就认得?"

"大,刚认得!你知道不?这个人就是村里人常提起的那个秀才宗永惠的哥哥!"

"哦,我知道,知道。你们宗家人厉害啊!"

"老叔过奖了!咱都是受苦人,靠的是天年,真正厉害的是老天爷!"

"这后生说得好!怪不得家里能出秀才!我看你也不比秀才差!"

说着,满盈就和父亲起身了,已到午后,路远些的人已开始准备返程。

"那你赶紧找人去,我们先回啦!"满盈对永志道。

"好,好,我记住了!"永志点点头。

满盈听他这么答,似乎另有一番意思,但也没细想,便随父亲向北而去。

永志望着她的背影,心中怅然若失。

戏台上此刻正唱道:

金鱼金鱼真堪美,成双成对水面玩。心中暗把佳期盼,单等那桂子飘香月儿圆。抬彩轿到门前,做新娘戴花冠,你莫急你莫盼,迟早总有这一天。

十二

赶了场庙会,遇见个人。永志忽然有了心病。

这几天,他心绪烦躁不宁,两眉常常拧在一起,赵满盈的身影不时出现在心中,他反反复复前前后后地想她的一颦一笑,想着那个娇憨的情态,还有那捏着瓜子壳时跷起来的圆胖小指头。

他甚至担心会不会就在见了她的第二天,便有其他人去香柏坡说媒提亲。

越想越觉得心不安,永志顾不得秋忙和打窑的事,又去赶了一次集。集上,他向认得的人打听满盈是否已有婆家,门头高低。但凡知道者,都说这女子这几年打问的人可多哩,就是她娘嘴头子上刻薄,在女儿的彩礼上心也不轻,挑来拣去,一直没有物色到满意的。

得知赵满盈还没有婆家,永志大喜,当机立断托了认识的人给赵家捎了话,说要是赵家愿意考虑一下的话,年后就请个媒人正式上门提亲。

地里的庄稼,圈里的羊子,家里的光景,外头的生意,包括父亲大人的突然病故,这一切都正把宗永志逐渐磨砺为一个成熟的男人。从小到大,他觉得很多事都在自己的把握之中,但见过满盈后,他心里没了底,他感觉自己又重新变回了一个二愣子。

他耳边总回响起满盈的声音:我不信,你又不是算命先生!

永志心里反复回味着一种忽远忽近的、恍惚而心动的感觉。

直到第二年正月十五,永志打听的事情才有了眉目。捎话那人专门来找永志,说去年十月就已给赵家打过了招呼,人家前几天才给回话,说让你想好,想好了可以请个媒人具体去说!

永志悬着的心总算放了下来,因为总想着满盈,这个年他都觉得寡淡无味。

媒人该请谁呢?还得高先生出马!有了高先生说媒,这事约莫就已成了大半。

正月二十五头上,高先生里外换得崭新,和永志到婆婆镇割了一条鲜猪肉,又带了一些永志给的钱,一人去了香柏坡。永志则在婆婆镇街上转悠着,天快黑时,好不容易盼到高先生回来,两人边往回走边说。

"肉收下啦,赵家提起你,连夸你心眼儿活,又见过世面,是个好后生!又提起永惠,顺带把我这个老师也夸了一番!"

"那,那你有没有看见赵满盈?你品见她愿意着不?"

"那个女子呀,一听我是来提亲,躲着就走啦!她娘说女子去年八月十五赶会回来曾淡淡提起过几回,说是你们两个还见过面,说过话!"

"这女子,这都要给她娘说!不过我也就是看上她憨亲憨亲这一点!"

"噫——满盈娘说自家女子脑子转得快,心灵动,所以心高!前后庄子,远近多少里,不知道有多少家人来打问过,女娃都看不上哩!"

"先生,你有没有问满盈的生辰八字?不知和我合不合?"

"这事要紧,我当然问了,你们大相和着哩,没一点儿问题!"

"那你觉得这事能成不？"

"猪肉都收了！话也说得这么有余地，我看差不多！过几天咱俩再去一趟，一来二往的，多拿点儿礼，一来显示你宗家光景好，二来让你丈母亲自见一见你！"

"还是先生想得周全！我们这事要是能成，又少不了给您老做两身新衣裳，另加一颗猪头，一坛好酒！"

"哈哈，好！好！这个媒我只算顺水推舟！人家一般男女都见不上面就把亲定了，你和这女子倒好，提前就对上眼啦！"

正说着，永志皱了皱眉头，他看到了去年被贺万仁种了的那几块川地。

"高先生，贺万仁他家从前光景怎样？"

"我知道个大概，贺老汉死得早，贺氏一人拉扯几个儿子长大，实属不易……好在听刘先生说贺万仁是块读书的料。"

"哦，这贺氏倒是坚强，想来儿子们品行应该也差不到哪里去。"

"你是在担心这几块地？"

"嗯，这件事总让我心上不大舒服。"

"人心隔肚皮，反正要留个心眼儿。"

永志听了再未作声，他现在不想在这些事上费神，心头只是萦绕着与赵家的这门亲事。

一出正月，宗家的四个长工就来上工，永志吩咐他们把羊圈里堆好的粪早早给那几块川地上送去，可几个长工回来后，说见地里已有人送过粪了。

永志听得心中一紧，转念又想，莫非是贺万仁觉得去年耕种了宗家的地心上过意不去，今年就送去了几桩粪算作感谢？毕竟贺万仁读书明理，不可能言而无信。

永志与永明、永华、永惠说起这事，弟兄几个都说这事去年已协商好，贺万仁看着也不奸诈，但现在家家户户人口激增，也常听说为耕地的事情起些纠纷，打架骂仗甚至打官司的都有，所以还是得防着。

怎么防呢？弟兄几个商量着由永华、永惠再去一趟贺家，永志暂且不去，算是礼让三分。

永华、永惠回来道，贺万仁不在，只家中老母亲和三个哥哥在。得知来意，老人连连说知道知道，她已给贺万仁安顿了，两个哥嫂也应承得好，说是现在贺家的事都由贺万仁管，所有人都听他安排。

有了送粪这件事，永志便留了个心眼儿，隔三岔五打发长工到地里去照看，只等地消开后便准备及时开犁。

永志和高先生要正式去张家提亲了。直到头一天，永志才告诉了母亲。蝉女一边埋怨儿子没有早点儿说，一边却又喜笑颜开，她一直发愁着该给永志娶个什么样的媳妇，没想到儿子自己早就有了主张。

第二日一早，蝉女让永志穿了件新的青色棉布袍子，又换上去年腊月刚做的一双毡靴，永志穿戴一新，觉得有些不自在，蝉女一边笑给他梳着辫子，说看婆姨可是件大事，不能将就，人靠衣衫马凭鞍，这么穿，才像是个去看婆姨的样子。

就连两头骡子也在院中给装扮了起来，戴上了红璎珞和串铃。女婿第一次上丈人家门，怎好空手而去？蝉女又顺手装起一口袋麦面让一并驮上。

永志和高先生骑骡子走后，永明、永华前晌开始收拾犁具，只等永志回来，兄弟几个就要开始春耕了。

中午时，前沟突然有人捎话进来，说宗家那几块地又有人吆着牛在犁。

永明和永华一听着了急，当即就准备起身，永惠见状把永明留了下来，因为之前是他与永华去贺家交涉此事，再由二人去也合适。

地是命根子！永华和永惠各骑了一头驴急急向前沟赶去，他们心里有一把火在烧。本以为让人一步天地宽，没想到却被人当成了懦弱！一时间,曾经对贺万仁的宽容都化作一种耻辱和愤怒,同时,一种家族的使命感又使他们充满底气和力量。

待二人赶到地头一看,果然是贺万仁和他的三个哥哥吆着三头牛在犁地。一见宗家兄弟来,贺万仁撂下犁铧,走过来讪讪笑道:"哎呀,宗家两个兄弟来了！是为这几块地而来的吧？嗜！你们住在沟里,山上地多,沟里人稀,说起来也不差这几垯。就算是可怜我们的光景,今年再让我们种上一年,行不？"

"你们都开始种了,还假惺惺问什么?！"永华一听怒道。

"万仁哥在这道川名望这么高,定然也是言而有信之人,不知为何出尔反尔？"永惠也质问道。

贺万仁一指地里那三个壮汉道:"永惠兄弟,你看看,我家弟兄四个,加上老娘、婆姨和娃,人多地少,老掌柜又走得早,祖宗们当年没本事,什么值钱的都没给后人留下！人多嘴多,哪个不得吃饭？这几年这些地也没见你们种,地一直荒着怎么行？我弟兄几个犁具都套上半天了,不管咋样,今年还是让我们种吧！等哥哥我接到放官文书,到时肯定会还你们这个人情！"

"今年？今年再种下来我看这地就姓万了！"永华气得浑身发抖。

贺万仁再不理会,只给他几个哥使了个眼色,自己也扶起犁具又开始赶牛。

永华头脑"嗡"的一声,一把捞起地畔上的镢头蹿到贺万仁旁边,对着犁辕狠狠捣了下去,贺万仁手一震,犁铧脱了手,牛身上的绳子也歪了,那牛受了惊向前一蹿,把他带倒在地,帽子也滚到了土里。

那三个汉子见状都愣住了,不知该怎么办才好。永华见几人怔在原地,又几步跑过去,对着那两具犁辕又是两镢头。

贺万仁爬起来,拾起帽子拍拍戴在头上,呸地唾出嘴里的土,冷笑道:"噫,你个小东西还动粗了！今天就让你看看什么才叫动粗！"

他一招手,那三个汉子这才反应过来,齐齐扑向永华,厮打间永华很快就被按在了地上。

"你们这伙土匪！强盗！今天你们要是能种成这地，我宗永华就不姓宗！"

永惠一急，想扑上去帮永华，却被贺万仁一把从背后扯住。

"宗永惠，你看清楚了，好汉不吃眼前亏，你们两个今天不是对手！"

永惠体形清瘦，气力也没贺万仁大，一时挣脱不了，骂人也骂不出什么脏话狠话来。

那三个汉子压着永华，拳打脚踢间连问道："你服气不？还敢挡老子们种地不？"

"这是我宗家的地！老子就不让你种！"永华恨恨道。

话音未落，他的头又被按在地上，灰尘滚了一脸一头。接着又被揪起头来，又问，永华还是骂。

几个汉子一时发了狠，把永华拖到粪堆边，把他的头对着粪堆用力摁下去。

永华挣脱不开，嘴里只能呜呜地叫。

永惠见状，一肘子捣在贺万仁肋上才算挣脱，他奔到那粪堆前，用力把那三个汉子往开拉，往开推，可那三人连正眼都没瞧永惠一眼，其中一个抓起粪土就向永华嘴里捂去，永惠彻底急了，顾不得再思索，一拳打在那人脸上，那人抓着的粪土扬在一边，直起身来一脚飞在永惠肚子上，把他蹬倒在地。

"既然你们不识抬举，那今天咱就硬到底！看看是你这个秀才硬还是我这个贡生硬！这里人多眼杂，不如把宗永华扭在咱院里，慢慢整治！"贺万仁冷笑道。

话音一落，三人再不理会永惠，强扭着挣扎的永华便走。

"永惠！永惠你不要管我！你赶紧去找二哥！"永华一边挣扎，一边大叫着。

"二哥？宗永志是吧？他来了连他一起收拾！平时在娑婆镇嚣张得紧哩！"贺万仁轻蔑道。

说罢，他一人卸下犁具，吆着牛也跟着哥哥们走了，看他们兴冲冲的背影，似乎正有一场好戏要开演。

眼见永华被几人扭着走远，永惠气得直跺脚。顾不得太多，他急急把永华骑来的驴拴在地边的树下，自己骑驴跑到娑婆镇镇上，问清走香柏坡的路，照着人指的方向而去。

这边，贺万仁几兄弟已在院子里拿绳子绑了永华手脚，几个半大的孩子围过来看热闹。贺老婆子听见吵嚷声出来一看，正要大骂几个儿子，贺万仁叫三个嫂子硬把老娘拉到窑里去不让出来。

"儿啊！儿啊，你们可不敢闹出人命来！有什么话不能好好说？就要动武伤人？"老太太急得连声嘶喊。

"宗永华，你还不求饶？你松个口我们今天就放你走！"贺万仁在永华身上狠踢了几脚。

永华哪里肯低头，他蜷在地上，想站又站不起来，只能在地上挣扎："贺万仁，老子不怕你！就你这号王八蛋还能考上贡生！"

贺万仁似乎被说到痛处，转身便去墙角拿了粪勺，舀了一勺毛粪过来掰着永华的嘴就给他灌。

"你们这些杂种……不得好死……"听得永华还是骂不绝口，不肯认尿，贺万仁眼珠子一转，又去院墙上拿下来一捆猪鬃。

"你敢这样说老子！今天不给你长点儿见识，你就不知道老子的厉害！"

说完，贺万仁就让兄弟几个扒下永华的裤子。

永华啊啊地大叫着，心里也不知道这贺万仁要干什么，此刻又被三人死死地压着，只能在嘴上逞个痛快。

贺万仁拔出几根猪鬃，握起永华下身，对着他身底那眼儿，就把一根猪鬃扎了进去。

111

永华惨叫连连,贺万仁哥哥看着还有这样的整人方法,既好奇又觉得刺激,不禁哈哈大笑起来。

"呀,兄弟,你这是哪里学来的招数?"

"这个狠!怕是从宫里传出来的吧……"

围观的几个孩子此刻似乎害怕了起来,他们渐渐挤在一处。

"宗永华,这滋味怎么样?一辈子都忘不了吧?!"贺万仁面白无须的脸此刻扭曲着。

永华羞辱难当,疼痛难忍之下晕死了过去。

贺老婆子耳听院中永华一声声惨叫,急得要去撞炕墙。儿媳们此时也担忧院中闹出人命来,便扶着老太太走了出来。

贺老婆子一见地上的永华已晕死过去,身下裸露着,又见地上散落的猪鬃,一下就明白了。

"万仁啊,你这做的什么孽啊!你心咋这么残呢?我咋生出来你这样的儿子!作孽啊,作孽啊……"贺老婆子跪倒在地,一边给永华往上拽裤子,一边哭喊着叫骂着。

贺万仁几个见永华晕死过去,半点儿声息都不再发出,这才有些后怕,他们一边解了永华手脚上的绳索,一边商议该怎么处置。

天就要黑了。

宗永惠心急如焚,走出七八里,这才看见了永志和高先生。二人一见永惠的模样就知道出了事,永惠一边催着永志快点儿走,一边把事情原委说了一遍,说道永华已被贺家弟兄们扭着走了时,永惠不由抹开了眼泪,内疚道:"二哥,我真是打不过他们!又想着赶紧来撵你……"

"唉!这贺万仁果真不是个好东西!我上回就担心这地可能要出个什么事,你看看,怕啥来啥!"永志一边听,一边咬牙切齿道。

高先生听了也一阵焦急,他和永惠换了坐骑,让弟兄二人赶紧先走,他后边跟来。

此时天已黑了下来,远近的家户们都亮起了油灯,那些家户们此刻看起来是那样安谧和平稳,只有永志和永华的心像大鼓被擂打着一般轰轰作响。

二人奔到贺家院子里时,见只有一孔窑洞亮着灯,永华一脚踹开门,贺老婆子正披头散发靠炕墙坐着,三个妇人和几个孩子正在炕下吃饭。

永志眼见这院中没有贺家兄弟也没有永华,情急之下大叫一声:"老婆子!你儿把我兄弟咋样了?人现在是死是活?!"

贺老婆子哆嗦着道:"宗家后生……我老婆子挡都挡不住哇,你快去……我那不成才的几个小子把你兄弟整治得晕过去啦!你快去你家地里看看!可不敢闹出人命来呀!"老太太一拍膝盖,又号啕大哭起来。

永志和永惠一边喊叫着永华的名字,一边向河岸边的地头奔去,果然就见贺万仁弟兄几个迎面而来。

"贺万仁,你这个混账东西,你把我兄弟咋样了?"永志拳头捏得嘣嘣作响。

"我三哥要是有个闪失,你贺家几个都逃不了干系!这天下还有王法,你们等着!"永惠跟着喊道。

"宗永志,你这救兵搬来得正好,赶紧去看你兄弟吧,他让老子们几个给整尿啦!去得早了,说不定还能捡回一条命!"夜色中,贺万仁的声音有些发颤。

永志心一冷,恨道:"贺万仁!你等着,这件事我宗永志要是讨不了个公道,我就不算男人!"

说完,顾不得再和贺家弟兄理论,二人急急奔到地头,永华果然一动不动躺在地棱边。

永志探了探永华鼻息,还悠悠出着一口气,他一把掐住永华人中。

"永华!永华——快醒来——"

半响，永华嗬地吐出一口气来，嘴里流出些脏污渣滓，他睁眼一瞧，眼前金星乱舞，又是一阵眩晕。但他心知此刻是永志和永惠在自己身边，虚弱道："二哥……我……我和永惠原不想和他们上阵的……是他们欺人太甚……"

"我都知道了……你们也真是愣！看着对方人多就不该硬碰！你看现在把自个儿伤成什么样子了！"

一边说，永志一边弯腰去背永华，永华下身一被触到，又惨叫几声："那伙子驴日的！想着法子折磨我，他们……他们用猪鬃捅我下身！"

"什么?！"

永志和永惠一听，眼中几乎滴出血来。

眼见天已黑了，二人只能搀扶着永志，把他挪到婆婆镇街头的旅店中。

老板一见这情形就问："是不是贺家兄弟今天伤人了？我远远照见几个人在地里打架！"说话间见永华鼻青脸肿，又佝偻着身子不能活动，心下明了，忙让永志永惠扶着永华躺在炕上。又照吩咐烧了火，让婆姨给宗家三兄弟做了顿饭。

永志担心着高先生，便让永惠到路口去等。不一会儿，高先生也随永惠到了旅店中，一见永华的模样，高先生不由摇头叹道："刘先生啊刘先生，你是没教出来好徒弟啊……"

十三

这一夜可真难熬。

永华总算缓过来了。昨日挨打的地方已全部青紫,好在已能正常走动,骑行也没什么大碍。

早晨鸡一叫,永志就打发永惠和高先生回家给家里人报平安,他要直接带永华去县衙。

大地虽已不再冻得那样坚硬,走在路上的永志却心硬如铁。他第一次对人世有了不同的认识,他觉得心里有些什么东西在太阳下冰凉地翻滚着,让他觉得再红的太阳也晒不暖。

人究竟是个什么样的东西呢?他想不明白。但他已清清楚楚地盘算好了告状时要说的每一句话。

心里憋着一口气,两兄弟一路无话。

本需大半天的路程,二人用了三个多时辰就到了。

一到县衙门口,永志便嗵嗵嗵地敲起鼓来,和永华高声叫着。

"冤枉啊——冤枉啊——"

"何人击鼓鸣冤?"一衙役出来道。

"宗永志,娑婆镇人氏,状告同乡贡生贺万仁强抢土地,殴打我兄弟宗永华,还私自用刑!"

衙役进去禀报了县老爷,二人入内。

永华把昨日情形一五一十详细禀报,讲到被贺万仁用猪鬃捅进下身时,永华忍不住又红了眼眶。

县老爷惊讶之余当即让衙役验看了永华身上的伤,怒道:"穷乡僻壤之中,本以为民风淳朴,四邻和睦,未承想还有这样恶毒之人!闻所未闻!衙役即去牵马三匹,你二人快马加鞭赶往娑婆镇,把那贺万仁绑了来!"

"老爷,贺万仁是本县贡生!按说,有见您不跪的规定啊……"这时,礼房先生提醒道。

"既是本朝贡生,又享朝廷恩惠,不为四邻排忧解难倒罢了,反倒仗势欺人,成何体统?此人不治,恐难服众!"

贺万仁一早没起,闷睡在炕上。

过了一夜,他才心觉后悔和后怕,又派哥哥去镇上打听,知道宗家兄弟已往县城方向去了,心知二人定要告官。原想一个是手无缚鸡之力的文人,另一个是有勇无谋的毛头小子,根本不足为虑,为了那几块地,他早做了最狠的打算,心想若一次把宗永华和宗永惠整治认屄,加上自己"贡生"这项帽子,他们从此便闭口无言,没想到宗永志却是个真正的硬茬儿!

他那三个哥哥此时也不敢再出去了,各自待在窑中,只有贺老婆子这窑进那窑出,用拐棍儿敲打着几个儿子,让想法看怎么解决。

"要去赔罪就赶紧去宗家磕头,要么就等着人家兄弟把你们告倒了,官差来绑了你们!"老太太又急又气,一夜没有合眼。

贺万仁也不管老娘唠叨,一番思前想后,给哥哥们细细安顿要是官差来了该如何如何应对。

午后,两个衙役刚一进门,贺万仁便迎上去叫道:"两位官爷一路风尘,辛苦辛苦!我知道都是我的过错,有什么我跟你们去衙门!"贺万仁三个哥都是粗人,一见衙役果然上了门,此时心惊胆战缩在一边,你一言他一语道:"小民们都是老实的庄稼人,昨日不该听兄弟的话去打人……"

那两个衙役带贺万仁到了县衙,便押进去。

县老爷正同永志和永华在后院聊些乡俗民生,听得已把贺万仁押到堂上,便对二人道:"你二人且放宽心,此事我定为你们做主!"

公堂上,贺万仁一口咬定是永志先动手打人,县太爷心中明了,又看他油滑,便喝衙役当堂先打二十板子,只打了七八下,贺万仁已吃痛不过招了,一口气把怎样看中宗家几块耕地、怎么耕种、宗家弟兄如何来找、如何商议等通通讲了一遍。

那县太爷听得与永志永华所言无异,便怒判道:"贺万仁不思读书进取,强占土地,纵兄伤人,殴打乡邻,私自用刑,现判摘掉其贡生顶子,贬做平民!重打二十大板!宗家土地此后归宗家耕作,贺万仁三个哥哥,念在愚笨初犯,受弟指使,每人罚钱五十文!限五日内缴清!"

贺万仁一听,脸色煞白,大叫道:"老爷!罚了不打,打了不罚,你罚钱便罢,我归还宗家土地便罢,为何还抹了我贡生顶子,还要打人,是何道理?!"

"还敢狡辩!我大清生员若个个如你,未来江山社稷岂不是朝夕不保?!"

"贺万仁,要不是有王法,老子也定要让你尝尝那猪鬃的滋味!"永华叫道。

县太爷见永华脸孔瘀青,想到他所受之事,手一挥道:"衙役,拖出去重打二十大板!"

贺万仁被褪下裤子,趴在受刑凳上,两个衙役也恨其对永华手段阴险歹毒,照准屁股便噼啪噼啪狠打了起来,一阵惨叫过后,贺万仁几乎已下不了地。

117

出了县衙,他一瘸一拐灰丧着脸,一边却又用眼睛斜瞄着永志和永华。

"你还瞅啥?不管啥时候都有王法!像你这种人,贡生顶子戴你头上都被辱没了!"永华道。

"偷个鸡蛋吃不饱,贼娃子名声背到老,贺万仁,你说你是何苦?我宗家的地前头你已经种了一年,我们没说过一个字,没问你贺家要过一粒粮食,就是想着这年头大家都不容易!本想着好好说话,却不料你对我兄弟下这么狠的手,打也倒罢了,你竟用那么阴毒的招数来折磨他,今天县老爷这样判,我觉得还判轻了!"永志道。

贺万仁突然哑哑地笑了,他一口唾沫呸地啐在地上:"宗家兄弟……人活在世,干什么都是为了一口吃食!我一人吃饱不算,我还要让我全家吃饱!我们都还年轻!这路嘛……还长着哩……"

说完竟不再呻吟,只向前挪着慢慢走了,再也没有回头。

"二哥,我看贺万仁那小子阴得很,今天丢了贡生帽子,又被打又被罚,这仇是结下了!"永华担忧道。

"人活在世不会没有仇人,事情本来全因他而起,以后咱们小心些,再不要和他家有任何纠缠!这号人很难对付,不过心里也不能怕,大在时,常给咱讲他当年的胆小和大伯二伯的勇猛,咱弟兄几个要学大伯和二伯!"永志道。

"昨天本来是个喜庆日子,却出了这样的事!都没顾上问二哥你去看婆姨的事咋样了?为了我,你这身新衣服都给弄成这样了!"

"只要你平安,这衣服算个啥——唉,赵家对我应该还满意吧!"永志说着,嘴角这才微露了一丝笑意。他心中立即回想起昨天见面的情景来。

满盈一见他就扑哧一笑:"呀,算命先生来啦!"说完,扭身便进了边窑,不愿再随便出来。

但就这一句,永志就知道她也没有忘记他。

看着女子那一派天然模样,先前所有的担心和牵念一下都消散了。

永华看着永志嘴角有了笑意,这才开怀一笑,揉了揉胳膊肘:"二哥,你们啥时候办喜事呢?不要让我们等着急了!"

"还没定亲呢!争取今年就办……快走,娘和永惠他们这会儿肯定都担心死了!"永志道。

蝉女这两天确实心神不宁。

自从安来子殁后,她越来越明白了洛河川人说人死了是"寻了无常","无常"是什么?讲的是人生就没有常态,讲的是谁都不能预料的"明天的事"……

每次看着母亲灯下坐着出神的样子,香果儿就猜想到母亲一定是想父亲了。

她也想父亲,想起他常常果儿果儿地叫她,想起他从山里劳动回来给她摘的那些野果子,想起最后一次去赶集回来时给她买的蓼花糖——那是父亲给她最后的遗念。

香果儿想着想着眼泪就扑落在枕头上,她装作翻身,把被子一角蒙在头上,她不想让娘知道自己在哭。

昨天,三个哥哥赶天黑都没回家,母亲隔一阵就去硷畔上照一回,永明哥和莲花嫂劝说了几次都没用,母亲一直从后晌照到天黑,深夜了还不肯吹灯。

香果儿在母亲的焦躁不安中想明白了一件事:女人在做了妻子和母亲后,命便不再完全是自己的了,从此会有很多小刀子和小锯子不停地割锯她们的命和心。

过了一夜,第二天吃过早饭时,永惠和高先生回来了。永惠只挑重要的说了几句,他怕母亲知道永华受的罪。

高先生自然也懂,只轻描淡写说没大的事,就是因为土地起了点儿纠纷,双方动了手,永华被打了。

蝉女心颤着连问怎么打了,打成什么样子了,永惠只道,是些皮外伤,不打紧。"

"那现在你哥他们人呢?"蝉女紧紧攥住永惠的手问道。

"事情商量不妥,二哥带着三哥,还有贺万仁一起到县衙打官司去了。"

"打官司?"

"可不是?咱自个儿解决不了的只能让公家来解决!"高先生道。

永明和莲花互望一眼,知道事情绝对不像永惠说的那样简单,但此刻也不便多问。

蝉女将信将疑,一边又查看着永惠有没有受伤。见儿子无碍,这才略略安心。

"什么情形?需不需要现在去帮忙?"永明找了个机会低声问永惠。

"永华被贺万仁打了,还用了些一般人想都想不到的手段。永志的个性你也知道,他哪能受得了这样的气?一大早就带着永华去县衙了,约莫今天也能回来吧,现在一切只能等见了面再问了……"永惠道。

知道永志和永华今天回来,蝉女又不停去硷畔上照。

对于山沟里的住户,只要有人从硷畔底下的路经过,牲口的脖铃或人咳嗽说话的声音就能传上来。对于一个焦急中的母亲来说,她眼耳的功用似乎比平时更为灵敏,乃至每一阵风吹草动的声响她都能知晓。

永志和永华回到娑婆镇过了洛河时,已是后晌将黑了。

"哥,你回去别给娘说贺万仁怎么打我的事!我怕她听了难受。"

"嗯,不说,咱就说双方都挨了打,最后由县老爷判了!"

"那咱的这几块地今年还种不?"

"种,肯定要种!与其仰面求人,不如低头求土。这河边的川地本来就不多,祖宗给咱留下的宝,说什么也要护住,咱不能亏了先人!"

十四

香果儿也到了缠脚的年龄。几乎从一懂事起,她就被告知此事,加上身边所有女人都是小脚,香果儿也不觉得缠脚有什么不对。

这可是洛河川女儿家要过的人生第一关。

听说有家户为了把女儿的脚裹得更小,专门用碎碗瓷把十个脚趾压着折向脚心,这样用布裹时才更能上劲儿,见效更快。

好在娘给自己裹脚时只用了布条——布条都这么疼,那些用加了碎碗瓷的女孩岂不更疼?

香果儿哭叫着,这才开始问娘为啥要缠脚,为啥要受这样的罪。娘只是让忍着,说不这样缠将来就找不到婆家。娘还说当年外婆也是这样给她缠的。

香果儿淌着眼泪,一边想着只要是女人都得这样,自己凭什么例外,另一边却怎么也想不明白找婆家和缠脚究竟有什么联系。

她想到母亲和嫂子乃至见到过的女人们迈着小脚走路的样子,那种拼力才能走稳的样子看着都让人担心。她们做活儿都快不了。像这样的脚,平地里尚且不太平稳,要是上山下坡,只能颤巍巍地横着挪动,才不至于摔倒在地……关于缠脚这件事,香果儿真是有太多不解。

自从她的脚被硬生生裹了一层又一层布条,香果儿就再没去过山上和田间地头。她从前多少次被父亲和哥哥们带着去山上,见识过那么多好玩有趣的东西。如今脚一被缠住,只能乖乖地在家帮母亲和嫂子烧火做饭忙家务,再就是不停练习学做女红。

母亲和嫂子都告诉她,要是针线活儿和茶饭做得不好,那将来到婆家肯定是要被弹嫌受气的!

那些天,尤其是夜里,香果儿不时就被疼醒。那种疼像是两脚正在被一点点剁碎,又像是被一寸寸折断。

她也曾问过读书的永惠和永祥,为什么女人要缠脚?他们只说是祖辈留下来的规矩。

"妹妹,你好好听娘和嫂子的话,脚疼得厉害就去做个啥,把脚忘记就不疼了。"永惠哥这样对她说。

香果儿疼得特别厉害的时候就去做针线,去捡豆子,抠玉米粒儿,似乎那些疼也真就被分散在这些细碎的东西当中去了。

这段时间,香果儿去哄毛藤儿时最为高兴。

这孩子给宗家每个人都带来不少乐趣。

永志、永惠、永祥打窑一歇下就要去看看小侄子,香果儿更是好奇,天天守在嫂子跟前,这个婴孩对她来说像是最好的玩具。莲花嫂子给他清理屎尿时,香果儿也不嫌脏,她最爱看孩子蹬着白胖的小腿,咧着嘴巴哭个不停。

一个人刚生出来时竟然这么小,后来是怎么长得那么高那么大的?而且,这孩子是从哪里出来的呢?那天莲花嫂子肚子疼,娘就不让她进嫂子的窑了,说是黄毛丫头不能进,不然嫂子会不好生,这又是哪门子的规矩?

香果儿时常默想着这些问题,缠脚的疼痛和种种好奇交织在一起,她一下子就和从前不一样了,有了些女儿家自己的心事。

转眼又到四月八,宗家修新院的活儿依旧在继续,正好这天轮到永明歇息,莲花便让永明去婆婆镇赶庙会,顺带买些要用的东西。

"男人家你多往外面跑跑,思谋着挣点儿钱攒下,过一两年咱好去山西!再说平时用的东西大多由永志置办回来,你也该去置办置办,要有个大哥的样子哩嘛!"莲花嗔怪永明道。

"好,好,有什么新奇玩意儿给你娘儿俩买回来!等毛藤儿再大些,我带你们一起去赶会!"永明笑道。

"去吧,去吧——哦,哦,毛藤儿,咱们看他能买些什么新奇的回来。"莲花一边笑一边逗唔唔呀呀学说话的毛藤儿。

永明忍不住过去在那孩子脸上亲了一口:"毛藤儿,跟你娘在家不要哭,不要闹,我后响就回来啦!"

"你给他说,以为他还能听懂?"莲花哧哧笑道。

"肯定能,他是你生的,和你一样聪明!"

永明备了骡子,带了钱,给母亲和兄弟们打过招呼,便往婆婆镇去了。

忙中偷闲,婆婆镇四月会上人也不少!尤其东滩牲口市,这次从甘肃来了几个收老驴、老牛、老羊的,吸引了临近村子的许多庄稼人。洛河畔上的人家,但凡光景好些,总不会把使唤了一辈子的老伙计卖掉,但毕竟穷苦人家多,牲口们一老就干不成活儿,还得喂草料照顾着,只得狠心拉来。

牲口市中就有一个瘦小的老汉,竟然抹着眼泪对自家驴说话:"驴,驴,我也是没办法,你为我家劳累了一辈子……你不要怪我,你也知道咱们家光景哩,你又干不成活儿了,没办法!"

"哎呀,这驴都成你们一家啦!"旁边一老汉笑着揶揄道。

"唉,去!你家不靠牲口驮你自己驮哩?老伙计,你听见了吗?你叔这是贬低你呢!"

永明在旁听得有趣,这么多年了,他对娑婆镇男人们的印象就是他们似乎天生带着一种玩世不恭的天性,话却都说得巧,又爱卖点儿关子,插科打诨,十分有趣。

牲口市上有卖皮绳的皮匠,永明看那绳子油亮匀称,便去问价。

皮匠也是个瘦小老头儿,他笑道:"我这皮绳你不敢小瞧,割好后都拿猪油养过,你看!看咱这皮子软不软,亮不亮?我给你说,几十年都用不坏!"

"哎哟,看人家这皮匠,猪油都拿来养绳子了,我们家连人吃的一点儿都没有哩!哎,你咋养了?拿猪油泡呢?"旁边就又有人抬杠道。

"干啥就要像啥嘛!好他干大哩!哪有那么多猪油!用的不过是猪肠肚外那些不好的油——你看啊,后生,就这么着!"皮匠一边对答,一边提醒着永明,自己就装作手里捏块猪油,来回快速捋那皮绳。

永明乐呵呵买了两条,想着平日背庄稼柴火好用。

他又去娘娘庙和关公庙上了几炷香,看了一阵子戏,给母亲、莲花、香果儿各买了一对耳环,给毛藤儿扯了几尺棉布,又在小摊上吃了荞麦凉粉,那酸汤立即解了春困和火气。

吃好逛好,该买的东西也都买了,永明心满意足地骑上骡子准备回家。将出娑婆镇时,碰到泥塔沟后沟的一个汉子,二人相跟着说话,正走间,突见路边大槐树下拴着几头牲口,旁边一孔窑中人声鼎沸,他们拉着骡子走到门边向里一照,原来是一帮人正在窑里耍赌。永明正要走,窑中有一人眼尖,叫道:"哎,外面的也进来耍耍嘛!"

"不啦,不啦,要赶紧回家!"永明连连摆手道。

"呀,原来是后沟的宗家大哥,进来嘛,看一阵热闹再走,你们后沟人少,平日哪能见得上这红火?"那人又叫。

几句话说得永明动了心,同行那人却不进去,说是没钱,怕输,永明拉住他说:"只是看看嘛,又不耍!"

那人也没主意,便随永明把牲口拴在那树下进了窑。

炕上，明宝①壳子和宝芯被中间出宝的壮汉玩得滴溜溜转。一炕男人吵嚷着猜宝的，抽旱烟看热闹的，相互对骂取笑的，嘈杂声能抬起窑顶子。

几把看下来，永明不由心痒难耐，顺手押了几个小钱儿，赢了两三次，旁边人再一鼓动，不一会儿便如中魔般越押越大。沟里那人不要说连给永明使眼色，就算叫他也像听不见，这人只能愤愤出去先走了。

永明不知不觉就把随身带的钱全押了进去。最后一把一耍完，他才明白自己身上带的钱都已输完。

"宗家兄弟！有输有赢！没后悔吧？可不要恼！"周围人戏谑道。

"男人家，后悔啥？走了！"永明学婆婆镇男人说话的语调道。

那些人也不挽留，继续喧嚷着下注。

永明出来解了骡子缰绳，翻身骑上，想着这下耽误了不少时间，加之输了钱，不知回去该如何对莲花交代，一路上快快不乐地催打着骡子。

他到家拴好骡子，又心虚地给牲口们挨个儿上了一遍料，这才进了窑，一进窑，莲花一把拉住他，悄声道："永明，你是不是去扣明宝了？"

"我看着看着就不由耍了几把！你咋知道？"

"后沟有人路过咱家，说是你耍上劲儿了，他叫都叫不动你！"

"唉，输了些钱！以后再也不耍了！"

"——你呀！你看看宗家几个弟兄哪个耍过赌？我是好说，你快到娘窑里去看看，她听那人一说就着了气，后晌饭都没吃！"

永明一听慌了神，连忙到母亲窑里去。推门进去就叫了一声娘，

---

① 明宝，陕北民间流行的一种木赌具，由四方形外壳和独立的宝芯组成，宝芯上刻图案，有黑红二色。玩时庄家旋转宝芯，然后用壳扣住，待宝芯静止后，由玩家猜方向和颜色。

却见蝉女低头背对着门坐在炕上，一动不动，不知已坐了多久。

"娘，我回来了！"

蝉女还是没动，像是没听见一样。

"娘，我回来了！"

炕上那身影还是没动。

永明这下不说话了，他低头默默站在炕边想了想："娘，我耍赌了，输了些钱。"

母亲还是不动，甚至连头都没回。

这是永明第一次见母亲这样。

他又心疼又惶恐地扑通跪下道："娘，你不要害气，我知道错了，我不该耍赌！我这个做大哥的不该开这个先例！"

听到这话，蝉女肩膀微微动了一下。

永明看不见她的脸庞，却知道她肯定流着泪。

"娘，你要顾惜自己的身体，我现在就去把输了的钱要回来！"

永明站起来，母亲还是没有回头，没有说话。

"唉，你看我做了个啥事?！把娘气成这样！你过去再劝劝她，我这就去把输了的钱要回来！"他过去对莲花嘱咐道。

"要回来？耍赌输了的钱哪有那么容易要?！"莲花叹息道。

"你别管，你和娘等着就行！"

说完，永明出了院，骑上骡子，那骡子似乎明白主人还生着气，一路撒开蹄子欢奔，一个时辰便又到了扣明宝那个窑里。

永明把骡子拴定，瞅见路边有块石头，便一把捞起推门进了窑。

短暂的农闲给了平日劳苦的汉子们尽情放纵的时间，一群人只走了两三个，其他还在那吆五喝六地耍着，输了的想捞回来，赢了的想赢更多。

"都听着！刚谁赢了我的钱？乖乖给我放在炕边！"永明站在脚地上喊道。

"哎？宗家兄弟，你咋回事？原来是个赢起输不起的主儿啊！"炕上汉子们起哄道。

"是！赢起输不起！我再说一遍，赢了我钱的人把钱给我放在炕边！不然别怪我手里这石泡子不认人！"永明把手中石头慢慢托上来。

"咦？还没见过你这号人！愿赌服输，你还是不是男人？"

"别说这些！我回来就是要钱的！你们就当我没来过这儿！"永明抓着那石头慢慢走近炕边。

众人看他铁青着脸一点儿也不像说笑，想来这么远的路去而复返，又肯舍下男人的脸面，必有说不出的苦衷。

"罢了，罢了，都是乡里乡亲的，还能真动手？谁赢了赶紧把钱给他！"

"算啦！就当闹红火啦！"其中一人见状，掏出自己赢了永明的钱放在炕边。众人一见，纷纷照做。

永明也不多言，依旧青着脸把那些钱数过装好，这才攥着石头对众人拱拱手："谢了！"

"不要啦！不要啦！都耍恼了还耍个屁！"窑里众人面面相觑，觉得一下子扫兴，嘟囔着纷纷下炕。

永明再回到家时天已黑了，他径直去了母亲窑里，见蝉女侧睡着，便又跪在地上，把那些要回来的钱都堆到炕边。

"娘，你看，我把输了的钱都要回来了！你不敢再生气了……我以后，以后再不去赌啦！这辈子都再不可能去沾了！娘你就放心吧……"说到后面几句，永明声调中已带哭音。

蝉女这才慢慢坐起来，她没看炕上那些钱，只看着地上跪着的永明道："永明啊，要回来就好，不耍赌就好！宗家从来没出过赌博汉！咱不要爱别人的东西，也不要不爱惜自己的东西！你大已经走了，你们弟兄几个要是再沾上些不好的东西，娘可怎么向他交代？再想想山西你大……你是大人了，有些话，娘就不再多说了。"

"娘,你信我,再不耍了,这是头一回,也是最后一回。"永明低头泪目道。

过了几日,蝉女趁着儿子们都在,让高先生与众兄弟商议拟了家规,由永惠写于纸上念与大家听过。

  敬尊长,凡本族男女,应以敬老尊先为荣,对年长于自己的本族长者或外姓长者,都应礼仪相待,恭敬谦和,主动让路,此其一;

  教子孙,人之性,可成亦可败。教子育女乃弘扬我族之根本,启蒙检束,稍长即应读书,明事理,精学业,此其二;

  睦宗族,求大同,存小异,亲善和睦,称呼必谨,婚庆丧葬必与闻,与闻必至。勿以卑抗尊,以长虐幼,勿以贫富异情,勿以贵贱失礼,此其三;

  和邻里,邻里如亲,勿以富而骄横,勿以贫而相轻,各安本分,各从良业,互惠互利,此其四;

  严家道,言行举止需效仿学习有能有智之人,褒赞有功有为之人,周济贫困残弱之人,远离游手好闲赌博之人,对违法恶损之人,家内绝不纵容包庇,此其五;

  勤职业,家族众人,各供其职,各司其事,各自奋勉,不可懈怠,所谓业精于勤,此其六;

  防小人,守纪法,害人之心不可有,防人之心不可无,不惹祸端,远离是非,家有规,国有法;人长进,家道昌,国安宁,此乃七必尊。

蝉女静气细细听过,言道:"如今人口众多,你们弟兄也将各自成家立业,不妨于妇人女子再加一条,不可胡乱嚼舌生事,一心抚育儿女,扶持丈夫,妯娌相亲,姑嫂和睦才算齐全。"

永志和永惠连道有理,便把此一条加在"勤职业"之后,曰:

> 识大体,宗族女子媳妇,各自勤于女红厨艺,抚养儿女,扶持丈夫,妯娌相亲,姑嫂和睦,以柔为用。

永惠用小楷细细在纸上写了,又小心装订成册子,封面郑重题写了《婆婆镇里宗家家规族训》。蝉女吩咐永惠分别抄写了四份,分与诸子收藏。永明和莲花心知母亲用意,心内惶恐,尤其永明,他赌博一事蝉女始终未向永志和永惠他们提起,这让他更生惭愧与感激。

十五

宗家的五孔新窑终于打好了,可接下来还有更多细活儿要干——通烟囱、打院墙、围菜园子、垒鸡窝、盖猪圈、修牲口棚、修路。算起来,这两三年宗家的每个人都未曾闲着。

先是父亲突然离世,接着是土地纠纷,加上打窑修院,出山进沟务农放羊,宗家四个长工虽也卖力,但还是忙得不可开交。永志只能又雇了两个短工,这下蝉女、莲花和香果儿更不得闲了,十几个人的饮食就都得由三个女人来料理。虽说忙累,但每个人心里都是踏实的,没有什么能比满地的庄稼、满圈的牛羊牲口和亮堂堂的窑院更让人欣慰的了。

最辛苦的要数莲花,她不仅得帮厨,还得照看毛藤儿,她和蝉女常常念叨着让永志赶快娶满盈过门,这样又能多个帮手,也能多个人说话消遣,永志每听到都会乐呵呵地说:"新窑院一能住人,就要新媳妇儿!"

永惠和永祥忙碌中已很久没去和高先生习读,知道宗家忙,高先生偶尔也过来搭把手,但毕竟上了年纪,都怕他磕碰着,大多数只是让他指点指点,和他说说故事逗个乐子。

就拿盘炕和滚烟囱这两样活儿来说,年轻人还真是无从下手。打这五孔新窑时就多得高先生指点,通烟囱时,永志也是按照高先生说的方法,做了一个跷跷板样的架子,一头竖捆着拦羊铲,靠借力使力一点点把烟道通到脑畔上去。

有了永志做样,永明和永华也如法炮制,十多天就通了五孔窑内的烟道,盘好了炕和灶火。

东财神,西圈神,土神爷院中更当紧。

院中种种布局都按高先生所言,大家都笑道高先生就是一本古书,上面写着不知多少辈子的事情。

"住宅风水,古人的《宅经》上都写着哩!这些古经常念常新,你们信就好!"高先生笑道。

高先生爱谈国事,也爱跟过往的人谈天说地,每次从娑婆镇集镇庙会上回来总能又说些新鲜事。

他最近说的是这么几桩事:永安府来了几个传教的洋人,东三省有洋人侵略,北京城里慈禧太后和光绪皇帝不和,世上又出了个大人物袁世凯。

娑婆镇本地人出门少,对外面传来的事根本不知真假,更不知具体时间,有时把前年发生过的当刚发生的传说,有的虽是刚发生,娑婆镇人却能迅疾地捕风捉影说个大概。可这些传说具体怎么回事,因何而起,谁也说不清。娑婆镇里的老百姓更关心的是这几年风调雨顺,家家都有余粮,只要天下太平,谁会去操那么多闲心?反正北京城、东三省离娑婆镇可远着哩!

"照我看的话,洋人们早都谋算上这大清朝的土地啦!你看,听说现在各个地方都有洋人,人家拿的都是洋枪洋炮,再不要说谁会武功咋样咋样,等上人家的洋枪,一枪就给撂倒了!你再快能快过那枪子儿?"高先生捋着胡子娓娓道来。

"先生,那洋人都长什么样啊?从哪里来的?"永华问道。

"洋人长的样子嘛!唉,这咱也没见过,听说都是黄头发、红头发,眼窝深得像井子,眼珠子嘛,绿的蓝的啥颜色都有,眼窝又大,我试想那就应该和点着的灯笼差不多。还说鼻子多高,脸白刷刷的,身上的毛长得多长!"

"啊呀,那长得不就是野人样子吗?我常听我外婆说早以前哪里哪里有野人,听见就和这洋人长得差不多!这要是见了还不把人吓死!"莲花道。

"是哩嘛,就说洋人越来越多,都不知道从哪里来的,咱也想不来这些人平时都在什么地方住着!来了的谁知道打着什么主意,有的说是来传教,让人信个什么十字上帝的。"高先生继续说道。

"信十字上帝?咋信?信这有啥用?"蝉女问道。

"谁知道呢,说是不用烧香拜佛,唱唱歌就行……"

"这还确实稀奇,娘娘啊菩萨啊咱这都信了多少辈子了,求啥都到庙里,这些洋人唱唱就灵?"蝉女又道。

"唉,谁知道呢,话说回来,这些事皇帝都管不住,咱们能管了?"

"对,只能说把眼前光景过好,多攒些粮,防个年馑啥的,只要不饿死,有个地方住,这就算是美着了!"

众人你一言他一语道。

"想起当年我和你大,什么苦没吃过?那真是……唉,说出来你们都不信。只要世道一乱,被拉走当兵的,饿死的,打死的,人命就贱得连草都不如!"蝉女叹道。

"话赶到这儿,永明,永志,你们两个当哥的可要听仔细了。我早就盘算着一件事,今天说出来你们看咋样!"高先生突然话锋一转。

"先生你说!"

"你们也都知道,咱婆婆镇周围窨子多,寨堡多,你们该知道为啥吧?"

"这些都是过去战乱时老百姓的藏身之地!"永惠道。

"是哩,从古至今,咱这儿就没咋太平过!眼下虽说是看着没什么风风雨雨,但我和你大、你娘都是从乱世中过来的,知道那种离乱,那种吓人……永志,你们弟兄几个现在也都大了,你是不是该为以后考虑考虑,也在附近哪条沟里修个寨子,防个天阴雨湿?"

"修寨子?!"永志听后瞪大了双眼,这事他真是从来没想过。

"是,给你们宗家修个寨子,你看,一旦外面有个风吹草动,全家人就都上寨子!"

"洛河边的金鼎寨、德靖寨之前听说也上过不少人,但还不是都死了?"蝉女道。

"不管咋样,有总比没有强!你们想,作为普通老百姓,谁知道会来多少兵,多少匪?都是碰命!运气好的,只要来人少,不死攻,那寨子就顶上大事啦!一般有粮有水的坚持半月二十,乱也就过去了……你们现在光景越来越好,万一有个啥变动——蝉女,你该听安来子说过从前,他大哥和二哥还在娑婆镇的时候,那宗家不就让土匪抢了?"高先生越说越想越忧心。

"是呢!听说人家两个还会武功!那也还不是没保住?谁知逃到哪里去了,这多年是死是活都不知道。"蝉女道。

"要是大伯二伯还在,那我就能跟着他们学武功啦!"永祥听得入迷,他一直觉得大伯二伯很了不起。

"你们真得盘算一下,我刚说的这事是个正经事,不敢以为我是在吓唬你们,外面世界一天一个样,虽说咱住在这深沟里,但大的变动哪里都逃不过!"

"先生说的有道理,幸亏今天提点。我们到底还是年轻人,考虑不了这么周全。"永志连连应允道。

"等咱新地方拾掇好了,你把满盈娶过来,这两件大事一完成,咱几个就按先生刚说的,好好修个寨子!"永明对永志道。

"我看我和永祥科考的事也暂时不能当事了,一来考过两回,我觉得实在是不简单,二来咱光景现在都好着呢,考上又能怎样,还不是为了过个好光景?大已经走了,这个家就看咱弟兄几个支撑,看你们忙得不可开交,我和永祥也无心把精力用在读书上,家里大事我们说啥也得帮忙!"永惠道。

"就是,就是,我听哥哥们的安排。那些之乎者也念得我脑仁子疼!"永祥说着偷看了高先生一眼,做了个鬼脸。

"那我只能天天跟着娘和嫂子伺候你们啦?我做饭也做得脑仁疼呢!不光是脑疼,手也疼,脚也疼!"香果儿叫道。

"香果儿,你就别嚷了,做不了几年就该出嫁你了,到时你想回来一次都要看你男人和婆婆愿意不。"永华道。

"娘哟,这说的,当女人的就可怜成啥了!咱们香果儿迟出嫁上几年!"莲花笑了,攥着香果儿的手哄她道。

"咱这一家人都和善,你嫂子人也好,你可是在福窝里长大的,但你将来要是等上个厉害婆婆,可不就像你三哥说的,回一次娘家都得看人脸色?"蝉女郑重道。

"我就不出嫁!不找婆婆!"香果儿又急又羞道。

"男大当婚,女大当嫁,你不天天盼着你二哥赶紧把二嫂娶过门吗?谁家都是一样的,到时候你就知道啦!"蝉女笑道。

众人也都哄笑着散了,该去新院干活儿的,该收拾家什洗碗的,剩下香果儿一人在灶火边噘着嘴生气。

永志托人在洛河下川的山岭里买了些上好的木橡子和杨木料子,抽空去婆婆镇把郝木匠和他新收的徒弟请了来,为五孔新窑做门窗和家具。

伴随着斧锯推刨的声响,木匠们每日在新院里忙活,木刨花的清香味儿和铁锹镢头碰撞的声音传出老远,似乎整条泥塔沟里都能闻到听到。

木匠们做着门窗,永志和兄弟们就开始打院墙,嘿嘿的号子中,椽子一点点抬高,土墙一寸寸被夯实拍打起来——太阳不仅晒透了宗家男子们的脸、肩背、臂膊,同时也把阳性的力量一点点输送进他们日渐强壮的骨头。

　　擀毡的匠人没几天也请到了。这是定边下来的两个毡匠,在婆婆镇地界走村串庄干活儿已有几个月了。

　　两个毡匠在宗家底院里铺排开来,一个拿树条子刷羊毛,另一个嘣嘣地弹羊毛。

　　"老嫂子,看架势你们是要娶媳妇儿啊?哎呀,擀九条绵毡!好光景!"

　　"是哩嘛,我五个儿!这不才有一个娶了婆姨……你们这次给咱把活儿做好,这几年我看还得再擀些!"

　　"老嫂子好福气,儿孙满堂!你放心,肯定把活儿做好!我们平时擀的多是黑山羊毛砂毡,擀你们这种白绵毡的少哇!"

　　"你说得对,娃娃们妆新一辈子就一回,当老人的肯定想把所有的东西都置办成最好的!你们给毡中间再装点上好看的花样样,我从前见过些毛毡,可有讲究哩!"

　　"这你放心,我们都商量好啦!长寿毡的话中间给你加个寿桃,另外年轻娃娃们铺的就放成鸳鸯戏水、羊盘长①、蛇抱蛋这些,你看能行不?"

　　"行,行,就按你们说的做,我听见你们说的三种花样都好!"

　　家里来了匠人,茶饭就得更讲究一些,涮油饼,蒸馍馍,炸鸡蛋泡泡,蝉女隔天又让永明宰了两只鸡给炖了,匠人们几乎顿顿有肉,夜夜有酒,个个被伺候得身心舒泰。

---

① 盘长,佛门法器之一,又称吉祥结,绳结形状连绵不断,含有长久永恒之意。民间常在各种器物上用此图案。

两个擀毡匠干起活儿来真是有了心劲儿——铺羊毛、撒豆面、淋麻油，一层一层细细作务。到了洗毡这天，他们并排坐在长凳上，呼隆呼隆用脚蹬着毛毡卷子，拽着手里的毛带子就唱开了。

六月里，出门去擀毡
一走就走到洛河川
洛河川有个老嫂子
她要擀两条长寿毡
铺好了毛，架好了弓
撒上了豆面把麻油喷
寿毡擀得平展展
粉红的寿桃在当中
六月里，出门去擀毡
一走就走到洛河川
洛河川有个赛貂蝉
她要擀两条迎亲毡
铺好了毛，架好了弓
撒上了豆面把麻油喷
迎亲毡赶得白生生
鸳鸯戏水在当中
六月里，出门去擀毡
一走就走到洛河川
洛河川有个好主家
她要擀两条富贵毡
铺好了毛，架好了弓
撒上了豆面把麻油喷
富贵毡赶得棱缯缯

羊盘长弯弯在当中

听见这喜气嘹亮的歌子,新院里干活儿的人都撂下手中活计跑下来看热闹,高先生也过来了,莲花抱着毛藤儿也出来了,大家喜气洋洋地围在擀毡匠周围,听他们继续有节奏地唱。

擀大毡,擀小毡
擀长毡,擀方毡
擀下那个新毡有千千万
擀毡人的日子赛神仙

擀毡人反复唱着这个调子,像是劳动号子,又像是为了在节奏中统一擀毡动作,既逗乐轻松了自己,也让围在身旁听擀毡调的人们心花怒放。

一时间,宗家院中唱歌的、拍手的、叫好的夹杂一处。就连莲花怀里的毛藤儿此刻也睁大了眼睛,乌溜溜地看这看那,不时还要跟着擀毡的调子蹬蹬腿,转转小手腕子。

宗家院子又一次被喜庆的气氛笼罩了,在擀毡调子中,似乎每个人都忘记了失去家人和亲人的苦痛,忘记了这窄小一隅中生计的所有艰难与操磨。

十六

七月伏天，沟渠水干，日头晒得胶泥卷，天上偶尔过来一疙瘩云，云影从这座山头移到那个山头，灰灰的一片走得飞快。好在山沟里的住户前后沟通风，不觉太热，窑洞里则更为凉爽。

赵满盈正和母亲坐在炕上做针线活儿，瞅见满盈嘻嘻哈哈的样子，满盈娘正色道："满盈啊，你过到宗家可是要收敛些！咱洛河川的婆家找媳妇可是要看五样！哪五样？头梳得妙，脚缠得小，针线做得巧，茶饭味道好，吃饭还得吃得少！你过了门可不敢三碗不饱，五碗不放！"

"前几样都好说，能练出来呢，最后一样怎么听着让人寒碜哩？梳了头缠了脚，针线做完饭做好，这婆姨怕是早累得不行了，就这，到了吃饭时还不能多吃点儿，那她寻婆家是为了个啥呀？不是去找罪受吗？"满盈辩驳道。

"多少辈子就留下这讲究！你不要不服气，到时候过了宗家的门你就知道了，就算婆婆让你放开肚子吃，你也总不像在家这么有理！人家看你一眼你就自己把饭碗放下了，还不要说故意给你气受！"满盈娘坐在炕上，把手里的破烂衣裳刺啦地撕开，又把布头一层一层粘着面糊子糊到案板上去,满盈嫁过去跟姑嫂结缘法的针扎扎①还没动工,她得赶紧趁着天红再晒些褯子。

满盈娘觉得自己得把一切能想到的都为女儿准备妥当,总之一句话,不能让她一进门就因为这些事被婆家人瞧不起。包括她的妯娌莲花,她早打听过了,人家也是个手巧贤惠的女子,满盈嫁过去可不能被她比下去,至少也得平起平坐!

满盈听母亲这样说,心里盘算着嫁到宗家会不会真有受不尽的气,干不完的活儿……她突然觉得窑里有些闷,便拿了针线活儿到了外面。

满盈家住在高处,院子里一棵棠梨树已结了些果子,此刻正有风从棠梨树宽肥的叶片上滚过,撩起一阵响声。这响声不轻不重地敲打着满盈的心,让她有种说不清的缭乱。

满盈叹了口气,坐在树下开始做针线。

一个满绣的褛兜子钱袋已做了五六天了,现在看着总算有了样子,黑绸底子蚕丝线,正前方分做九面,每面的图案都不一样。喜鹊探梅、凤戏牡丹、鸳鸯戏水,这三个花样绣在最中间;蛇盘兔、双贯钱对称绣在两侧,最外边绣了双狮滚绣球。每个图案母亲都给她讲过大概的意思,听得她既觉得美好又感到羞涩。

这世间的缘法多奇怪啊,自己不常出门,偶然去赶会,怎么就遇到那样一个人……而这人怎么就成了自己的丈夫……每当想起那天在树下被永志"算命"捉弄,她就不由要偷笑。但说实话,她常在夜里回想起永志那看起来心事重重的眼睛,那眼睛里又总带着一点戏谑和调皮。从认识到现在虽说已见了三面,但二人私底下再未说过任何一句交心的话,可没说过又能怎样呢?他的心思她还是明白的。

每当听到别人说起关于永志的言语,她表面装作毫不在乎的样

---

① 针扎扎,陕北妇女用来别针的一种可随身携带的绣品。

子,甚至在庄里老年人开她玩笑时装出几分嗔怒,可她的心里却又渴望别人能多谈论一些和他有关的话。

"嫁给官是官娘子,嫁给屠户翻肠子,满盈嫁的差不多也是官哩!"庄子里的小姐妹们相互见面时,她们在言语间表现出的艳羡也让满盈心里增添了几分满足。

赵满盈就这样东一搭西一搭地想着,她用手碰触着钱袋上每一条细细缝制的边,想起这钱袋以后要贴着他的腰身,又一阵夹杂着羞喜和慌乱的情绪涌上心头。

没出七月,郝若鲁和他的徒弟就已把宗家五孔窑的门窗都做好了。细看间,雌雄榫子相互交错,榫子间暗含五子登科、七子团圆、龙生九子的寓意,加上明面上的九宫嵌海棠、十二莲灯灯套灯、三交带圆嵌石榴,五套门窗一安好,立即像是将军披挂了铠甲,五孔新窑立即新崭崭地长了精神。

新窑里还得配些新家具,尤其永志和满盈的洞房,大到储存米面的木柜、放置衣物的木箱,小到碗架、灯柱子、炕栏子、炕桌、板凳、风匣,这些都得配备齐全。按蝉女的话来说,要过成个光景可是不容易,什么都得有,不然缺个小零碎都得张口去和别人借。

有两个徒弟帮手,郝若鲁做家具也不费事,做好晾干期间,他托人买的安康生漆也送到了。宗家的新家具经过这生漆的浸润,真是光泽清透,亮得能当镜子照!尤其是一个大立柜做得精妙,门连门,格套格,每一扇门和抽屉外都雕了缠枝莲纹牡丹,并按永志要求,留下了空白处等着画匠来漆画。

糊窗纸,烧炕,又请阴阳何先生看了安锅灶的日子,宗家这才算松了口气。

暖窑前一天,永志去香柏坡请来了老丈人,蝉女、莲花置办了些菜肴,上了自家酿攒了五年的粮食酒,叫了高先生,连郝木匠和徒弟也一并酬谢了。

满盈大嘴上不多说什么,可一看宗家的新窑院,又看永志在家里的威信,心里满足,吃菜喝酒间就放了话,说看两个年轻人腊月时就贺喜怎样?永志听丈人这么一说,心里一阵欢欣,蝉女也难掩面上喜色,连忙又给亲家夹肉倒酒。

临回时,永志又让丈人提了一只羊腿,给他塞了些钱,说是看满盈和满盈娘平日里爱吃什么就到婆婆镇街上去置办些。

满盈大回到香柏坡给满盈娘一番夸赞,说满盈好福气,找了个务实、有本事的男人。满盈娘嘴长,不免又去村里炫耀,满盈那些个小姐妹一见满盈便揶揄她让她赶紧出嫁,满盈嘴上佯装生气,心里却也是阵阵春情荡漾。

地里的庄稼有长工料理收割,新窑院也已收拾妥当,宗家兄弟又起早贪黑开始收秋。这一年,加上与贺万仁起过冲突的那些地里的收成,宗家长短口袋、大小粮囤几乎都满得要溢出来。就连新院里的两孔新窑也得暂时用来存放粮食。

歇息了些时日,一入十月,兄弟几人又借了几头毛驴骡子,来回驮了七八次粮到婆婆镇去卖,驴骡的脖铃子声从沟里一路叮叮咚咚响过去,引得一道沟的人站在碥畔上搭着手馋馋地照。粮一运到婆婆镇,很快就被外地来的贩粮人一买而空。

在镇上,永志终于盼到了河南来的担子画匠"柳生烟",他到宗家住了五天,在郝若鲁做的那几件家具上精描细画,窄的地方画狮子绣球、瓜开子现、琴棋书画、梅兰竹菊,方的地方画双鹿、双鹤,圆的地方画金鱼戏水、娃娃抱桃,正中几面宽柜门上,第一排画耕读渔樵、春夏秋冬,第二排画姊妹打樱桃、青白二蛇、送灯、书馆报恩等民间故事。

"柳生烟"画完,一一给主家讲解交代,再细看画工,高先生评之曰:"技艺绝伦,无一处不细腻,无一线不流畅,无一色不和谐,人景相映,树石成趣,意境微妙,与新窑相映生辉,给新人锦上添花。"听得众人无不拍手叫好,各自欢畅,永志重金酬谢了"柳生烟",想到满盈进门后就能看到这些画,不由一阵得意。

家具一漆画,总算了却一桩要事,剩下的活计就简单了。

蝉女和莲花、香果儿挑了个晴朗日子,缝铺盖,装枕头,新人们穿的衣裳也得准备,蝉女早早托人买了上好的面料,交给婆婆镇街上新开的贾家裁缝铺子。铺子里做活儿的贾大娘人不笑不说话,一开口便笑,听说前些年就在永安府开过裁缝铺,做的衣服棱是棱,角是角,铺子刚开一两个月,好声名就方圆传遍。

满盈的妆新衣裳是一套粉绸子棉衣裤,外加一件红细绸团花大袄,永志一套黑蓝色棉衣裤,外加一件黑细绸长棉袍。宗家出手大方,贾大娘满脸堆笑应承,说是要按永安府时兴的样式裁剪绣制。

这期间,又有山西来的挑担子银匠在洛河川走村串户,到宗家时留了两天,从女人头发上别的发钗到耳朵上戴的耳环、腕子上的手镯、手指上的戒指全部锻了个遍。蝉女看着银匠事先打好的百家锁明亮亮的,听永惠讲锁子上的字"福自天申"寓意也好,就给毛藤儿买了一挂。宗家几个男子则一人要了一套五设儿,买一套,耳勺、锥子、镊子、牙签、刮舌苔的小铲就都有了。

银匠说,宗家五弟兄,刚好合了"五福",他手里正有五套五设儿,"长寿""富贵""康宁""好德""福禄",这每一套都有讲究。最终,永明选了"福禄",永志选了"康宁",永华选了"富贵",永惠选了"好德",永祥最小,却就看着"长寿"好,几个兄弟各得心头所好,挂在腰间,自成一番景致。

十月一,送寒衣,蝉女带了香果儿和几个儿子一起去给安来子上坟。蝉女用纸仔细粘了几套小袄子小裤子,里面装了新棉花,又给袖口、裤脚也粘了两圈,说是这样更暖和,她盼着安来子在下边吃饱穿暖有钱使唤。

蝉女顺带着在十字路口给自己的父母、哥哥和上一个男人也烧了四套。

安来子的坟头周围已长满蒿草。冷风从四边的沟里蹿上来,让人即便在太阳底下也觉得阵阵寒凉。

蝉女坐在坟前,像拉家常一样把今年以来的事情一件件说给安来子听:

"宗家的地你不要担心,儿子们护住了,种上了,也收了;莲花生了个胖小子,你有孙子啦;咱们又打了五孔窑,几个儿子安排得妥妥当当,新窑新家具,亮堂堂的!

"永志和满盈也就要成亲了,咱们的大媳妇、二媳妇我都可心!

"唉,掌柜的,你一个人在这儿也不要觉得孤啊,我站在咱院子碹畔上,抬眼就能望见你这儿哩,望见你这儿就是一直关心着你哩!"

说着说着,蝉女开始抹眼泪。旁边跪着的一排儿子们也红了眼圈。

永明道:"大,你放心,娘和兄弟们有我照看哩!"

永志道:"大,你不要牵挂,家里一切都好着!"

永华道:"大,我一定跟着大哥二哥保护好宗家老小,您放心!"

永惠道:"大,自从考上了秀才,世道又变,家中事多,儿已不能一心扑在功名上,万望父亲大人原谅!"

永祥道:"大,我长大了也要和哥哥们一样有本事!"

香果儿流泪道:"大,我会好好听娘的话……我好想你啊,大……"

蝉女望着整整齐齐的一排儿女,不由悲欣交集。

永志和满盈成亲的日子定在了腊月初十。如今宗家的光景比永明和莲花成亲时又好了许多,自然要风光大办。

洛河川两岸讲究喜事前前后后要过四天,头一天新女婿和娶人队伍早早到达女家,女方宴请宾客后,新娘子当晚迎到男方家拜天地入洞房,第二日男家设宴,新娘新郎一起敬酒、拜大小,第三日酬谢帮家,新郎带新娘回丈人家吃扁食,第四日,娘家父母再送新娘和新郎回男家。这其中自是有道理的,四天时间能使整个过程足够从容,也足以彰显洛河川人对待儿女亲事的慎重与隆重。

一进腊月,眼看喜事临近,永志和永明请教了一番高先生,又问了蝉女的想法和意见,大家都觉得酒席摊场摆在新窑院中最好,一来地阔不用受紧,二来趁机算是正式搬进了新窑院。

要请的宾客大抵都是上次安来子白事时来过的人,此次又新添了七八位永志在婆婆镇经常来往的生意人,加上宗家前后沟的男女老少庄客,算来也足有七八十人。

计算请人多少的同时,高先生也顺带给平日里亲近些的人各自安排了活计。

商议妥当,毛藤儿由香果儿照看着,蝉女和莲花又开始忙活。做豆腐、碾软米、蒸馍馍、漏粉条一样一样地数着过。

男子们则杀猪宰羊洗头蹄下水,前后庄子借桌碗碟筷,准备坐席时桌边搭的木橼子,也是一样一样地数着过。

高先生和永惠冥思苦想,终于定得一洞房联,上联:鱼水千年和共连理一生永志不渝,下联:芝兰百世昌同琴瑟两家满盈喜气。横批:三星高照。

永志专门请阴阳何先生批了"课书",即把他和满盈的生辰八字书于一张方形的红纸之上,再用泥裹到洞房窑的墙里面去。这也是婆婆镇人古婚俗中的一项,至于起因,一样没人去细究,人们只相信一点,婚姻和出生、死亡一样,都是人生最大的事之一,其中所有的礼节和讲究,都是种种神秘的祈福,都是为了当事人"好"。

大红的"课书"泥进窑里的墙上,永志心里立即升起一种神圣之感,似乎这段婚姻是受了天、地、人共同的祝愿。

宗家照例还要为娶人婆姨发愁。

蝉女不由又想起自己的娘家人。她曾给永志安顿去娘家村里打探,原先村子住的人就少,经了劫难早已彻底断了人烟。这些年中,蝉女也等过盼过,可只盼来了几个远房姑舅的消息,自己最亲的亲人却像安来子的亲人们一般,从无消息。

蝉女私下里哭过想过，但同时早在心里认定了娘家父母和哥哥已遇难——要是还在人世，哪有不回家乡的道理？至少，哪有不打听亲人去向和消息的？

每次家里有大事，蝉女就这样想起娘家人，可是，想也没用。

算来算去，娶人那天，莲花作为嫂子肯定是要去的，本想就近再请一位双全妇人，可的确难找。周边年龄大些的妇人都和蝉女一样，要么父母难全，要么就是外地引回来的女人。小些的女子们要么是没出嫁的黄花闺女，要么是远嫁了光景好些的人家，远路风尘太不方便。事实上，周围女子们本就稀缺。这些年，穷人家的小子们三四十岁还打着光棍儿的人也不在少数。

盘算了一番，最终商议女人家只去莲花一个。男子们还是像给永明娶亲时那样，多去几个拢马的，娶亲队伍扩大了阵仗就行。

满盈家也已开始急火火地准备了。男方有娶人婆姨和队伍，女方也要有送人婆姨和队伍，香柏坡恰有满盈一个不算太亲的姑姑，满盈娘一去央及，那姑姑便满口答应。洛河畔娶送人婆姨历来都会受到两家人的抬举，有些礼当报酬，再说满盈能嫁一户有钱人家，亲戚们自也愿意攀附来往，日后好防个天阴雨湿。

此外，送人的又定了满盈的几个叔辈哥哥和舅舅。

满盈一家住在香柏坡最中的地段上，周围住户逐年增加，不论谁家过事情，动整庄庄客已是约定俗成的规矩。满盈大与满盈娘粗略算了一番，少说也有五六十人。要备齐庄客们的吃喝，婆姨汉二人只能早起晚睡，酿酒、推磨、碌碡子，也忙了个紧。

泥塔沟和香柏坡这两个原本没有关系的村子，因了永志和满盈的婚事而共同忙碌着，联姻让洛河畔上的人相互间多了情义和牵绊。

十七

腊月初十说到就到。

一阵炮响,为首的吹鼓手长号掌起,紧接着五个吹鼓手便鼓腮如蛙,响吹细打间迈脚大步向前。

吹手身后,永志一领黑绸对襟棉袍,头戴六瓣如意暖帽,帽上镶一圈黄褐色狐皮,在这一身装扮的衬托下,永志更添英气。

永惠特意为高先生牵了一头驴子,方便路上他不时骑乘。

高先生精神矍铄,走起路来不输年轻人,他身后的永明着暗蓝色棉袍,手中攥着缰绳,莲花稳坐在驴身上,穿了件暗绿色绸子大袄,油亮齐整的发髻上别着几支明净的掐丝蝴蝶发饰,耳戴一对狮子滚绣球耳环,怀间抱着满盈的新嫁衣包袱,看起来稳妥老练,夫妻俩相互照应着,彼此心意相通,像一幅杨柳青年画。

永明和莲花后面,永华、永惠也是一身新衣,拾掇得干净精神。

娶亲队伍中的四头毛驴额前全绑了大红绸花,脖子一概系了黄铜串铃,加上几穗大红璎珞的装点,驴子们竟也显得面洁唇白,喜气盈盈。

这一行娶亲人呼呼地吐纳着白气,在冬日的大山里伴着唢呐声和串铃的节奏欢快地行进着，队伍里团团大红色在逐渐冒了花子的日头中愈发显眼夺目。

一路上，早早就有人站在路上或硷畔上抻着脖子等着看红火。

"哎呀，看人家这娶人的，个个明光烁亮！"

"呀，你们快看娶人婆姨，眼睛花个楚楚的，可是个好婆姨哩！"

"哎哟，咋快不要看那有了家室的了，看了也不顶用！你看你看，那两个拉马娃娃，真是两个茂腾腾的好后生！谁家女子能给了他们，那肯定也享福了嘛！"

"哎——快看新郎倌儿，别看人年轻，做事可是老到，人逢礼至的，宗家现在的掌柜就是这后生！没错！就是这后生！"

"咋看把高先生抬举的！宗家这几个娃娃都是他一手教出来的！你不见现在他凡大小事都是坐上席的哩！"

每过村遇人，永志便笑呵呵地抱抱拳，高先生也面带微笑，不时挥挥手，白山羊胡子抖抖。莲花看高先生的样子，不由扑哧一笑，她高声道："高先生，你今天咋这么精神？我看比新郎倌儿还走得快！"

"就是，就是！我看咱这次去香柏坡捎带给先生也瞅一个老婆！"永明接道。

"那还不能是一般的老婆，得是要懂之乎者也的老闺秀！"永惠也打趣道。

"不仅要懂高先生写的诗文，茶饭也得做得好！这样的老婆才配得上咱们的先生哩！"永华笑道。

前面的吹手转头道："高先生！高先生！你贺喜时把我们也请上嘛！给你也吹大摆队！"

"再吹个一枝梨花压海棠！"吹鼓手又喊道。

"你们几个一阵子把先生说的都不会走路啦！"永志回头笑道。

"哈哈！人逢喜事精神爽嘛！我都黄土埋到脖项的人了，才不怕你们年轻人说笑哩！你们越说我越走得欢！"高先生脚步不停地朗声笑道。

147

娶亲队伍走到洛河边时,太阳正把白银般的光洒在冰面上,耀出闪亮亮的一片,直晃人眼。河滩上一个放羊的小孩好奇地盯着这一队娶亲人马,呆呆地忘记了抹掉流下来的清鼻涕。

每遇村庄、庙宇、岔路、过桥;吹手便长号几声相告,再热腾腾地吹奏敲打一番,像是出征的兵士不时被鼓舞着。

一近香柏坡,吹鼓手就放开了,摇头扭胯地大吹大擂,恨不得把地上的土都震荡得飞起来!

一听见喇叭鼓声传来,香柏坡全村老幼便都站在硷畔上急切地瞭望着,等待着,一边交头接耳议论着宗家光景如何如何,说的自然也是溢美之词。

窑里暖烘烘的,满盈的头发一早起来便由小姐妹们梳理好了,她们刚刚听到唢呐声便全摇着小脚赶了出去。那唢呐声起伏婉转地钻入满盈的耳朵,像水声拍打激荡着,又像某种急切的催促由远及近。满盈心里突然莫名一阵紧张。

似乎只是倏忽间,又像是很漫长的等待过后,娶亲队伍到了满盈家的院子中。人群如墙,夹道迎进了这一队冒着热气、洋溢着欢喜的队伍,继而又围成个半圆,把永志他们包起来。

香柏坡的人看着莲花从驴身上款款下地,几个眼尖的婆姨早瞅见了莲花怀中抱着的衣裳和首饰盒子,禁不住啧啧赞叹着、品论着。接着又挨个儿端详永志、永明、永祥、永惠这四兄弟的样貌风度,她们相互揶揄着,你把她打一拳,她把你摇一下。

香柏坡的男人们此刻也是脸上笑微微的,对于一年四季都在黄土里拾翻刨挖的庄稼人来说,今天算是极其热闹红火的日子,不仅能大块吃肉,大碗喝酒,更能见些平日里难见的亲朋故友。他们不时被女人们的举动和议论逗得嘿嘿地笑出声,也不在乎自家婆娘此刻的高喉咙大嗓子。

在这样的场合中,人们体内的一种天性如水被烧开般沸腾着,他们抛掉了平时的礼教束缚,也没有了平时的机警防备,只剩坦然和豪情。

院中早设了桌案,满盈父母有些手足无措地站在门前。

满盈家请的管事姓常,也是个老头儿,一见高先生进门,常老头儿疾步向前抱拳道:"哎呀,高老哥辛苦! 又是媒人,又是男方领头人,赶紧先满饮三盅!"

"常老兄久等!"高先生也抱抱拳,说罢接过三盅敬酒一饮而尽。

永志兄弟几个连连向周围抱拳作揖。

高先生喝了酒,朗声道:"吉日吉时——我们男方先表表礼当!"

莲花笑着把怀中抱的包裹呈上去,常管事稳稳接住置于桌上,慢悠悠道:"男家表礼——"

莲花解开包裹,绸子的光泽立即溢了出来。

"新娘子妆新衣裳两身——"

莲花又把包裹里的首饰匣子端起,交给常总管:"这是给满盈的一套银首饰,共十八件。十八十八,两家都发!"

常总管接过,打开盖子,一片光洁的银白色扑了出来,惹得众婆姨们又是一阵嗡嗡声。

常总管把首饰盒子稳稳放在衣裳边,高喊道:"银首饰一套十八件儿——"

窑内的满盈听着外面的响动,早有小姐妹奔回来,告诉她妆新衣裳颜色如何,首饰样式如何。满盈听得又是一阵紧张,一阵欢喜。

满盈父母在院中和窑内进进出出,招呼着宗家来的人坐席吃饭。

莲花匆匆吃了几口,便到满盈窑里与满盈姑姑一起帮新娘换衣打扮。

莲花与满盈算是第一次相见,两人四目相对,彼此打量,却像是早都认识一般,心里没有一丝隔阂。

"妹妹,你不要害羞,从今往后咱也算是姐妹了,都要在一个窑檐底下生活哩! 过去了,有啥不习惯的就给我说,我也算是个老媳妇啦！"莲花一边往满盈头上别着发簪，一边宽慰她。

"是啊，满盈，从今往后你有什么不会的，就多向你嫂子请教，一看你嫂子就是个明理女人，看人家这几年把夫家光景帮衬得多么好！"满盈姑姑也附和着。

满盈在镜子里看到莲花嫂子明朗的笑容，不由心安了几分。

院子中，来来往往端盘子的小伙子们一边拉长嗓子喊着"油唻！油唻——"，一边生龙活虎地穿梭上菜，期间不忘在人群中瞅两眼看有没有自己中意的女子。

老小庄客们纷纷在桌边的木橼子上就座，十人一桌，事先安排的看桌人分发筷子、倒酒，不时提醒大家吃饱喝好。

众人正吃间，常总管带永志和满盈来敬酒。阳光下，满盈一身红衣，衬得她脸颊粉嫩，眼波盈盈。永志偷瞄了几眼满盈，满盈也偷望了几眼永志，二人心意相通，明明朗朗地跟着总管一桌一桌地敬过，众人无不称赞。

一圈酒敬下来，永志看着已有些微醉，满盈偷偷拽拽永志衣襟，低声道："你少喝点儿！可不敢喝醉！"永志嘿嘿一笑道："没事，我酒量大着呢！现在是装的！"

满盈不由拿袖子掩了口偷笑。

满盈娘和满盈大在一边看到了这一幕，不由也会心一笑。

"这两个娃娃脾性倒还是相投，我看咱以后也不用愁他们的光景！"满盈大道。

"说甚呢你？！你之前还愁过？宗家光景好，满盈过去受不了罪！你咋快放你的七十二条心吧！"满盈娘拧了一把男人的胳膊。

不等所有庄客宴席吃毕，常总管和高先生便商议着娶送人队伍能起身了。

常总管又在院中主持娘家表礼。

"衣箱一对，相依相靠，财宝满箱，用之不竭——

"镜子两面,妆台一座巧玲珑,心明眼亮一世清——

"离母肉六斤,女儿是娘家心头肉,今日离家为人妇——

"离母糕两卷,四十八片离母糕,两家都能步步高——"

一切齐备后,常总管在院中喊道:"新娃娃上马咪！父母养育多不易,今日成人离家去,新娃娃跪拜父母养育之恩——娶人的送人的,押箱的都请咪！"

满盈在窑中跪别了父母,泪眼婆娑地被蒙上了盖头,满盈舅舅把外甥女拦腰抱了出来放在鞍背上,满盈娘追着出来,不时抹一把眼泪。满盈身上披了羊皮袄——现在世道太平,满盈头上又多首饰,便未戴那泥鳅帽。

庄客们再一次围了过来,一时间,鞭炮声、掌号声、唢呐声,人群嘈杂声、总管呼喊声响成一片。

又是三声炮响,吹鼓手的《大摆队》吹起来了,永明和莲花紧随吹鼓手,接着是永志满面红光地拉着满盈骑乘的驴子,其余陪嫁、送人压箱的紧跟在后。

已过晌午,冬天日子短,路上众人马不停蹄,高先生也骑上了毛驴,由永华一路照应。天麻麻黑时娶亲队伍便回到宗家新院。

"麻媳妇,麻媳妇！回来的正好！"大家都这么说道。

宗家院里早早就点了六七个火把,鞭炮声中,高先生又主持了新媳妇下马和拜天地仪式,直到入了洞房,他这才算是舒了口气。

吃过下马宴席,永志又端着酒菜去给女方亲戚们问安、作揖。

一回到洞房窑,永志请的几个朋友便要耍房。满盈面容娇红,虽不明白为甚要按那些动作去做,却也在这其中明白了些男女奥秘,永志一边顾及着大家的兴头,一边招呼着满盈,尽量不让她觉得难堪。

夜间,众人都已歇下,洞房窑内的炕桌上,两支羊油红烛长明,四个莲花座牡丹形状的大白馍用红线拴连在一起。

蝉女按乡俗在衣襟里揣了几个红枣馍馍,手中又掂了只擀面杖来到洞房窑外,她笑微微地用擀面杖戳破窗户纸,向窑内撂起了儿女馍馍,一边撂一边念道:"馍馍撂进升子①,明年就抱个孙子,有的儿女都跟上,白女子、黑小子,跟上奶奶吃扁食!"

满盈笑个盈盈坐在炕头,听得婆婆在外头念叨着这些有趣的话,又看着永志左一下右一下扑腾着接那些馍馍,再分别摆到炕桌边把她围起来。

终于,听得窑外院里一切响动都停了,永志这才与满盈贴着坐在一起,他攥起满盈的手,道:"累不?今天折腾了一天。"

"我……我不累,你呢?你比我辛苦,又要招呼这又要顾及那,还得陪着喝酒。"

"大喜的日子嘛,都得照应到。再说,长这么大,今天是我最高兴的日子。"

"是不?那你说,你高兴什么?"

"我高兴终于把你骗成我婆姨啦!"

"哎呀!你就爱捉弄我!"

"谁叫你长得这么亲?不捉弄你捉弄谁去?"

宗家新院里此刻静悄悄的,洞房窑内的烛光映照着窗户纸上贴着的红窗花,安谧之中却又像百花同时盛开。

宗家新院底下的旧院也静悄悄的。

蝉女腰酸腿疼地躺下,她闭上眼,想着安来子的模样。

唉,他大,你放心,我算是又把一宗大事给你交代啦……

此时,门外的风偶尔把门栓子摇动那么一两下,蝉女心里明明释然着,却又无声地淌下了眼泪。

第二日一大早,满盈醒了,她惊慌地收起身下的白手绢,那手绢上的点点落红让她又羞又臊。永志也醒了,他坐起身看着满盈团着那手

---

① 升子,量粮食的器具。

152

帕满脸绯红的样子,不由又抱住了她软软的身子,在她耳边喃喃道:"满盈娃,我的新媳妇……"

"还不快起,人家会说咋还不见咱们起来!"院中此刻已有走动声,满盈挣开永志嗔道。

"就爱看你生气的样子!那嘴噘起来要多亲有多亲!"永志也低声笑道。

满盈一边笑,一边麻利地起来穿好衣服,梳好发髻,她知道,由大姑娘变成媳妇就不能再梳从前的长辫子了。她看着镜子里的自己,那光洁的脸上此刻正蒙着一层别样的光彩,为什么会这样呢?满盈暗暗思想间不禁又红了脸。

她催促永志赶忙起来,为他也编好辫子。二人刚收拾妥当,香果儿就来叩门:"嫂嫂!我给你端洗脸水来啦!"

满盈赶紧开门,门外的香果儿正端着一盆热气腾腾的清水站在门外,盆边还搭着一块新手帕。

满盈忙让香果儿进门,给她手里塞了几块碎银子和一个刺绣精美的宝葫芦针扎扎——这也是洛河川的讲究,小姑要给新婚的嫂嫂送去洗脸水,新嫂嫂也要给小姑一些回礼,以表双方亲热。

香果儿接过宝葫芦针扎扎,好奇地把那盖儿拔开来又安上去,真是严丝合缝。

"嫂子,你给我的这宝葫芦真好看,你的针线做得真好!我从来没见过这种宝葫芦样式的针扎扎呢!"香果儿咯咯笑起来。

满盈见她对自己给的东西爱不释手,又看香果儿那长长的睫毛忽闪忽闪的,对这个小姑顿生喜欢,她伸手摸摸香果儿的脸颊,笑道:"你想学吗?以后嫂嫂教你,我们庄那些女子们会的样式可多着呢!什么毛猴偷桃、花瓶、鱼儿、兔儿、宝钟、羊鹿子……什么样式的都有!"

吃过早晌饸饹,紧接着放拜礼,亮箱,结缘法,在一项项老祖先们传下来的规矩中,嬉笑的,叫好的,赞叹的,拄着拐棍儿往来赶的,人语欢笑,嬉闹打逗满溢在院中……

坐席时,宗家上的十五观灯菜式又引来一片赞叹。黄豆芽配着油亮的猪黑肉,褐红色烧肉下盖着颤巍巍的白豆腐,红炖猪肉块子醇香绵软,丸子粉汤配了滑嫩的木耳丝,鲜羊肉上撒着朵朵绿葱花……

几个桌上的男人此刻已开始喝酒划拳,一个干瘦的汉子出着各式拳法,脖子上青筋挣得道道凸起:"俩好!一点豆啊!三桃园!四季财啊!八洞仙!"

另一个壮汉则稳稳地喊:"五魁首!七巧梅,六连串串七巧梅!"

桌上其他男人张嘴瞪眼,只等输赢,果然那瘦子就输了,不等人说,瘦子就捞起酒盅仰脖"滋儿"一声喝下,就了两口菜,一挽袖子又道:"来,他干大,再来!"

女人们的桌子上多有小儿,妇女们不光要自己吃,还要照顾着娃娃们,筷子翻飞间,刚端上来的一碗鸡肉已被一夹而空,往往是两双筷子同时夹住了一条鸡腿,年龄大点儿的就让了,一边讪讪笑着说:"哟,快给你娃娃夹走,我们家前几日刚吃罢鸡肉!"年龄小的婆姨就势夹过来,笑着塞给孩子:"咋快吃!看你婶子多疼你!"

宗家几兄弟穿梭在席间招呼众人吃喝,高先生带着永志和满盈给宾客一一斟酒。

蝉女搬了个板凳坐在阳处,此刻,正午的太阳晒在她的身上和心上。

"娘,又在想我大了吧?今天是哥的大喜日子,这么多人,你可不敢哭!"香果儿过来偎到蝉女身边。

"娘不哭,这么好的日子……"蝉女摸摸香果儿的脸。

阳光中,香果儿看着母亲瘦削的脸和花白的头发,想到父亲死后那些夜里母亲的叹息和发怔,再想想其他几个哥哥往后还得母亲来操劳扶持,她的心微微刺痛着,又一次明白了身为女人的不易。

"娘……"香果儿攥住母亲的手,本来劝人的反倒自己眼眶红了起来。

十八

清光绪三十一年（公元一九〇五年）九月，大清朝废除科举考试的消息传了过来。

"废了好，废得好！世道总算变了！"高先生怅然若失却又击掌叫好。

永祥将信将疑间沉默不语。

永惠反倒舒了口气。自从考上秀才，他就处于进退两难的地步，一边是宗家繁多的事务，另一边是自己心中对生活的体悟。几年间，这个读书人的思想发生了太多变化。

这年十月间，永明和莲花带着毛藤儿去山西探了亲。去时见明诚已有一子一女，杨老汉和老伴儿也算得上颐养天年，听说安来子已逝，杨老汉不禁黯然流泪。山西回来后，第二年永明和莲花又得一个小子，随杨姓，小名叫毛随儿。

高先生给毛藤儿起名为宗谦礼，毛随儿起名杨谦玉。这也算是圆了当年安来子和杨老汉说过的口念。

又过一年，永志和满盈也生下一子，唤作茂娃子，大名宗谦怀。

此时，新学兴起，读书人听说北京、西安已出现了女子学校。

这股办学风吹到娑婆镇时,只剩个末梢了。

娑婆镇读过书的年轻人本来就少,高先生和刘先生年事已高,剩下个贺万仁品行不端,娑婆镇人也不愿把孩子让他教。除了曾参加过乡试的刘河生、王明章、胡桂祥半读半耕间捎带教几个孩童,再无一个像样的学堂。

这样一来,方圆只有永惠可胜任此事。永惠思来想去也动了心思,想把旧院的三孔窑洞腾出来办个学堂。他想着学堂办起来后,不仅附近的孩子能来念书,永祥也能帮忙教学,妹妹香果儿也能跟着识些字。

他把想法和永志一合计,当下拍板决定。

"不仅要办学堂,而且来念书的穷人娃娃们一律不收学费!近处的早晨来后晌回,远路的反正有窑住,不行到时再雇个给娃们做饭的,猴娃娃们能吃多少?如今世道,娃娃们只有念了书,将来大了才能走得更远,也不枉费你这个秀才的一肚子才华!"永志鼓励永惠道。他计划着这两年再修一院新地方,这样,储粮、圈养牲畜和长工们生活起来都宽敞,也方便管理。

在永惠和永志筹备办学堂的同时,外面的世界又开始重新激荡着不安和变更。如果说这有着古老历史的国家是一条巨龙,那么每到新旧交替期间,它就要蜕一层皮才能重生。在这样的震荡中,各地苛捐杂税日益沉重,西北地区先是民间出现了红枪会、哥老会等盟会,到了洛河周边的山区中,渐渐发展为系着红肚兜的"硬肚"组织。

"硬肚"其实就是吃不饱饭的贫民寄希望于神灵,幻想着能靠神灵护体,练成刀枪不入的身躯。这些靠着神灵给予勇气的男人与县城其他"硬肚"联合起来,四千多人攻占了县衙,建立了近二十天的政权。

因本地乡绅富户在民间多如永志般有较高威望,平日里也无克扣为难百姓之举,故未成为攻击目标。

然而,此事还是让洛河川的富户们心惊了一场。

高先生与宗家兄弟谈及此事,说"硬肚"攻占县衙的事,表面上看似乎并没有给大户人家们带来什么害处,但仔细想想,这事似乎并没有那么简单,它像是一个隐约的开端,一个提醒。所以,高先生不停提起修筑寨子一事,万般嘱咐永志和永惠,等到办学一事稳定,赶紧就把寨子修好。

第二年正月底,长工们一来,永志便安排他们搬东西,腾出了旧院的两孔窑洞,开始招收学生。附近乡邻听说此事,纷纷奔走相告。二月间,便陆续招收了七八个孩子,最大的十三四岁,最小的七八岁。

婆婆镇街上的郝木匠、贾大娘家也都不嫌路远把孩子送来,光景好的人家来时主动带着米面粮油,穷些的送来时也多背着柴火,都说本来就不收学费,不能再让孩子来白吃白喝。

永惠白日里教学生背诵习字,晚间就与学生们睡在一起,掖被子叫起夜,有夜惊症的孩子常被永惠搂着才能安睡。

从此后,偏僻的洛河畔上,重教蔚然成风,诵读声不断。

稻粱菽,麦黍稷。此六谷,人所食。马牛羊,鸡犬豕。此六畜,人所饲。曰喜怒,曰哀惧。爱恶欲,七情具。青赤黄,及黑白;此五色,目所识。酸苦甘,及辛咸;此五味,口所含。膻焦香,及腥朽;此五臭,鼻所嗅。宫商角,及徵羽;此五音,耳听取。匏土革,木石金。与丝竹,乃八音……

这声音犹如春雨落在菽粟上,似乎有着想认识万物、瞻仰天地般的纯澈心愿,又似乎是迷蒙中照进来的一缕晨光,谁也不清楚这声音中会孕育出一些怎样的命运。

办学专招穷人家孩子,又对学生视如己出,这一义举使宗家在婆婆镇乃至洛河川上下更有了名望。此后永志所遇三教九流,商贾边客都愿与他打交道共事,因永志在外从不显山露水,秋冬常爱戴顶毡帽,久而久之,人送绰号"宗大毡"。而永惠也因品行和师德被乡邻恭称为"普济秀才"。

这几年间,永华、永惠、永祥皆已相继成亲,只剩香果儿待嫁闺中。

永华、永惠、永祥所娶的也个个都是洛河川大户人家的女子,永华娶得张氏,名为红叶,永惠娶得李氏,名为佩琴,永祥娶得高氏,名为改鹿。

新院的五孔窑安排如下——蝉女香果儿一孔,永志满盈一孔,永华红叶一孔,永惠佩琴一孔,永祥改鹿一孔。永明与莲花自愿住进另修的四孔窑洞的院中,一来方便看护粮食杂物,二来孩童喧闹,须得宽敞院子玩耍。

这一排两院九孔窑洞斜下方,左边是旧院三窑的学堂,右边是庚子年间新修的长工院与牲畜棚子。

为鼓励和方便学生习字练字,永惠让长工赶着驴车直接到临近县城的纸坊买回二十来捆最好的白麻纸,一捆四十刀,这些白麻纸都已用浮石打磨过外棱,光洁清亮,再配上托人从永安府买回的时兴"洋烟墨",书写爽利,尤其冬日窑洞外要是下了雪,学生们在窑洞里铺开纸墨,黑白相映,分外耀眼。

而宗家寨子也终于动了工。

离宗家不远的一个山沟里,天造地设一座孤立的小山,周边大山环绕,如众星拱月,又如天然围城。

宗家寨子就打算建在这座小山山嘴上,因山体四周都是悬崖,不用太费什么人力,唯在山上打窑修院、建门楼和吊桥要费大工夫。

宗家兄弟与高先生皆细细思量,计划用青石筑高墙门洞,顶上搭建土木房舍七间,开挖窑洞十孔,修暗道,拨水路,置碾磨水井石槽。他们参考洛河川上下古今寨子,凡能想到之处,力求完善,唯恐疏漏。

永惠细细绘制了图纸,有了图纸,工匠们就陆续开了工。

宣统年呼啦啦就过去了。

宣统年间,婆婆镇人只在意两件事,一是县衙被哥老会烧毁,不得不迁址于洛河川的石楼台山;二是铸着孙中山和袁世凯头像的银圆开始流通使用。

住在沟里的人甚至还没明白过来这到底是怎么回事,宣统便已改为了民国。

民国三年(公元一九一四年)间,婆婆镇四月会上有了皮影戏和木偶戏,说是本地儒商去朝邑贩羊,购了两副戏箱,会上专门请了朝邑名班左三班子来婆婆镇常驻演出,自此,周边家户许愿还愿、老人贺寿等都要争相去定戏、写戏。看皮影戏、学唱皮影戏、耍皮影一时成了婆婆镇乡绅富户们的心头好。

高先生爱撑着看这些皮影戏,哪里有他就去哪里看。半年下来,《苏三起解》《张连卖布》《黄鹤楼》《小姑嫌》《西游记》里的秦腔和碗碗腔他如数家珍,每坐在阳崖根下晒太阳时,他都要哼唱几段。

永志和永惠托人在甘肃也买了一副戏箱,戏箱里的一套皮影说是用牛皮雕刻而成,要比驴皮更耐实,有了这些东西,永志弟兄几个在高先生的参谋下,闲暇之余竟也慢慢学着吹笛子、拉二胡、敲云锣,不多时就能自娱自乐凑合着演几出简单的戏。

这年夏天,宗家男女老少和长工、学生们在最宽敞的窑里点起亮子,拉起白幕,高先生和宗家几个弟兄一起上手,永志捏着嗓子唱苏三,永祥唱八戒,永惠当文官,高先生装老旦,响吹细打,闹闹腾腾,谁也不会挑剔谁唱得不好,谁也不懂谁的乐器没跟上,只为图个红火,解个心焦和苦闷。

有了皮影戏,有了那些乐器的声响,宗家人的生活似乎进入了一个前所未有的境界,有了戏文的教育,宗家的孩子和学堂的学生们更好地明白了做人的道理;有了白幕上精美的金銮宝殿、腾挪跳跃的彩色影子,每个人的心里都多了一层朦胧的喜悦和如梦般的享受。

十一月的一天,日已当空,迟迟不见高先生出门晒太阳。往常他一人寂寞,不到晌午就挂着拐棍儿过宗家来了。

蝉女在硷畔上照了两回,心上突然咯噔一下,忙叫永惠去高先生的小窑里去看。门从里面闩着,永惠只能趴到窗户上去照。

窑里,高先生还躺在炕上,永惠叫了几声,一点儿动静都没有。连忙喊来永志和永明,好容易撬开门闩,抢到炕边一摸高先生,见他双目紧闭,身上早已凉了,锅台上还放着半碗喝剩的羊奶子和半拉吃剩的白馍。

宗家弟兄们清楚,高先生近两年只记挂两件事:一是死后希望永志和永惠能把他运回老家鱼儿沟埋葬;第二便是嘱咐永志弟兄们要赶紧把寨子修好。

宗家人给高先生置办了一口柏木棺材,帮、盖、底全是柏木,婆婆镇人称为"四叶瓦"。他们亲自护送高先生的棺木回了老家,高高攒起的坟堆前还立了碑,碑上刻着"恩师高林清公之墓"。

这几个大字后面,刻着永惠为高先生撰写的一篇碑文。永惠、永华于墓旁又朗声齐读一遍碑文,时林鸟呀呀,山风激荡,如应和有声。

高先生住的那孔小窑人走土松,三年后便坍塌如穴。

这三年中,宗家的窑洞、院墙和人丁却在风雨中愈发高大繁茂起来。

香果儿如今已经二十多岁了还没有婆家。洛河川的女儿们一般十七八岁,最多十八九岁肯定都嫁了人,为什么香果儿这个岁数还没出嫁?洛河川这几年敢上宗家打问香果儿的人实在太少。

斗胆来了的几家只要派人一出去打听,香果儿就连连皱眉,这些家户的小子们,要么品行不端,爱在邻村拈花惹草,要么就木讷寡言,呆板小气。还有一个听说先天有些不足,走路带些跛劲儿——这样的男子让香果儿怎么嫁呢?

光景一般些的或是穷人家,那更是梦也不敢梦与宗家结亲,就这样,香果儿的婚事就给拖了下来。

直到去年秋上,杏子川的大户李家打发媒人上门,说李家有个年轻人叫李思平,与香果儿同岁,样貌品行、待人接物都算那一道川最展趟①的男子。思平前些年一直跟着李家老掌柜忙生意,这几年在川道上开了好几个铺子,生意直打山西做过去。想与李家攀亲的人也很多,但总没有思平能看上眼的。

香果儿听说有这么个人物,心内好奇,这才算半推半就给母亲和哥哥们表了态。

腊月里,李思平跟着媒人一起到宗家来看香果儿。他一来,宗家人就安了心,思平已剪了辫子,一头短发干净利落,又显出几分洋气,虽是读过书的人,却又少了几分读书人的文弱,俊眉大眼,看着就让人放心。

思平见香果儿端正大方,全然没有一般女子的扭捏造作,还跟着哥哥们读书习字,便也满心欢喜,两人见面,之后的定亲、放娶亲日子便也顺顺当当。只等来年三月贺喜,娶香果儿过门。

思平走后,宗家男子们商议一番,却最终没敢剪掉辫子。

议完香果儿的婚事,蝉女的头发已经全白了,彻底成了个瘦小的老太婆。算起来,她已六十多岁。从前辛劳太重,生养又多,她的腰疼得厉害,如今走起路来非得弯下腰才舒服,曾经端铮铮的两条腿如今也走了样,远看就像洛河畔妇人们剪纸中抓髻娃娃的罗圈腿。

蝉女迈着罗圈腿,颠着小脚走到碜畔上,又像往常一般向安来子的坟地眺去。

安来子真的死了吗?这些年,她咋觉得他只是像坐禁闭那样被关在对面山头?借着梦境,借着那些年她和他一起栽种的树,借着他留下来的那些蛛丝马迹,蝉女觉得他还在……

正思想间,香果儿出来了,她浑身上下每一寸都拾掇得干干净净,今天正穿了件淡黄色的薄袄子,阳光下耀眼明亮。香果儿的脸长得极像蝉女年轻时,白净、细致,发色却不像蝉女那般黄,此时正是她的青春好年华,太阳下,香果儿的头发黑亮,在刘海儿上斜别着的一

---

① 展趟,陕北方言,形容人无论长相还是做事都超越常人,让人舒服、敬佩。

支银卡子衬托下,更显出一种热腾腾的光气。

"娘,你咋这样看我呀,像是没见过一样——还笑,到底咋了嘛?"香果儿撒娇道。

"娘是看我女子长得亲不亲哩,明年这会儿想这么瞅都瞅不上喽!"

"娘,出嫁了也能常回娘家嘛!我就不信他是个糊涂蛋,女儿要看娘还不让看?"

三月里,桃花开。

宗家所在的这一道沟里,桃杏花这儿一檠,那儿一簇,春风里舒展摇摆着腰肢,粉蓬蓬、雾嘟嘟地装点着尚且显得荒凉的山坡。向阳处的土壤早已被地气蒸得酥软了,草芽子头上虽还顶着去年的枯草茎,但那新发的鲜嫩却更显得莹绿可人。

向阳处,庄户人家的孩童在院中盯着突然飞来的一只白粉蝶,那孩子便趔趔趄趄着去撵,小手向空中指着,嘴里咿咿呀呀地叫唤。

突然,远远传来一阵唢呐声,孩童不由停了下来,左顾右盼地张望。这时,孩子母亲出来了,背上还背着一个哇哇哭闹的小儿。她一把抱起孩童,拍拍他膝盖上的土,欢欢地走到了碥畔上四下张望。

"李家的娶亲队伍过来啦——"村里不知谁在院中高喊了一声,家家户户呼啦啦就出来了人,纷纷攘攘地站在自家碥畔上眺望着。

这北方大山里的人们,站在碥畔上眺望似乎是一种宿命。不同时代,不同姓名,几乎每个人都会这样站在碥畔上眺望,希冀着眼前能出现些什么,好让沉冗繁复的日子有些活气。虽说站在碥畔上盼来的不一定和自己有关,但是人们又都觉得从望见的那一刻起,眼中的人或某些东西便和自己有了关系。常有老头儿老婆儿叫住走路的人,稀罕地高声攀谈几句。也有手搭在额头上,定定站着目接目送的,人们似乎喜欢沉默,却又在沉默中期期艾艾地透着一股子恓惶劲儿。

谁让大山那么大、那么多,又那么高呢?住在沟里的老百姓走不出去,外面的景致也走不进来。

李家的娶亲队伍的确过来了,为首的竟然是两班子吹手,光是吹手就洋洋洒洒地排了一溜子。十几个吹鼓手一律羊肚子手巾、黑衣黑裤的短打扮,配上喇叭头子上绑着的大红绸花,显得格外精神。

吹手队伍后紧跟着的就是骑在马上的新女婿了,虽远远只能照见个人影,但也不妨碍看他戴着礼帽稳稳骑在马背上的身姿。

新女婿身后,两个娶人婆姨穿红戴绿地在毛驴身上颠摇着软软的腰肢,惹得那些硷畔上的男人们眼神都直了。再往后,七八个男子拉着驴子,驴身上大包小包驮着给女方的礼当。这些礼当后面跟着五六个年轻剽悍的小伙子,这些小伙子也是一身黑衣,只是腰间别着刀枪,看来是李家的家丁。

世道不大太平,李家人考虑周全!

再向后照,另一匹马上骑着个老者,头戴着黑绸帽,脑后还吊着辫子,肯定是媒人。

一直看到眼睛酸脖子困,李家娶亲队伍才算过去了。硷畔上的人们便开始了新一番感叹。

"哎呀,看看人家这排场!咱们这号光景的人可是梦也不敢梦!"

"有钱人家不都这样?一家比一家气派!攀伴儿攀个强的,这两家人结亲算是弄对啦!"

"可不是,宗家的女子,李家的小子,这都是人里头数一数二的!"

宗家上院下院红彩子高挂,院里人头攒攒,小儿嬉闹。香果儿此刻正坐在窑中,由满盈和改鹿两个嫂子给她挽面。满盈用交叉的细线贴着香果儿的脸一弛一张地滚动,每一滚,香果儿脸上的绒毛就被拔掉几根,她一边体会着那细线滚动之时痒痒麻麻的感觉,一边却疼得不住叫唤。

改鹿把镜子端在香果儿脸前让她看,一边笑道:"再忍忍,再忍忍!这脸开过了就不再是黄毛丫头啦!你看,你看,是不是比之前更白嫩啦?"

这时，莲花笑盈盈地进了窑，也凑近看香果儿的脸："啧啧，本来就生得俊，这下更好看了！"

正说间，红叶就抱着孩子急匆匆进来了："快给香果儿上头打扮，李家迎亲队伍就快到了！"

妯娌四个立即左右开弓，给香果儿梳头的梳头，打粉子的打粉子，描眉的描眉，片刻间就把香果儿打扮了起来，红衣红裤衬着香果儿的鬓发和脸庞，让几个嫂子连连赞叹。

"一会儿咱香果儿把新娘子衣服穿上，那肯定更美啦！"满盈笑道。

"是哩是哩，听说现在外面不再时兴宽袍大袖，都是照着女人身形裁剪的，不知道香果儿的妆新衣裳是不是时兴样子，咱几个一会儿也正能看个稀罕！"改鹿快嘴快舌道。

"咱们也不要羡慕，我跟你们说……"莲花压低声音，几个女人凑近了听她说话，"要是香果儿的衣服式样好看，咱们几个今年也就让做上几身儿！说到底该还是稍微紧身些好看嘛，你看咱现在这衣裳，穿上一笼统，哪里有个腰身胸脯哩？"

妯娌几个闻言一起哈哈大笑起来，香果儿也笑道："好嫂子们，我一会儿穿上你们都仔细看看样子，依你们那手艺，保准一看就知道咋裁剪！"

正笑间，院中有人就叫喊起来："照见啦，照见啦！李家娶人的沟里进来啦！"

院中立即就撤出一块空地来，请的常总管不慌不忙指挥着年轻人支桌案，端酒准备菜碟，宗家几个男掌柜的也都忙里忙外进出着。

蝉女拄着檀木拐棍儿，头发梳得整整齐齐，额上戴了副缀着蝙蝠和牡丹银片的抹额，身穿黑绸滚深绿边的薄长袄，宽大的衣摆下，那双脚显得更小了。她正跟几个老婆儿相互端详家长里短地问这问那。那几个老太太也都年龄相仿，说话间还不时伸手抹把不知是阳光蛰出的还是因心酸而流的眼泪。

佩琴招呼照看着宗家那些半大的孩子们，这帮小子们先前在边院里下石子棋呢!佩琴在墙边照了照,喊道:"你们几个快别耍了,你姑父来啦,快去硷畔外照呀!一会儿肯定有见面礼!"

"好哦——好哦——"几个少年呼喝着,一溜烟地跑了出去。

耳听着震天的唢呐声就响在院子中了,管事的一声声喊着男方带的礼当,香果儿感觉光是礼当就喊了好久,她不由在心中道:"这个愣汉,你该也是明白的吧,这些礼当其实我、母亲、哥哥嫂嫂们也不觉得稀罕,主要是稀罕你这个人哪……"想到此处,自己在宗家的这二十多年的光景不由得浮上心头,这让香果儿有些惆怅,有些难舍,又有些隐隐的激动和盼望。

都二十多岁了,香果儿却从没走出过洛河川。算一算,最远也不过到婆婆镇集会上几次。除此,她只能靠着听哥哥们讲讲外面的世道和人情冷暖,靠着听嫂嫂们讲各自在那些同样闭塞的村子里的见闻——她曾无数次望着天空,思想着最远最远的山外会是什么样子,她在母亲和几个嫂子身上似乎已经预见了自己的未来,但她有时又觉得自己与她们的命运会有所区别,可究竟会有什么不同呢?她想,母亲不会知道,哥哥嫂嫂们也不会知道。香果儿自己也不知道。

门帘一掀,莲花嫂子和满盈嫂子已带着两个眉眼陌生的妇人进了门,那两个妇人一个手中捧着艳红的新嫁衣,另一个捧了满满当当的一盒子首饰,香果儿看着眼前这四个笑盈盈的女人,突然觉得恍惚起来。

此刻的阳光正透过窗户纸照进来,几缕微尘在那几束光中旋转起伏。香果儿看到自己的嫁衣被展开,每个人的脸上都被映得有了种暖橘色。

"来,香果儿,该换上这妆新衣裳啦!你看,这鞋子也讲究,全缀着银芝麻铃儿!"

香果儿听到不知谁笑着说道。

她默默接过衣服和鞋子,那些小小的芝麻铃儿抖出一阵细碎悦耳的声响,香果儿明明想笑,眼前的一切却从模糊到清晰再到模糊地转换着。

十九

骑好马来吆吆！拿钢枪！山山凹凹里吆吆！搜婆娘，搜的嘛好的马后捎，搜着嘛赖的拿炮敲！

民国六年（公元一九一七年）开春后，三边一带时有兵乱，从靖边传下来一首土匪们唱的《快乐歌》，听得多少人心惊肉跳。洛河川上下的富人们多暗中组了家丁护院，有关系者重金购买了少量枪支弹药藏匿着以防万一。

因为不在川道上居住，宗家仅仅加高加固了院墙。永志又托人买了三把铁铳和百来斤铁砂以备不时之需。宗家寨子此时也已基本完工，只剩一些细活儿有待完善。

这些年，宗家兄弟行事谨慎入微，加上宗大毡在方圆几十里说大事、了小事的名望，宗永惠又是免费办学的普济先生，一般人都敬爱三分，少有人上门滋事。

两兄弟在外活动得多，见不少年轻人都已剪了辫子，便也想趁个利索，下决心剃成了短发。

宗家就势又在左右山岭上开了几百亩荒地,雇了四五十号长工短工。永志在工钱上从不亏欠,长工谁家有婚丧嫁娶,往往还会额外准备礼当让其回时携带,如长工中有缺粮少衣交不了税之人,更是慷慨救助,无丝毫迟疑,上上下下深得人心。

女人家则以蝉女和莲花为中心,足不出户,照料全家老小饮食。此时,永明和莲花身底已有三男两女,永志满盈两男一女,永华红叶有一子,永惠佩琴一子一女,永祥改鹿才成亲,尚无子嗣。

其中毛藤儿与毛随儿、茂娃子都已十多岁,日日随永惠读书。

从苦日子熬过来的蝉女,从不让儿子儿媳和孙子孙女们浪费粮食,即便小儿掉在碗边的一粒米也要让捡起来吃掉;穿戴方面,男子女人们每年五身单衣,四块汗巾手帕,每两年换一套棉衣棉裤。

此外,蝉女和永志、永惠还定下家规,所有宗家的地不得种一棵罂粟,所有男子都不得与"大烟鬼"有任何来往,如有沾染,一旦发现,毫不留情逐出门去。

家族一大,诸事夹杂,幸亏有这些森严的家规家训,高先生在时教过的事理宗家人也都还记着。最忙的人还是永志,他不光要处理宗家事务,还不时得受邀去给乡邻们说事、和事。就连走路的时间,他也要低头沉吟思索,每当心中块垒一解,不由便抬头哦呀出声,众人一见,便知他心中已有解法。长此以往,长工们便传出去说宗大毡低头便罢,只要抬头,便是一计。

转眼又是一年四月八庙会,洛河两岸远远近近的男子们多出来置办货物籽墒,顺带着在会上攀谈打听,了解世事。永志和永惠也夹杂在人群中,准备置办些货物。

此时婆婆镇的男子有剪了辫子剃成"光葫芦"的,有四边剃光、头发齐肩留于脑后的,也有的依然留着从前的长辫子。老妇人们的发髻也还多是前些年的"马勺把子"样。

"传福音啦,传福音啦,一本只要三文钱!"赶会的人群中,一个挑着担子的外地小贩不时四下走动,口中喊着奇怪的话语。

小贩一边喊,一边从担子中拿出几本样式奇特的蓝色硬壳书分发给众人。

永惠也上前要了一本,见封面印着"马太福音"几个字,粗略翻翻,内文由大小字相间印刷,一些句子在翻动间映入永惠眼帘。

"今天不要为明天忧虑,因为明天自有明天的忧虑,一天的忧虑,一天担当就够了……谁掉在这石头上,必要跌碎;这石头掉在谁身上,就要把谁砸得稀烂……你们祈求,就给你们……叩门,就给你们开门……"

永惠把这几句念给永志听,永志笑道:"这书怪,里面写的这都是啥?听都没听过!不过好像还有些道理!"

"是哩,我也第一次见这样的书!"永惠道。

那小贩见其他人多是胡乱翻看,识字者甚少,唯永志、永惠气度不凡,他便凑过来道:"乡党,看你是个识字人,买一本吧?上帝与你同在!"

永志、永惠听他说上帝,隐约记起当年高先生曾说起洋人传教的事。

"原来是洋人们信的神神,念的书!我们这里人信的是玉皇大帝、真武祖师、观音菩萨,不信什么上帝神仙,我看你书在婆婆镇不好卖!"永志笑道。

"乡党,买不买都行,只是你们不要错失了得到福音的机会。上帝说,有一个撒种的出去撒种,撒的时候,有落在路旁边的,让飞来的鸟吃了,有落在土浅的石头地上的,土浅发芽快,日头出来一晒就死了,因为没有根……还有撒到荆棘丛中的,撒到好土上的……你们明白吗?"那小贩放下担子郑重道。

"你说的这些倒是闻所未闻,有趣得很,你是从哪里来的?手头咋有这洋人的东西?"永惠道。

"我从鄜州来,鄜州你们知道?顺着洛河一直往下就到了,我们那里有教堂,常有福音传教士来……"

"福音传教士?你说的就是洋人?"

"对对,从前的史密斯传教士……罗波村医生,听说过没?"

"什么丝?什么萝卜?"旁边看热闹的几个人笑道。

"上帝保佑你们,他们都是很好的人,只是你们不知道罢了。"那小贩正色道。

永惠觉得他讲得头头是道,又觉得书中所写是他从未读过的一些内容和文体,便买了一本放进褡裢。

身后,那小贩继续向来赶会的男人们兜售书本:"传福音唻——上帝保佑——"

"世事越来越新奇喽,洋人们的东西在咱这儿都能见到!"永志摇摇头道。

言语间他与一个长辫瓜皮帽的瘦小老头儿擦肩而过,那老头儿接话道:"这可不算新奇喽,听说永安府开了家店,名字就叫环球供货!英国、美国的货都有!"

永惠不由驻足抱拳道:"哎呀,先生博闻!敢问先生哪里人?"

"不敢当,我是定边人,上下川一直做生意,耳目灵通些罢了!"

永惠见他精神矍铄,颇有器宇,便与那老头儿攀谈起来。路人也纷纷驻足听个稀罕。

"你们这儿还种洋烟吗?可是不敢再种洋烟、抽洋烟啦!永安城这一两年查的可紧哩,回乡路上死人棺材外都给贴的官文,不然沿途不知要开多少次棺接受检查哩,就怕私藏洋烟!"

人群中一老实巴交的汉子闻言道:"早都能管了!你不见抽大烟的哪家有好下场?前几年我们村有年轻婆姨汉都抽的呢,怀上娃娃都没停!那娃娃刚落地就不会号,对着喷了一口大烟才哇哇哭号出声哪!"

众人轰然而笑。

那老头儿接道:"唉,最主要你看那些抽洋烟的人,一个个哪还有个人形呢?普通百姓一旦沾上,那基本就连地都种不了啦!你说男人家一动弹不得,那些小脚婆姨们该到哪里刨挖的吃去?"

人群中又一老头儿道:"可不是嘛,我们村一家人,儿子抽洋烟抽得放不下,可怜家里老母亲小脚走不动,跟着媳妇在地里跪着锄地!"

那花白胡子老头儿又道:"你看这世上景色变化快不?前几年还是大清朝男人留辫子的时候,现在就成了民国,人家外面男人早就把头都剃了!你说咱这儿还不照样留着?男人这辫子呀,要是有个干净爱好的女人帮你收拾倒罢了,要是没有,那真是臭气冲天!我看呀,这辫子还是剪了好!你们看人家这两弟兄,多干净利落!"

老头儿指了指旁边的永志和永惠。

永志一摸寸头,笑道:"确实好收拾!"

人群中又多有附和:"对是对着哩,不过谁知道又会不会变回大清朝?大清朝可是必须要留辫子的……老人家,看你见多识广,那你觉见这几年世道又咋变化呢?"

老头儿道:"一天一个样!谁能说得准?不过,按我看,这总体是向文明变化着哩!听人说永安府官办学校里已开始教英语了!"

"鹰语?"

"就是洋人呜里哇啦说的那种话!"

"不过,咱们也要防呢,听人说那北京城里,不是签条约给洋人割地赔钱,就是袁世凯篡权……一会儿又是辛亥革命孙中山!"

"咱们这儿山高皇帝远,再咋也该打不到咱这穷乡圪垯里来吧?"

"唉,年轻娃娃,只要一乱包,哪里的百姓都不好活!"

"就是,就是,这几年咱这儿就又不太平嘛!那几伙子'硬肚'不就把县衙都烧了,把当官的都赶到石楼台山上去了!"

永志和永惠辞别那老者,心中各自盘算刚听到的这些消息,一边感叹着时局动荡,一边又隐隐为娑婆镇和宗家担心。

见永惠眉头紧锁,永志一拍他肩膀道:"唉,不想啦!想也没用!走,听书去!"

二人走到庙院里,瞎子说书人正坐于庙堂前的一檗杏树下弹着三弦,扑籁籁把成串的声音珠子样滚到人耳朵里去。

瞎子开口说了段《九子居官》:

> 行路君子到街上,
> 见一老者泪汪汪。
> 君子不解其中意,
> 走上前来问端详。
> 是不是家贫无度用,
> 无有吃穿与钱粮?
> 老者摆手说不对,
> 叫声君子听明白。
> 我家粮田有千顷,
> 骡马成群拴满棚。
> 家前好像阁老府,
> 家后又有祖先堂。
> 朱漆大门站石狮,
> 斗子旗杆栽两旁。
> 君子一听开言道,
> 又把老者一声叫。
> 看光景你老是有钱人,
> 为何不乐还悲伤?
> 准是跟前缺儿女,
> 坟前短个戴孝郎。
> 老者摆手说不对,

我九个儿子一个女。
大儿京中坐阁老,
二儿拜相封了王。
三儿现做江宁道,
四儿礼部在朝房。
五儿科场做主考,
六儿镇守在汴梁。
七儿山东巡抚公,
八儿总督镇两广。
剩下九儿年纪小,
刚中新科状元郎。
有一个女儿多丑陋,
万岁选她坐昭阳。
多儿多女多牵心,
一个儿女扯走一条心。
一尺肠子十下放,
叫我老汉好悲伤。
君子一听咧嘴笑,
这个老汉好猖狂。
这就是九子居官一个段,
这个小段就算完。

兄弟二人字字听得分明,转身行走间,心下细细度量。

"二弟,你听这书说的是什么意思?"

"书中这猖狂的老头儿世间哪有?不过是说人心不足罢了,寻常人家若占得他一两分便已算是积德修福了,哪有如此十全十美之事?"

"那无非便是劝人知足!哥哥我学问虽不及你,却也能听得出来！"

"哥,想咱宗家如今这光景,都是一家人靠着受苦熬出来的,从未有过巧取豪夺之事,也不算贪,不算不知足吧！"

"三十年河东,三十年河西,哪见常贫久富家。可谁想过穷日子？我们只抱个平常心就行。贫也罢富也好,可惜你听那说书人些说的——纵有家财千千万,难买生死路一条。"

"人生来如此,短暂如白驹过隙,就看这中间的路走得平坦不平坦……到最后还不都一样？"

二人边走边说,话到此处,突觉一股悲凉涌上心间。

二十

北洛河畔这两年出了件怪事。

距娑婆镇不远的山岭上有个村子叫十里坡,村里突然出现了只来无影去无踪、只有声音没有形象的狸猫精,这狸猫精女人声气,亦正亦邪,还爱哼唱乡间酸曲。

狸猫精忽而帮村人在野外看护牛羊庄稼,驱赶狼豹野猪,忽而预告谁谁家里要来亲戚,忽而又给妇女们缸中添米加面,或看小脚妇人们地里送饭不便,便空中挑着担子去给地里的男人们送饭,可谓无所不知,无所不能。十里坡人多感激其善举,也愿抬举敬奉。因她偶尔会在山林显出大狸猫原型,又在与村民交谈中多次说到自己是一只大狸猫,村民便把其尊称为猫鬼神。

但这猫鬼神心性敏感,谁家吃什么好的若不先给它敬奉,它便搞些恶作剧,不是把驴粪蛋子、牛屎砣子放进做饭锅里,就是把石牛槽或磨扇运在空中晃动着吓唬人,见人害怕,又嘻嘻一笑,物归原位。

若谁敢在言语间得罪它,那更是揭人短,说奸情,直到对方连连求饶才作罢。有时哪家得罪了它,它还把伢伯子的帽子或枕头装进兄弟媳妇的裤裆里。时间长了,村人摸着了它的脾性,大多也愿顺着它来。

渐渐地,村人由开始时的害怕恐惧到习以为常,日常走路做活儿、出山劳动时也常与猫鬼神说话逗笑。

十里坡人在外做生意,斤称出得重,入得轻,斗米能出斗五升,一百八十斤称上能显出两百斤。在狸猫精的帮助下,两三年间,村里家家都过上了兴旺的光景。山里稼禾不受糟蹋,牛羊牲畜不受侵害,出外做生意的财源茂盛,在家务农放牧的,羊子上百,耕牛成对,驴子成帮,可谓衣食不愁,粮囤满仓。

这件事渐渐在洛河川上下传得人人皆知,引得县长也带了人专门去看过,凡是去过的人,多亲耳听到那狸猫精说话,见过它调皮捉弄众人。

宗家自是也听说了此事,一起吃饭时众人也免不了议论一番。

莲花、满盈、红叶、佩琴、改鹿妯娌几个叽叽喳喳说得好不热闹。

"这猫鬼神究竟从哪里来的呢?"

"它会不会随便一飞就到了咱们这里?"

"你们说这神神鬼鬼的事咋就出在洛河川了呢?"

"听说它学啥会啥,哪里的酸曲小调都会唱,还常给人唱歌哩!"

"人老几辈子,听也没听过这样的事啊!"蝉女摇头叹道。

说来说去,众人最后都指望着秀才永惠能解释一番。

永惠沉吟道:"书上说,自然造化,感应天地万物,有许多东西应该是人眼不得见的,但都是因缘所致。依我看,这猫鬼神也是造化而成,咱洛河川两岸山大沟深,林木旺盛,兽类颇多,也许是机缘感化,造就这只狸猫修成,方可口吐人言,来去无踪。见怪不怪,其怪自败,大家也别害怕,古人讲缘分,也许是它与那个村子本来就有缘分吧!"

"从前我不信神鬼之说,可这件事就真正发生在咱这里,不得不信啊!"永志道。

"这世上这么大,人所不知道的事情太多了,你看咱以前听说书人说的大宋朝包文正断案,那里面精灵鬼怪不就常有吗?"永明道。

"对,对,这猫鬼神的事听得我都想去那村子里看看稀奇了!"永华道。

"这件事可是传远了,听说去看稀罕的人可多哩!"永祥道。

"唉,只是书中常言,天下大乱,必出妖孽,如果这狸猫精算是妖孽,而又出在洛河川,恐怕是不祥之兆啊。"永惠郑重道。

说到此处,蝉女便又提起同治年时的兵乱。

"世道一乱,如果再跌下年馑,老百姓就又遭罪了!可不知道要死多少人。"蝉女曾不止一次与孙子们讲起乱世和饥饿的可怕,可是没有亲身经历过的人又怎能想象得来呢?娃娃们常常把奶奶讲的故事当作笑话来听。

但娑婆镇十里坡的猫鬼神第二年便消失不见了。消失前据说口直舌僵,吐字不清,说村人对它不错,它也到走的时候了,此后便销声匿迹,再未出现过。

也就是这一年,不时有小股过境土匪和散兵游勇袭扰,娑婆镇几户有钱人家集聚了钱力物力,炸石开山,把西岸原有的旧寨子进行加固,根据每家投资多少,在寨子上分配了窑房数量。人们一边提心吊胆地过日子,一边心存希望,盼着太平年景。

"民国家,坐江山,世事大乱。捐民钱,养兵马,百姓遭难。"

不知何时,民间百姓开始反复念叨这两句顺口溜。

此时的世道,按百姓的话来讲就是除了放的屁不用交税,其他杂税繁多得让人难以说清。娑婆镇一带的贫苦百姓聚起来去国民政府请愿,盼望县长能体察民情,减少税赋,但去的人请愿不成,反被暴打一顿撵回。

有人受不下气,便与众人商议要推举一位能说会道的首领,想起宗永志平日一腔仁义,愿为乡邻排忧解难,思来想去,派了几个年轻人来求宗大毡出面。

永志听后低头不语,沉吟片刻才抬头道:"如今世道艰难,咱百姓光景难熬,平日里老百姓的家事好处理,凡来叫我的,我从没觉得为难!但这件事因牵扯官府,我也不敢对你们说有多少把握……我若是不随你们去,那便是无情无义,也枉费了你们一番苦心……罢了,也不是要命的事情,死马当作活马医,我便随你们同去!你们先回娑婆镇借好骡子等我,明日一早我便到娑婆镇与你等汇合!咱们快马加鞭,争取赶下午就到!"

当夜,永志也并未和家人提起此事,第二日天未亮,便骑上骡子到了娑婆镇,一行人直奔石楼台山。

自从"硬肚"起义烧毁城中县衙,官府便移在洛河边的石楼台山上,县长和警察队每日食宿于山上诸多崖洞之中,好在这些崖洞多为古时所凿,虽大小各异,但古人考虑周全,食宿、取水皆不受影响,最主要是居高临下,易守难攻。

到了县衙山底,永志叫人拴好骡子,率十几号男子上了山,警察队四人一见又是前几日来抗税那些人,便持枪把永志一伙挡在路边。

"几位大哥,可否借一步说话?"永志不慌不忙道,拱手抱拳间,跷起一小指,原来他早把四枚银圆夹在掌中。

那四人相互使了个眼色,其中一人正色道:"前几日就见你们来此抗税,今日又来,想必是心生反悔?"

"是,是,小的们前几日聚众闹事实为不妥,这不又远路风尘而来,希望县长老爷能原谅!"永志连声道。

身后诸人见有永志周旋,便个个都做点头哈腰状,连连称是。

说话的那人又道:"来,看你像个领头的,我们可以放路,但再给你安顿几句!"

说完,便叫永志跟他四人到了一拐弯处,永志连忙把手中四枚大洋一人一块递过去,低声道:"谢了,谢了!"

那人高声道:"我们去通报,见到县长老爷可不许乱嚷胡闹!"

永志也高声道："是！是！"

那县长正在石窑窟中窝火,听报又有十几百姓求见,便出了门喝道："哪里的刁民又来寻事?！"

十几个汉子黑汗淋淋地立在石坡上,见县长出来,目光齐齐看向永志。

"县老爷,我们是洛河川婆婆镇的草民,这十几位兄弟都是前几日来此抗过税的！"永志一人上前抱拳道。

"怎么,那天的打还没挨够?"县长皱眉道。

"县老爷,我们都是空手赤拳的老百姓,自然怕挨打,只是因为杂税太多,再这样交下去全家都得饿死！您作为一方父母官,体谅体谅百姓难处,减少些税收,救救我们这些平头百姓！"永志道。

"国有国法,家有家规！我们吃的是民国的饭,就为民国办事！该交多少岂是我能说了算的?！"县长呵斥道。

"大民国既派您来这里上任,自然为的是让您体察民情,关心百姓,您至少能向上头说句话,表明一下咱当地百姓的难处呀！"永志高声道。

"怪不得你们还敢来,原来请了个能说会道的呀！来人,把说话这人给我绑了！"

永志身后众人一听,群情激愤,有几个已攥紧了拳头意欲拼命,永志回头用那毡帽下的眼睛扫视一遍众人,缓缓道："你们今日是来求县老爷办事！不是来闹事！谁都不要轻举妄动！"

言毕,便被两人过来绑了双手。

"县老爷,我说的句句实话,您绑我我不服！"

"聚众滋事,还敢申辩,来啊,先拖到那边去给我打二十大板！"

这边跟随永志前来的众人纷纷你一言他一语地诉说起了自家的苦难艰辛,那县长有一搭没一搭地听着,不时怒斥几句。

那边两名警察押扭着永志噼里啪啦便开了打。刚打了几下,便见永志用两手扽起四个指头，又比画了两个圆圈，两人顿时心领神会，故意嘴上嘿嘿哈哈地叫喊着，下手也轻了七八分，有十多下都是在刑凳上故意撞出啪啪的声响，数够了二十下，永志便努嘴让两人在自己外衣中掏挖走了备着的四块银圆。那两人佯装怒气冲冲又扭着永志来到这边。

"禀县长，打完了！"

"你现在服不服？！"

"还是不服！我宗永志一不为自己谋财，二不顾自身安危，来此求见县长大人，以为您能可怜一方百姓，却不想您不顾百姓死活，也不想我来了就要挨打！"

"呵！你这人倒是有几分骨气！"

"男子汉大丈夫，能为乡邻四舍做点儿有用的事，我死而无憾！"

那县长听此话不由面色一缓，又见永志身后众人虎视眈眈，便命人给永志松了绑。

"我敬你是条汉子！你叫什么？"

"这是我们娑婆镇有名的宗永志！平日里乡邻四舍大凡小事都离不了他调解主持，县老爷你可不敢把他打坏了！"永志身后有人喊道。

"宗永志？就是人常说的宗大毡？"

"正是！想不到县老爷也知道我名字，真是荣幸！"

永志龇牙咧嘴装作疼痛难忍。

"听说你平日里为人侠义，是个人才！"

"县老爷抬举！您就是再打我一顿，百姓们的困苦还是解决不了。"

"前几日有刁民聚众滋事，该打的也打了，今日你们又随宗永志来，想必确实是不得已！你们说的减税之事，我定不了，我试向上面报告，看能不能对此地区别对待？"

永志和众人见县长突然和颜悦色，且已说到了这个分儿上，便抱拳道:"全凭老爷您做主了！君贤臣自忠,官清民自闲,我们信您刚才所说,那就回家等消息！"

说罢,他便领着十几号人离开。

永志一干人回到婆婆镇等了个把月,也没见税收有什么减免,众人义愤填膺,说是要再到县衙去找县长理论。

"罢了！靠不住！再靠就靠到沟里去啦！"永志一声长叹,给这些人放话出去,凡是光景过不了的就来宗家,不管借钱、借粮、租地,永志一概应允。为长远打算,永志又与永惠商议在边地购买了些羊只,分给这些贫苦人家放养,母羊产羔,按比例两家分配。如此双方获利,两厢照应,生生把十多个濒临破败的家庭救了过来。

二十一

民国十七年（公元一九二八年），陕西全境久旱不雨，夏田歉收，秋田无收，小麦未种。境内各地龙王庙抬神楼祈雨成风，但如愿者极少。

这一年，靠着微薄的收成和先前积攒的余粮，百姓勉强可以度日，人人都盼着第二年能有所缓解，谁料冬春连旱，到了民国十八年（公元一九二九年），好容易从口粮中硬省下来的种子种到地里就像放在了干石头上。

夏风燥热，洛河瘦得几要断流。川道上种庄稼的人挣扎着靠担河水一株一株灌溉，到六月间，麦子勉强收了一两成。山岭上的人们本就远离水源，一时间草根树皮都被挖剥一空，山中野兽频频入户伤人，洛河两岸山岭上野狼成群。平日里靠山靠水的农民们一下子被逼到了绝路。

到了七月间，洛河上游才始落透雨，饿极了的人竟等不到收成，生食地里还未成熟的庄稼，死者众多。

三边一带逃来的饥民与本地饥民一起拖儿带女顺洛河而下，却在鄜州遇到了从关中往北而来的灾民,这些灾民同样饥肠辘辘,几欲断魂。在这路途中,有的人走着走着就倒在了地上,逃难的人群后面,远远地尾随着成群的野狗野狼。

洛河中游的鄜州一时成为难民大量流入之地,鄜州县长强命当地绅士和富人交粮一百多石,在县城内搭棚施饭,却又因经办人私吞细粮,每日只给灾民喝一顿杂粮汤,又饿死不少人。

舍不了庄院田地的人变卖仅有的家产来换取粮食,可一些囤积了大量粮食的富人此刻却坐地起价,一亩地才换小麦一斗。

省城政府赈灾不力,地方苛捐杂税还是丝毫未减。在多次号召下,宁安县境内部分平日里爱积德行善的富绅开始设立粥棚。

洛河以东的杏子川里,娶了香果儿的李家率先在川道上支起六口大锅,雇了十几男子轮流上工,砍柴、碾米、做饭,给乞讨者施食。

洛河川这边,以宗家为首的几个大户也纷纷在婆婆镇街道上和自家门外设起粥铺周济饥民,甚至不遗余力给饥民借粮相助。

婆婆镇五里地外更有一曹姓老汉自办粥厂,每日立于自家硷畔上招人来食,人称"招人牌子"。传遇一年轻妇女衣衫褴褛,连丑都遮不住,曹老汉见之训斥,妇人哭诉家贫无奈,老汉当即回家脱裤与她,因自己再无单裤,一条皮裤直穿到六七月。

靠着这几户的赈济,部分饥民勉强能活下去,那些本就没有家产田地的贫民,彻底卖了儿女老婆,抱团成匪,靠打家劫舍、四处流窜抢掠为生。

周边百姓来宗家借粮的可谓从早到晚络绎不绝。或多或少,宗家皆来者不拒,蝉女和宗家几子每日在门口分发粮食。

"洛河川那么多人都快饿死了,凭什么你宗家粮食满仓?给我们借这点儿粮食才够吃多久?"这天,有几个往常在婆婆镇街上胡混的泼皮来到宗家寻事。

一听这话,蝉女气得嘴唇直哆嗦:"好年轻娃,你说这话可就没道理了！我也是从同治年间活过来的，逃过难，受过饿，是吃野菜草根直把肠子都吃绿的可怜人！正因为尝过饿肚子的滋味，这才想着帮一帮咱婆婆镇周边的人！年头好的时候，大家都是和睦相处，相互来往，如今一遭下年馑，可不能谁也不认谁呀！"

"乡邻们，我宗家已在婆婆镇街上设立粥棚，大家借了粮还不够吃的，可以去粥棚接济一下，来借粮的人太多，我又不能让大家饿着肚子空手回去，多多少少也算是我宗家一点儿心意，大家就别抱怨了！我宗家上下几十口不也得吃饭吗？"永志这样的人见了不少，便也晓得如何对付。

"人都要讲良心哩，人家宗家就算粮多光景好，那也是人家下苦熬挣出来的，又没叼没抢，能给你们借粮就已经是大发慈悲了，你们还不满足？"平日里颇受宗家恩惠的人纷纷指责那几个泼皮。

"乡亲们，去年今年这大年馑实属罕见，咱这儿还算好的，外面多地已经流传开了瘟疫！成千上万的人饿死病死，好在这里山大沟深，不然瘟疫怕是也会传过来！这也是不幸中的万幸啊！大家都很熬煎，但我想熬过了今年，明年就会好转，在这期间，我宗家设立的粥棚一直都会开办！大家尽可放心！"永惠也给众人宽心。

"普济先生说的在理，我就不相信老天爷会把人赶尽杀绝！"

"就是，咱这儿还算好的哩，你没听人说榆林、关中一带饿得人吃人！有一家人实在饿得撑不住了，就把所有东西都卖了换了点儿粮食，做了一顿饭，放了毒药，一家七口饱食一顿后全死了！"

"这事我也听说了！更可怜的说是恰好来了个女婿，见这家做了一大锅饭，也饿得撑不定就要吃，主家死活不让，那女婿哭鼻流涕祷告个不住，最后没办法只好让吃了，女婿也一搭里死了。"

"唉，天爷爷哟，看老百姓可怜不可怜！一颗黑豆掰两半，都熬着吧！"

众人你一言他一语，那几个泼皮无赖只能背了粮食悻悻而去。

当晚,永志把几个兄弟叫在一处。同时叫来的还有儿子侄子们,这些个男娃除了永祥的儿子年纪尚小,其他几个都早已明白事理,懂了轻重。谦礼、谦玉、谦怀都已成家,宗家的大事也该叫上他们一起商议了。

外面一片沉寂,偶有远山上传来的一两声狼嚎让人心里发怵。

"我们几个叔老子先说,你们几个年轻人听,有啥想法,一会儿也可提出。人心难测,通过今天来的借粮人,我想咱不得不防备了!"永志皱眉道。

"你是说咱这样做好事,怕还会引来祸端?"永明问道。

"二哥想到的,今天那几个泼皮说话间我也想到了。"永惠道。

"没良心的人毕竟少数,我看大部分还是讲道理的明理人!"永华道。

"我看不一定,都盼着熬过今年,明年年头能好,可要是明年天年还是这样,该咋办?"永祥皱眉道。

"唉,天旱旱不死芸芥胡麻,年馑饿不死鬼子王八。听说北边和南边灾民没办法,都已经有吃富户、吃大户的了,咱这里百姓厚道,加上多少还有接济,还没闹到这一步……可是,谁知道过段时间会咋样?"永志道。

"除了让家丁加强护卫,还能怎么样呢?咱的这份家业都靠着这山这地,又哪里也去不了!"永明道。

"能做的都做了。平日里,去年,现在,只要是能帮的都帮了。就怕哪里疏忽得罪了人,可要想人人满意,哪有那么容易?"永华愤慨道。

"不要看咱光景好,我现在越来越觉见其实和穷人也没什么区别,一半的命运自己知道,还有一半命运谁知道在谁手上?"永志道。

宗家几个兄弟极少见到永志愁苦的样子。在他们心中,二哥机智过人,口才出众,几乎没有能难倒他的事情。

宗家几个年轻的孩子们也是一阵紧张,他们目不转睛地看着说话的父亲叔父们,也感觉到了他们言语间隐藏的巨大担忧。

"想起宗家过去的事,据大说,那也是过得亮堂红火,可一逢乱世,还不是说垮就垮,说散就散了?大和娘好不容易回到婆婆镇在这山沟里安顿下,现在咱几个刚把光景也过成个样了,又遭这些事。"永惠忧戚道。

他的话语加深了众人的不安,一时间几个男人各自沉默着思虑,只有炕中间的油灯忽闪忽闪地摇动,把炕上老少男子们的影子黑黝黝地投在炕墙上。

宗家学堂这两年依然没有停课,不仅学生们没有受饿,学生的家人们也多得到宗家的接济。有几个已经走出去的学生听说这几年在榆林一带继续上着学,学的都是先进的知识。

"我看得把学堂剩下的学生和咱家还没成家的娃娃们尽力送出去让读书!去外面,走出这山沟,说不定还能闯出个天地!"半晌了,永惠说道。

"理是对着,可是外面也没有一处安宁的地方!虽说城里现在有警卫队守着,可一旦打起仗来,城里也最容易遭殃!"永志道。

"其实咱这山旮旯里也确实有好处,生人少,很难引起外人的注意。"永明道。

"唉,这些年上下川的估计都知道咱宗家,一般受过帮助的人也不会多事,就怕是有眼红的人故意说长道短给咱惹事!更何况,前些年因为地的事情还和贺家打过官司⋯⋯"永华道。

"我早听说贺万仁前些年就去了边地做生意,这几年一会儿在这儿,一会儿在那儿,谁也说不清他究竟做着什么营生。"永惠道。

"到如今,咱弟兄们更要团结一心,行动言语要比从前更加谨慎十分!这一大家子人,婆姨娃娃老娘,靠的都是咱这些男人家!具体怎样,得看这年馑和世事咋变化,你们都记住了没?"

几个年轻人点头如啄。

永志嘱咐完毕,让人各回自家窑里。

蝉女也是一夜难眠。第二天一早,她就把儿子们叫在一个窑里。

"眼见这世道又不太平了,这几天一下子就想起娘年轻时遇过的事。我看你们要早做准备。"蝉女盘腿坐在炕头,说的话像一块重石压在几个儿子们心上。

"咱平日里待人谨慎,处事宽厚,这些年,除了贺万仁,没结下仇人!"永志道。

"唉,人心没够,你从那几个赖皮说的话就能听出来。依我看,防人之心不可无,咱那寨子上短不了开始储备些粮食了,万一有个什么变动,就上寨子!"永惠道。

"我记得你大在时曾讲过,当年你大伯二伯逃难前曾在地里挖过坑,窖藏过粮食。你大说从永安府逃难回来他还专门去找过,可是十几年中梢林长得早寻不见了。我昨夜一晚睡不着,就盘算这事……"蝉女道。

"娘的意思我明白。这倒也是个好办法,以防万一。"永志接道。

"这事宜早不宜迟,运粮、打坑这些事我看除了咱自己人,再不能用外人。"永明道。

"是,回去给婆姨们都安顿好,不要声张,碎娃娃们不要让知道,以防说漏嘴。这是关乎活命的大事,可不能大意!"永惠又安顿道。

弟兄几个和母亲详细商议了一番,从此后便悄悄往寨子上运粮,寨子所在的山本就偏僻,正好方便开挖地窖,即便如此,宗家几子还是小心谨慎,干事多数都在后半夜。

四个十来米宽,三四米深的土窖打好,按土法用火把坑内烘干,四周和底层铺了干柴草和麦秸,把糜子、谷子、麦子、荞麦分类入窖,倒一层粮食铺一层干柴草,顶部又覆上厚厚的干糜草,拿泥裹住,最后盖上一层黄土,一般人不注意根本看不出什么来。

寨子上的粮食储藏好之后,永志兄弟几个又趁着端午节学生们都放假回家的空隙,挑了一盏灯笼,连夜在下院边的一处台地上挖了四五个小窖藏了粮食。

四月间,有几个清瘦的后生来到宗家,不借粮不借钱,与永志院中交谈几句便随他进了窑里,永志又叫来了永惠,几人在窑里拉了半晌话,后生们吃过晌午饭就走了。

不几日,永志带了永祥,与洛河川上下及东川、中川千余瘦骨嶙峋的农民再次拥向县政府,要求减粮减税。县长一见那阵势,当即答应。永志想到上次抗税未成,担心县长又推诿扯皮,便与众人让他写了保证书,按了手印盖了章子,这才与众人一起撤回。

这夜,永明与莲花拉了半夜话。

"永明,我最近一直盘算一件事,就是不知道婆姨女子家想法对不对?"莲花悄声道。

"你说,咱们有啥不都是商量着吗?"

"等年馑一过,我看你不如给永志说让兄弟们分开另住!现在宗家家大业大,人口又多,太惹人注意了,一旦遇到个啥事,要能抵挡还好,要抵挡不了,全家就都有了麻烦!"

"分家?这可是件大事。"

"你试提一下,也都是为大家好,又没有其他心思!大家住在一起红火热闹当然好,但也要思前想后,多留条路呢!"

"……行,我明天就给永志说说,看他怎么想。"

"要是他不同意或者觉得不妥当,咱这一家子不如主动另寻个地方,打上两三眼窑住吧。"

"那弟兄几个不会说长道短?"

"唉,众口难调,你的心思我自然知道!咱先就这么定下,明天你试着和永志说说。"

永明搂住莲花,想着她平日里在宗家的贤惠、大度、勤劳,不由又生出几分爱惜。

第二日,永明按莲花昨日交代的单独和永志说了一会儿,永志略一思索道:"大哥,你不要多心,这么多年了,你自然是知道兄弟们一直把你当作亲大哥看待。其实分家我也倒不是没想过,可眼前正跌下了年馑,外面打家劫舍的又多,分开一家就要多一份挂念和担忧……此事先不提,要是明年日子太平了,咱弟兄几个坐在一起详议一下这事,再说了,急忙间也选不好地方打不了窑。"

"有你这句话,哥心里畅快!你刚说的句句在理,一切就等明年再说吧!"

民国十九年(公元一九三〇年)并未像百姓期待的那样,反倒是大旱蝗灾并发。眼见依靠国民政府彻底无望,老百姓逃亡甚多。天地间再次弥漫着凄惨和悲苦之声。

设粥棚只是应急,为了活命,富人们原先分租给门客们的羊子都已被宰杀殆尽。部分还不愿离开家乡的人,只能苟且地活着。

然而,更让富户们担心的是西北匪事渐炽。

这一两年来在洛河川一带活动的土匪头子名为沙地狼,听说最先从甘肃那边过来,沙地狼原先给一个名为杨猴小的土匪当跑腿,后来因为女人犯了帮规,逃出后自己聚了一帮饥民上下流窜。他学杨猴小那般,剥人皮拧成马笼头,马脖子下白花花地挂一串人指甲,所到之处,奸淫掳掠妇人不说,还丧心病狂给妇女们乳头上穿挂上铃铛,逼迫其赤身裸体为其做饭擀面,名曰"铃铛饭"。

洛河川上下只要还未逃亡的穷苦家户,每日心惊胆战地过活,妇女白天黑地都以锅灰抹面,尽量把自己弄得破衣烂衫,臭气熏天,丑不忍睹。

婆婆镇街道上的店铺早已关门走人,往年的集会也已停消,只有讨食的饥民拄着棍子,端着破碗,目光涣散地游荡。

从前年开始,除了照门的四顺,宗家的长短工们已大都陆续解散,各回各家照顾妻女老小了,幸得东家慷慨救助,日子勉强能支撑下去。四顺是个没有任何家业的光棍儿汉，一直在宗家揽工做活儿惯了，说什么也不愿意走，永志想到他为人处世忠诚厚道，又想到赍发了他也无处可去，就只留了他一个。

民国十九年初夏，宗家出了事——永华去给三十里路外的丈人家送钱时失踪了。

红叶说他天不亮就带干粮出了门，说这时路上人少，永华走时还带了把刀防身。红叶专门叮嘱他从小路上翻山过去，计划赶黑就要回来，等到半夜却还不见人。

油灯下，红叶抱着哇哇哭的孩子说着，蝉女听着就不住抹眼泪，大人们一夜未眠。

第二日天未亮，永志与永明就拿了铁铳带了四顺一路去找。按红叶说的路，他们到了红叶娘家，红叶父母却说永华已把钱送下了，吃喝了一口就又急匆匆走了，考虑到山岭上野兽多，也想让他早点儿回去，红叶父母就没敢挽留。

三人只得又急匆匆顺原路返回，细细搜寻，希望能在路上找到些蛛丝马迹，除了在一个大小路交汇的崾岘处有些杂乱的马蹄印子由北向南而去，再什么也没有发现。

"要是遇到野兽，那也会有些打斗痕迹啥的留下呀。"永明道。

"二弟身上带了刀，按理来说大白天遇到野兽袭击不太可能，即使遇到，也该有踪迹或是血迹！"永志道。

"会不会遇到了土匪？"四顺道。

"这也说不准！兵荒马乱的，是不是被抓走了？"永明道。

"唉，被抓走还能强些……"永志忧心忡忡道。

三人搜寻一天无果，又牵挂着家中，只得匆匆而返。

蝉女已睡倒了，她一阵子迷糊一阵子清醒，莲花和满盈轮流伺候着，听到婆婆迷糊时一阵呻吟着叫着安来子，一阵又叫着永华。

永志和永明、永惠、永祥轮流过来看时，蝉女却又一言不发，继续闭着眼时睡时醒。红叶那边，永志专门让莲花和满盈去陪护了，佩琴和改鹿各在窑里照看自家孩子。

夜间的油灯下，永志一人坐在鬓发凌乱的母亲枕边，看她那满脸皱纹此刻愁苦地紧揪成一团，年老的气息从她的呼吸间散发出来，这七十多年的日月里，娘受过的磨难实在太多了，她受过的罪加起来简直比七十多年更长更多！

时间总在苦难中被拉长和放大，记忆中的娘总是穿戴整洁，即便是孩子们都小的时候，那么大的拖累，她也总要把孩子们洗涮干净。光景好过起来时，娘就已白了头，弯了腰，如今突然有个儿子凭空就不见了，生死未卜，这好比又在娘心头生生剜走了一疙瘩肉啊……永志怔怔地注视着那凄苦的眉眼，不由流下了泪。

第二日，在几个媳妇的劝说下，蝉女总算吃了半碗粥，午间又吃了半碗面，这才看着稍有了点儿精气神。一缓过来，她骨子里的刚强便又把她的神智挣直挺起了。

"娘是不能再添乱了，你们就放放心心去找永华吧……"

永志见母亲无大碍，又带了永明和四顺骑了骡子去到那个发现马蹄印的崾崄，他们顺蹄印向南走了一程，此时山岭上人迹寥寥，远远照见一两个人，都害怕得惊慌躲藏。这条有着马蹄印的土路终于也在一处开阔地上汇入通南达北的大路，再难觅想象中的马队踪迹。

第三日，永志几人又去杏子川香果儿夫婿家说了情况，安顿让妹夫也帮着打听。香果儿一听掩面痛哭，又担忧牵挂母亲身体，哭着要抱着刚满月的孩子一同回娘家去，永志劝说一番这才平静下来。

李思平家这两年与宗家状况差不多，好在老掌柜钢骨，这几年硬撑着所有事。杏子川来来往往的人多，与李家有交情的也不少，永华的事放话出去，一有消息便会派人来宗家告知。

永志与思平颇有惺惺相惜之意，临别时难免相互嘱咐安全，得知李家已花重金雇人在山上打了窨子，永志这才稍感安心。

永华的失踪成了远比年馑更灰暗的愁云压在宗家院子上空。

红叶每夜睡不着时就呆呆抱着丈夫的枕头,思想着永华平日的言语,思想着永华那有些鲁莽却男子汉气十足的脾气。偶尔睡着一会儿也是噩梦连连,几天间,红叶便眼眶黑青,人也瘦了一圈,她懊悔着不该让永华去给父母哥哥们送东西。可是,没有了救济,自己娘家人怎么活?红叶心中自责着,翻腾着,用指甲狠狠掐自己的胳膊和腿。

十五岁的连团子和十岁的彩月看着母亲这几天的样子早被吓到了,多亏妯娌几个轮流照应着两个娃和红叶的吃喝。

莲花和满盈扶着婆婆过来劝慰红叶。

"红叶啊,你听娘一句话,该吃的饭还要吃,该睡的觉还要睡!你这么折腾自己也不顶用。不到最后一步,就还有指望!你要打起精神来,心不敢倒了!"蝉女摸着红叶的头发和手。婆婆的手抚摸过处,红叶与婆婆心意相通,而她那枯瘦的手似乎也带来了一丝慰藉,让她焦燃着的心得到了清凉和抚慰。

"娘,你说得对,不到最后一步,不到看不见他的那一天,就还有指望。"红叶抹了把泪,婆婆的一番话给了她无尽的希望,也让她明白了自己身为妻子和母亲的责任与担当……

民国二十年(公元一九三一年)的春天,老天终于开始怜悯黎民百姓,细雨洒了足有四五天,雨水慢慢渗入干渴的地皮,抚慰着一切委屈的生灵。洛河终于又渐渐有了流水的响动声,似乎是因干渴而嘶哑了的嗓子得到了医治和滋养,那涓涓流动的水波波相逐,急切灵动地重新吟唱起了生命之曲。

活下来的百姓们站在春雨中,贪婪地呼吸着舒润的气息,这儿看看,那儿瞧瞧,享受着雨丝打湿额头、眼睛、鼻子和嘴巴的感觉。

洛河两岸原本因干旱发白发灰的红砂岩重新被洗涤一番,露出宛如新生的红褐色肌肤。

还不到清明,阳洼洼上的梭牛牛花就早早开了,花瓣上的深蓝浅蓝看起来那样孱弱、低矮却又坚强,它们在春风中微微颤抖着,像是心有余悸。

清明一过,永明和莲花就征得了永志、永惠和蝉女的同意,在宗家再往进去走二十里的深沟里买了三孔窑洞住下。窑洞原来的住户只剩一老一小两个光棍儿汉,婆姨女子死的死,走的走,如今地方卖了个好价钱自是高兴不已,拿了钱便去了宁夏讨生活。

永明一家吆着驴驮了毡卷铺盖、锅碗瓢盆,另外驮了口粮和籽糇便进了沟。永志不放心,与四顺一路护送到那地方,看着安顿好一切,这才安心回了家。

初夏的一天,一个衣衫褴褛的男人弯着腰拄着棍儿慢慢走到了宗家大门前。说是走,其实和挪差不多。只见他羸弱不堪,胡子和头发又乱又长,除了肩上的一个瘪瘪的空口袋,身上再什么多余的东西都没有。

"唉,站住,讨吃子,你就在这儿等着,要粮还是要钱,我去禀报一下掌柜的,给你拿出来就是!"守在门外的四顺一看,以为又是要饭的。

"四顺,你……你不认得我了?"

四顺闻言吃了一惊,再仔细看去,那乱蓬蓬的头发中掩映着的眉眼分明就是三掌柜宗永华!

"你是三掌柜的?是三掌柜的!噢——噢——快,快!三掌柜的回来了!三掌柜的回来啦——"四顺不由大叫几声,跌跌撞撞喊叫着跑进去通报。

各窑里的人听见了喊声,齐齐从窑里拥了出来,红叶早抱着彩月奔向了大门。蝉女不太相信自己的耳朵,反复问着扶着她的莲花和满盈。

一见门口的永华,红叶放声大哭起来:"永华!你可是回来了!你,你咋成了这副模样?连团子,彩月,快看这是谁?"

看着父亲的模样,连团子和彩月缩在人群边,也不上前,也不退后,呆呆地不知所措。

永华也不说话,只是淌起了眼泪。

永志弟兄几个连去搀扶,他们也不敢相信眼前形如乞丐、腰也直不起来的人会是原本生龙活虎的永华。

此时,蝉女也被莲花满盈扶着下来了,永华一见母亲便跪在了地上,喉间哽咽道:"娘……"

"永华啊,你回来了,回来了就好,回来了就好。老天爷保佑……"蝉女抹着眼泪颤巍巍道。

说话间,永华却已软得站不起身,永志俯身背了他,永惠、永祥左右招呼着,众人乱哄哄地跟在身后一起上到新院里。

永志把永华放在炕上,让他躺下,红叶端来水给他擦洗了脸和手脚,满盈和佩琴连忙熬粥,蝉女和永志在旁守着。休息了半晌,永华这才缓过来,他张目四望,看了看自己的婆姨、母亲和哥哥弟弟们,如大梦初醒。接着,他又寻找着连团子和彩月的身影,看到两个孩子正缩在炕角,努力挤出个笑容:"连团子,彩月,快过来,你们认不得我了?"

连团子拉着妹妹的手,这才靠近了,详细瞅着永华的脸叫道:"大……大……"

永华不由又是几串热泪洒下,他打起精神坐起来,抱抱这个,摸摸那个,又喝了一碗米粥,这才讲起了近一年来的事情。

原来那日永华给丈人家送下东西便急急返回,正走在一个崾岘,突地从北飞驰过来一队骑着马、穿着兵服的人。

一看见永华,为首的长官勒马喊道:"唉——走路的!跟我们当兵走,能吃饱饭,还能领军饷!"

永华装作病歪歪地咳嗽几声道:"军爷,我身体不好,咳咳,家里还有老母妻小,不能走啊!"

"不要装了!队伍正缺人,跟着我们混个饱肚儿你还不愿意?我告诉你！今天你不走也得走——你也不要想跑，你一跑，我这枪就响！"

说着，那长官身后便有四五人下马端着枪抄过来，永华已摸上了刀的手再就没敢动。

那些兵见他没敢动，一人过来把永华两手一反剪，另一个便从他腰间摸走了刀。

再不等永华辩解求告，早有一兵骑马出来，牵了一匹灰马，把手里缰绳往永志跟前一递："骑的马，背的炮，头上戴的熨斗帽，身上穿的紧身靠，你看英耀不英耀！来吧，兄弟！跟上我们团总准能混个好前程！"

永华无法，只能接过马缰绳，翻身上马，见队伍中还有几个男子穿着百姓衣裳愁眉苦脸的，便知道今天暂时只能跟着走了，不然性命堪忧。

这伙人一路快马加鞭往南，夜间安营，一路对强拉入伍的人严加看管，如此四五天，永华便觉得已出了永安地界，几天下来，通过士兵们的交谈才知道这是国民党部队的一小支，奉命追剿甘肃黄营余部，一路凡遇到壮年男子便强充入伍。

又行军半月有余，永华也不知道到了哪里，只觉在平地上行了两三天，复又到了山峦重叠的地方，且比起洛河川的山，这些山更高更险。

再一入山，永华似乎就有了些底气，暗暗打上了逃跑的主意。这些年他在大山中摸爬滚打着长大，从前所有的生活经验都在脑子里来回盘旋，他一边留意着周围的山形地势，一边盘算着在哪种地形里逃跑对自己最有利……

终于，一个黄昏时分，永华慢慢溜在后头，找机会在一个弯道上故意从马背一滚而落，装作不小心摔下，他连连喊着疼、叫着苦，身边几个兵初时不以为意，只勒住马哈哈大笑，突见永华一骨碌爬起来便向路边跑去，这才意识到永华要逃，便大声呐喊起来，向前头的长官汇报。也就是这个电光火石般的间隙给了永华一线生机,他窜到路边一看,下面的大缓坡上灌木丛生,眼看那几个兵就要拔枪,永华也顾不了那么多,咬紧牙关用双臂把头一抱便从那坡上跳了下去,连栽带滚间,只听耳边风声和上面的呐喊声和枪响,接着便觉身体悬空,瞬间复又落在一处地上,接着他便什么也不知道了。

再醒来时,四下一片寂静,空中月亮如白灯笼般挂着。永华动了动手脚,觉得胳膊和腿应该无碍,唯后腰闷疼,他摸摸身下的地,知道自己命大,仰面掉在了一处松软的黄土台子上。

他挣扎着坐起来,这才借着月光看清了自己所处的境地。

永华掉在了沟底一户人家的地里,旁边不远就是几块黑黝黝的山涧大石和几根木栅栏。他暗叹自己命大,忍着痛爬到地棱旁拔了一根地边的棍子,心想黑天夜半的万一来个什么野兽,手里有个抵挡的总比赤手空拳要好。

他背靠在地棱的暗影里坐了半夜,好容易挨到天亮,细听高处大路上没有任何人声马嘶,这才敢拄着棍儿站起来,向远处仅有的一个破院子走去。

他小心翼翼来到院墙外听了半响,这才踅摸着走到大门处,却见柴扉半掩,院中杂草丛生,门窗破烂,哪里有住人迹象?入院查看一番,却见窑中凌乱,盆罐碎裂一地,主人早已不知所踪。

永华捡了个破碗,见两孔窑中也无甚可食,只得走出院子,顺着院外一条荒径忍痛而行,直到午时才遇到零星人家,斗胆讨了口水和窝头吃了,遇人问起,只说自己是逃难的,还硬忍着不敢显出腰上有伤,生怕遇到的人再起什么歹意……他更丝毫不敢提及是从兵队里逃出,生怕再生麻烦和意外。打听间,永华才知这里名为雁门山,已是白水一带,过了这座山,就到了关中平原。

毕竟正值壮年,加上回乡心切,永华一路乞讨着勉强不被饿死,如果不是腰间时时疼痛难忍,他应该早就一路向北打听着回到了婆婆镇。

至于一年来途中所受的苦和遭的罪,永华虽三言两语带过,但蝉女和红叶早心疼得哭成了泪人。

"你是不知道,从找不见你,咱家人担了多少心,哭了多少鼻子。"红叶哽咽道。

"不管咋样,如今回来了就好,到家了就比什么都强!"永志也红着眼眶道。

"是啊,回来了就比什么都强。你说,那些没能跑了的男人,他家里老小可不知道要操多少心,光景也不知过成个啥了。"蝉女一边感叹着,一边可怜起了那些其他被抓走的人。

永华在家静养,永志打听了些治跌打损伤的偏方给用着。永明和莲花得知消息后来看望过一次,又说了些后沟的光景,总体说来过得还算安稳、可心。

其间,宗家又来了一拨又一拨借粮借钱的人。灾年是缓了过来,可老百姓种在地里的还要等,这个过程难挨。

在这些来的人中还有些不速之客。

几伙兵不时来骚扰一番,要么说弟兄们粮不够吃了,要么就是发不起军饷了,要么就说现在土匪横行,有什么事全得倚仗他们来护个周全之类,来人个个骑马拿枪,全凭永志和永惠周旋,每次都是给些钱粮说尽好话才算罢休。

"唉,地要少,窑要小,老牛烂车才得好,省得丘八爷来糟扰!"永志常常叹道。

夏秋两大收,洛河川的人总算出了鬼门关。

初冬时,婆婆镇周边百姓自发刻了一块木匾,上刻"行善积德"四个大字,下面密密麻麻刻着受过接济的人名。百姓专门雇了个吹手班子,给牌匾挽了大红花,敲锣打鼓地送到了宗家,一个个千恩万谢,还粮的还粮,还钱的还钱。永志和永惠往往还要问清当下光景如何,凡是还不宽裕的全部延后归还,确有难处的直接就说不要了,全当救了人命。

又一年就这样过去了。

婆婆镇的人顾不得这期间陕北的土皇帝井岳秀又做了什么大事,也管不得国家又有了什么事变,人们只想能好好过个年就行。

一夜连双岁,五更分二年。

除夕晚上,永志作为宗家大掌柜的,早起照例分别给土神、财神、灶神、门神、文曲星焚了裱、上了香,每上香,永志便弯腰作揖,身后跟着的儿子、侄子们便跪地磕头,起身告揖。

吃过年夜饭,新院中的火堆燃起来了,小山一样的柴枝子在变幻的火苗中逐渐烧旺了起来,火苗一蹿一蹿地"呜呜"叫喊着,来回摇摆着,映亮了院中人的脸孔。孩子们绕着火堆哇哇地叫着,转着圈跑着,跳着。年轻人早迫不及待地去放炮了,炮捻子在手中的香头上一触便奋力扔向空中,"啪"的一声响,那瞬间的闪亮和硫磺味儿使他们兴奋不已。

齐齐整整的媳妇们也围在火堆边,有伸出手烤火的,有谈论明年年头的,女人们怀中抱着的孩童被鞭炮声吓得直往娘怀里钻,男人们则多数沉默着,他们望着眼前这欢腾高蹿的火苗,眼里便也都有了两簇火苗在跳跃。

永华也被红叶扶着出来了,这大半年来他的身体虽恢复了一些,但腰伤总不见好,基本已不能下地走动,这让他痛苦万分却又无可奈何,此刻,看着院中腾跃的火苗,他想起去年过年时自己尚在流亡路上,不由生出几分后怕,几分感慨。

这时,永志把早在灶膛里烧着的一只破犁铧用棍挑着走了出来,只见他一边走,一边往那犁铧上浇醋。

"刺啦——刺啦——"

犁铧冒起阵阵白气,空中四下弥漫着酸中带香的味道。院中快走

一圈后,各窑窑门大开,永志又在院中火堆烧红犁铧,疾步进入每个窑里,一边浇醋,一边念叨着:

"吉利,吉利,打醋坛!各位神灵都敬遍!全家免灾又免难!"

当晚,媳妇们包了扁食,转圆在荆编儿上放好,盖上笼布。

婆婆镇人素有"熬岁"习俗,大年夜里凡能支住的人都不睡觉,油灯下喝酒、说古朝、拉家常地熬一宿,认为这样故意地"拉长"这一晚,便不会"人生苦短",而是"来日方长"。

蝉女拄着拐棍儿,挨家给孩子们的枕头底下塞了压岁钱,灯下亲一口这个的脸,掖掖那个的被,觉得娃娃们个个都亲,个个都让她心疼。

此时,她唯牵挂永明一家,但知道他们住的地方僻静,永明做事稳妥,又有细心聪慧的莲花照应,便也心安。

第二天一大早,蝉女窑里便围了一脚地人,众人要按辈分齐齐跪下磕头拜年。可一个窑里哪能跪得下?蝉女索性出去坐在了院里的凳子上。

"娘!过年康乾——"

"奶奶,过年康乾——"

"老太,过年康乾——"

一时儿子儿媳说他们的,孙子孙女说他们的,谦怀家刚学会说话的儿子也奶声奶气按大人教的说。

蝉女看看这家,瞅瞅那家,只见永志和满盈跪在一起,身后是他们的两儿一女,谦怀、谦义和包梅,其中谦怀已娶妻生子;永华和红叶跪在一起,身后是他们的一儿一女,谦文和彩月;永惠和佩琴跪在一起,身后是他们的一儿一女,谦润和来燕;永祥和改鹿跪在一起,身后是儿子宗谦朋。

这都是些好娃娃呀!安来子,你看见了吗,这都是咱们的儿孙!

蝉女这样想着,一股悲喜交杂的滋味涌到心头,冲得她腔子和鼻子发酸,但她脸上又由衷地笑起来。

"娃娃们,好娃娃们,你们都轻省——你们都乖嘛——"蝉女拉长声音道。

热热闹闹吃了扁食,永志、永惠、永祥又带上儿侄们,拿香裱,提鞭炮,端酒菜,每人还牵了一匹头上挽了红布条的大牲灵下到沟里宽阔的路口,众男子焚裱烧香,奠酒磕头,祭拜了上天、土地和路神、水神,嘴里念叨着:上天土地保佑风调雨顺五谷丰登,路神水神保佑人畜出行平安四季吉利。

念罢了,永志让儿子和侄子们骑上骡马,顺着沟里来回跑了一番,遇到土坑就往里丢一个软黄米炸的油馍,以求免遭坑祸,求得吉庆。

碥畔上的女眷们照见沟底人畜欢腾的样子,个个脸上笑微微的,就连永华也一扫平日的沉闷,眉眼间有了一份喜气。

二十二

大年馑过去了。

瘟疫也没有传到洛河川来。

但老百姓的光景好过了吗？没有。军队、土匪和流寇有增无减，他们就像一拨拨不时出没的飞虫，黑压压地盘旋在洛河川。

近些年来，川里的富户和大户几乎家家挖了暗道，修了寨子。白日里大门紧闭，夜晚派人值守。人们学会了听狗吠、辨消息，一有风吹草动便携家带口从暗道跑上寨子或藏进窨子。

"少养娃娃多做鞋①，七月不来八月来。"

"跑贼"和"跑土匪"成了洛河川妇孺皆知的生存技能。稍大些的孩童们甚至知道了啥时能哭啥时坚决不能哭，还不懂事的则硬是靠母亲的奶头哄。有时为保全家，情急之下，哭闹的小儿被硬心捂死的也常听说。这些年，几乎人人都没脱衣裳精身子②睡过，生怕一有响

---

① 鞋，陕北方言里发音为 hái。
② 精身子，陕北方言，光着身子的意思。

动,因穿衣裳耽误了逃跑时间。

　　一边是国民政府已减免过但还是缴纳不完的各种税,一边是土匪流寇不定期的抢掠,所有人心中都只剩了两个字——活着。

　　活着,活着就行,还有什么比活着更当紧的?哪怕活得贫困潦倒,哪怕活得提心吊胆,哪怕活得有今天没明天。

　　沙地狼一伙土匪几年间时隐时现,时在甘泉、鄜州的洛河两岸和三边一带活动,他们已不满足小打小闹,又或是土匪里新加入了什么"军师",沙地狼渐渐干上了绑票的大买卖。

　　在其他几个地方尝到了绑票的甜头后,沙地狼瞄上了洛河川。他知道,洛河川肥沃的川地和通南达北的大路养育出太多富户,这些富户没有被大年馑榨干,没有被捐粮施粥挖空,如今,他们一个个心惊胆战地守着自己的高墙大院,替他暂时保管着钱粮——在沙地狼眼中,这些富户不过是"临时管家"罢了。

　　最先被拉票的是距宗家三十里地的刘家。事发时正是二月二。听说刘家事先没有防备,等发现时,土匪已包围了院子。奋力抵抗拼杀一番后,当场被杀死三人,重伤两人,还被抢走一男一女两个孩子。

　　等到刘家报告给民团,民团派人马追上了沙地狼一行,见有人追来,沙地狼当即杀了掳走的女孩,威胁若民团再敢追,立即把男孩也杀掉,民团团长与其商议谈判后,刘家又给沙地狼送去了些财物,这才将剩下的男孩赎回。

　　以此为戒,民团派人给洛河川大户们挨家说了前后经过,叮嘱各自看好自家人员,做好防备。

　　"干脆上寨子吧!在寨子上安家!我看沙地狼迟早得来这泥塔沟!"

　　说这话的时候,宗永志脸上是一种奇怪的表情,有无奈,有恨意,有愁苦,也有迷茫。

　　"哥,一切都听你安排!想一想,还能有啥路可走?"永惠也哀愁道。

　　"永明哥那边咋办?"永祥问。

"还是永明哥和莲花嫂有先见之明,他们现在住的地方一般人找不到。不过也得派人去问问,上不上寨子由他们决定。"永志道。

"还有永华哥,他现在基本连路都走不了。"永祥低声道。

"拿车推着!上寨子时我背,背着也要上!"永志道。

"事不宜迟,有备无患,我看咱今晚就做准备!"永惠提醒道。

"对,必须用的都带上,暂时用不上的都留下,不要贪多!明天就上寨子!"

白天遣散打发了所有学生,这一晚,没有月亮,除了窑洞里的灯光,外面到处都是黑沉沉的夜色,把整个天地间都灌满了,只有一只鸟在对面山上的林子里"荒岗!荒岗!"地叫。

第二天,天刚亮,宗家二三十头大牲口和五六十只羊全都被吆出了圈,原本戴着铃铛的全被解了下来。男人们往牲口身上驮着打包好的东西,女人们在院里和窑里进进出出,面容忧戚地招呼着孩子们。此刻,谁也不愿多说一句话。

那副前些年购的皮影戏箱子,永志两次搬起来却又放下。

"这有啥舍不得的?避过这一阵儿,咱不就回来了吗?年头平稳些,保管让你们再唱个够!"满盈宽慰他道。

"也是,唉,有啥舍不得的!回来了再唱!"

永志突然想到大门上挂着的那块"行善积德"牌匾,他叫四顺和永祥帮忙拿下来,也驮到了骡子身上。

派去通知永明一家的四顺一走,宗家男女老少就出了大门,在这队伍里,永志招呼着骑在驴身上的蝉女,永祥招呼着被放在独轮车上的永华,其他人相互照顾着,拖儿带女,踉踉跄跄进了对面的沟里。

等永志和永惠把寨子上的人畜一一安顿好,一天也就过去了。傍晚时四顺回来,说永明一家也是拖儿带女,谦礼媳妇这两天刚生了娃,那里平日里少有人过往,应该是没事。永明和莲花还捎话让上了寨子的人都多多保重。

"唉,这样也好。"永志沉吟了半晌道。

第二日一早,永志和永惠又安排男子们吆着牲口去沟底驮了十来回石头,驮上来后一块一块垒在寨墙周围。

这沟里如今安静得可怕。

驴骡们往返地头送粪时的铜铃的叮叮当当声听不见了,农人们吆牛耕地的声音听不见了,愣四娃远远地在山上吼的那些不成调的酸曲也听不见了,就连花野雀和老鸹也似乎躲了起来,山林间静悄悄的,弥漫着早春独有的一种暗沉。

除了牲灵们偶尔的叫声和幼儿的啼哭声,寨子周边只有春风在山上和沟里来回滚动穿梭,那风声把树梢子刮得来回疾摆,呜呜作响,不时还在滩里拧起一股股黄尘旋风,把沟底空地上的枯叶杂草带着打转,越转越高,复又在空中散开。

有地不能去种,牲口们不敢去放牧,人畜都被囚禁在了寨子里。

又七八天过去了。

大人孩子慢慢习惯了寨子上的生活,孩童复又玩起了游戏,在空地上跳岗、下老虎吃羊棋、抓子儿,偶尔几声欢笑和吵闹,使大人们暂时忘记了烦忧。

只有永华依旧郁郁寡欢,除了叹息和发愁,他不知道自己还能为宗家做点儿什么。他觉得自己现在就是个累赘。

往回来走的那些日子他一心求活,如今回到了家,却再也走不成路、干不了活儿了,即便有红叶和孩子的安慰,他却又生出了求死的心。可是,每当看到老娘,听到孩子们的呼唤,他又告诫自己好死不如赖活着,说什么也不能轻生。

二月将尽。寨子周遭向阳的坡上,几株细小的桃花杏花开了,阳光下,孱弱发白的花像是谁漫不经心在山洼上扬了几把纸屑。

改鹿抱着刚满五岁的二儿串娃子在寨墙边看那几株花。串娃子也有了官名,叫宗谦行。

"风儿风儿你不要刮,我给你烧火抱娃娃,燕儿燕儿朝来飞,舅舅给你吃芫荽!串娃子串娃子不要号,妈给你捉个花猫猫!"串娃子脸蛋皱了,红红地泛着血丝,改鹿心疼地用自己的脸挨挨孩子的脸,又把他往高抱了抱,给他指天上飘过的云彩看。

多好的年景啊,可宗家的地都荒了。没人敢走出寨子。

永志和永惠闲得心慌,把那本《马太福音》翻出来照着念,抛开那些拗口难懂的名字和故事,只有少数话语他们能看明白。

"现在斧子已经放在树根上,凡不结好果子的树,就砍下来丢在火里……那坐在黑暗里的百姓看见了大光,坐在死荫之地的人发现有光照着他们……"

"永惠,你看,这书里的老百姓也和咱们一样在受苦哩。"

"是啊,哥,洋人也和咱一样也要砍树、种地和点灯!你看,'人点灯,不放在斗底下,是放在灯台上,就照亮一家的人……你们的光也当这样照在人前,叫他们看见你们的好行为,便将荣耀归给你们在天上的父',我品这意思是说咱们做的事,大都能知道,他会觉得荣耀。"

"唉,这山沟沟里不好活,外面世界的人是不是也和咱一样?"

"洋人们也都受苦哩,不然这书上为啥写这些?可见走哪里都一样罢……"

三月初一这天,天又阴着,不知为什么,阴天时的春花更显娇媚。宗家寨子左右的山坡上此时粉白相映,团团簇簇,空中来往的蜂儿身上似乎都带着花香。

一大早,沟里就进来个骑骡子的人,远远照见戴着一顶黑礼帽。

宗家的狗最先听到了骡子的蹄音,警觉地吠了开来。

永志和永惠似乎也感觉到了什么,他们到寨子墙边从豁口向下望去。

骑着骡子的那个人越来越清晰地出现在永志的视线中。

"这人……这人莫不是贺万仁?"永惠已从那身影上认了出来。

"是他!这多年再没打过交道的人来做什么?"永志皱眉道。

"想想之前的过节,怕是来者不善!"永惠道。

"快,让家里人先都不要出来!"

骡子上的贺万仁不慌不忙地走到寨子底下停住,用手扇扇空中的灰尘,又从口袋里摸出一副圆边的金丝眼镜戴上。这副眼镜配上他还和从前一样面白无须的脸,说不出的阴冷。

"哎——宗家大掌柜的——你露个脸,我有话跟你说。"

"咱应还是不应?"

"他知道我们都在。躲不了。"

半晌,永志一横心,在墙豁处闪出身子。

"我在!有啥话你说!"

"大掌柜的,别来无恙啊,这么多年了,看来你们也还没有忘了我,还认得我是谁吧?"

"乡里乡亲的,谁认不得谁?有啥事你直说!"

"有人让我给你们捎个话,想让你们给帮些东西,宗家掌柜的你看行不行?"

贺万仁骑在骡子上也不下地,他摘下眼镜,又吹吹上面的灰尘,用袖子擦了擦。

"谁让我帮你让谁来,让你捎话是什么意思?"

"宗家掌柜的,你是真不明白还是装糊涂?能让我来给你们捎话的人娑婆镇恐怕还没有吧?你就说给不给,一句话的事,我好去给人家回话!"

"贺万仁,你还真是一点儿都没变!你还是个娑婆镇人?我看把你生错了地方!"永惠不由抢过话头高声道。

"宗永志,宗永惠——你们骂也没用,我是拿谁家钱就给谁家办事!如今世道这么艰难,实话说,谁也躲不过!枪杆子顶在后背上,我也要活!两千斤粮食!一千块大洋,今天就要一句话,觉得不能给,我就去答复沙地狼了!"

"哥,怎么办?"永惠低声问道。

"这是明抢!哪里是帮?!"永志咬牙道。

"只怕要的不止这些!"

"是,给了也怕是躲不过。"

"怕啥来啥!到了这分儿上,只能硬着头皮拼一把了!"永惠道。

"宗永志,宗永惠!商量好了没?我知道这点儿东西对你宗家来说不过九牛一毛!破财消灾,这句古话大掌柜二掌柜一定听过吧?"贺万仁知道宗家兄弟正在商议,便又在下头喊道。

"贺万仁,老子最看不起的就是吃里爬外、明欺暗算的小人!你给你沙老子回复去,就说宗家给不起!这几年早让丘八爷们你一伙他一拨地拿完了!"永志高声叫道。

贺万仁嘿嘿一笑,并不恼怒,冲墙头上的永志永惠抱抱拳道:"好,大掌柜二掌柜的答复我记住了——实话说,这年头,谁也躲不过!"说罢,便打转骡子扬长而去。

房里其余人这时才敢出来,刚才的话也基本都听明白了。

"娘,土匪已盯上咱家了,儿子刚才喊的话你也听见了,乱世不公,真让人不知道该咋活才对!"永志过来扶住蝉女道。

"唉——"蝉女一声长叹,她拍拍儿子的手,"咱该去问谁?我已经七八十的人了,就算现在死也算是尝遭了人是咋回事了,可惜咱宗家这些娃娃们还没活人呢。"蝉女哽咽着说不下去了。

宗谦怀、宗谦义、宗谦文、宗谦润、宗谦朋这几个青年、少年从来没有见过这样的阵势,说不上来是恐惧还是年轻的热血在涌动,他们个个把拳头握紧了又放松,放松了又握紧。

"从现在起,寨子门锁好,门后再顶上木椽子和石头,所有男丁轮流放风查看,一旦来人,拼死抵抗,不能让破了寨子!"永志喝道。

"哥,报告给民团说不定能顶上事。"永祥道。

"既然派了贺万仁来,那就是一切都在他们计算之中,咱的一举一动怕是都被人暗处盯着！"永惠道。

"现在派人出去不是正往人家嘴里送吗？说不定他们就藏在半路上等着拉票！"永志道。

"大掌柜的，让我去吧！"

这时，四顺站了出来，黑瘦的他此时一脸坚决。

"我本来就是个照门揽工的，我看贺万仁他不一定认识我！再说，我出了寨子，不朝着平时的路上走！翻山绕着，一般人也不会注意到。"

"四顺，不能让你冒这个险！"永志道。

"你们现在派谁出去都不行，年轻娃娃们靠不上，一旦遇事就乱了阵脚。我虽然是个揽工的，但是经历过的事情可不少！这几年多亏了大掌柜照应，我上无高堂，下无妻小，光棍儿一条，怕什么了！"四顺道。

"咱曾经给过钱和粮的那些国民警察队不说要保护咱们吗？"永祥提醒道。

"唉，靠他们，根本不顶事！我想都没有往这面想，倒是咱本地民团还能指望！"永志冷笑道。

又商议了一番，四顺从寨子后门溜着绳索悄悄下了山，在灌木丛的掩映下一扑入了后沟，先从平日羊道上走了四五里，这才折返上山，向民团驻守的宝鼎山方向而去。一路上，凡是他觉得贺万仁能想到的路都尽量绕开。

寨子上的人心神不宁地正吃午饭，外面狗又突然叫了起来，紧接着，谦怀和谦义在外面一声接一声地喊："大，大——快来看，来了！来了——"

永志几个撂下饭碗就往外跑，边跑边回头喊道："满盈，你们几个分开进各自的窑里，看好孩子和娘，听不到我叫你们就不要出来！"

满盈几个连忙抱孩子、扶老人，一时手腕发软，腿脚打战。

永志、永惠、永祥带着谦文、谦润、谦朋跑出去到寨子墙头一看，几十号人马远远从沟口裹着一团黄尘滚动进来，片刻就把寨子围住。

207

"这伙狼,我看他们早在旁边的山岭上等着哩!"

"是,不然哪会来得这么快?!"

一阵马嘶声过后,匪群中一人催马向前,是个一脸横肉的胖子,短发如针般蓬乱着,衣着普通,脚上却蹬着一双长筒皮靴。

"宗家掌柜的,看来给你们捎话不顶用,我只好带着弟兄们亲自来了!"

"你是沙地狼?"永志喊道。

"哪里用得上我们大哥出马?不怕告诉你,老子姓萧!人称萧铁狗!你们想不到吧?现在这洛河川还有一家跟你们一样的!大哥这会儿估计也围了他们的寨子!"

"你们现在走还来得及,我们已经打发人去报告了民团!你们不怕死吗?"

"打弟兄们出道,就没有空手走的!民团那伙子窝囊废,这会儿估计正被我大哥当猴耍呢!"

"糟了!调虎离山,二者取一,我估计民团的人去了那家!没想到这些土匪这么有计谋!"永惠刹那间脸色煞白。

"那贺万仁来了应该也是看了地形地势,观察了半天。罢了,是祸躲不过!"永志恨恨道。

那自称萧铁狗的匪首见寨子上除了狗吠,老半天再无动静,一挥手,十几个土匪翻身下马,绑了云梯,搭在寨门下就往上爬,刚爬了几个木档,永志在寨子里一声令下,众男子捞起事先准备的石头块子狠狠砸下,几个土匪躲避不及,有的被砸得惨叫着从空中跌落,有的被砸得当即昏死过去,其他人一时近不了那梯子。

啪——啪——萧铁狗掏出枪,朝着永志他们打了几枪,子弹在石头上溅起火星子。

"不就让你们出点儿钱放点儿血吗?看来你们还真不识抬举。"

他招手叫来十几个土匪,低声安顿一番,那十来人策马而去,不多时便在周遭寻来些糜草捆子和玉米秸秆等易燃物,又用刀砍了些刺梢子之类堆在寨子下面。

寨子上的人心里明白这是要点火,不由懊恼之前应该早早把坡上所有树木都清理干净,但事已至此,只能急忙找桶寻盆地备水。

忙乱间,下面的火转圈就烧起来了,火头子向上蹿起老高,片刻就点燃了环绕寨子的一些干枝枯木,这些火苗子继续向上蹿,半干半湿的树枝燃烧时冒出滚滚浓烟,几株瘦弱的桃花杏花转眼就被吞袭。热浪渐渐逼上来,寨子里的人被呛得眼泪咳嗽齐发,孩子们更是一边咳嗽一边哭喊,乱成一团。

永志率众男子们拎着水桶往下倒水,可哪里能浇得灭?眼看火苗子已从山头上蹿来,一筹莫展之际,又把先前的石头向下砸了不少,却也丝毫不起作用。想到再浇下去寨子上人吃水就有问题了,永志摆摆手,让大家各自趴伏在地上,用湿衣裳捂了口鼻。下面土匪们还在不断往上加着就近寻来的半湿柴草。

啪——又是一枪打在寨子墙头。

"宗家人听着,我们要的是钱财和粮食!并不想要你们的命!你们要是还不打开寨门,我们就继续放火!"

"哥,咋办?这样下去不是个办法,寨子上的房屋倒是暂时烧不着,但民团一时半会儿肯定来不了!"

"永惠,咱宗家今天怕是保不住了……"永志说间眼里泪光闪动,他平日里虽足智多谋,可像今日这般要命的事从未经见。

永志和永惠虽在洛河川一带名气不小,可毕竟根底只是务弄庄稼、做点儿买卖的人,之前也从未想过真正打起来会面临哪些状况,两人一时面如土灰。

"要不咱先告诉他们沟里藏粮的地方,看顶用不?"永惠道。

"只怕这伙狼要的不是粮食啊!这也是没有办法的办法了,只能先试试。"永志略一沉吟道。

"下面的不要放火了——我有话说——"

寨子四下易燃的灌木也已大劲儿烧过,此时火势渐小。

"看来你们想好了?"

"我给你说,我们先前住的那地方有不少粮食,你们要是缺粮,就赶紧去挖吧!"

"先前住的地方?我咋知道你们把粮藏哪了?你们嘴上说根本没用,要么就派两个人下来带我们去找——不然我们就继续攻,一直烧!"

说话间,寨门下的云梯又搭起来了。

"这可咋办?我看这帮狼既要粮食,又要钱,又要人!"

此刻的寨子上,众人得以喘息,蝉女听得双方喊声,此刻也是浑身颤抖。

"永志啊,谁也不能去!要去就让我去!"蝉女用拐棍儿狠狠在地上敲着。

"去了就回不来了,他们这是骗人!"满盈着急道,她一把拉住永志,看他此刻的神情,她知道自己的男人此时也想不出来什么更好的主意。

众人一时都静默了,死亡的气息夹杂着寨子下面那未熄灭的烟气笼罩在头顶。

"土匪们还基本没用枪!应该是弹药也不多!但要是他们放开了攻打,怕是寨子门要被攻开!人也要有伤亡!"

正说间,底下的人就等得不耐烦了,十几个人又拿着刀枪从梯子上往上爬,永志几人来不及细想,只得用铁铳打了七八下,但枪管一发热就再打不成,只能用剩下的石头扔砸一番,一时惨叫声、枪声混成一片。

二十三

土匪们的又一轮攻击稍微止歇了。

"大,大,快,谦义和谦润被枪打中了!"永志听到谦怀在喊他。转头一看,只见谦义和谦润的胳膊和肩胛处鲜血淋漓,两个年轻人此刻脸色煞白,背靠着墙根坐着,身旁还有几块没扔出去的石头。

"大——我没事,还能挺得住——"谦义拧着两条浓眉高声道。

"我……我也能顶得住!"谦润忍痛努力挤出一句话。

"满盈!佩琴!快!你们几个把两个娃娃扶回去包一下,把布撕成绺子,裹得紧紧的,不能让血再往出来淌了——"永志大吼道。

满盈和红叶哭着扑过来,把受伤的儿子扶回去,手忙脚乱地包扎着。

蝉女抹着眼泪,哆嗦着,说不出话来。佩琴和改鹿带着女儿守在婆婆身边,生怕她此刻也出个什么意外。

"再这样下去怕是不行了……"永志对永惠道。

"我们撂些钱下去,能拖一阵是一阵!现在就指望四顺能把民团的人叫来!"

扑通——扑通——

两包重重的东西从寨子上抛下。

土匪们一呆,接着上去查看,却是两包银圆。他们哈哈大笑着,把那些银圆倒在地上,瞬间哗啦啦堆成两堆。有几个土匪用手插在那些响洋里,用手搅动着,听那钱的声响。

"寨子上的钱就这些了——你们拿上快走吧——"永志又在上面喊道。

"哈哈哈,你骗三岁娃娃哩?"萧铁狗咧嘴一笑,"宗家的底子就这一点儿?姓贺的可都给我们说了!"

哗啦——哗啦——

又两个布包扔了下来,地上的土匪们又一哄而上,这次是些女人们的银首饰。

"婆姨女子们的东西都给你们了,前几年灾情,家当都救济灾民了!你们拿上些就走吧!不然民团来了免不了损兵折将!"永惠喊道。

"你们也太小瞧这帮兄弟了!这点儿东西就想哄我们走?民团?民团怕是正被我大哥耍得团团转哩——"萧铁狗一声冷笑,对着身边的土匪们喊道,"弟兄们,继续攻寨门!上面的钱多得很哩!刚撂下来的根本不算什么——"

土匪们听得这样一说,一边嗷嗷地叫着,一边又开始架梯子,往寨门上爬。

宗家如今只剩永志、永惠、永祥和谦怀、谦文、谦朋能使上劲儿了,他们只能一边把为数不多的石头继续往下砸,一边用铁铳又打了几枪,可土匪们轮流换人,不多时便有三人举着火把攀到了寨门边,一边往寨门上泼油,一边就点着了寨子的木门。见木门一着火,两人又把火把呜呜地抡到寨子院中,一边趔摸着准备从寨墙攀爬过来。

寨子上此时已经没有了石头也没了水,只剩下劳动用的铁锹、镢头、斧头,宗家六个男子只能各自握着一把铁锹奔到各个方向。

寨门毕剥毕剥燃烧着，紧接着就被后面上来的几人用木桩撞开，七八个土匪转瞬就奔了上来，其中两个掏出枪对准院中站着的男子们就开了几枪，其中一枪正中宗谦怀的腿，他大叫一声栽倒在地。另有一枪谁也没注意，却见谦文直直地栽倒在地，挣扎了几下便再无动静。一汪血逐渐在他的头旁聚起来。

永志永惠须发直竖，急得异口同声大叫一声："再不要开枪——"两人欲奔向谦怀和谦文，无奈已被返剪双手制住。

永祥机灵，抢了几步跑到谦文身旁，抱起他的头一看，却见一颗子弹不偏不倚从侧面脖颈直穿而过，谦文早已没了气息。不等永祥再有动作，两个土匪直接上来几脚就把他蹬到一边，也用枪指住。

现在，除了惊慌失措的宗谦朋，宗家几个掌柜都被土匪制住了。眼见家人死的死伤的伤，加上房中还躲着家人，永志和永惠的心乱了，他们知道，再做反抗只会增加更多伤亡。

"快说，东西都在哪儿藏着？"土匪用枪抵着永志和永惠的头大声喝道。

"好我的大爷们儿哪！寨子上能藏多少东西，刚才都给你们撂下去了！其他的……"

"其他的在哪儿?!"

"你们再不要开枪杀人我就告诉你们！不然，我这个大掌柜死了，就连二掌柜都不知道钱在哪儿埋着！"

此时，满盈、佩琴、谦义、谦润、改鹿和几个孩子挤在一间房内，谁也不敢轻举妄动，另一间房内，蝉女和红叶照看着永华，屋里也不知屋外此时是什么情景，只能干着急。

有几个土匪踹开房门，开始一一搜查，谦义和谦润几番挣扎着想起来拼命，都被满盈和佩琴死死拽住。改鹿护住几个孩子在墙角缩成一堆不敢出声。好在土匪一眼看到谦义和谦润受了伤，急迫地自顾去翻找银钱。

213

另一匪到了永华这个房里,冷不防被坐在炕上的永华一把扑来抱住大腿,那土匪见永华像个瘫子,一边想挣脱,一边照头就是几拳,急得红叶瑟瑟发抖,却也不敢近前。旁边的蝉女一看,颤巍巍扑上去护住永华:"你们不要打我的儿子啊——"她用瘦小的身体紧紧把永华的头护住,胳膊紧紧抱住永华,就像永华孩提时那样把他抱在怀里。那土匪再也不耐烦了,掏出枪对准蝉女和永华就是几枪。

"啊,娘——永华——"红叶惊恐地大叫一声,屋外也传来永志、永惠的呼喝喊叫,红叶颤抖着爬到婆婆和永华跟前,大声哭号起来,眼看着鲜血淅淅沥沥地从蝉女和永华身上淌下来,顺着炕墙流到地上,又弯弯曲曲从门外淌出去。

"娘——永华——"永志和永惠在外扑通一声跪倒。

此时,其他几个房里静悄悄的,除了土匪摔盆打碗抬翻东西的声响,谁也不敢大声喊叫。

四五个土匪自顾在米缸里翻出几把银圆揣进怀里,一边就出了门,对下面喊道:"老大,寨子上的人死的死,伤的伤,剩下的都是些碎仔娃娃!宗家掌柜的都在我们手上——"

"绑上几个能走路的下来!弟兄们能撤了,不然民团来了——"

听到下面人喊叫,两土匪用枪顶着永志和永惠出了寨门,其他几个扭着永祥和谦朋下了山。

有枪指着,永志和永惠也不敢轻举妄动,只能任由土匪上来绑了两人的胳膊。

"宗家掌柜的,实话告诉你们吧!弟兄们要的是钱!有了钱,什么都能买到!"萧铁狗笑道。

"我们给你钱,也给你粮,你能保证再不杀我们和我家人吗?"永志苦笑着问道。

"哈哈——宗家两个掌柜的还敢跟我们讨价还价,不看我们都是些什么人?你们打死砸伤我弟兄们这账咋算?"萧铁狗阴阳怪气道。

"那你要怎样？"永志喝道。

"要怎样？"萧铁狗嘿嘿一笑，抬手一枪打在永志腿弯处。

永志闷哼一声跪倒在地，鲜血瞬时淌出来，把腿上的薄棉裤洇红。

"二哥！"

"伯——"

永惠和永祥、谦朋惊呼出声。

"你们这些恶贼！老天爷为啥就不长眼睛让你们在这作恶呀——"缓过神来的永惠喊道，他挣扎着想去永志身边，却被几个人摁倒在地。

"哥！哥——"永祥也喊叫着，被押着他的土匪狠狠踹得躺倒在地。

"哥——你咋样——你快把血止住啊！"永祥焦急地喊叫着。

"永惠，永祥，谦朋，你们几个不要喊了，不要骂了，不顶事……咱宗家今天不顶事了……"永志像是自言自语。

"寨子上的婆姨娃娃们听着——"永志突然大声喊道。

"今天我是活不了了——你们再不要费无用功——照看好娃娃们——你们听见了没有——"

话音未落，永惠和永祥便见眼前刀光一闪。

他们瞬间睁圆了眼睛，身上的血瞬间都停住了——只见萧铁狗拔刀一挥，永志的头就在那刀光间瞬间脱离了原位，只在前面还连着些脖子上的皮肉，他的头吊在了胸前，血肉模糊的脖子断茬上，鲜血滋滋地喷泉般冒起老高。

"啊——二哥——"永惠一声惨呼，耳边一阵轰鸣，瞬间天旋地转。

"哥呀——求求你们，让我去看看我哥！"永祥目眦欲裂，想挣扎去永志身边，却被几脚死死踏住。

旁边的谦朋只是个十五岁的少年，此刻他似乎已失去了理智，只是"啊——啊——"地抱住头发出阵阵嘶号。

寨子上的女人们照见了这一幕，一时惊呼声、哭喊声响成一片。

满盈在寨子上呼天抢地要往下跳，谦怀一边哭叫，一边死死地拖着受伤的腿抱住母亲。寨子上还清醒着的人相互拉扯着，照应着，不想再让任何一个人挣脱了跑下去送命，他们只能在寨子上放声哀号。

寨子下，土匪们冷冷地看着眼前的一幕，这样的事他们已见得太多了，他们才不在乎死的是谁。

萧铁狗指了指永惠、永祥、谦朋道："带上他们，去宗家院子里！那么大家业，不可能都搬到寨子上去！"

"寨子上的活人听着，留你们一条命埋死人，准备赎人钱——这三个男人能不能活着回来就看你们的了！"

喊叫间，几个土匪呼喝着，把永惠、永祥和谦朋扭上马，众匪一声呼哨，马蹄重又激起阵阵黄尘，一起向宗家院子驰去。

寨子上，红叶出来一看谦文的尸体，当即昏死过去。

满盈妯娌几个声嘶力竭地大喊着，叫骂着，她们趴在寨墙上，手指在寨墙上抓挖出了血。

"娃呀！土匪走了，你们不要拽，让我们去寻掌柜的！"

"娘，我跟你去看大——大啊！"谦义也苍白着脸哭喊道，枪子儿还在他的胳膊里，剧痛难忍。

谦润被打在肩胛骨处，他挣扎着出到院里，看着哭喊的母亲们，他也无声地淌着泪。

谦怀此刻趴在地上面色苍白，终于，他泪眼婆娑地默默松开了拽着母亲脚脖子的手。

三个女人疯了般趔趔趄趄从寨子上往下跑，她们的小脚此刻显得那么无助，似乎随时就会从半山摔下去，串娃子哇哇大哭着撵在改鹿身后，谦义抱着受伤的胳膊，顾此失彼，也高一脚低一脚地往下跑。

不出半炷香工夫，群匪已到了宗家底院，他们下了马，几刀劈开门锁，把永惠、永祥和谦朋半拖半拽地押进院子。十来个土匪迫不及待在底院来回翻腾,可底院的学堂除了桌椅和半窑堆放整齐的纸张,哪有什么值钱的东西。

此时,永惠这才悠悠转醒,家人惨死的一幕幕复又在眼前闪现,他不由哭喊道:"娘啊,哥啊,永华,谦文!贼人!你们这群狗娘养的,驴下的!丧尽天良的贼人——"

"哟,醒了?醒来得正好!大掌柜的下场你也看见了,他嘴太硬!真是要钱不要命!二掌柜的,你说,人这一辈子是命重要还是钱重要?你麻利地说个埋东西的地方,弟兄们东西一拿马上撤人!"

永惠心里明白,今天已实无活路,说和不说都是一死,当下横了心。

"宗家二掌柜,你不要装糊涂!我知道东西都不在窑里,我再问你一遍,你们藏在哪儿了?"

"你们要杀就杀吧!想我宗永惠也对得起做这一回人了!"

"唉,真可惜了你这个人才……"萧铁狗眼睛一转,又问,"二掌柜的,你说,要是把这底院窑里那半窑纸给点着,会咋样?"

"那……那是学生们用来练字的,你们要杀我就用刀用枪吧,这些纸学生们将来还能用!"

"哈哈哈,好个普济秀才,你自己死到临头,还记挂着学生练字!真是太好笑了!我最后问你一句,东西在哪儿?"

"就在这沟里,你们有本事自己去找吧!"永惠说完这句话,就闭上了眼睛,似乎聋了哑了般不再发出任何声音。

萧铁狗看永惠的样子,就知道再耗下去于己不利。他叫人把永惠的腿脚一起捆了,一脚蹬倒在窑里那堆纸上,接着,萧铁狗手中的火折子一闪,永惠身底的纸已被点燃。

永祥瞬间就明白了,他痛苦地朝窑里嘶喊道:"永惠哥!永惠哥!东西在哪儿你就告诉他们吧,命比什么都重要啊!哥!哥!"

"永祥,谦朋,看大哥的下场你们还不明白吗?你们要是能活着,

217

告诉佩琴,让她好好把孩子养大就对得起我了!"永惠躺倒在纸堆上,一边挣扎,一边喊道。

这些麻纸永惠平日里爱惜,一有潮气就让学生们放在太阳下晾晒,原想着日久天长,学生们用起来方便,不想此时却成了自己的葬身之用。

很快,火舌就从一角舔了上去,继而转圈大烧了起来,但窑里的脚地上到处都是纸,任永惠怎么翻滚也没法躲过。

永惠在烟火中痛苦地原地翻滚着,咳嗽着,惨叫着,顷刻就被烧得毕剥作响,可他嘴里还是叫骂着……

永祥的喉咙早都喊哑了,此刻他只能紧闭上双眼痛苦地在喉咙间嘶吼着,他用指甲来回地抠挖身底的土地,磨出了一道道血印。

谦朋则被按着头,呆呆地望着那孔冒着浓烟和火光的窑,浑身发抖。

此时,土匪中有人背过了身去,他们从未见过这么惨烈的场景。

"弟兄们,撤吧!耗了这么久,民团到了就麻烦了——"萧铁狗扇扇鼻子前呛人的味道喊道。

几匪一齐把永祥和谦朋拎到马上横趴着,接着全部一跃上马,跟着萧铁狗飞驰而去。

此刻的寨子沟里,满盈和谦义已跑到永志那跪着的身体前。

满盈一边靠近,一边轻声叫着:"永志啊——永志啊——"她觉得丈夫还能听到自己的呼唤。

她面对着永志跪在那鲜血中,捧起他的头颅安到他脖子上去,就在安上去的刹那,她看到丈夫惨白的脸上显出一丝嘲讽的神色来,她甚至看到他的眼睛转动了一下,看向某个谁也不知道的地方,她甚至听到他的喉咙里"哼"的一声,似是叹气,又像不服。这一声闷哼过后,他的身躯猛地失去了方向,斜着向前扑去。

谦义也跪倒流着泪哭喊着,看到父亲这么向前一扑,他一时也呆住了,只剩嘴里喃喃地叫着"大,大——"

佩琴和改鹿知道永志已死,也顾不得满盈,她们拉着串娃子跌跌撞撞跑到宗家院子,一见那口门窗尚在冒烟的窑,两人惨叫了一声扑进窑里,在那纸灰堆中焦黑的一具躯体旁,她们看到半本还在冒着青烟的硬壳书,烧掉半拉的书皮上,两个原本金色的字"福音"此刻正滋滋地冒着黑烟和小泡。

佩琴嘶哑地叫了一声"永惠",心头一片空白,她呆呆望着那具躯体,眼泪吧嗒吧嗒掉落到纸灰里。

改鹿牵挂担心着永祥和谦朋,只能抽身出来,拽着串娃子上下院扑腾着查看一番,见院里再无血迹和尸体,心里明白他们是被当作肉票绑走了,这才略略定了神,返回去和佩琴一起哭号。

此刻的寨子里外一片死寂,只有坡上还没熄灭的树枝在悠悠冒着青烟。

突然,远远地又传来一阵马蹄声,为首的四顺远远地大叫着:"大掌柜的——二掌柜的——民团的人来了——"

二十四

宗家一次死了五个人,三个女人成了寡妇。

婆婆镇东山里的贺家也彻底没了人,一夜间人去窑空,贺万仁从此再未有人见过。

宗家的事情很快就传遍了婆婆镇和洛河川,听到的人无不目瞪口呆,叹息摇头,永惠的学生们更是个个失声痛哭。

永明和莲花夫妇第二天才闻信赶来,儿子儿媳为保险起见就没敢让出来。

"你们说我躲了个啥安稳呀——"

永明捶胸顿足地跪着哭喊着。

三个寡妇抱着莲花号。莲花也抱着面前这三个寡妇号。红叶已经睡倒了,她除了流泪,再一句话也没说过,彩月凄然地守在娘身旁,也不知该怎么来安慰。

民团的人和四顺帮着简单料理了后事,除蝉女有提前备好的棺木,其他四人都是就简做了棺木下葬。

坡上,安来子与蝉女的坟并排,宗永志、宗永惠、宗永华埋在他们脚下,永华的脚下,埋着他的儿子谦文。

宗家寨子笼罩着愁云惨雾,永惠凄厉的喊叫声似乎一直回响在泥塔沟中。永明和莲花帮着几个寡妇收拾了寨子上零乱的东西,回了宗家院子。

当下,宗家还乱着,受了枪伤的谦怀、谦义和谦润被民团的人带走去救治,永祥和谦朋还在土匪手里。

民团的人担心追得太紧他们杀害人质,只能一边和土匪谈判周旋,一边让宗家剩下的人按要求准备钱物送去。

几个主事人一商量,一咬牙把男人们曾安顿过的地方都挖了个遍。挖出来的东西多得让她们也吃了一惊。至于男人们未曾告诉过她们的,她们也不知道。

永祥和谦朋被抓走的第二天,宗家就备起一支驮队,满满当当装起银圆,连夜让四顺去送了一趟,一趟过后,土匪们又加了价格。第二趟,第三趟……本该还去送第四趟,可宗家已无甚可驮了。

好在三趟东西一送去,第三天天刚明,四顺就带着谦朋回来了。

宗谦朋神情涣散,不管谁问什么都不说话,也不摇头,也不点头,不吃不喝地过了一天。夜间,他突然"哇"地吐出一口血,哭喊道:"大呀——你们再不要送钱去了……大早死了!大被杀的那天……他进到关着我的这个窑里,偷偷塞了他常带在身上的银五设儿给我,叹道,朋娃,大也活不了啦,你把这拿着当个遗念……说完他就被人拖走了!我趴在窗户上,照见大给那个土匪偷偷塞了两块银圆,意思是给个痛快,那土匪点点头,就和二伯那天一样……他的头一下就被砍掉了,那砍人的两脚就把他从土畔上蹬进沟里去了……"

改鹿惨叫一声,一扑向炕墙撞去,幸亏莲花眼疾手快地拉住。

第二日,永明和莲花凑了些钱,让四顺送去打点,希望能找回永祥的尸首。过了一天一夜,四顺回来哭着说,土匪不知杀了多少人,一杀就把死人都撂到沟里去,他壮着胆子偷偷下沟里看了一番,人摞着

221

人,哪里能辨认出谁是谁?

四顺说着,痛苦地蹲在地上抱住了头。

山头上的新坟旁又添了一座新坟,只是,这座新坟里,仅埋着永祥生前的一件衣裳、一双鞋。

永明和莲花一边牵挂家里儿孙,一边又难肠着撂不下宗家这番惨境,不得已,只能先狠心回了后沟家中,为今后做长远打算。

满盈和佩琴、改鹿一商量,给了四顺十块银圆,让他去自谋生计。如今,宗家也留不成男人了。

也仅仅是宗家出事后的第五天,便有人神神秘秘吆驴驮着东西在宗家寨子所在的那个沟里出入。

第六天,成群结队的人吆着驴进了沟。

满盈觉得不对劲,挣扎着去碴畔上一照,只见人吆着牲口从沟里出来,驴身上的口袋全装得鼓鼓囊囊。她隐约认出这些人中有曾来宗家借过粮食的,也有来宗家赶过事情的远近村民。

"快——后沟里荞麦出来了——"突然,有人远远地喊道。

宗家碴畔下数十人一听,纷纷叫住了驴,把驴身上的口袋往路边一卸,解开口子就往沟底倒。

连日来的痛苦和打击已经让满盈有些神志不清,她揉了揉眼睛,以为眼下的情景是自己眼花看错了——那往沟底倾倒下去的分明是黄灿灿的谷子呀!

满盈瞬间明白了,这是寨子上宗家藏的那些粮食!

"天呀——你们这些造孽的人啊——不要倒掉啊——都驮走吧,驮走吧——求求你们了——"她沙哑着声音在碴畔上大喊了起来。

佩琴和改鹿闻声出来,一看就明白了,她们也哭号着,叫骂着,谦朋也痴痴傻傻、摇摇晃晃地出来,可他只是木然地看着沟里的情景,一句话也不说。

沟里那些倒粮食的却像是没听见一般,只是抬眼看了看宗家碴畔上哭天抢地的三个寡妇,他们个个走得比之前更快了。

驮粮的人倒掉了先前装好的谷子,重新回去装了荞麦。

此刻,这些人一个个眼里闪着狼一样的光,他们这辈子都没见过这么多的粮食!

粮食从寨子山半崖壁上戳开的口子里瀑布一样朝下淌。

那些粮食奔泻而下时,各自闪着光,像是从山里淌出的一股粗水。底下拿着口袋的人惊叫着,赞叹着,他们一个个都忘记了说话,只是尽可能大地撑开了口袋。

谷子瀑布,流吧流吧,我得赶紧去叫亲戚们,让他们赶紧也来驮啊!

哎哟,荞麦瀑布又出来了!不行不行,荞麦比谷米好吃!倒掉倒掉!赶紧返回来装荞麦!一会儿就让别人装完了——

哎哟,麦子瀑布又出来了!荞麦倒沟里,倒!倒!赶紧回去装麦子呀!

麦子,听清楚了没,白面馍,麦子!

出了沟的亲戚们,赶紧给人捎话让装粮食来!不装白不装,迟了就没有了——

宗大毡和普济先生死后,女人们回到先前的窑院,寨子上的粮食先是被人偷偷上去从上面挖,不知怎么走漏风声后,再进来的人就干脆直接从寨子半腰里戳开了窟窿,宗家窖藏的粮食成了狂欢瓜分的对象。

这些平日里挣扎在温饱线上的人此刻个个脸上带着一种狂乱,他们的双腿颤抖着,几乎要在这么多的粮食前跪地磕头,对谁磕呢?对宗家的死鬼们磕,对粮食磕,也对老天爷磕,对自己磕。

来装粮的人越来越多了,人们已经顾不得那些先前从沟里倒下去的粮食,只是一股劲儿地往通往宗家寨子的那条沟里拥去。

"你们这些人才该死啊——咋忍心糟践粮食啊——"人们在路过坡下时,似乎并没有听到宗家硷畔上三个女人沙哑的哭喊声,也没有听到她们在硷畔上的咒骂。

渐渐地,三个寡妇也没劲儿了,她们瘫坐在高处,望着坡下的路上人们兴高采烈、成群结队地来来往往。

天快黑时,听到消息进了沟的人连连叹息自己来迟了,来迟了!突然就有人说宗家附近肯定还有粮食!寨子上有,住的地方肯定也有!

找!咱们找!就这点儿地方,找他个天昏地暗,找他个底朝天!

人们点上了火把,在宗家院子周围像狗群一样到处嗅寻着,掏挖着。终于,人们一阵欢呼,开窖啦——快用口袋装起来哇——今天装不完,先占着照着吧,明天天不亮我们再来!

…………

宗家四寡妇进了窑里。

她们点燃灯盏上了炕,默默地盘腿坐下,像四个泥偶。

"娘,外面那些人在做什么?"

"那些人在驮粮食。"

"这些粮食不是咱家种的吗?"

"对,是咱家种下的,是你伯和你大种下的。"

"那些人为啥要拿二伯、三伯还有我大、我四伯种下的粮食呢?"

"这些人都很饿,都没有粮吃。"佩琴一字一泪地给孩子说着。

窑里静得似乎什么声音都听不到了,昏黄的灯光中,四个女人全然没有了往常整洁光鲜的样子,她们的脸干了又湿,湿了又干,眼泪已经把往昔嫩白的皮肤剥去了一层,现在她们的脸皴裂着,开裂的地方还灿红着血丝,似乎从前那些美丽和光洁只是包裹在她们脸上的一个壳子,现在,才是露出本来面目的时候。

她们的衣裙上滚满了黄尘和柴草,她们的指甲里刺进去黑黑的渣子。她们的孩子有的被打死,有的被民团带走救治,生死不明,有的因为惊吓过度正躺在炕上魂不守舍,平日里花骨朵儿般的女儿也脸上青一块紫一块,黑糊糊的手在灯下显得那么瘦小和可怜。

宗永明带着莲花重新回到了宗家,他知道,自己的命运这辈子注定和宗家捆绑到了一起。

终于,杏子川的李思平骑着马带着香果儿也来了。一到硷畔上,原本硬挣扎着的劲头一下就软了,香果儿一声声地哭叫着昏死过去。等她醒来,让李思平和永明带着她去了娘和哥哥们的坟地,她用指甲抠着坟前的土无声地号叫着,嘴角渗出血来,李思平连拉带抱才算把她带回了窑里。

好不容易规劝得几个女人平静下来,各自带孩子回窑歇息去了,宗永明和李思平、莲花这才能在窑里安静地说一会儿话。

"思平啊,你这次回去可是要照顾好香果儿,我看她今天心上受了大震了。"莲花道。

"嫂子,香果儿在我家你们就放心!宗家如今成了这个样子,接下来该咋生活?我看其他嫂子们——唉,都是婆姨女子家,也是心里没个主张!"思平叹气道。

"这么大的事,我和你嫂子都不知道……但凡能听见一声,也该过来帮帮他们啊——"永明抱住了头,自责像一把刀刮着他的心。

"幸亏你们没过来!过来怕也是活不了!如今,能保住几个算几个。"思平道。

"唉,现在就不能说这话了,我早给大掌柜的提念过不行都分开住,散开了能活命的机会总归多一些。大掌柜的说他想一想,想一想,一直想到土匪来!想来也是人多事杂,牵心这个撂不下那个,如今咋一撒手都撂下了!"莲花抹了一把泪道。

"永志有永志的难处,家业大,人口多,分家哪里那么容易?"永明叹道。

"是啊,哥,嫂子,如今就是咱几个商量一下,看咋才能让这个家维持下去。"思平郑重道。

"唉,罢了!我那些儿子们也都成家了,各过各的光景去!我和莲花就搬回来吧！宗家没有个男人照应也不行！那三个娃娃身上的伤也不知道咋样了，我明天就去婆婆镇问问，民团的人在县城里认识医生，娃们命肯定是能保住。要是没什么大碍，我谢过人家，就把他们接回来。"永明道。

"哥，这事我们一起去！"思平道。

"行，当今之计，也只能这样，咱们回来帮衬着这些孤儿寡母，等这些娃娃们都能立起世事了，也算是尽了力了。"莲花道。

"我今天查看了一下，先前的粮食基本被人抢光了。我和香果儿回去后，先派几个人过来少送些粮食吧。现在这样，也不敢多送，多了的都是祸害。"思平忧虑道。

宗家的事对他震动极大，他瞬间也想到了在这风雨飘摇的世间自家的各种处境。

"思平，唉，拖累你们了！不管咋样，今年先过下来，明年我带这些剩下的小子们再去种地，现在剩下的也只有地了。只要能下苦，吃饭应该是没问题的。"永明道。

立夏后，宗家寡妇托人变卖了仅剩的几件首饰，请来了铁边城的巫神。

当年洛河川有名的朱巫神早死了，这个年轻的巫神姓段。

她们问段巫神，是不是宗家做了什么亏心事，才死了这么多人？

年轻的巫神摇动敲击着羊皮扇鼓，乌青的嘴唇翕动念诵，耳朵在那嘣嘣惊响的羊皮上倾听。

"叫一声凡人啊听我言，是你们修寨子时把土翻，动了土气惹神怒，才让你男人丧黄泉——"

"啊，狠心的老天爷呀，修寨子是为了躲土匪，非是我男人不敬神——"

"叫一声凡人啊听我言，不修寨子也不安，挣下银钱千千万，没给老先人修那好陵园！"

"老先人年年把纸烧,每逢清明把酒奠,还有先人没回来,是死是活谁知晓——"

"叫一声凡人听我言,那就是命该如此莫怪天,生死路上无老小,一把黄土全埋了——"

"为什么杀人放火儿女多,学好向善反倒死得欢?死了的人去享安稳,撂下我们亲人受可怜——"

"叫一声凡人听我言,天机哪能随便泄,待我灵符写出来,保你家宅自此安——"

"掌柜已到奈何桥,呼天抢地难回还,家宅再大无钱粮,孤儿寡母怎么活——"

那巫神此时突地浑身大颤,软塌塌地倒在地上,片刻,他面如土色地爬起来道:"神走了——走了——"

民国二十二年(公元一九三三年)重阳节,婆婆镇人远远照见一支十几人的马队在宗家西山上的老院子和祖坟院里活动,不时有青烟升起和鸣枪之声。庄邻没人敢近前查看。

第二日,有前沟住的一个善老汉来对宗家人说,你宗家祖坟院里,马蹄印子和马粪到处都是,有人在坟前烧过纸,点过香,坟院边的那棵老榆树上还挂着一颗猪头哩。

太阳再一次从东边的山梁上升起来。

河道里的风亘古如一地继续刮。

这风模糊了大佛的脸和身体,模糊了火镰伴鸟的身影,却在洛河两岸的石头上紧勒出一条又一条盘旋如螺的曲线。

北洛河在这又一次升起的太阳下庄严而肃穆地流淌着,在刀砍斧劈般的红石崖间流淌着。

不时有岩鸽从崖间的窨子中变戏法儿般飞出,成群结队在洛河上空一遍遍掠过。它们似乎没有方向,又像是知道自己的宿命般从不远离。

二十五

风和水继续雕凿着北洛河沿岸的石头和大山。

河岸石岩上的细沙和羊粪珠正如岁月的锈迹，不时在风中簌簌掉落。

数不清的年岁中，该松动的已经开始松动，该掉落的早已掉落，谁也不会注意和细数岩壁那些新的纹路。一切都在极为缓慢地改变着，但在人看来却从未有过什么异样。

北洛河的峡谷上空常有摊开晾晒着的絮状的白云，也有鹰或鹞子的身影一动不动地悬浮，像谁安插在天幕上的哨兵，俯视着北洛河两岸的一切宏伟或渺小。

田地之中，往年的谷穗堆狮子般蹲在秋后的田野里，分不清是守望还是护卫；一只过河时身陷泥沼的小羊羔咩咩地呼唤着母羊，幸运的是它最终被牧羊人拽了出来……

婆婆镇往南四十多里处有个象咀村，七八户人家沿山塆依次开凿了十几孔红石窑。这个山塆是西边大山延伸出的一壁弧形红石咀子，如象鼻般伸进洛河吸水，象咀村因此得名。洛河就绕这个象鼻子山塆款款流过,轻轻一拐就慈悲地给人让出了三四百亩良田。

象咀山上大石嵯峨,山桃树、榆树、松柏杂生于石缝中,姿态闲逸。春有桃花明艳,夏有地椒草、野韭菜、山丹花芬芳摇曳,秋日几树红叶点染,冬日白雪、蓝天、红石相映成趣,颇有宋人山水画意境。

水石半抱,得天独厚,象咀村人在洛河恩赐的这片土地上植榆、桃、桑,种黍、麦、谷,自得其乐,安稳度日,颇有桃源之美。

象咀山石壁后方,顺河还有十来亩平展展的川台地,三棵大杜梨树挨挤在一起,初夏时杜梨花如脂似雾。

靠近河岸的草坡正是村人放牧牲灵的地方,坡上一檠四五百年的老榆树,树下支着石板,石板上刻画方圆棋盘,刻痕深能汪雨。这榆树旁有座小小的龙王庙,每到二月二,村民都要去庙里烧香,年景好时还会请来说书人在老榆树下说三天。

过了洛河,也就是象咀村对面,有一处山壁名为骆驼脖子。壁上不知何年何月凿出一佛二弟子的佛龛,岁月深远,佛面已不可辨,唯佛龛左右浅雕的力士线条尚且清晰。

骆驼脖子往南,再过一次洛河,又一石壁高耸,壁上一排方正的崖窑,传太平天国捻军的最后一支曾在此与清军激战后被灭。

洛河在象咀前后绕了好多弯,住在这一带的人从小就知道"一个弯弯两道河"的道理,蹚水多了,人的腿脚关节都不大好。

宗永志的女儿包梅嫁给象咀村的田水荣已有两年。

田家三代皮匠,三代单传。

咸丰年间,田水荣祖父田合舟曾是蒙汉两地的边客,后在鄂托克前旗学了皮匠手艺,三十岁头上才回到洛河川定居娶妻。

初来象咀时,田合舟就选了象鼻子伸得最远的地方,与人方便就是与自己方便,不然,皮匠熟皮子时的臭味一般人可受不住。

田合舟占了个便宜。这象鼻子头上从前就有三孔无主的古窑,窑直接从石壁里打进,门窗、火炕、锅灶乃至炕栏、灯龛均一次挖凿成型。为防潮防雨,窑顶用块石紧紧垒砌上去一段,三方翘起的石条严丝合缝地从顶上伸出,做了滴水龙头石。但说龙头石也不对,因为石条前端并未雕出龙头,只刻了三个若鱼若蛙的图案,这图案古怪,寥寥几笔,遒劲而不失灵动,自带一种苍茫神秘。田合舟初见古窑就觉得欢喜,加之有生以来从未见过这样的图形,便自认是天佑吉宅,在此安下家来。

三孔窑中的两孔由过洞相连,形成一个窑套窑的样式。另一孔单另的窑洞壁有个平整的石台,田合舟正好用来放做皮活儿的钩镰、铲刀、裁刀、剪刀、针线。住下后,田合舟在石台边又搭了个木架用来挂皮子。

此外,这个窑内还有三口大瓦瓮,冬天时瓦瓮在窑里,天暖了就搬出去。

田合舟缝皮子手艺了得,从人身上的皮袄、皮裤、皮靴、皮帽到大牲灵们的皮鞭、辔头、梢绳、鞍鞴等,无不极尽工巧,当年洛河川的大户人家缝皮只认他一人。

同治年间,田合舟带了婆姨和娃逃到省城,靠从前攒的钱租住城边,揽些缝缝补补的手艺活儿,十六年后才又回到象咀村的石窑内。刚回来时整个洛河川人烟凋敝,不得不种了几年地,后来年景好转,回来的人也越来越多,他缝皮的生意才得以重新做起。

田合舟带着亦子亦徒的田养鲲在家时严格传艺,出门时揣摩人情世理,几十年间,父子二人靠手艺一直把活儿做到榆林一带,大名鼎鼎的米脂城首富姜家就专门请过他们。

田合舟于光绪二十二年(公元一八九六年)寿终正寝后,田养鲲又把手艺传给儿子田水荣。祖宗三代脾性虽然不同,但心性中的灵巧劲儿却一直继承了下来,所以,这些年洛河川上下家户们的皮活儿还是非"田皮匠"莫属。

包梅出嫁的时候,宗家已不再是洛河川的富户。她家的厉害人在民国二十二年春上都死了,从前的粮食和钱也都没了。

娑婆镇的泥塔沟里,宗家的门墙和排排窑房原本高大、明净,但在几个掌柜们死了后,它们一下子就失掉了从前的精气神,矮了许多,旧了许多。宗家寨子也成了断壁残垣,一拨拨穷人为"寻宝"明里暗里不知在上面挖了多少遍,唯一没人去动的是那块刻着"行善积德"的匾,它孤零零地挂在残破的寨门上方,颜色暗淡,像一张无人认账的多余票据。

宗家的四个寡妇把身体藏在那些宽大的晚清衣袍中,像被信众遗忘了的四尊泥塑。自从掌柜们死了之后,她们形容消瘦,光彩涣散,走动和做活儿间都静悄悄,似乎从前所有享过的福都成了一种罪过。尤其是红叶,自从丈夫和儿子死在寨子上之后,她再没开口说过任何一句话,彻底成了一个哑巴——这洛河川的四个寡妇守寡的时候,满盈四十五岁,红叶四十二岁,佩琴四十岁,改鹿三十六岁。

包梅的大伯宗永明和大妈张莲花本来是能躲安稳、享清福的,但为了照应宗家的孤儿寡母们再次搬了回来,回来时,他们都已是近六十的老人。永明从此成了宗家"老掌柜的",他迈着日渐佝偻的腿脚,带着几个大大小小的侄儿们上山下坡,卖命般下苦种地。

最先离开泥塔沟的是尚未成亲的宗谦义,听说他结交了同是洛河川出去的刘志丹,成了共产党,自走后才悄悄回来过一次。回来时,他说起为了躲避敌人,夜里常常睡在农户们的驴槽里,还有一次在深山老林里两天两夜没合眼,实在困得不行就上了树,用一根绳子把自己捆在树干上睡了一觉,刚醒来就听见不远处有豹子的叫声。其他例如装成货郎子传递消息,把盒子枪浸在羊油中给队伍运送等,也都是宗谦义和其他"兄弟"们常做的事。

为此,满盈常提心吊胆地牵念着儿子,但儿子主意已定,甚至立下了"生死状",只说自己做的事是件非常伟大的事,万一哪一年再没回来,那就让家人不要再牵挂。

宗谦义在外用的都是化名,跟了刘志丹也是全家人都守着的秘密,因为当时的洛河川不时就有共产党人被抓走杀害的事情。

第二个离开泥塔沟的是宗谦润,走时只说不想在泥塔沟里过一辈子,出去后四处游走了几年,后来在洛河川下川的遂宁镇安了家。

又过一年,接着离开宗家大院的是宗谦朋。他带着母亲改鹿和弟弟宗谦行收拾开了宗家最老的院子,也就是当年保川子、连顺子和安来子住过的地方,种了周围的川地。

至于与宗家结下深仇大恨的贺万仁,有人说他去了省城混日子,有人说他加入了土匪"黑军",民国二十四年(公元一九三五年)就被共产党的游击队打死了。反正娑婆镇人再没见过他。

宗家离离散散的几年间,陆续出嫁了三个女儿。

洛河川上上下下不时响着枪炮声,把人心都怕厌了。除了种地,一般人根本不愿外出,一切排场或惹人注目的东西他们都想躲开。所以,宗家这三个女子包梅、彩月和来燕的出嫁都是悄无声息的——男方两三人吆着毛驴来,女子换件衣裳头一梳,甚至连红盖头也不敢蒙,生怕那点红色在山山峁峁间显得扎眼。三个女儿被悄悄驮到男家去后,男家也是静悄悄的,不请吹手不摆宴席,生怕有大动静招来祸灾。

包梅出嫁时,母亲满盈对她说,女儿家嫁人就像重新投胎,宗家已经没势了,田皮匠家不管咋说有门正经手艺,凡艺不亏人,你跟过去后饿不死。

说这话的时候,包梅看到母亲的脸木然着,不幸像盐巴一样,已经把满盈腌渍得失去了所有颜色。

包梅也算是洛河川大户人家的小姐,她从小受教茶饭针线,又读过书,陶冶得脾性温柔,喜静少言,如果宗家不出事,怎么说也能嫁个门当户对的富人家。

好在田家知道宗家前前后后的事,也敬重宗大毡和普济秀才活着时的威望,所以田养鲲夫妇和田水荣对包梅一直很敬重爱护——

福荫后人,每当包梅想起这四个字,就流下泪来。

"可惜了你大和你四伯,可是两个好人手哩!我忘不了他们两个的人样儿……你大娶你妈时我还给他缝过一顶狐皮帽哩!你到田家来难免粗衣土布,但你不敢觉得理亏,有啥就只管言传!就凭你是宗大毡的女子,我们田家也不能亏待了你!"田养鲲给儿媳安顿道。

田养鲲是个老古板人,不苟言笑,人又精瘦,出门前、回来后常要去骆驼脖子那儿的佛龛烧香磕头。虽说他一直在为富人们"下苦",但田养鲲不仇富,他敬重洛河川的大户人家,按他的话来讲,一样都在黄土地上刨挖,可人家就懂得趁风多扬几锹,富人家其实可比穷人家下苦多哩!光景好是有原因的。

包梅的男人田水荣脾性和父亲正好相反。他是个浓眉大眼、爱说爱笑的人,走在什么地方都爱耍仗义,在外做活儿时爱与同龄人称兄道弟,有两个还拜了把子,有了什么事像亲兄弟般经常相互走动。

这几年世道不太平,生意就又不好做了。

田养鲲和田水荣大部分时间只能在地里忙活。对于这两个时常飞针走线的男人来说,要把菜园子务好、地种好简直太容易了,他们全当自己还在割皮子、缝皮子、走针脚……除了苦重一些,没什么可抱怨的。

自从包梅嫁过来,象咀边的龙王庙前就再没响起过三弦声。人们听到的不是哪里打了仗,就是哪里死了人,要么就是谁家又遭了抢,哪里的谁谁又被抓了——只有这些消息上下乱窜,像河谷中流动的风。

也就在这时,包梅听到香果儿姑姑的消息,确切说,是姑父李思平的消息。先后两年,李家老小掌柜都离奇地死在了外头。杏子川最显赫的家族几乎复制了宗家的版本,半年间就完全破落了,听说香果儿姑姑和她的两个孩子和剩余的家眷流落去了安边县。

有了这些冷事,老百姓"跑"的本事已练得炉火纯青,不仅有钱人跑,穷人也要跑。家家户户都缝了大大小小的干粮口袋,一有风吹草

233

动就卷起铺盖躲进深山老林或偏僻的废窑中,什么时候听不见马嘶枪响了,才敢战战兢兢出来。

直到白军被红军彻底赶出了县城,时局才算稳了下来。

象咀村的人听说这一年十月间,洛河上游的古镇吴起来了红军的大队伍,老百姓说领头的首长个儿高,清瘦,他在吴起镇张家湾的老张家吃了一顿剁荞面,睡了一晚。

第二年四月,象咀村的人传从洛河川出去的刘志丹带兵打仗牺牲在了黄河那边的山西。

六月间,田水荣从外面回来,给家人讲娑婆镇开的刘志丹追悼会,会场上的人个个号哭不住,都说老刘是个清官,是为了让受苦人都过上好光景才出门打仗的——才三十三岁就牺牲了,这等在洛河川任何人家里都是件伤心事呀!

七月间,从县城回来的人说红军的领导人毛泽东和周恩来、张闻天住进了县城,县城里还来了个洋人,整天端着一个铁块块对着人按。

这年寒冬腊月,县城又来了一个带兵打仗的能人,姓朱,来了一个会写文章的女人,姓丁。人说这女人可是厉害,一人从南京的白军窝子里直跑到这山沟旮旯儿。

这期间,象咀来过十几个穿红军衣服的青年,举着红旗,操着南方口音,其中两个男兵一进村就被象咀的"照庄草"荨麻给蜇了,急吼吼跑来问村人怎么办,村里几个老汉说了解法,找了个男娃尿了一泡抹上,片刻红肿就退了下去。那几个红军惊奇地问老汉们咋知道解法,一个老汉就从容答道:"你没看过《本草纲目》?上面就写我们这照庄草着哩!你要知道,它可是一味草药,谁起了风疹,拿这草点一点,一夜就好得啥也没了!"

几个红军费力地讲了半天,象咀村人也费力地听了半天,后来总算搞明白了,这些年轻人讲的是革命根据地的事,他们还鼓励村里的年轻人去当红军,闹革命。

讲说间，一个扎羊角辫儿的女兵就站起来唱了一段：

  一杆杆红旗空中飘
  二十五军上来了
  山羊绵羊五花羊
  哥哥随了共产党
  军号吹得嘀嘀嗒
  哥听妹妹一句话
  红豆角角熬南瓜
  革命成功再回家

象咀人第一次听这样的歌，又是从一个南方女子嘴里晴晴朗朗地唱出来，人人都觉得稀罕。

洛河川人从前的民歌酸曲里唱的多是苦水泡着的光景日月，是相好的哥哥妹妹见不上面，自家的穷光景过不到人前种种，自从红军来了，传唱的渐渐都成了革命歌曲：

  山丹丹开花背洼洼红，我送我的哥哥当红军，山上的核桃河畔上的枣，当兵就数上红军好。
  山坡坡的萱草根连根，穷人和红军心连心。不想你眉眼不想人，单盼你捎回来胜利信，棉花地里带芝麻，世事太平咱在一搭。

包梅过门的第三年才生下个小子，名为金川。第五年头上，又得一个女儿，名为九丸。两个孩子都是田水荣请来丈母娘满盈给裹起来的，包梅一出月子，满盈就又回了婆婆镇泥塔沟。

包梅曾问起哥哥宗谦义如今在哪里，满盈也说不上来，只说收到过两次他写来的信，说是在很远的地方打仗，说"革命成功了就回家"。

"只要人还活着就好!"满盈对包梅叹道。

洛河川此时已有了几个"花匠",走村串户地给娃娃们胳膊上"种花",金川和九丸也被花匠"种了花",人们再不用担心娃娃过不了出天花这一关了。

金川八岁时,田水荣和他的拜把子兄弟杨钦山定了个交换亲——田水荣家的金川长大后娶杨钦山家的女儿梅英,杨钦山家的问余长大后娶田水荣家的九丸。

为这事包梅半个月没理田水荣,但男人们已把话撂了出去,婆姨家能咋办?再说,洛河川人结儿女亲家最常见不过,老祖辈传下的习俗,又岂能一下改变?

九丸五岁时,田水荣出门回来说县城财神庙举行了庆祝抗日战争胜利大会,不过她不懂。

九丸八岁那年才开始真正记事。

她记得二月里天上飞机整日响个不停。

她记得七月间,人人都"跑胡宗南",把猪吆进沟里,羊打到山上,鸡和粮食都撂在村里顾不得管,人们背着毡卷铺盖,带着口粮和小锅跑进了深山老林。

田家六口在深山的一孔烂窑里住了五天。那几天人就睡在烂窑的炕上、地上,烟囱里不敢让冒烟,锅都支在脚地下,谁也不敢高喉咙大嗓子说话。

胡宗南部队经过的那几天,整整下了三四天雨。

九丸记得自己在烂窑中着凉生了病,烧得有些迷糊,烂窑外的墙窟窿里那几天正好有一窝刚刚孵出来的红嘴鸦,它们喳喳喳地叫着,嘴张得老大。

老百姓回村时,只见大路和小路上凡是能用兵锹挖进去的地方,密密麻麻都是刚能蹴下一人的浅窑——胡宗南的兵就这样来躲雨和过夜。

"看看这些小窑窑，兵娃子的父母要知道娃们在外受这号罪，那还不得心疼死！"这里的老百姓都这样说。

这倒也不算啥，最主要的是人多路窄，从小路上过不去的兵们上到了地里，踩着庄稼继续走，庄稼叶子搅和着地里的稀泥成了一团团泥疙瘩，路边的庄稼算是白种了。

九丸跟着大人们再次回到象咀村时，进村的那条路已经臭了，路上到处撂着破豁开的羊肚子、羊肠子，羊漕屎洋洋洒洒到处都是。兵们把山上能找到的羊都赶回村子杀掉吃了，村里人平时搁在柴垛上的尿盆都被拿去当了盛饭的家什。

九丸九岁时，所有人都分到了土地。这一年冬天，大人们说从榆林一带迁来两百多户人口，娑婆镇就落了不少户。

九丸十岁时，中华人民共和国成立了。人们在县城的财神庙召开了庆祝大会，象咀村的老人们都说"天变了，变天了"，可九丸还是不太明白这是什么意思。

也就是这一年，九丸听母亲说二舅宗谦义在甘肃兰州西北野战军骑兵师担任了排长，路过陕北期间，曾骑马回泥塔沟看过外婆一回。

九丸十一岁时，清明节曾和父母去泥塔沟看外婆。满盈给包梅说起二舅的事，说他如今正在西北剿匪，信中说，如果这次能遇到当年的仇人沙地狼和萧铁狗，他一定会手刃仇人。

也就是这一年，象咀村成立了列宁小学，她和哥哥金川都在列宁小学念书。五里半路外的梅英和问余也在列宁小学念书。

不知是谁把两家定了娃娃亲的事情在学校里传开了，九丸和梅英都很生气。

金川长得秀气，学习也好，常是老师表扬的对象。问余呢？正好相反，瓷呆呆的，眼珠子半天不转一下，却整天吊着鼻涕，同样一个字，老师就算教上十遍他都学不会。几年学上下来，问余就学会个"上下左右，人口手足"，十以外的加减法他基本没有算对过。

"金川——梅英！九丸——问余！婆姨汉，捞捞饭，吃了捞饭炒鸡蛋！"学校里的孩子们常常这样拍手唱着，叫嚷着。

九丸最开始听到时气得直哭，后来一到放学就躲着走。

但孩子的注意力总是很快就被其他东西吸引，田水荣从外面回来时说县城放了电影，一群人在一块白布上唱哩跳哩，太稀罕了。九丸听父亲这样说，心里就盘算和想象着电影的样子。

又几年的一天，母亲和父亲带着金川和九丸急匆匆回了一趟泥塔沟，二舅宗谦义带着家人回来探亲，亲戚们都急着要去见他一面。

九丸觉得二舅和大舅长得很像，不过二舅一看就不一般。二舅妈是个外地人，脸很白净，只是说话口音大家都听不太懂。

九丸不太敢看二舅的眼睛，那双眼睛似乎一下子就能把人心探到底。她看得最多的就是二舅脚上的那双皮靴子，它们看着又软又亮。

九丸听大人们围着二舅问这问那，说得最多的好像就是打仗的事。而二舅竟然说起了她关心的那双皮靴子。

"唉，亲戚们都谅解，我这腿脚不便，左腿在剿匪中受了伤，短了两寸，亏得国家知道我出了力，不仅没有嫌弃，还专门给我安排了工作，订做了这双靴子，你们看，这是只高底的，刚好把那两寸给补上。就这，一走快还是不太稳当……这不，这几年没有常回老家来看我妈和你们……"

二舅说话间，九丸看到他眼中泪光闪闪，外婆和母亲也泪光闪闪。

"好在你如今转了业，还在省城当了个安装公司的科长，宗家总算出了个'当官'的人！"九丸听父亲田水荣说道。

"还得感谢国家的照顾和安排。"

二舅和二舅妈第二天就又走了，泥塔沟里路不好，二舅妈下坡时一路搀扶着二舅。听说从泥塔沟到他当科长的省城得走好几天。

日头就在象咀山的东西两边打转转，催着九丸和金川蹿起着个头。金川小学毕业后往南去了三十多里外的遂宁镇上了中学,九丸和梅英、问余上完小学就再没念过书。三人各自回家帮大人种地放羊,九丸的耳根总算清净了几年,不再为同学们讥笑她和问余的事而烦心。

金川十九岁那年,梅英就嫁过来了。梅英真的成了九丸的嫂子。她对田家所有人都好,人又勤快,象咀村里没有一个不夸她的。

象咀村人越夸梅英,九丸就越不安,越沮丧,越和田水荣怄气。

"大,妈!你们就眼睁睁看我嫁给一个愣汉?"有一次,九丸终于忍不住了,哭着问田水荣和包梅。

"咳,你这女子!你嫂子都过门儿了,人家要人样有人样,要本事有本事,她都没挑咱家咋样咋样,你现在能挑吗?咱能退婚吗?再说问余又不是真憨,只是不那么精明罢了。反正大这辈子不做言而无信的人!"田水荣拧着眉头道。他也体恤女儿,可是儿子儿媳你情我愿,如今生米也已做成熟饭,说什么都没用了。

包梅还是沉默,自从嫁到田家,她从来都是寡言少语。

家里只有爷爷和九丸最为心意相通,九丸从小就爱黏着田养鲲。"九丸,爷爷明白你的心思,可怜了你。你大说出去的话是泼出去的水,爷爷活了这么些年,也头回遇到这么件难肠事,要知道问余是这么个样子,你大打死他也不会允亲!"

"爷爷,我不想听你说这样的话,我只想要我大去退亲!"

"退?傻女子,这事可不简单。天下无不是的父母,你也不敢太性子强了,那不是逼你大哩嘛。"

"那你们都好活了,我咋办呀?"

"一人一个命,娃,这大概就是你的命。"

金川和梅英自然也知道九丸的心思,可他们谁也不能多说什么,也不知该说些什么。

渐渐地,九丸也不再提这件事了。

二十六

　　赶上自己牛,掂上自己楼,自己种瓜自己收,不要给人低头。
　　多种庄稼少种菜,吃穿有安排。

　这两年,洛河川的信天游唱的都是新社会的好。

　社会稳当,家家有地种,人人有饭吃,该种地的种地,该拦羊的拦羊,该上学的上学,该去做生意的做生意,这不就是洛河川人向往的光景?

　渐渐地,家户们的羊群又逐渐大了起来,缝羊皮袄的人自然也多了。

　洛河川几乎家家都有牧羊人,牧羊人个个都得有件羊皮袄,尤其冬日更是少不得。羊皮袄和放羊铲形成一个矛和盾的组合,放羊铲如"矛",羊皮袄似"盾",有了这两样东西,牧羊人才像全副武装的将军,统领着羊群去沟沟洼洼里征战。

　皮袄最怕披不定。

　是不是好皮袄,称不称得上好手艺,懂的人只看一处,肩膀。肩膀处做不合适,皮袄就重,就成了癞皮,成了拖累,没有了骨气和韧劲儿,给主家长不了精神。

门里出身,自带三分。

田养鲲刚出师单独缝的第一件皮袄就被质疑过。当时主家不信小田皮匠的手艺,他自己心里也没底,手心直冒汗。

"我娃做的这皮袄,你们披上要是往下掉,或是给牲口筛草时能溜下来,那这皮袄就算成我的!皮子钱我都赔给你!"父亲田合舟不慌不忙地保证。

那人把皮袄披上,扭着跳着,甩开膀子转着,可田养鲲做的羊皮袄披在他肩上像是生了根,岿然不动。

"养鲲,你一定要相信咱家的手艺,大给你教的不会差一分一毫,一个皮匠的心气要高,要能镇住你手中的皮子,这样出来的活儿保准让主家满意,也让你自己满意!"

这件事之后,田养鲲才正式出了师,他心里一刻也没忘记父亲的这几句话。

后来,洛河川最有钱的人家叫他们做狐皮筒子、皮坎肩、皮裤、皮褥子就成了常事。

他们在米脂县城的姜家做了报酬最高的一单活儿。

姜掌柜花心血从农户手里集齐了十五条清一色的红棕狐皮,专门打发人来请了田皮匠父子。父子二人在姜氏庄园里好吃好喝住了一月有余。

当两个皮匠的手从皮毛上轻轻抚过时,他们彻底陶醉了——看到好皮子不爱的皮匠算不得好皮匠,真正的好皮子要等上好皮匠也不容易。

十五条狐皮被田合舟父子拾掇得油亮耀眼,他们对待这十五条狐皮像对待十五个少女,他们细致地服侍,精妙地裁剪,万般珍惜这灵气蕴藉之物,似乎想通过自己的手重新唤醒它们于山林间奔跑的秀姿,于雪地里觅食时机警的神气。

一个月后,狐皮大氅缝好了,姜掌柜一上身,立即就像了戏文中的王爷。

"田家父子,你们总算没有糟蹋好东西。"姜掌柜慢悠悠道,他的稳重似乎一下子就收服了狐皮大氅上的精锐之气,十五个少女顷刻都成了他的贴身丫鬟。

姜掌柜是个孝子,又想给老母亲缝件胎羔皮坎肩,说是见蒙地那边的老太太穿过,又软和又亮堂。

田合舟略一沉吟,一狠心让姜掌柜专门留了只待产的母羊,嘱咐前两天不给饮水,第三天才从井子里打来冷水让它喝了个饱。母羊把冷水一喝,第二天就掉胎了,一张胎胶浓厚、毫毛紧凑的羔皮就到了皮匠手里。

可惜,姜家不几年后就败落了,这狐皮筒子和胎羔皮坎肩也不知流落到了何处。

田家院子的石院墙这么多年晾晒过咸丰年间的皮子,也晾晒过同治、光绪、宣统、民国年间的皮子。物是人非,动物和牲灵们的皮毛在这里得到新生,以另一种形式"存活"于世,甚至比第一个拥有它们的人"活"得更为长久。

现在,石斑点点的红砂石墙头开始晾晒又一个时代的皮子。

一张羊皮七块钱。田养鲲和田水荣给人家缝一张羊皮的手工费是三块钱。一件羊皮大袄大概得四张羊皮,算下来,缝一件大袄能挣十五六块。

每张皮子初送来时,田养鲲都会眯着眼在太阳下仔仔细细查看。他一会儿抓住头部,一会儿拎起尾巴,借透过的阳光检验有无鼠洞刀伤、虫蛀牙孔,如果有,他是要当面和主家说清楚的。这叫有话说在明面上。

凡是能被田皮匠收下的皮子都是好皮子。

每一张好皮子都像那个已死去了的牲灵的脾性,你得像它们还活着般去了解、驯服、调教,这样它才会乖乖听话,成为你想要的样子。

这也是田合舟当年对田养鲲的教导。

随着送来的皮子日益增多,田皮匠的大缸大瓮也重新精神抖擞了起来。

皮子在墙头晾干后,田养鲲和田水荣就开始忙碌着洗皮了。

皮子入缸,加温水,浸泡半天后捞出,再入另一口备着温碱水的大缸,以便清洗、刮除皮张上的油脂。之后,再把毛上的血渍、粪便等一一清除干净,第一道工序就算完成。

接着,田氏和包梅、九丸开始相伙①着熬制黄米糊,熬好的黄米粉按比例加入适量盐巴,和起后倒入瓮中。

田养鲲和田水荣一人站在一口瓮前,各自提起一张洗净的皮子缓缓浸入黄米糊,而后一手捏住头部慢慢上提,另一手从上往下挤压,如此三次,把皮子再全部浸入黄米糊中,封住瓮口使其发酵。

天暖时,发酵就在院里。冬季时得在炕头。

从入瓮后的第二天开始,瓮中皮子需每天早晚转动搅拌一次,每次半个时辰。三四天后,将所有皮子拎出沥水,再次刮除残余油脂、污物等,重新放入瓮中。泡制半月后,待到皮板捏干水后呈亮白色,皮子就算熟好。

这个熟皮子的发酵过程是最腥膻臊臭的时候。

皮匠的功夫不仅在眼、心、手上,鼻子也得算一样。

闻过熟皮子味道的人保准一辈子都忘不了。这味道,有人说像最臭的臭脚汗味儿,也有人说比茅坑的大粪还臭,还有人说臭得人头疼……奇怪的是田家三代皮匠都觉得不臭,冬天时,熟皮子的瓮就放在炕头,他们就在同一个炕上吃饭、睡觉。就连他们的婆姨娃娃也

---

① 相伙,陕北方言,一起、帮忙的意思。

都练就了这样的本事。

人们没办法,只能说要不是田皮匠家祖传鼻子就不灵,要不就是已经练功一样练出来了。

田养鲲和田水荣把熟好的羊皮捞出来,沥干水分,尾、腿都给拉平抻展,挂在木杆和绳子上晾干。晾干的皮板挺直坚硬,正是梳理毛的好时机,父子二人顺着羊毛自然的长势又揉又摸,还用笊子顺着毛势梳理了一遍又一遍,此刻,这两个大男人像是给小女孩梳理头发般细致,似乎生怕揪疼了这些皮板。

夜间,两人又将所有梳理好的皮子拿到窑里,再次用水喷湿,皮板对皮板扣合在一起,用烂被子遮盖着闷一夜。

第二日一大早,皮子挂在了门框上,田家父子一手紧拽皮张,一手握钩镰,脚踩钩镰绳,从上至下,一下下地钩铲,磕头般俯仰。

接着,田氏和包梅帮忙把黄米糊涂满皮板,父子俩加速快铲,把皮下与真皮层相连的部分削除干净。

这个铲皮的工序一完成,柔软、光亮、雪白的皮板就算正式成了。此时若用五个指头轻压,指头上就会传来一种世上少有的绵软——这种绵软连女人身子上最细滑的地方都比不得。

对于皮匠来说,裁剪与熟皮子等同重要,皮活儿的样式好看与否,穿着、用着是否舒服全在此一举,容不得丝毫差池。

一切上针线,田养鲲和田水荣便把心中的尺、眼中的光、指间的劲儿刚柔并济地合一,这时的他们,俨然又成了最灵巧的绣娘,每个针脚都如量过般匀称、整齐,看着这些针脚,洛河川上下最灵巧的女人都要认输。

洛河川上的羊子们把一切都给了主人。它们的皮毛经过田皮匠的手,在年岁里暖和了多少牧羊人的身心。

田金川却对皮匠做活儿丝毫不感兴趣,他总是躲得远远的叫也叫不来。这让田养鲲和田水荣有些意外,却又似乎在意料之中。金川赶上了好日子,他从象咀村的列宁小学毕业后上了中学,现在回来当了象咀学校的老师。

当老师好还是当皮匠好?

自然是当老师好,干净,苦轻,更受人尊敬。

倒是九丸喜欢看爷爷和父亲做活儿。她虽然是个女子娃,性格中却有几分男子气概,只要有空,不是帮奶奶和母亲涮黄米糊,就是在一旁帮爷爷和父亲扽皮子。

田养鲲爱这个孙女胜过爱儿子和孙子,他常常一边做活儿,一边给九丸讲过去外出做活儿时在大户人家的见闻,也只有在和九丸相处时,田养鲲古板的脸才显现出许多柔和与疼爱来。

九丸也算幸运,刚好赶上女子们开始放脚的时代,她和村里的小姐妹们谁都没受那份罪。

九丸也扎两条羊角辫,头发又多又亮。她的眼睛圆圆的,肩膀圆圆的,加上那翘翘的鼻头和肉嘟嘟的嘴,像极了春天时山桃花枝子上鼓鼓的花苞,有种毛茸茸的可爱和纯真的姣美。

对应着九丸,问余的样子也不时浮现在田家每个人的心里。

小学勉强上完后,问余就一直待在家里,种地下不了苦,其余什么都不会做,只能整日无所事事地村里村外闲逛。这些年,问余个子长得憨高,可以说方圆几十里都没有他这么高的人,他在门里进出时,十有八次都会撞着门框。

一打眼看去,问余是个年轻力壮的后生,可要再仔细瞅瞅就不难看出他迷蒙痴呆的神态。

问余走到哪里都是一副懒胳膊懒腿的松垮样子,偏偏还又爱练"武功",耍仗义,他常常攥着树枝对着树桩子左敲右打,嘿嘿出声,有几次还把自家的鸡都捉去款待村里的几个"弟兄",把他妈气得在硷畔上直骂。

这样的男人,嫁过去可怎么过光景呀?不光田家一家人愁,包括

245

梅英和象咀村全村的人都为九丸发愁。

九丸知道大家的心思，可梅英已成了田家的人，眼见着娃娃也生下了，她不嫁该咋办？

九丸暗地里愁苦着，挣扎着，她把所有的痛苦都发泄在了帮合作社干活儿这件事上。

九丸被分到了技术组，她和几个同样灵巧的姑娘负责拍地埂子和打矮墙。几个姑娘一起啪啪地挥舞着铁锹，她们拍过的土塄直挺、光滑，太阳下直发亮，队长都不知夸过多少回了。

"九丸啊，现在不比过去了，你大给你定的娃娃亲，这是犯法！"

"九丸，你给自己瞅个心里满意的小伙子，来个先斩后奏！"

"九丸，你看看问余那样子，他哪里配得上你？你嫁给他真是眼睁睁往火坑里跳！"

姑娘们一边干活儿，一边你一言她一语地讨论着九丸的事，帮她出着主意。

"唉，你们不明白，我嫂子已经过门了，一分彩礼都没要，现在我侄儿都会跑了，你们说，我不跟她的弟弟不就明摆着嫌弃人家，明摆着让我哥和嫂子难堪吗？"

九丸苦恼地蹙起眉头，抡起铁锹，拍土塄用的劲儿更大了。

"那你家把彩礼给杨家不就得了？两清！"

"唉，现在问题不是彩礼不彩礼，是我大心里过不了那一关！再说，要是我不跟问余，你们说问余他妈能饶得了我家吗？"

"哎哟，那个老婆子可不好惹！听说那一村婆姨加起来囔仗都不是她的对手！我还听说她在乡政府里有亲戚！"一个姑娘担心道。

"她不光是催！还给我大放了话，说要是我不嫁过去，她就要去告我大包办婚姻，要是告倒，我大得去坐禁闭，我哥教学的工作怕也得丢！"

"呀，这老婆子真够狠，她也是耍开赖了。九丸，那咋办？你真准备嫁过去？"

"我都已经拖了两三年了,最多再拖个一两年吧!"九丸直起身来,她愁苦地望向远方,似乎想找到一条能让她自由的路。

"唉,还说你呢,我也好不到哪里去,我大也把我给人了,从来没问过我愿不愿意。"另一个姑娘此刻也哀愁道。

姑娘们停止了议论,各自默默干着活儿,像是要把所有姐妹们的不幸和自己的心事都拍进土里,再修整成她们想要的样子。

娑婆镇人民公社成立了。

供销社、粮站、邮电所、小学也相继建起来。

听说供销社什么都有,七月放假间,金川和梅英把儿子鱼祥安顿给包梅让照看,夫妻俩带九丸背着平日里挖的一些药材走着去了娑婆镇。

娑婆镇供销社的院子里收购当地的山货特产,进进出出的庄户人吆着驴,驮着小马茹核、酸桃核、杏核、甘草根、柴胡、远志草、羊皮、羊绒这些东西来供销社卖,再买些日用品回去。

油盐酱醋、烟酒火炮、暖壶瓷盆、布匹鞋帽、针头线脑、纸张毛笔、农用工具……供销社的货架子让人瞅上一天都不觉得烦。

卖了药材,金川给家里买了十来个果馅,售货员小心用纸包好,又系上两根纸绳,这才安顿道:"这枣果馅可是子州进来的,皮酥得掉了一路!你提着也要注意,不敢磕碰,不然回到家就成一包渣子了!"金川笑着答应,又让售货员给拿了两条"羊群"香烟,买了一包洋火,倒了两瓶灯油。

梅英给自己和九丸各扯了一块花布,梅英爱粉色,选了粉红底子大白花的,九丸爱红色,就选了红底子驼色小花的。两人又买了两块洋碱,两个暖壶塞子,给鱼祥数了十几颗洋糖,给爷爷奶奶称了半斤冰糖。九丸还给爷爷奶奶另外各买了一块手帕。

一出供销社,梅英就带着九丸把扯好的布送去了赵记裁缝铺。早听说赵记裁缝铺安了缝纫机,做出的衣裳又平整又洋气,女的能做时兴的尖翻领上衣和蓝咔叽布裤子,男的能做整套列宁服和中山服。这些事,洛河川的女子婆姨们早就传遍了。

赵裁缝量了梅英和九丸的身材,让她们付了订金,说下三天后来取。九丸看着铺子里新式的缝纫机,觉得一切都那么新鲜,她瞅着那转动的缝纫机轮子和嗒嗒嗒嗒欢快跳动的针头,半天舍不得走。

出了裁缝铺,九丸还在想着那缝纫机,她甚至幻想着自己也坐到了缝纫机前,两脚轻巧地踩着踏板,两手按着新布料,在那轻巧好听的嗒嗒嗒声中,把裁好的布料慢慢推出去……

晌午饭时,三人进了镇里的高记小食堂。

第一次进食堂吃饭,三人都有些扭捏。金川细细看了一遍墙上挂的招牌,梅英也看一遍,九丸又看一遍,最后,金川和梅英要了两碗肉臊子面,九丸要了一碗粉汤,两个馍。

这一顿下来,三人花了一块多。出了食堂,梅英觉得有些心疼,金川挤挤眼睛悄悄说:"没事,大方点儿,爷爷和大缝半块羊皮不就出来了?他们挣下的还不得我来花?"

"快悄悄的,别让九丸听见了多心!"

"自己妹妹,怕什么?"

"哎呀,你让她听了心里更不好受……"

正准备回家,他们遇到了婆婆镇泥塔沟里的大舅宗谦怀,他吆了驴也来卖去年和今年挖的甘草根。

金川和梅英牵挂着鱼祥要回象咀村,九丸则想跟着舅舅去看看外婆,她想好了,回来时正好能去裁缝铺把新衣裳取上。

金川和梅英急匆匆走了,九丸跟着舅舅去牲口市那边转了一圈,又去供销社给外婆和妗子们买了些东西。宗谦怀见九丸这么有心,既高兴又心疼——高兴的是他看九丸穿戴整齐,说话有理,做事有心,给众人买这买那的,说明田家光景不错,妹妹包梅不用受罪;心疼的是外甥女的亲事他也知道。

二十七

远远地,九丸就照见了宗家院子。四个大院上下错落地占了半架山,虽然门窗院墙看起来已经陈旧,但仍能想见当年的气派。她曾与父母来过几次这个地方,虽说已来了几次,九丸还是觉得有些地方她没有去过。

外公如果还活着,他也是六十多近七十岁的老人了。

九丸常听母亲说起外公的故事。对九丸来说,母亲讲的外公像是很古老的书里或戏里的人。

宗家的三个老太太也像书里或戏文里的人。她们如今都是六十多岁的老妇人了,因为全部是小脚,平时也做不了什么农活儿,只在家里帮儿子和儿媳们照顾孙子,做些杂活儿。现在,她们的孙子孙女也都大了,用不着太操心,闲暇之余,便只做做针线,晒晒太阳,说说过去的事。为了自在,三个老妇人一人一孔窑洞,分住在宗家上下院子里。

九丸跟着舅舅到了院子里时,几个孩子正玩着拍掌游戏:

你一我一，层层裹衣
你两我两，豆瓣打掌
你三我三，三座银山
你四我四，四盘写字
你五我五，金堂过午
你六我六，桃花染绿
你七我七，七毛野鸡
你八我八，八面开花
你九我九，家家做酒
你十我十，十个老奶奶捏个大扁食！

九丸觉得这童稚的声音是院落里最为鲜亮的东西。

见过了几个妗子和姑舅，分发了拿的礼当，又在大舅家吃了晚饭，九丸就同外婆待在窑里不愿出去了。

听见九丸来了，三外婆和四外婆也来了这个窑里，四人一起坐在炕上说话。

窑里的煤油灯昏昏闪烁，外婆在灶火里添了一把柴，烧了滚水灌进暖壶。

九丸拿出给三个外婆买的手帕和果馅分发开来，又在灯下打量着三位外婆，想着她们年轻时候的样貌和故事。

"看快不快哦，包梅的女子都这么大了。"

"是哦，咱们像九丸这个岁数，才刚刚出嫁到宗家，一眨眼的工夫，现在都成老婆子啦！"

"你还说呢？觉也没觉见，这辈子就快下来了。"

三个老妇人像三条装满叹息的空口袋，松弛着，眉目低垂。她们习惯性地摸索着自己的手背，搓揉着粗大变形的关节，似乎以此来安慰自己。

"九丸,你嫂子对你妈可好?"满盈问。

"嗯,嫂子性格好,对我们都好!"九丸笑答。

"那你和问余的事……"满盈试探道。

"好外婆,你不要提他,一提他我就来气!"九丸噘着嘴道。

"唉,你这事确实难。不提了,不提了。人活一辈子要三起三落,可是不容易哩!"满盈拿起外孙女的手摸索着。

"是啊,娃娃,你还年轻,尤其女人,这辈子可难哩。"佩琴也叹道。

红叶好多年都不会说话了,她的眼睛也已不大好,灯光下,只悄悄而欢喜地用劲瞅着九丸。

九丸的眼睛又圆又亮,分明就是满盈当年的眼睛。

"外婆,你们给我讲一讲从前的故事,我妈不咋给我讲,我只知道个大概!"

"唉!从前啊。从前的故事太多了。我记得你外爷和你四外爷讲故事讲得好,什么奸臣害忠良、相公爱姑娘的故事他们都会!可惜你现在听不上了。"满盈叹道。

几个老妇人苦涩地笑了。

"九丸,你想听啥,让你外婆今晚睡下慢慢给你讲。宗家的故事真真就跟唱戏一样。"佩琴道。

灯光下,不知是九丸的样貌让她们想到了自己的过往,还是九丸如今的境遇让她们再次感叹着女人的不易,三个头发花白的老妇人眼中不知不觉都开始闪现着泪光。

"唉,都不要难受了。九丸,你听过口弦没?外婆给你弹一个!我们现在都不中用了,一没事就爱弹弹口弦,一弹起它,心上就好像什么也不记挂了,不盘算了。"

"外婆,你们几个太有本事了,我们村里现在还没有会弹的!我今天正好能听一听,学一学!"九丸高兴道。

快到八月十五了,月牙儿今天又长大一些。此刻,它正清楚地亮亮地在天上,给宗家院子洒了一层干净的辉光。

灶火中的柴枝逐渐成了火籽,在灶膛中发出通红的暖光。

满盈住的窑洞里,传来一阵并不响亮的口弦声。

三个老妇人同时拉着口弦上的细麻绳,鼓动着唇间的簧片,阵阵九丸从没听过的奇特声响立即回荡在窑里。

震颤的簧片似乎能在最低音和最高音之间随意切换,口弦声中夹杂着满盈和佩琴喉间发出的简单音调,像是悠长的叹息,又像是娓娓道来的故事,还像从地底传上来的某种呼唤,像某种早已失传的巫术……

九丸的心一下子就被摄住了,在这口弦的奏鸣和外婆们缓慢哼唱的曲调中,她似乎看到熟悉的洛河正朝着远方平静而无限地延伸流淌,河道拐出一道又一道大湾,积出一片又一片平川。她似乎看到了三个老妇人是如何从年轻美貌缓缓变为眼前皱纹纵横的老妇,看到了宗家院子如何由热闹红火变得萧条寂静,看到了自己还是婴孩时的憨态和自己将来白发苍苍的模样。

九丸似乎还听到了岁月中无尽的悲怆和不屈,听到了人对人刻骨铭心的思念。在这样的声音和吟唱中,有影影绰绰的赶着牲灵上路的脚夫,有外公们的音容笑貌,有在石窑中点着火把缝制皮子的老太爷田合舟,有象咀山快速而又缓慢地随着季节变换的颜色……

老妇人闭着眼睛,依旧弹奏着,哼唱着,她们耷拉的眼角逐渐再次被泪水洇湿,在弹奏吟唱中,她们觉得自己是天地间的三棵老树,被太阳照耀过青葱的模样,也被狂风暴雨折断过枝条,如今,只能在风霜里紧缩着无人可以安抚的心,只能在大雪中回忆起那些曾给过自己温存的胸膛和怀抱。

她们并不是专门为了九丸的到来而这样弹奏和哼唱。在无数个难眠的日子里,她们各自坐在灯下,独自把类似的曲调弹奏哼唱了成百上千遍,靠此把自己湮没到追忆当中去。也只有在这样忘我的时刻,她们才觉得以往的一切都还环绕身旁。

渐渐地,口弦声停了,灶火中的火籽早已暗淡,窑里窑外都静悄悄的,只有煤油灯继续摇曳着,把炕上四个女人的身影投到炕墙上去,每个影子的边缘都在微微颤动。

这一晚,九丸梦了外公,他骑着一头高大的骡子走在路上,那骡子戴着黄澄澄的铜串铃,铃子下还缀着一排红穗子。外公的面貌模糊着,但九丸在梦里知道他就是外公。她问外公:"你骑着骡子这么神气要去哪里呀?"外公朗朗地笑着答道:"我呀,我要去前面那个庄子里帮人处理一宗事情!多少人去了都说不好,主家请了我几回,不去不行啦!"外公似乎知道她就是九丸、是自己的外孙女般语气亲切。

九丸看着外公在骡子屁股上一拍,便随着那清脆的铃声走远了,只给九丸留下一个戴着毡帽的灰蓝色背影。

第二天早上一醒来,九丸就给外婆说了自己的梦,外婆抿嘴一笑:"他呀,常是大忙人,活着时就爱多管闲事,你看看,如今在那边还是这样。"

"外婆,你常能梦见我外公不?"九丸问道。

"能嘛,不过常梦见的都是以前的事,梦见年轻时我们一起在婆婆镇看戏,戏台上演的是《画扇面》,那个戏子匠虽是个男人,打扮起来比女人还俊……外婆还常梦见你老太奶拄着拐棍儿站在硷畔上。梦里的人还都是当年的样子,衣裳什么的一点儿都没变。"满盈缓缓道。

"外婆,那你想我外公不?"九丸突然又问道。

"想嘛!想也只能想,又能咋样?天灾人祸,躲也躲不过,逃也逃不开,生生夺走了几个男人的命。这窑里要是常不来人,我自己都觉得冷清清的,尤其黑夜里,我常裹着被子坐着,听外面刮风下雨,响雷发水,听那些虫虫雀雀叫唤。"

"外婆,我以后多来看看你,多来陪你说话。"九丸哽咽了,她拉着外婆的手,把那手贴到自己脸颊上去。

"唉,好九丸,你不要操心外婆,我如今只牵挂你二舅一家,其他也就这样,老年人的光景,有今天没明天,过一天算一天罢了。"

"听我妈说,二舅给你来信寄来了相片?"

"信是常来,相片也有,可哪有站在眼面前好,在眼面前了,我这当娘的还能看看他,摸摸他。"

"二舅腿脚不方便,你想想,他还管那么多厂子里的人,肯定也很忙。"

"是哩,我又想见他,又不想让他来回奔波。"

听了这些话,九丸觉得眼前的外婆是这样可亲可怜,如果可能,她愿意长久地陪着外婆,给她唱如今年轻人时兴的那些歌曲小调,给她讲年轻女子们如今的心事,带她去供销社买东西,带她去小食堂喝粉汤,总之,一切好东西她都想给外婆。

这天,九丸让外婆用篦梳档儿给她也削了个口弦,外婆从箱子里找出一个小小的绣着莲花的荷包系在口弦一端的孔上,小荷包下缀着两穗五彩丝线,看得九丸满心欢喜。

九丸心灵,一上午就学会了弹口弦,她给三个外婆唱歌,又试着用口弦弹奏自己会唱的曲子。其中有一首是九丸前些日子刚学会的《九九艳阳天》。

九丸站起来,整理一下辫子,拽拽衣角,像曾在列宁小学登台表演般在脚地上给三个老妇人一鞠躬,然后大大方方唱了起来:

> 九九那个艳阳天来哟
> 十八岁的哥哥呀坐在河边
> 东风呀吹得那个风车转哪
> 蚕豆花儿香呀麦苗儿鲜
> …………
> 九九那个艳阳天来哟
> 十八岁的哥哥呀告诉小英莲

这一去呀翻山又过海呀
　　　这一去三年两载呀不回还
　　　…………

　　三位老妇人出神地听着,这样的歌她们从未听过,九丸这次的到来像一阵清风,吹开了罩在她们心上的黑纱,让她们重新感受到了一股只在年轻时才有过的劲头,也唤起了她埋藏压抑了多年的欢欣。
　　九丸唱罢,就怂恿外婆也唱一段。
　　"唱就唱,不过九丸你不要笑话我们这些老婆子,跟你唱的一比,我们那些歌真是酸不溜溜地酸!"
　　"唱吧,唱吧,外婆,就像你们年轻时那样唱。"

　　　芦花子公鸡飞过墙,照不见哥哥照山梁。
　　　鸡娃子叫来狗娃子咬,红火不在人多少。

这是满盈唱的。

　　　鹁鸽鸽你喝得哟是消冰水,人家那欢乐咱们灰
　　　走东哎个走西哟你走去,你走在哎哪哒记我着
　　　人在哎那门外哟心在家,家丢下妻儿哟一枝花
　　　灶火里那没柴谁给你砍,缸里头没水谁给你担

这是佩琴唱的。
红叶只是看,嘴角偶尔出神地微微泛起一丝笑意。
　　九丸从外婆的歌声中听出了她们的惆怅和悲伤,也听出了她们的愿望。
　　她仔细品味着这些略带颤抖的歌声,想起她们的孤寂和对丈夫

的思念,心中不由又是一阵怜惜。这些古老的信天游里面,有男人女人的情爱,有他们在生活中不经意记住的细节,更有一腔子赤裸滚烫的生命热量无处安放。

九丸想着想着就想到了自己的心,它整日里在空中飘着,没法落下来,她也不知道将要落到哪里去。九丸觉得自己也像这些歌里的女人,怅惘满怀,忧愁阵阵。

九丸和外婆住了三天。她学会了弹口弦,学会了几首从前的歌子,她对三个外婆恋恋不舍。

走的这天,外婆嘱咐大舅去送九丸。九丸带上了外婆给她做的口弦,下了坡,走出老远一回头,硷畔上三个身影还定定地站着。

到了婆婆镇街上,九丸去裁缝铺取嫂子和自己的新衣裳。

一进裁缝铺的门,九丸就看到里面坐了一个和自己年岁相仿的女子,那女子正在赵师傅的指点下学着使唤缝纫机。

"赵师傅,她是你收的徒弟?"九丸忍不住问道。

"是啊,新收的,刚来了两天!"赵师傅笑道。

"我……我看见这缝纫机可好了,多少钱一台?"

"一百五!我从永安就能进回来!"

"那如果在你这学呢?学费咋交?"

"光学的话一年一百,包教包会,哦,吃住另算!咋,你也想学?"赵师傅一边说,一边继续指导那个姑娘做活儿。

"唉,我就是问问,真要学得回去和家人商量!一百多不是个小数目,我可做不了主。"九丸道。

"是哩,你想学的话回去问问大人,问好了啥时来都行!"赵裁缝道。

"好!"九丸痛快地答应了。

出了裁缝铺的门,一种莫名的激动在她心中冲撞着,她的心怦怦跳,脸颊也泛起一阵热气。她似乎模模糊糊想到一些事情,却又不甚明了。她跟在舅舅身后默默走着,看着舅舅微驼的肩背,九丸似乎看到些外公的影子。

"舅舅,我外公当年是怎么死的?"九丸和外婆在一起时,没忍心细问。

"你外公呀,说起来都让人揪心。土匪一刀就把他的头给砍了下来,就剩脖子前面还连着一丝肉……就在寨子前的草滩里,我当时就在寨子上。"宗谦怀叹息道。

"啊,那些土匪心咋这么残呢?"

"不杀能行吗?不杀他,宗家咋能倒台?他们咋能把钱拿安稳?"

"那我四外公呢?"

"你四外公更惨,被绑在纸堆里活活烧死!"

"还有我五外公呢?"

"他呀,直接被土匪绑走杀在山上了,尸首都没得回来。"

听了这几句,九丸的心被什么东西猛地一把揪紧了,她又想起了外婆们的口弦声和哼唱,想起了她们眼睛中深深埋藏着的伤痛。

九丸的眼泪在眼眶里打转,一种血缘深处、灵魂深处的亲切和怀念让她心痛得落下泪来。

二十八

这年腊月,田氏殁了,田养鲲一夜之间变得行动迟缓。

安葬了奶奶,过了年,又一个春天准时到了象咀村。

刚下过一场春雨,天灰沉沉的,洛河的冰已消完,河水浑浑,几只野花鸭逆流上游。

山桃花又一次打了花骨朵儿,阳处的草芽已冒了头,烧荒的火苗子在川地里不时闪耀,青烟弥漫在潮湿平坦的田野上,一切都在灰色中加温和酝酿,只有张开翅膀掠过洛河的喜鹊看起来黑白分明,光洁耀人。

一阵微微的口弦声从象咀山上响起。九丸穿了一件绛红色的薄棉袄坐在石头上,坐在微风里。她再一次弹起外婆给她的口弦,口弦上那个小荷包和丝线穗子在风中轻轻飘荡。

九丸的口弦声也许只有自己听得真切。她学着外婆们的样子,一边弹,一边哼唱。此刻,她不需要什么曲调,只是漫无目的地弹,随心所欲地唱。与满盈、佩琴那苍老颤抖的声音相比,九丸的声音年轻而空灵——如果说老妇人的哼唱像这春日里混浊的洛河水,冲刷着陈旧的泥土和枯草,那九丸的哼唱就是夏日晴天下的洛河,清澈得能看见河底泥沙和卵石。

九丸就这样弹着哼着,一只松鼠轻巧地从她身后跳过去,站在高处的石头上机警地张望。

九丸和问余成亲的日子就在月底。

去年冬天问余妈就想把喜事办了,不料遇到了九丸奶奶的白事。

正月里,公公和婆婆带她和问余去乡政府办了结婚证。

问余妈早早就在杨家峁和象咀村放出话来,娶媳妇的宴席直接上九魁十三花的席面子,可不能让九丸觉得委屈。

杨家很快把吹手也定好了。

九丸妆新的衣裳是由梅英和杨氏去娑婆镇买的布料,送在赵记裁缝铺做的。九丸对这衣裳一点儿都没过问。

随着出嫁日期的临近,九丸看起来愈发恍惚。她原本丰润的脸颊消减下去,面色黄蜡蜡的,像被倒春寒冻坏的桃花骨朵儿。包梅和水荣少不了每天唉声叹气,田养鲲心里也不痛快,他整日闷在做皮活儿的窑里忙活。

田养鲲正给九丸做一件羊羔皮的坎肩和一个口弦套子。这羊羔皮坎肩虽比不上胎羔皮,但也是他在娑婆镇精心挑买的好羔皮。九丸带回来的口弦那么妙气,配个硬朗一些的皮套子,也能保护好簧片。

九丸娘家的陪嫁是一对箱子和两床被子,走村串户的担子画匠把箱子整体油漆成了大红色,面子边缘用卷草纹围了一圈,正中漆画了一对瓶生牡丹,牡丹花桃红、粉红的花瓣和碧绿的叶子在大红底子的衬托下格外艳丽。

象咀村人都说这对箱子可是画好了。九丸也觉得好看,但是箱子上的花越好看,九丸就越难过。

当象咀山和骆驼脖子山上的山桃花全部盛开时,九丸被杨家娶走了。

她带了爷爷给她做的坎肩,带了外婆给她做的口弦,带了娘家陪嫁的花箱子和被子。在鞭炮唢呐声中,九丸没有哭也没有笑。

"我送闺女到婆家,家里少了一朵花,唉,满门的人儿灰塌塌。"田家人表面都在赔笑,可来的人都能看出他们一点儿也不高兴。

高兴的是杨家来的人,问余能娶到九丸这样的好女子,这让许多人家都羡慕不已,也让方圆的年轻后生们暗暗把田水荣骂了一遍又一遍。

杨家峁在象咀山后的山岭上,离象咀五里半。想到婆家离娘家这么近,九丸多少感到一丝宽慰。

新婚之夜,问余穿戴一新,嘿嘿傻笑着,不停往九丸身边蹭。九丸坐在炕上背着身,她看都不用看就知道那张脸此刻是什么样的表情。

九丸长这么大见过最丑的男人就是问余。

在九丸眼里,问余长得驴头驴脸,耳朵也长,一笑起来嘴巴就向右边扭曲着,她觉得他像个怪物。此刻,她感觉到这张脸在她身后笑,还不时发出让她恶心的咽唾沫声。

从前她总躲着问余,甚至从未直视过这张让她心里直打寒战的面孔,包括上个月去乡政府领结婚证时她都没正视过问余。直至今天,她与问余的洞房之夜,她才真切地知道自己逃不掉了。

九丸背对着问余,身上的汗毛都直竖了起来。她的心在抖,身子也在抖。

"九丸,嘿嘿,咱们睡觉吧。今天,是我们结婚,妈说了,我们要,要圆房!"问余说着,一只手搭在了九丸肩上。

九丸心里一紧,本能地把肩膀从问余手中闪开,她不敢回头,也不知该说什么,只能沉默。

"九丸,你不要怕,只要你乖乖听话和我睡觉,我就不打你!"问余一把掰过九丸的身子,他的脸一下子全部闪现在烛光中,九丸不禁闭住了眼睛。她的心呻吟着,嘶叫着,身体却定定地坐在那里。

她听到问余脱衣服的声音,听到他呼哧呼哧地喘着气上了炕,那带着酒味的气息接着喷到她脸上。

"九丸,九丸……我给你脱衣裳。"问余傻笑着,一双大手伸到九丸的脖颈旁去解衣扣。

"啊,不!你离我远远的!"九丸眼睛一睁,痛苦地低叫了一声,她抓住自己胸前的衣服,退着缩向炕角。

"九丸,你……你不要让我害气!我给你说,我不想打你。我那些弟兄们说了,婆姨要对得好一些呢,不然她就不给你怀娃!"

问余一边说着,一边跪着爬过来。

九丸本能地爬起来,想要逃到炕下去。

"九丸你别跑——"问余嘿嘿一笑,手臂一伸,便将九丸的一条腿拽住往回拉。

"你放开!"九丸蹬着腿,双手扒住炕沿,奋力挣扎着。

问余终于恼了,他岔开双腿一下骑到九丸身上,又一把抓住九丸的头发,另一只手捏住她的脸扳过来。

"女人就是让自己的男人……睡的!你不让老子睡,要留给,留给谁?"

"不,没有……"九丸挣扎着,两行泪水流到那扳着她下巴的大手上去。

问余起身,两手一翻,九丸就仰面躺下了。她还是无声地挣扎着,眼泪不住地淌。

"今天是喜事……又不是白事!你到底哭个啥?!你是不是真想挨打?"话音未落,一个巴掌便扇在了九丸脸上。顿时耳朵嗡嗡直响,九丸不敢相信问余真敢打她。

九丸发怔间,问余已经撕开了她的衣服,褪下了她的裤子。

"九丸,九丸……我的,我的婆姨。"问余嘴里喃喃着,一张大嘴直向九丸嘴上捂过来,随即整个身体压在了九丸身上。

"天哪！大呀——你给女儿找了个咋样的男人啊……"天旋地转间，九丸再也无力挣扎了，她紧闭着嘴，任由问余亲着她的脸，把臭烘烘的涎水沾到她的脸上，嘴上，鼻子上，眼睛上。

九丸脑子里许多情景交叠闪现着，她突然间忘记了自己正身处何方，在干什么，她的脑海里，此刻闪现着的是象咀山的一草一木，闪现的是荨麻草上毛茸茸的毒刺，闪现着奶奶被放进棺木时瘦小的身体，闪现着外婆家那高大荒凉的院墙……

九丸一动不动，死了般任由问余在她身上摸索，扭掐，顶撞。

她呆呆地看着窑顶，那里空无一物。

此时，问余和九丸的洞房窑外，角落里正悄悄藏着一个身影，她屏息听着窑内的所有响动，她听到九丸的挣扎和两人的厮打，听到儿子的叫骂，继而听到儿子气喘如牛，像是打夯般喉头发出一声声闷哼。黑暗中，她抿着嘴笑了，蹑手蹑脚离开了藏身的角落，回到了自己的窑里，轻轻闭上了门。

"掌柜的，这下不用操心了，问余和九丸呀，成了！"

"唉，咱的儿子咱知道，人家九丸受委屈了。"

"女人家跟了谁不一样？！还不是洗锅做饭、养儿抱蛋？要说委屈，咱女子不委屈？一分彩礼都没要，过去伺候田家老小，咱的委屈给谁说去？！"

"那人家金川毕竟是个正常人嘛，你看问余……唉，咱不能说亏良心话。"

"问余咋了？！少胳膊还是少腿？我不信他还让咱抱不上个孙子？男人终究要婆姨拾掇改造哩嘛，只要九丸对他好，他立马会不一样！"

"怪就只能怪我和金川他大当年意气用事。只要九丸不嫌弃问余，那杨家真是祖上积德了！"

"我看全凭是我催得欢，靠梅英把田家老小拿住了，不然，问余怕是连个婆姨都问不下！"

夜深了,月尽了,天上没有月亮,春风呼呼地从院里刮过,洞房窑窗子上贴的双喜字哧哧地响。

洞房的洋蜡依然亮着,问余的鼾声一声比一声响亮地起伏在窑里。在这鼾声中,夹杂着细微的、断断续续的啜泣。

九丸呆呆地望着窑顶,突然想起洛河川老年人爱唱的一个曲。

　　奴妈妈生奴九菊花,你给我寻的个丑南瓜。
　　毛疙瘩柳树空壳唧,寻得个男人是二屹梁。
　　喜鹊子飞在圪针林,好女子掉进了红火坑……

她想起那些老婆婆们唱这个歌时,总是笑嘻嘻的,似乎很高兴的样子,她也曾觉得这是一首"不成事"的酸曲,可是此刻,她才明白那些老婆婆们并不是高兴,而是受了一辈子委屈后的自我嗤笑,是无可奈何的呐喊。这支酸曲背后藏着的是女子们的委曲求全,挨打受气,是一个个凄惨的故事……

第二天,到了新郎新娘敬酒的时间,九丸说什么也不愿出来。

"媳妇啊,你们都已经圆房了,问余对你也是明媒正娶,既然已经成了我们杨家的人,今天就要给杨家撑起脸面!"杨氏气呼呼地进洞房窑说了几句。

九丸背坐着,头都没回一下。

杨氏没办法,给旁边的梅英使了个眼色。

"九丸,就算嫂子求你,算我们杨家人祷告你,今天是杨家待客的日子,你是新媳妇嘛,不和新郎一起出去多难看!就算是装你也装一阵儿吧!再说,女子家出嫁到婆家,一举一动都是娘家的教养,你这样,大和妈的脸面都挂不住啊!"梅英上了炕,攥住九丸的手恳切道。

梅英的几句话总算说到了九丸的心坎里,她默默点了点头。

梅英赶紧帮九丸梳好头,穿戴好,把她领出门去。

"哎呀,我婆姨出来了!你们看,我婆姨……俊,俊吧?"问余见九丸出来,呵呵傻笑着给旁边的人夸道。

"俊!俊!嫂子俊得像仙女儿!问余哥你好有福气啊!"几个小年轻连连附和着。

问余得意了,他走到九丸身边,一把扭住她的胳膊:"走!总管说让咱们敬酒!"

"敬就敬,你别拉我!"九丸掰开问余的手。

"好,好,你听话就好!"问余乐呵呵地把酒瓶递到九丸手里。

一圈酒敬下来,院中不知怎地突然都安静了下来,人们已经看出了这对新人是多么不般配,尤其看到新娘红肿的眼睛和脸上隐约的红印子,他们就已经猜到了她的遭遇。

尤其是作为娘家人来送九丸的金川和宗谦怀,他们坐在窑里另外摆的一桌席上,谁也不说话,只是一盅接一盅地喝酒。

吹手们一见院中冷了场,连忙吹起了最欢快的调子,杨家的亲戚们也强装着笑脸嘱咐着问余:"问余,你可是要好好对你婆姨哩!"

"哎——你们放心——我对她是真心实意……啊,真心实意!"问余笑着,左一杯右一杯地喝着,不一会儿便又双眼通红,满嘴酒气。九丸跟在问余身边,像被拴着的一只猫或狗,她面无表情,似乎什么也看不见,什么也听不到。

婚后第四天,天还不亮,九丸就偷偷跑了。

她小心翼翼出了她和问余住的窑,悄悄下了硷畔,撒腿就跑了起来。

她的一只眼框黑青着,头发凌乱。她不顾一切地顺着来时的路跑。

九丸一口气跑了五里路。她下了山,跑到了洛河边。

她顺着洛河往下走。象咀和骆驼脖子离她越来越远。

她也不知道自己要去哪里。她想躲开所有人,包括自己的父母和亲人。

洛河的水今天是清的。此刻它汩汩地流淌着,水波柔柔地拍打在岸边的泥滩上。

九丸在一块大石上坐了下来。她盯着洛河的水波看。

流水的声响让她逐渐平息下来。冷风从河谷中流过,刮到她被泪水蚀得发红的脸颊上时,九丸觉得双颊一阵阵发紧,一些皲裂的小口子又痒又疼。

又过了一阵子,太阳懒懒地上来了,风也变得轻柔暖和了起来。清晨的阳光中,一树树山桃花开得正旺,风中夹杂着湿润的河流气息,夹杂着隐约的山桃花香味儿。

九丸紧缩的心慢慢放松了。她蹲下身,撩起那清澈冰凉的河水扑到脸上去,她像头负伤而逃的母鹿在河边饮水,舔舐伤口。

九丸不想死。如果她想死,只需再往前走一点儿,那里就有几个石窝子,洛河水从石窝子上流过,窝子里的水少说也有三四米深。村子附近的一切她都再熟悉不过了。

九丸看着面前的洛河水,看着周遭的明媚景色,想着一起劳动的姐妹们,想着母亲和爷爷对她的慈爱,想着外婆们经历过的事情,想着生产队放过的电影,那些荧幕上青年男女的脸个个看起来那么幸福……她想着唱过的《九九艳阳天》,想着婆婆镇供销社里那琳琅满目的货物,想起赵记裁缝铺里那嗒嗒嗒的机器声……她留恋着这一切。

九丸,你有啥难过的?你的婚姻你不是从小就知道吗?这是你的命!你必须得面对和接受!实在受不了时你可以像今天这样跑,不是吗?哪怕就跑到这河边,跑到山上也比硬忍着要强!你大的诺言你已经帮他兑现了,你再不亏欠他了!

九丸心头自言自语着,她想起八岁时和家人一起"跑胡宗南"的事。

小时候跟着大人跑是为了活命,如今自己又要跑,如今这跑又是为哪般?也是为了活命吧?

九丸坐在那大石上,想着想着一阵困意涌上来,太阳暖暖地晒在身上,她不由蜷缩在石头上蒙眬睡去。

九丸——九丸——蒙眬中,她听到有人在喊她。

她听出来了,这是亲人们的声音。

九丸坐起来,看到家人们正沿着河岸正向她奔来。

九丸呆呆地望着他们渐行渐近的身影,她没有站起身,也没有答应。

"九丸!你可是把人给怕死了——你到这河边干啥?"梅英气喘吁吁道。

"妹妹,快回家吧,河边这么冷……"金川嗫嚅着。

"九丸,你可不要糟践自己!大……大知道你受苦了!大对不起你。"田水荣两行眼泪淌下,终于在女儿面前低下了头。

"九丸,跟妈回家,回咱象咀家。"包梅抹着眼泪,看着九丸神思恍惚、眼圈乌青的样子,除了呼唤女儿的名字,她不知再该说什么好。

"九丸,乖,回家,可不敢坐在这冷石头上。"田养鲲走到九丸身边,摸摸九丸的头发,"回家了再说,就算天大的委屈也不能想不开!"

"爷爷,你不要担心,我没事。我跟你回家。"九丸站起身,她抓紧爷爷的手,泪水又一次涨满了双眼。

二十九

杨钦山夫妇和问余都坐在田家院子里。

杨钦山满面愁容,杨氏一脸怒气。问余则呆呆地看着面前几只鸡在啄食。

"唉,看这事闹的!问余,你有啥不能好好说,非要动手打她?你把老子气死算了!"杨钦山站起身在儿子额上狠狠戳了几下。

"大——我,我看出来了!九丸她根本不愿意跟我……跟我在一起!你们不是常说,打到的婆姨,揉……揉到的面吗?不打她,不打她不听话!"问余咧着脖子犟道。

"你打娃娃干啥哩?像九丸这性格,我看就该打!动不动还学会了跑——跑!我看她能跑到哪里去?"杨氏恨恨地剜了杨钦山一眼。

"愣老婆子,你就不怕?万一九丸想不开,出了人命该咋弄?"杨钦山跺脚道。

"就算她死了也是自己寻死,又不是咱们把她杀了!问余和九丸是领了证的合法夫妻,又不是强奸她!"杨氏一脸不屑。

有了母亲撑腰,问余脸上又浮现出迷茫和得意的神色:"妈,我们,我们真……真的不用去寻九丸？"

"寻什么，是她自己跑了的，咱来这儿是和田家要人！他们不是寻去了吗？让他们寻去！"

"唉，我咋遇上这么两个仇人！"看着问余和婆姨的样子，杨钦山痛苦地抱住头蹲在了地上。

田家人带着九丸回来了。杨钦山拉着问余讪讪地站起来，不知该说什么好，杨氏却还是一脸不高兴。

"你们杨家今天得给田家一个交代！九丸这女子在我们家从来没人舍得动一根指头，骂她我们都嫌话重，如今出嫁到你杨家才几天，你们就把我娃给打成这样？"看着杨氏的脸色，田养鲲再也忍不住了，他指着九丸脸上的黑青，气得胡子颤动。

"谁叫……谁叫九丸她不听话？她要是……要是愿意乖乖跟我睡觉，我打她干什么？"问余还是一脸不服气。

"唉，娃娃呀！婆姨汉之间，心先要挨在一起呢，你就靠打的话，越打越远！"田养鲲在地上噔噔地杵着拐棍儿道。

"我们问余打人是不对，不过实话说哩，你们九丸这脾气也够大！就算问余天天乖哄，怕她也不愿意！"杨氏夸张地拉长着声调。

"弟弟！你咋这么不不争气？你看现在事情闹的！如果我是你，我对九丸不知要咋好哩，咋可能舍得动手打？"梅英说着也抹开了眼泪。

"我们问余就是人有些笨，得不了那个窍道嘛！都说男人要靠婆姨慢慢指教，我看九丸从来都没把问余当她男人！儿大不由娘老子，我们总不能跟在问余屁股上天天照着吧？"杨氏又道。

"不管咋样，问余打九丸就是不对！你把我娃娃哪里打坏可咋办？问余，你人高马大的随便动动手指头女人怕都受不住，何况你还这么打。"包梅泣不成声。

田水荣和杨钦山此刻耷拉着脑袋，不敢说一句话。

争执了许久，两家人才达成了一致，九丸先在娘家住着，等伤好了杨家再来接回去。

"九丸,你跟我回家嘛!我……我再也不打你了。"听到九丸要留下,问余有些慌,他走到九丸跟前保证道。

九丸看也没看问余一眼。

"问余!走,咱回!我就不信谁家的女子出嫁了还能在娘家住老。过几天九丸就回来了!"杨氏一拉问余,头也不回地走了。杨钦山灰溜溜地跟在婆姨身后,像条软塌塌的尾巴。

"哎呀,梅英,你妈厉害!人老几辈子也没见过这么厉害的女人!"田养鲲叹道。

"唉,爷爷,大,妈,你们都不要放在心上,我妈就是这么个人,她是我妈,我能把她咋样?你们可不敢把怨气发送在我身上!我觉见这些年咱们一家人都和和气气的,好着哩不是?"梅英苦笑道。

"对,梅英说的有道理,唉,我也一样,能把丈母娘咋样?"金川一边给梅英赔笑,一边也苦恼道。

"你们都不要说了,我的事情我自己处理。是我对不起你们,给家里添麻烦了。"九丸总算说了话。

可话一说完,九丸就软软地要跌倒在地。

"包梅,你快扶娃娃去炕上睡一会儿!唉,我估计这几天娃都没睡过个好觉!"田养鲲叹息着。

"九丸啊,我知道你心里怨我,可如今还能怎么样呢?一切只能走着看了。"田水荣坐在炕沿上,垂着头低低说道,像是给九丸说,也像自言自语。

就在田家人发愁着九丸要被杨家人接回去时,老百姓传说了很久的洛河水利工程开了工,象咀往南的遂宁镇水库正式开修,问余人高马大,被抽去一起打大坝。

洛河川的百姓都传说这水库可不简单,图纸是由苏联人设计的。

听到这个消息,田家人长长舒了口气,九丸也才算有了些精气神儿。

夜间,九丸来到爷爷做皮子的窑里。

"爷爷,我从前不觉得做人有多难,现在咋觉见这么难?像有可多条绳子绑在身上,让我跑不动,跳不起。"九丸的眼睛在灯下闪着哀愁。

"好娃娃,每个人都有每个人的艰难!啥时候觉见艰难了,人生才算真正开始啦!小时愣得不懂,等长大明白事理了就逃不掉了。人不都是这么一辈一辈过来的?"田养鲲一边缝皮,一边缓缓说道。

"爷爷,那你活到现在,遇过最难的事是啥?"

"最难的事?那就是跟你老太爷学缝皮子之前吧。那时我才七八岁,一张羊皮提起来比我人都高,我那时觉得皮子要是蒙在我头上准会把我给捂死。"

"那你现在还觉得难吗?"

"现在啊,现在还觉得难!有些事生来好像就没有啥解决办法,你只能硬着头皮往前走!暂时没啥办法的,就先撂在一边,只能受着。"

"爷爷,也就是说,从小到老,人就没有啥时候是容易的?"

"是哩!你还不到三十!你想想自己从小到现在经过的事就明白了。九丸,听爷爷的话,高兴些!人这一辈子可短了,能笑的时候你就不要哭!"

"我听爷爷的话。爷爷,我想了几天,我要去学裁缝!你觉见咋样?"

"裁缝?裁缝好,裁缝比皮匠苦轻!想学是好事!你问过你大了?"

"我先和你商量,爷爷觉得这是好事的话我再去和我大我妈说!"

"当然是好事!有一门手艺不管到哪里都饿不死。你问没问学裁缝得多少钱?爷爷给你出这个钱!"

"我在婆婆镇问过赵裁缝,连吃住共得一百多,包教会!"

"到底还是现在的缝纫机快嘛！你看,爷爷这老手艺恐怕就要过时啦！"

"哪里能过时？爷爷做的皮活儿洛河川谁都比不过——爷爷,你缝皮,我给你弹口弦吧？"

"这才像我的孙女儿！你弹吧,弹个你最拿手的！"

九丸拿出口弦,悠悠奏了起来。她一首接一首为爷爷弹着自己会唱的那些歌子。

声声口弦在暗红色的石窑内回荡着,共鸣着,红红的灶火热烘烘地发散着热气。灯下,老人的手已不再如从前那般灵巧,偶尔指头会在针上打滑,他的眼睛也混浊了,不时要揉一揉才能看得清楚。

他的孙女却正是最灵巧的时候,此刻,她的手飞快地拽动着口弦的细绳,手腕白水萝卜般晃动。口弦声变化着从她肉嘟嘟的唇间传出来,诉说着年轻人的心思和愿望。

灯焰,火光,白发老人,黑发少女。这一老一少此刻正如一幅浑然天成的图画,展示着人生中的轻和重,暗和明。在这画卷中,似乎有着一秆无形的神圣天秤,这端是年轻和热血,那端是衰老和平静,这端似乎要重于那端,然而,天秤完全处于平衡状态……

九丸要去娑婆镇学裁缝了！这个消息立即传遍了象咀村,很快也传到了杨家。

"依你看,九丸学裁缝是不是件好事？要不要去挡住？你说她这一学,不就比问余又高了一等吗？"杨氏皱眉愁道。

"学什么是人家的自由,女人家学裁缝,正理三行,问余今年不也去遂宁镇打坝了吗？再说,你把九丸接来让她干啥？"杨钦山道。

"我就觉见这女子越来越不好笼驾了,将来还不知道是不是咱杨家的媳妇儿！"

"你操的心就太多了！将来再说将来的话不行？谁长前后眼着哩？"

"我就是丑话说在前头！洛河川的小媳妇和大女子跟上人跑了的又不是没有。"

"我看九丸不是那号人！她要是想咋样,这几年早就有动静了,还能乖乖和问余去领结婚证？不管两个娃娃过成咋样,我看九丸是个心诚的女子。"

"你后脑勺长反骨了？咋还向着人家说话？！"杨氏眉头一皱,双手一叉腰,指着杨钦山就骂,"你那贱嘴头子,当年说都不给我说就惹下这码子事,如今你是癞蛤蟆跳门槛,又蹾沟子又伤脸！我把你个老不死的！"杨氏越骂越来气,炕上操起扫炕笤帚就去打杨钦山。

杨钦山又好笑又好气,一边往外跑,一边叫嚷着："我觉见人家金川好着呢,你女子能跟了金川也算福气！你这死老婆子看见外孙孙不亲？啊？现在说这种风凉话,不怕人家听见笑话？"

"谁敢笑话老娘？我看就你个贱嘴子笑话！我让你笑话,让你笑话！"杨氏挪着小脚跑着,抡着笤帚把子一路追了出去,二人在院中追打起来,恰好被庄里几个半大小子照见了,那几个小子就吼了起来："哎哟——好看真好看！老婆打老汉！稀奇真稀奇,母猪倒把公猪骑——"

"看你妈哩！再看等奶奶上来戳瞎你们几个鬼仔仔的眼——"杨氏不追老汉了,站在碾畔上冲那几个小子骂了起来。

几个小子面面相觑,一溜烟跑了。

第二天,杨钦山脸上烂着三四道去地里干活儿,庄里人见他都问："唉,老杨,你脸咋了？又和婆姨打架了？"

"谁跟那号婆娘斗阵？没意思！我这脸是让猫抓的！"

"没见你家喂下猫嘛？"

"刚逮的,刚逮的！"

"哦,又逮了一只啊——"

"嗯嘛,先前那只早跑啦——"

清明一过,田水荣带着生产队的介绍信送九丸去了婆婆镇。

父女二人吆着驴,驮了九丸的铺盖卷和她的几件随身衣裳,九丸揣着爷爷给的一百块钱,心里暖烘烘的,她的烦心事一下子像座山般被绕过去了,她觉得空中的气息都是新鲜的,自己像被突然解开脚爪上绳子的一只麻雀,现在终于能扑腾着学飞了。

算上九丸,赵裁缝店里如今已收了四个徒弟。从去年冬季开始,裁缝铺响应公社号召,成立了"裁缝班",义务为婆婆镇公社社员制衣。这四个徒弟既能自己学本领,也能帮赵裁缝分担些零碎活计,算是两全其美。

赵裁缝说是收学费,也只能偷偷收。田水荣带九丸交过学费和住宿费,伙食费就不用考虑了,如今婆婆镇吃的是大锅饭,所有人直接去公社大灶上去吃就行。

赵裁缝在对面巷子里赁了一孔窑洞,九丸就和那三个女学徒一起住在窑洞里。

"九丸,大给你说,你现在也大了,做事可要想算着做!你……你现在是问余的婆姨,生是杨家人,死是杨家鬼,可不敢做出啥伤风败俗的事来。"田水荣吞吞吐吐嘱咐道。

"大……你放心,我在婆婆镇谁也不认识!再说了,结婚证都在家里摆着呢,我能跑到哪里去?"九丸看父亲难为情的样子,爽快地安慰他。

赵裁缝四个学徒都是洛河川的姑娘。另外三个分别叫换子、毛心和富娥。

换子生得秀丽,瓜子脸,双眼皮,薄嘴唇,头发细黄还有些自来卷,常编成一个麻花辫垂在脑后。她大九丸两岁,也结了婚,但命似乎比九丸更差,一天学也没上过不说,还缠过一年小脚,男人又是邻村不成事的二流子,游手好闲,种地没苦,全靠老人养活。去年换子刚生了一个娃,娘家人又不让离婚,没办法只能自己出来学个手艺,盘算着将来好养家糊口。

毛心是个塌鼻子、小眼睛、皮肤黑黑的姑娘，她上过小学，与九丸同岁，暂时还没寻下婆家，她不想一辈子种地下苦，就硬磨着家人把她送了来。毛心虽然长得不算漂亮，但她有种英武之气，利落的性格让九丸觉得和她在一起很安心。

富娥也上过几年学，小九丸两岁，还没有出嫁。她是鹅蛋脸，眼睛虽大，却有些呆，眉毛和唇边的汗毛都很重，胳膊和腿上的汗毛也很长。她说打问自己的人倒是有，可就是没她能瞧得上眼的——九丸第一次来赵裁缝店里见过的学徒就是富娥。她似乎有些笨，听说已经学了半年多了，可看起来还是毛手毛脚、粗心大意的，给人感觉是心一天不知在哪儿用着。

九丸、换子和毛心来的时间差不多，都算是富娥的师妹。

三个学徒从基本的打杂、熟悉工具开始学。她们每天都把赵裁缝店里收拾得干净整齐，赵裁缝要用的熨斗也早早就给热好。

四个姑娘一两天就混熟了。她们早晚相跟着，吃饭、干活儿、休息都在一处，亲姐妹似的。夜间睡下，她们彼此询问各自的家庭和村里的杂七杂八，每晚都叽叽呱呱说到深夜。

这四个姑娘成了婆婆镇街上的一景，因为她们进进出出常在一起，邻居们和大灶的师傅都叫她们"裁缝班四女将"。

十来天之后，赵师傅就教九丸、换子和毛心开始用空针缝布，为的是让她们练到手心不再出汗为止。因为之前都有在家做针线的经验，三个姑娘上手都快，四五天下来就能捏四到六层布，手也练得顺溜柔软了起来。

又过一月，配纽扣、锁扣眼儿、做口袋、压门襟子、缝边缝儿以及一些简单的衣物修补工作九丸便能拿得下来了。换子和毛心学的稍微慢一些，尤其锁扣眼儿，看着容易，做起来可是考验人，一旦做得不够美观，就会像一张漂亮的脸上烂了几个口子。所以，这关是每个裁缝都得过的。

天气渐渐暖和起来,日子也长了,每天下午吃了饭,"四女将"都要去洛河边走一走,散散步,相互交流着会唱的歌。九丸不时弹口弦给她们三个听,还说等闲下时就做三个新的口弦送给姐妹们。

九丸心中的郁结慢慢散开了,脸庞重新饱满起来,眼神亮亮的,笑声不时从唇间溢出来。这是她有生以来从没享受过的自由和快乐。

三十

四月时,公社的大灶解散。人们一片唏嘘,有惋惜的,有叫好的,四个姑娘倒没觉得什么,她们自己排了个做饭表,每日按照表上轮流做饭、洗锅。

四月二十八这天正是小满。晌午时,九丸几个正在店里,突听门外有人闷声闷气地叫着:"九丸!九丸!你出来!"

九丸揭开门帘子一看,不由倒退几步。

问余正黑水汗脸地站在门外,牛一样的眼睛直瞪着她。

"你来干什么?"九丸走出去,没好气地问道。

"你是我婆姨,我来……我来看看你。"问余这段时间被晒得黑明黑明的,看起来更丑了。

"我有啥好看的?!"九丸再不愿瞧他,冷冷道。她知道,店里的三个姐妹此时正在门帘缝儿里偷看呢。

"九丸,晌午了,我带你去吃饭,去下……下馆子!"问余伸出手一把逮住九丸的胳膊。

"你放开!我不去!"九丸挣扎着,不敢大声叫唤。

"哎！哎——问余！你吃饭把我们三个也叫上嘛！"毛心一掀门帘子出来，接着，换子和富娥也闪了出来。

问余放开九丸，嘿嘿一笑，不好意思地在自己头上后脑勺摸了一把："你们……咋都认得我婆姨？"

"我们四个一搭当学徒呢！我们现在结拜成干姊妹了！"毛心笑着道。

"呀，我……那我不是多了三个小姨子？好事情，好事情！"问余嘿嘿地笑着，嘴又扭到了一边去，脖子上的青筋也抽动着，看得毛心、换子和富娥一阵心悸。

"走吧，九丸，问余说要请咱吃饭哩！不吃白不吃！走吧！"毛心给九丸使了个眼色，意思是街上人来人往，不是耍脾气闹事的地方。

"问余，那你准备请我们吃啥？"

"这些小……小食堂，你们随便挑！想吃啥就吃啥！"问余潇洒地迈开两腿，大踏步走在前面，似乎能带着四个女人去吃饭是他的荣耀。他肩膀上挎着一个时兴的帆布挎包，挎包盖布下正露出一角红色。

"九丸，你看，问余肯定是给你买了红纱巾！"换子眼尖，悄悄给九丸说。

"他的东西我才不稀罕！给我我都嫌脏！"九丸一撇嘴，甩了甩胳膊。

"唉，你们也真是冤家路窄！"换子叹道。

问余自顾选了一家食堂，一坐下就问道："你们这儿最……最贵的是啥饭？"

"鸡羊二肉剁荞面，也能要馍跟烙饼！随便点！"

"那就给咱上五碗鸡肉！羊……羊肉我们不稀罕，常吃着哩！再上十来个馍！"

问余一人就占去了桌子一边，九丸、换子、毛心和富娥坐在另一边。

"看样子,问余还可舍得给你花钱哩!"富娥戳戳九丸,悄声道。

"就是,看见还阔气得不行!"毛心也低声说。

"唉,你们都不要说了。他呀,这儿有问题!"九丸指了指自己的脑门儿。

肉上来了,问余冲四人呵呵傻笑几声,抓起一个馍说:"来,小姨子们!吃!"话音未落,半个馍就进了嘴里。紧接着,他直接用手捞起一块鸡肉,连骨头带肉咬得咔嚓直响,鸡汤从碗里一路洒到他衣服前襟子上去。

"呀——好牙口!你连鸡骨头都吃了?"饭馆老板惊讶道。

"这点碎骨头算啥?我……我会武功!"问余一边嘎嘣嘎嘣地嚼着,一边又现出一副得意的神色来。

换子和毛心、富娥看得目瞪口呆。她们这才知道九丸告诉过她们关于问余的事有多么可怕。

她们瞬间没有了胃口,面前香喷喷的鸡肉也一下失去了诱惑力,她们为九丸有这样一个丈夫而难过着,心痛着。

"来,好好吃嘛!能笑的时候就不要哭!这是我爷爷说过的名言!今天你们不好好吃可对不起这几只鸡!"九丸突然笑了,她大声招呼着姐妹们。

"好,吃就吃——哎呀,香!"毛心夹起一块鸡肉送进嘴里,夸张地叫道。

"来就来,咱都吃吧!"换子也笑着叫道。

"就是,就是!"富娥也附和道。

四个姑娘假装高兴地吃了起来。问余一看她们的样子,更来劲儿了,一边抖着腿,一边拎起一只鸡腿送进嘴里。

"哎呀,老板,你们食堂做的还就是比我们自家做的……好吃!"他一边吃,一边口水四溅地夸赞着。

那老板已看出问余有些不对劲,幸亏此时店里没其他人,他便赔了笑:"那你们多吃点儿,多吃点儿!"说完便躲到了门外去。

吃了饭,问余付了钱,拿袖子把嘴一抹道:"这下吃美啦——走,九丸,咱们到……到你住的地方走!"

"我们四个一起住!你还是不要去了吧!"九丸恼怒道。

"大白天的你怕什么!我……我就是去认个地方,下回来了就能寻见了嘛!"问余瞪大眼,露出无辜的神情来。

"好,那我们陪你去看看!"毛心再次站出来圆场。

"还是人家这个妹子……嘿嘿,这个妹子脾气好!"问余嘿嘿地笑了。

到了九丸她们住的窑洞里,问余一屁股坐在炕上,四个姑娘齐齐站在地上。

"好!九丸,看你住的也好,我就放心了……妈让我……我专门请了两天假来看你!"问余晃动着两条长腿,那挎包始终背在他身上。

九丸没有作声。

"噢——我给你买了一块纱巾,你看,你看!"问余突然记起了挎包里的东西,见那纱巾有一角露在外面,两把拽出来,皱巴巴地递给九丸,见九丸也不伸手接,就把它抖开胡乱叠了一下放在炕上。

见几个人都不和他说话了,问余下了地。

"九丸……还有小姨子们,我走呀!我要去工地上了!"

"哦,哦,那我们就不留你吃后晌饭了……我们几个也赶紧要去裁缝铺,下午的学习时间到了!"换子连忙道。

问余出去了,四个人听他扑沓扑沓的脚步声逐渐消失,毛心又出去照了一回,说看见确实走了,九丸这才舒了一口气。

"哎哟,我的妈呀,今天才算见识了!九丸啊,我都不知该说啥了,看来,你们婆婆还照你着哩!"毛心道。

"如果我是你,我大再咋说我都不跟!"富娥拿起笤帚,用力扫着问余刚刚坐过的地方。

"我看你们以后根本过不下去！九丸,你好好学手艺,将来要是有啥变动,你也好有条出路！"换子搂住九丸的胳膊,真诚地说。

"唉,再不提了,一提我就头疼！换子姐说得对,咱几个都好好学,不是为别人,就为咱自己的将来！"九丸脸上的阴云很快散去了。她把炕上的红纱巾一把揉成一团,扔进门背后的垃圾筐子里,又把炕上的护单几下拽起,拿出去在盆子里几把搓洗了搭在院子中。

"好了,姐妹们,我们快走吧！"九丸笑道,似乎已把问余带来的不愉快也从心里洗掉了。

赵师傅加强了对几个徒弟的训练。

赵师傅的手艺是在延安学来的,他的师父怎么教他,他就怎么教自己的徒弟。

现在到了练"快"练"准"的时候了,除过富娥,九丸、毛心和换子天天在滚水碗里捞针,三个姑娘在家经常干活儿,手算不得细皮嫩肉,但起初几次仍被烫得哇哇直跳。

碗里水一凉,赵师傅就让换水,练了两天,三人便能蜻蜓点水般轻巧地拈出针来。

这关一过,赵师傅又给四人发了四小块牛皮,富娥的基本功不过关,从这关起要跟着师妹们一起重新来过。

四个姑娘一有空就拿着针反复在牛皮上穿过去,拔出来,拔出来,穿过去——这练的是裁缝的手力和"快""稳"。

日子在针眼中一钻就溜走了,基本功一扎实,赵师傅又开始给学徒讲解缝纫机的构造、原理和使用、修理方法,店里一共有两台缝纫机,四人轮换上机实践,练习各种收针、沿条纹、切直裥和滚条的缝制操作技术。

端午前,裁缝铺放假三天,赵师傅和学徒们各自回家过节。

九丸去供销社称了点粽叶、软米和红枣,又买了些彩色丝线,还给爷爷、父母和哥哥、嫂子、小侄儿都买了点东西,她惦记着自从来婆婆镇都没去泥塔沟再看外婆,又想着等自己手艺学好了,好好给外婆做两身衣裳再送去。

在供销社她碰见了象咀村的几个婆姨,她们也来婆婆镇买东西,九丸正好和她们相跟。

一路上,几个婆姨好奇地问九丸怎么学裁缝,赵师傅怎么教,九丸一一讲给她们听,尤其讲到滚水碗里捞针时,几个婆姨听得直笑,她们都让九丸好好学,等学成了她们都来找九丸做衣裳。

九丸离开象咀村时是三月,仅仅两个多月,她竟然觉得象咀村有些陌生了。

田养鲲打量着孙女,这两个月里,九丸变白了,变洋气了,同时也变得精神了。

田水荣和包梅、金川、梅英看着九丸的样子,都觉心里宽慰,似乎是全家人都亏欠了这姑娘些什么,只要九丸能高兴,全家人就都赎了罪。

金川杀了两只鸡让母亲炖了,梅英和九丸泡了软米,在院中洗好粽叶红枣,又去象咀山上拔了些马莲叶子用来缠粽子。

端午这天一大早,九丸和梅英去山上拔艾草,她们趁着露水,按照洛河川的风俗,鹿吃草那般低头用牙齿把艾草咬住拔起来。听老人们说,这样拔起的艾做的艾绒用来灸风是最好的。

包梅早早给鱼祥的肩膀上缀了艾鸡艾虎,又搓了五色花绳给家里每个人手腕脚腕绑上。女人们绑得更多,包括戒指、耳环都换成了花绳。

田养鲲温了一壶酒倒在碗里,挑了一指甲盖雄黄,然后端着雄黄酒走在外面,食指和中指在酒碗里蘸蘸,对着空中,对着地上和窑沿上那三个刻着图案的石条弹了一遍。

"爷爷,这三个石条子上的花纹倒究[1]是啥意思嘛?年年看你要敬

---

[1] 倒究,陕北方言,究竟的意思。

它,大年夜还要对它烧香!"九丸不禁好奇道。

"这个呀,我听你老太爷说——他也是问了先生的,说在咱这洛河里,上古年代就有很多长着娃娃头鱼尾巴的生灵!你看,这图案上圆圆的就是它的头,头上还有眼睛,下面就是身子和鱼尾巴!你老太爷说,谁要是能在洛河里看到这样的鱼,他自己和他的子孙后辈都会过上最好的光景!"

"真的?我也想看见!"九丸和梅英不禁异口同声道。

"那你们以后去洛河边就注意瞅啊,说不定哪天真的就看见啦!"田养鲲笑道。

前响粽子刚煮熟,问余的身影就出现在了田家院里。他提了一只老公鸡,说是过节了,一来看丈人,二来顺带接九丸回家。

九丸一见问余来,扭身就进了窑。

田水荣和田养鲲、金川搬了板凳同问余一起坐在院子里,包梅给他倒了碗水,几人问了些他在遂宁水库工地上干活儿的情况。

"九丸,你一共才放两三天假,明天又得去镇上,你要是不想回就不要跟着他走,我给他说去!"梅英进窑悄悄问缩在炕角的九丸。

"嫂子,我真不想回去。你知道问余的脾气,要是再把我打上一顿,我鼻青脸肿的还咋去裁缝铺?"九丸拉着梅英的胳膊,几乎要哭出来。

"九丸,你别急,我知道。我这就让他走,省得他在这里难为你!"梅英安慰九丸道。

"问余,你回吧,今天是节令,你赶紧回去跟大和妈过端午去!"梅英走到问余旁边对他道。

"姐,我是来寻九丸回家的!她是我……我的婆姨,为啥不能跟我回家?!"

田养鲲和田水荣都点上了烟,吧嗒吧嗒抽着,沉默着。

"问余啊,我给你说,这是你和九丸结婚的头一年,咱洛河川人讲究头一年端午时,女子要在娘家'躲端午'哩!不然对婆家人可不好!不吉利!"这时,包梅说话了,难得她主动发话。

"对,妈你说得对,是有这个讲究!问余你听见了吧?这个端午节九丸是不能在咱家过的,不然家里会不顺利!"

"你们是不是哄我?那我起身……起身时妈咋不给我说?还让我来?"问余瞪着姐姐问。

"唉,妈肯定是没记起这讲究,不信你回去再问!好弟弟,听话,九丸从婆婆镇买了粽叶,我们包了些粽子,姐这就给你装上几个,你们回去吃去!"梅英笑着,一边就进窑里用布包了六个粽子出来。

"唉,那行……姐,你的话我相信!"问余对着梅英嘿嘿傻笑了几声,接过粽子,用脚踢了踢那绑着的老公鸡,"我妈说这是给丈人丈母娘拿的!"说完,他头也不回地走了。

"唉,我这个傻兄弟,都不懂叫你们一声大和妈。你们都知道他,就不要见怪了吧!"梅英难为情地对公公和婆婆道。

"没事,我看问余这娃就是脑子不大灵活,心里倒也不装什么事。"田养鲲道。

"是哩,他的心眼儿不坏,就是不懂人情世故,你说能把人急躁死!"梅英愁道。

"那是天生的,你就不要操心了。"金川道。

"九丸——九丸!这下你出来,问余走啦!"田养鲲朝着窑里喊道。

九丸出来了,她眼睛红红的,一看就刚哭过。

"唉,是我不好,把你们也给折腾的!"九丸站在院里有些难为情。按理说,她确实已经是出嫁了的人,不能一直待在娘家,可九丸恐惧着、害怕着,一想到那几个晚上,她浑身都要战栗起来。她觉得杨家给她和问余准备的那孔窑洞就是囚牢,是炼狱。

夜间,九丸又同爷爷一起说话。

九丸把赵师傅怎么教手艺细细地给爷爷说了一遍,田养鲲听得连连点头。

"这个赵师傅确实正规,就该这么一点点练,一步步学!我看你们除了不用熟皮子,有很多和爷爷这手艺差不多,一步踩不实,以后肯定就会有麻达!"田养鲲给孙女安顿着。

皮匠手艺历来传男不传女,金川不愿学,九丸又是女子,但现在她去学裁缝无意中竟也算承接了一半的皮匠手艺。学了裁缝,加上九丸从小耳濡目染看熟皮刮皮,只要九丸愿意做,其实也就相当于自己的皮匠手艺传了下去⋯⋯

田养鲲这样想着,便觉心中无甚遗憾。

三十一

端午后,赵师傅开始教学徒们最关键的裁剪功夫,量体、记录尺寸、纸上画图、纸上练习裁剪,又一月后才叫学徒们在坯布上用画粉开始实践剪裁。其间凡是进店顾客,赵师傅都留意着现场教学,遇到斜肩、溜肩、驼背、高低胸、大肚子等更是让学徒们仔细揣摩该如何处理。

七月间,富娥在婆婆镇街上认识了一个后生,小名银升,家就在前街孝女牌坊附近的界湾子。

银升父母都在家种地,因为他也识些字,不愿背着日头下苦,这几年就在婆婆镇街上倒腾小买卖过活。

自从富娥和银升一来二往好上后,只要后晌裁缝铺一放,富娥就跟着银升走了,两人要么上山,要么下河,富娥晚上回来得也迟了。赵师傅觉察了情形,给富娥安顿过几次,但又碍于政府一直在宣传《婚姻法》,年轻人有恋爱自由,他这做师父的也不好多说什么。

九丸、毛心和换子倒是为富娥高兴。一来银升家离街面近,二来银升浓眉大眼,心地又忠厚,富娥跟了他肯定受不了罪。再说,最主要是人家两个彼此能看上,这点多难得呀。要是富娥不出来学裁缝,指不定还要听从父母嫁给一个自己不喜欢的男人呢!

富娥让换子给她用线把眉毛绞得细细的,唇边的汗毛也忍痛全部绞掉,她一边疼得直叫唤,一边却又浑身洋溢着幸福和满足。

"哎呀,爱原来是这么回事……"毛心、九丸和换子都笑富娥的样子。

"就是嘛,只要是自己愿意,为他吃点儿苦根本算不得什么!"富娥忽闪着眼睛,眼神里比从前多了几分柔情。

七月十五这天,婆婆镇起了物资交流会。

裁缝铺里比平时更忙了。

九丸、毛心、换子、富娥已能给赵师傅帮上大忙了,做衣服的活儿一多,徒弟们也有了更多的实践锻炼机会,但在细节方面,赵师傅对徒弟们有着严格的要求,要是哪里做得不好,他会毫不留情地指出让重做。

银升吆着驴车去贩了一车西瓜回来摆在会场上卖,富娥晌午也顾不得去看他,二人只能晚上见个面,说说话。

正会那天,来了一个外地回来探亲的人,在亲戚家喝了些酒来到会场上闲逛,不知怎么就走到银升的西瓜摊子上拿走了切瓜刀。银升在会场上急躁得到处找,突然瞅见刀正被那人夹在胳膊弯里,银升悄悄走近,一把将刀夺过来,责问那人为何偷刀。那人虽知理亏,却仗着酒劲儿辱骂银升,银升年轻,哪能受得了这样的气,冲上去就给了那人一耳光,旁边众人急忙拉开。

原以为事情就这样了结了,不想第二日银升就被告到公社,第三日就被押走,罪名是手持凶器,欲当众杀人。自此后银升被送去监所关押了两个月。

富娥因此无心在裁缝铺再学下去,她离开了婆婆镇,回了四十多里路外的家。

剩下的三个姑娘无不为富娥和银升的命运担忧着。

换子的男人也不时来裁缝铺找婆姨,来了不是说没钱花就是孩子在家得了病,没有一次是来安慰和鼓励换子的。没出十月,换子也走了。

坚持到腊月的只有毛心和九丸两个。

因为担心问余妈生事,九丸自从端午来婆婆镇后就再没回过象咀村。其间问余又来过一次,幸亏有毛心和赵师傅巧妙护着她,才算没发生什么事情。

秋里,金川和梅英来看过九丸一次,给她拿来了冬衣和爷爷做的皮坎肩。泥塔沟的舅舅和外婆也来过一次,外婆给九丸拿了些自个儿烙的燕麦炒面黑糖饼,说九丸小时跟包梅去泥塔沟时最爱吃这个。

外婆看九丸在裁缝铺学了不少本事,高兴地在九丸手上摩挲了半晌,连连说道:"看如今社会有多好,女人们也能出来学本事,你好好学,将来……说不准……唉!"

外婆的话咽回去一半,她虽没说出来,九丸却都明白。

腊月十九这天,裁缝铺最后一件活儿做完了,也该放假了。赵师傅一大早就叫来了九丸和毛心,结算了她们的学费、住宿费,还把剩余的钱退给了她们。

"师父,我们过了年还来!多余的学费为啥要退?"九丸疑惑道。

"是啊,师父,别退了!咱很快又能见面,钱放着又不烧手!"毛心也笑道。

赵师傅却看起来一脸郑重:"该多少就多少,你们跟着我吃苦受罪学了一回,师父也没少骂你们,你们以后想起师父时,不要记恨就行……明天师父就回榆林老家了,如果老家那边生意还能做,明年可能就不来这儿啦!师傅带进门,修行在个人,你们要想真正做个好裁缝,还要下苦才行!"

第二天,九丸和毛心去裁缝铺去和赵师傅道别,走到了裁缝铺门口一看,门锁得死死的,趴在窗户照了照里面,一夜之间竟空荡荡的什么都没有了。

九丸和毛心想起昨天赵师傅安顿的话,这才知道他话中有话,她们想,赵师傅在这里一定是遇到了什么难事,这才匆匆走了。而且,她们感觉他再不会回婆婆镇了,想起平日里的教导和严厉,之前觉得他太刻板,如今他真走了,却又开始觉得赵师傅样样都好。

九丸和毛心去供销社买了点儿东西,刚出大门,就看到对面街上过来一个后生,模样分明就是银升。

"哎——银升!你被放出来了?"毛心激动地拉着九丸冲银升跑了过去。

跑近了她们才注意到,眼前这个银升似乎不太一样了,他双目无神,手拢在破烂的棉衣袖子里,头发乱糟糟的,看到她们就像不认识一样,依然呆呆向前走去。

"唉,银升!你不认识我们啦?富娥呢?"毛心不死心,和九丸又绕到银升前面挡住他问。

"嘿嘿……你们买西瓜不?保证不拿刀!保证不拿刀!"银升对她们龇牙傻笑着,突然又瞟了一眼她们身后,面色惊恐地喃喃道,"快跑,快跑!"一边说着,一边拢着手向前小跑,嘴里还不知道嘟囔些什么。

九丸和毛心半天才回过神来。

"我看银升这样子……这不是疯了?"毛心难过道。

"唉,这是咋回事嘛?好好一个人咋能成这个样子?"九丸眼圈都红了,她想起银升之前和富娥在一起时憨厚的笑容和亮堂堂的眼睛。

"我估计是受了冤枉,一下给急成这样了。你说要是富娥看到银升这个样子,她会怎么样?可怜的银升,可怜的富娥。"毛心叹着气。

"就这个样子的话,还不如再不见的好。"九丸像是自言自语。

"九丸,我突然觉得人生好难啊。再想想你这一回去,又要面对问余。我都不知该说什么好了,我只希望你能好好地活着,一旦有希望就不要放弃。我们不光要为家人们而活,也要为自己而活!"毛心攥住九丸的手,九丸看到泪水在她眼里闪动。

"好毛心,不要愁,总有解决的办法!你比我们都强,至少见过了这些事,你能有个方向,我希望你能找个如意郎君,找个和你心心相印的人!到你结婚时可不要忘了给我捎话!说过给你做的口弦一直都没做,你回去自己做一个,想我的时候就学着弹一弹啊!"

两个姑娘站在供销社对面紧紧抱在一起,眼泪滴到对方肩膀上。

临近年关,一路上来来往往置办年货的人络绎不绝。九丸背着自己的铺盖卷,默默走在回家的路上,她的脸和手冻得通红,心里却沸腾着。

这一年来经历的所有事情,认识的所有人,包括每一件发生过的小事,有的丑,有的美,有的没办法评论善恶,这些事像电影一样在九丸心头慢慢回放了一遍又一遍。尤其是银升和富娥的事情让她明白了许多——天底下的不如意太多了,这些不如意不会因为你是好人就远离你。来裁缝铺做衣服的顾客千人千面,每个人脸上都放映着各自的故事,九丸在人们脸上看到最多的就是艰辛,由此她明白了,在象咀村,在婆婆镇街,在洛河川,在洛河川外所有地方的人都和自己一样,有着各种各样的苦难,只是遇到的事情不同罢了。

九丸突然觉得自己敢于面对问余了,她甚至想到问余也是个不幸的人,想到问余妈的不容易,想到杨家和田家所有人的不容易。虽然她还无法正常地去和问余在一起生活,但最起码她理解了许多事……

九丸在家一直拖到过年前一天才随问余去了杨家。纵使她心中有一千个不情愿,但想到每个人的不易,她还是咬牙离开了娘家。

杨氏见九丸肯回家了,高兴得合不拢嘴。又想到从没听过关于九丸的什么风言风语,这才算把心放了下来。从九丸进了院,就对媳妇嘘寒问暖,端吃递喝个不停。

夜间,又到了问余和九丸单独相处的时候了。

这才是九丸最愁的事。

她一横心,去院子里搂回几抱玉米秆放在灶火圪崂里,就在玉米秆里和衣坐下,任凭问余怎么叫都不上炕去。

灶火虽然烧着火,但地上有门缝钻进来的冷风,冻得九丸两脚发痒发疼,她不时伸出手脚去灶火边烤火。

问余想起之前打了九丸后她就再没回过这窑里来,不由为难着,想动手又不敢。

"九丸,好我的婆姨……你上炕来睡吧!我去……我去玉米秆里睡!"问余坐在炕上,小心翼翼地问道,说着就爬起来穿衣服准备下炕——他也知道地上很冷。

"你不要下来!"九丸叫了一声,一骨碌从玉米秆里爬起,门一开就跑了出去。

明天就过年了,因为白天人太多轮不上,杨家峁碾道和磨道里都打着火,村民们连夜推碾磨。九丸跑到碾道边,一边烤火,一边和人家攀谈,她准备在碾道过上一夜,挨到天亮再说。

不一会儿,杨钦山夫妇就寻到了碾道。

"九丸啊,你快回去吧,可不敢冻坏了身子。只要回去,你想咋样就咋样!我们都给问余安顿好了!"杨钦山急道。

一阵寒风扫过,九丸站在火堆边瑟瑟发抖。她什么也不说,也不动。

"九丸,算是我们求你了!你就看在我们两张老脸上,赶紧回去吧!"杨氏走到九丸身边,说着就要下跪。碾道中干活儿的人纷纷围了过来。

一看杨氏的样子,又当着村人的面,九丸只能一把扶住婆婆,跟着回了院子。

"九丸,你说咋样就咋样……你再不要跑了行不?我碰都不碰你一下……总……总可以了吧?"问余说着说着竟然流下泪来,瞬间,鼻涕也呼啦呼啦地收不住了。

灯光下,那两滴眼泪顺着问余又黑又长的脸淌了好久。

杨氏也抹着眼泪又给问余安顿了半天,这才和杨钦山回到了那边窑里。

"唉,这两个娃呀!可要把人给愁死。"杨氏坐在炕上,恓惶地抹着眼泪,她用尽了浑身解数也没有达到心想的那种情形,尤其是寻到碾道后,看见媳妇呆呆站在火堆旁,一副宁愿冻死也不愿回去和问余待在一个窑里的样子,彻底绝望了。

"你这个大能人都没办法,我更不知道咋办了。要不让两个离婚算了。本来公家就反对包办婚姻,我和咱亲家当年也是没想过那么多,如今给娃娃造成这些麻烦……唉,说起来,我们都该去坐禁闭!"杨钦山也一口口叹着气。

"离婚?你这个脑子里有屎的死老汉子!娶她时置办宴席花了多少钱!你意思是那钱就打水漂了?!再说,离了婚,你觉见……你觉见问余这辈子还再能寻下婆姨不?"杨氏一下坐直了身子,又开始指着杨钦山的鼻子骂了起来。

"你声音低一点儿!不怕让九丸听见?!这也不行,那也不行,那你看咋办嘛……一眼看尽九丸跟问余就没办法正常过光景!"

"没办法就拖着,有总比没有强!"杨氏瘦小的脸在灯光下充满怨愤。

"你可要给问余好好安顿哩,我是怕那号人万一哪天脾气上来,再把九丸打出什么问题!"杨钦山忧心道。

"你不见我尽量给安顿嘱咐着哩?唉,咱总有死的一天,就为咱这儿子,赶死我都闭不了眼哪!"杨氏又恓惶地哭开了。

九丸和问余在这边的窑里,一夜油灯未熄,九丸依旧窝在玉米秆中。她提防着问余来拉她,问余又担心着九丸在地上受冻,直到天快亮时,二人终于熬不住困倦各自昏沉睡去。

过年这天白天,九丸帮杨氏烧火做饭,伺候杨钦山和问余吃饱喝足,表面上看,她忙里忙外一副好媳妇的样子,但她和问余根本不说一句话。

大年夜里,杨家峁鞭炮声四起,家家户户院子里挂着自己糊的红灯笼,可杨家的院里和窑里没有半点儿过年的喜庆。九丸照例睡在灶火圪垯的玉米秆里,任凭公婆怎么劝说也不愿上炕。

看父母伤心地回了自己窑里,问余坐在炕上呜呜地哭开了。

"九丸,你到底是不是我婆姨?我知道,你嫌我丑,嫌我笨……可我从生下来就是这个样子……"

九丸缩在灶火圪垯,听着问余呜呜地哭诉,她的心有些乱了。

"问余!你不要哭,只要你不碰我,我就跟你这样在一个窑里住着。"她狠狠心道。

"好!九丸,我不碰……也不打你!只要你不跑就好。"问余听九丸这么一说,立即像个孩子似的止住了哭声,乖乖睡下。

不一会儿,问余就扯起了鼾声。九丸这才放松了警惕,她又在地上和衣过了一夜。

在这本该欢欢喜喜的大年夜里,九丸想起了自家的暖窑热炕,想起了臭烘烘却也暖烘烘的爷爷的窑,想起爷爷给她说过的那些话,想起外婆给她说过的那些话……九丸心里很多事一起翻涌着,却又像什么都没有般空荡荡的。

第二天一大早,杨氏就过来叫九丸。

"九丸啊,你要是真不想在杨家住就回娘家去,冷地上你睡一两夜还行,时间长了得个啥病咋办?我们杨家可咋给你娘家人交代?"

九丸一听,如获大赦,她像是完成了一项艰难的任务一般,心里欢呼雀跃着就出了杨家的院子,一路小跑着回了象咀村。

三十二

靠着一些亲戚的关系,加上人们普遍对问余的一种同情心,问余竟然去延安当了工人。

整个杨家峁和象咀村能有几个人当上工人?这可是件真正的大喜事!杨氏至此愈发把腰杆儿挺得直直的,走路说话都带着一股高兴劲儿。唯一让她觉得理屈的就是儿媳妇九丸,如果没有之前这些不顺意,杨氏觉得老天爷总算公平,自己的儿子也算傻人有傻福。

至此往后,问余只偶尔从延安回来一次,有时过年也不回来。

去婆婆镇学裁缝时,九丸曾有过短暂的自由,但她现在才算真正想明白了,自己脚上的绳子根本没有解开!只是这根绳子有时被拉得紧紧的、死死的,让她无处可逃,有时却又似乎松懈下来,可以任由她在小范围内扑腾一阵,飞那么一两圈。

每晚临睡前,九丸想的是自己和问余的婚姻,每早一睁眼,想的还是这件事情。当她看到村里的同龄人与丈夫有说有笑地在一起,九丸更有种说不出的羡慕和苦涩。

这几年天年不顺,洛河川不是干旱就是洪水,要么就是冰雹、霜冻，几乎每个村都遭了灾，人们的生活又变得艰难了起来，吃不饱是常有的事。

九丸把所有的难堪和痛苦都发泄在了劳动上。

她响应号召学雷锋，为村里人免费做衣裳。她干一切自己能干了的事，上山劳动，给生产队放牛，想尽一切办法为家里挣工分。

紧接着，更大的浪潮汹涌而来，人们还没搞明白究竟是咋回事，就已经被卷入了纷争中。

婆婆镇的孝女牌坊一夜之间被人裹了泥，刷了白灰，写上了标语。

过去的一些大院里红旗飘扬，成群的人寻挖着这些家族过去有可能藏起来的财物。

泥塔沟宗家的院子里也一样人头攒动。

人们翻出了当年宗大毡和普济先生们玩过的皮影箱子，翻出了当年穷人们来宗家借粮和租羊的借据。

除了在外地有工作的宗谦义和远在遂宁镇山沟里的宗谦润，住在泥塔沟里的宗谦礼、宗谦怀、杨谦玉、宗谦鹏、宗谦行弟兄几个被聚在一起，和他们白发苍苍的母亲们不时站成一排，人们问的是当年宗大毡和普济先生是怎么雇佣长工、剥削穷人的，问的是当年宗永志和宗永惠他们把元宝响洋埋在了哪里。白天站一天，夜间这些男人还要做工。

过了半个月，省城的宗谦义竟一人回到了泥塔沟。他还穿着当年那双靴子，只不过已头发花白，脸上也看着憔悴不堪。

宗谦义一回来就和几个弟兄一起被反绑着上了台。几个年轻人很明显为这件事兴奋着，他们质问着宗谦义，让他交代为什么从省城"跑"回来。

象咀村和洛河川其他村子也在宽阔的地上搭建了大会台子，不时召开各种大会小会。

满盈、佩琴和红叶在两个月内相继殁掉。只有改鹿被送回了西山沟，因为实在问不出什么，接连死了几个老人，又考虑到在老百姓中的影响，她这才被放了回去。

埋这几个老母亲时，宗家没过白事，没请亲戚，只托人给包梅和香果儿捎了话，两个女人有心想回宗家奔丧，却都被人劝住了、挡住了。尤其香果儿，听说她夫婿家更复杂，从前曾多次帮人出资买过军火，好在如今掌柜们都不在了，李家又是单传，死无对证，杏子川那边的人也就睁只眼闭只眼，没有再往深里挖。香果儿当年去安边也算去对了。

包梅和九丸半夜里偷偷地去村口的十字路上烧了纸，她们不敢出声，只能把哭声憋在腔子里，脸上淌着清泪。

期间，金川和梅英又生了一个儿子，取名鱼壮。夫妻二人从前带着鱼祥与田水荣和包梅住在套式窑里，他们住前窑，老两口和九丸住后窑。好在金川觉得家里地方紧张，想到今后还会增丁添口，前两年就在象咀另外箍了窑。如今鱼壮一出生，他就带着婆姨娃娃另了家。

娶个媳妇褪一层皮，虽说梅英过门的时候倒是没出彩礼，但箍窑的时候田养鲲和田水荣为金川几乎花光了从前所有的积蓄。

浪潮卷过来后，金川作为知识分子，首先宣布与爷爷田养鲲划清了界限。田养鲲和田合舟曾为有钱人们做了多少皮活儿啊，他对那些人极尽巴结之能事，他们从那些人手上赚的钱不就是受苦人们的钱吗？而且，他还总爱去骆驼脖子那里的佛像前烧香磕头讲迷信，村里真是再找不第二个这样的人了。

田水荣和婆姨宗包梅本来也要受到影响，可队里看到金川和九丸表现得特别忠诚和上进，加上田水荣不受外界干扰和诱惑，坚决"成就了"问余和九丸这一对"工农联合"，所以将功赎罪不用挨批评了。

田养鲲什么都不用做，不用劳动，不能做皮活儿，他唯一的用处就是开会时在台子上被绑住跪一阵子。

田家人不心痛是假的。可田养鲲早给家人安顿了，一定要认清形势，受罪就让他一人去受。不管是假装也罢，真心也好，田家人谁也不能对他表现出关怀，更不许为他鸣冤抱不平，否则就是不孝。

　　这天后晌，田养鲲又被拉出去上大会。

　　他跪在大会台子上，面无表情，似乎听不见台下村人们喊着的口号，也看不见那些往常熟悉的脸。

　　众人刚喊了一阵口号，突然暴雨狂风大作，台上的旗子和标语被吹得乱飞，片刻间，开会的人就都跑得没了影子。

　　可田养鲲还跪在台上，雨水顺着他的眉毛和白胡子往下流。他的眼睛也被雨水冲得睁不开。

　　他想挣扎着站起来，可腿像是瘫了一样一点儿劲都使不上。

　　天空又是一声闷雷滚过，大雨瞬间夹杂无数冰雹砸了下来。

　　田养鲲只觉得头上一阵阵剧痛和眩晕，雹砸雨浇，他的身子渐渐扑倒在了一边，像被伐倒的木桩子般躺在泥水横流的土台上。迷迷糊糊中，他听到村里有人咚咚咚敲着脸盆马勺，嗷嗷吼叫着"赶冷子"。哦，这是人们心疼着庄稼呢……

　　突然，他听到有人扑沓扑沓地踩着雨水稀泥跑了过来。

　　雨浇得田养鲲几乎睁不开眼，但他已从那模糊的身影中知道了来的是谁。

　　"九丸，你这个愣女子！不要管我！"田养鲲喊道。

　　九丸一句话也不说，她使劲拽起爷爷，蹲下来背起他就跑。

　　田养鲲的手在后面被绑着，九丸猫着腰，只能两手死死向后扣住爷爷的腰。

　　两人身上都是泥水，九丸气力又小，摇摇晃晃地不时就栽倒在泥坑里。

　　九丸像发了疯一样跌倒爬起，跌倒再爬起，连拽带拉地一次次把爷爷背到背上去。

终于,爷孙俩到了象咀山侧面的一个烂石窑中。

这个烂窑九丸熟悉。拦牲口的人时常会来避雨,为了方便大家,石窑里一直放着洋火和干柴,以备不时之用。

今天的大会开始那阵子,九丸正在草滩给生产队拦牛,一见天色不对,赶紧把牛吆到这烂窑里拴住,她牵挂着爷爷不知被放回家了没,就急忙向会台那儿跑,跑到半路大雨就下开了,碰见几个村人也都跑着,有几个平时亲近的人对她喊道:"快,你爷爷还在台子上哩!"

风大雨大,加上冰雹砸个不停,九丸抱着头跑去,果然看见爷爷一动不动地倒在那里。

烂窑中,三头牛不时甩甩尾巴,它们打量着眼前的两个人,似乎不明白他们为什么浑身泥浆。

九丸和田养鲲冻得浑身发抖,牙关紧咬。九丸哭着解开绳子,让爷爷靠墙坐下,赶紧在地上打起了火堆。

外面的冰雹已堆了一指厚,树叶子不时被啪啪地打碎掉落,大雨混着冰雹还在往下倒着,一时半会儿没有要住的意思。

"九丸,你不要管爷爷嘛,我这把年纪了,死在哪儿不一样?今天死了也好,就不用拖累你们啦。"

九丸不说话,她急躁着吹火,想让火尽快地烧旺一些。

田养鲲和九丸身上的衣裳还在不住地往下滴水。

"爷爷,你快把衣裳上的水拧一把,这么穿着肯定要受凉!我这就跑回去给你寻几件干衣裳来!"

"憨女子,看你也淋成什么了,爷爷不要紧,爷爷什么苦没吃过,这么大雨,你不要来回跑了!"

"我年轻,没事,回家就有伞了!"九丸说完就又冲进了雨里。

田养鲲坐在火堆边不禁老泪纵横。

九丸抱着头一股劲儿冲到自家院边,碰见田水荣和金川打着伞刚从雨地跑回来。

"九丸,见你爷爷了没?你咋不拿伞?!"

"我……我把爷爷背到那边的烂窑里了!"

"九丸,你咋能背动来着?"金川一脸惊讶。

"不说那么多了,我要给爷爷拿几件干衣裳!"九丸说完就冲进窑里,在箱子里翻出几件田养鲲的衣裳抱在怀里,包梅抢到门口,拿着九丸的几件干衣裳也塞给她,不等叫住女儿再安顿几句话,九丸就一把夺了金川的雨伞再次冲进了雨里。

"你们谁也不要去了,免得生事,我去!"雨中传回九丸的声音。

田水荣和金川欲言又止,默默进了窑里,趴在窗上往院子里照着。

爷孙俩换上了干衣裳,坐在火边烤着火。

他们相互打量着,看着对方头发和脸上糊着的泥浆,不由都笑了起来。

"爷爷,我大和金川也去会台子那儿寻你了,估计是怕被人看见,出去得迟了一会儿,你不要怨他们。"

"呵呵,我的儿孙我知道。你们对我的孝心我也都知道。"

"爷爷,一会儿雨停了,你赶紧回家热热地喝上两碗滚水,我就怕您人老了身体受不住!等你走了,我再吆着牛慢慢回去。"

"这些我不愁,我就愁队里要是问起谁把我弄走的,该咋说?"

"爷爷,他们要是问,你就说你自己跑回来的——嗯,你就说想到村里就你一个典型,你不想病倒或被冷子打死,你要活着,继续接受群众的教育!"

"哈哈哈!有道理,我就不信都一个村的,他们还真想让我死?怨就怨雨和冷子把人给打乱了!"田养鲲不禁大笑。

"唉,可怜我舅舅他们不知道咋样了……我外婆已经殁了,我们连最后一面都没见上。"九丸突然想到婆婆镇泥塔沟里的亲人们,哽咽了。

"你舅舅他们……唉,性命能保住就好。其他的担心也没用。"田养鲲叹道。

九丸把田养鲲背回去的事不知怎么还是被别人知道了。队里的牛不让她拦了,她被派去了苦力最重的地方"反省",深翻地、犁地、抓粪、背庄稼、修梯田……两个月下来,九丸瘦得只剩了八十来斤。

九丸感觉此时身边的世界充满了不可思议。

亲戚们不能相互走动了,人见人都不怎么说话了,就连平时要好的小姐妹们也都开始疏远她。

最让她想不通的是,洛河川满川的庄稼本还没到应该收割的时候,一夜之间按命令全部收了。

无论白天黑夜,几乎所有的人都在忙碌着,人们饿着肚子拼命劳动,发誓要改变地球的面貌。

冬季里,九丸的脸和手被冻得红一块黑一块,冻疮化脓直流黄水,她只能忍着,因为身边的姑娘们也都一样,几乎天天夜里劳动到十二点。

唯一让九丸觉得暖和的就是爷爷给她缝的那件羊羔皮坎肩,她偷偷地把它套在棉衣里面,有了它,至少心口是热的。

田养鲲自从上次淋了雨,就落下了咳嗽的毛病,后来又上了几次大会便病倒了。

腊月二十这天,九丸夜间下工回来在父母这边的前窑炕上睡下。

迷迷糊糊中,九丸梦见自己站在洛河边,像是又刚刚从杨家跑出来那样,心里充满着委屈和痛苦。洛河水清清地从脚畔流过,河底的石头她都能看得一清二楚。突然,空中飞来一朵云彩,云彩上端端地坐着个人影。九丸仔细一看,那云彩上坐着的不正是爷爷吗?爷爷满面红光,身上穿了件干净雪白的羊皮袄。

那云彩发着耀眼的光,轻飘飘柔软软地从空中飞下来停在了洛河的水面上,变成了一朵莲花样的云。

"爷爷！爷爷！你咋在云彩上面坐着哩？"九丸喊道。

"呵呵,九丸啊,你看,爷爷成神仙了!"爷爷捋着长胡子对她笑道。

"爷爷,那你把我带上嘛！让我也坐到云彩上四处去看一看！"九丸羡慕道。

"那可不行！人家玉皇大帝不让!"爷爷还是呵呵笑着。

"那你现在要到哪里去呀？"

"唉,九丸啊,看你瘦成啥了,以后咋能活下去嘛！我就愁没个知心人照顾你。你现在把嘴张开,爷爷给你吃上三根针,你以后就不愁啦!"

"爷爷,看你不是胡说哩嘛！针咋能吃？"

"你不要怕,听爷爷的话,把嘴张开就行!"

"好吧,我看爷爷怎么给我吃针。"

九丸张开嘴,她看到云彩上的爷爷把手向着她一挥,就有三根银光闪闪的针从爷爷手里飞了过来,它们排成一条线,从空中慢慢下来,变成三道白光从她喉咙里钻了下去。

"这下好啦,九丸,爷爷放心啦,这就走啦……"说着,九丸就看到那朵莲花收住了花瓣,又变作一团徐徐向上升去,爷爷在云彩上向她挥着手,很快就越升越高,看不见了。

九丸嘴里叫着"爷爷——爷爷——",她心里感觉这下再也见不上爷爷了,不由迈开脚跑起来,想追上那朵云彩,突然,她脚下一个趔趄,从梦里惊醒了过来。

她坐起身来看了看窗外,天不亮,外面还黑洞洞的。

九丸回味着刚才的梦,又想起爷爷这两天昏昏沉沉地光睡觉,不由一阵心慌。她穿上衣裳,点着灯,进到后窑里叫醒田水荣。

"大,你快过去看看爷爷,我刚做了个梦,这会儿心慌得睡不着,不晓得是不是爷爷出了事。"

田水荣一骨碌爬起来,披了棉衣,包梅也点着灯坐了起来。

"妈,你不要起来,小心着了凉！我和大过去就行！"

父女二人点了马灯,过到隔壁窑里。田养鲲的窑门没闩,推门一进去,窑里静悄悄的,什么声息都没有。田水荣把马灯在炕上照了照,只见田养鲲胳膊正放在胸口上,仰面睡着。

"大！大！"田水荣轻声叫道。

田养鲲一动不动。

田水荣伸手在父亲鼻子底下探了探,哪里还有气息?

"大呀！你咋这么刚强,临走你都不愿意叫我们一声！"

田养鲲殁了。

田家没办丧事,直接在村里叫了几个人把田养鲲埋在了象咀山后的大杜梨树边。现在,那棵杜梨树下已有四座坟了,田合舟和他婆姨的脚下静静躺着田养鲲和他的婆姨。

"我这个不孝子啊,老人咽气时都不在他身边。大呀——儿子不孝。"埋了田养鲲那天,田水荣夜间跪在地上痛哭。

"大,真正的不孝子是我,但我也是没有办法,爷爷该是能明白。"金川红着眼圈去扶父亲。

"你别哭了,这也是个缘分……人说老人咽气时能赶上的、能守在身边的才算是'真儿女',我们大概都不算……"包梅劝丈夫道。

九丸却没那么难过,她明白爷爷已经来和自己道别过了。

最重要的,九丸相信,爷爷是真的去做了神仙。

三十三

这一年过年时,问余又回来了。

自从到延安当了工人,他很少回来。即使回来,也是匆匆住一两晚,有时叫九丸回去,有时也不叫。

问余表面上害怕着九丸,其实心里也不怕。有几次他仗着酒劲儿又硬要和九丸睡觉,九丸不从,问余又动了手。九丸也拼了命般的和他对打。可问余那身高和块头九丸哪里能打得过?常常是打不了几下,九丸就又被摁在了炕上。

九丸和问余的事两个庄子的人都知道,夫妻俩过不到一起庄里人也都知道,只要在一起肯定要打架,这个庄里人也知道。

人们还是同情九丸的多。

九丸也不是没想过彻底离开,跑到一个谁也找不到的地方去,可这几年一点儿流动人口都没有,她担心自己连县城也出不去就会被遣返。

九丸也不是没想过离婚,可这年月怎么离?

九丸觉得自己无路可逃。

问余在延安每月都领着工资,但从来没给过九丸,也没给父母拿回来过一毛钱。听杨氏说,问余又在延安认识了几个"兄弟",每月一到发工资,问余都要请他们吃喝几顿,还没到月中,手里的工资就花完了,月底还得伸出手向别人借。

也许是伙食好了,问余比从前胖些。他不知从哪儿买了根九节鞭,次次回来都拿着,不时站在硷畔上把土打得啪啪直冒。这次回来过年,他依然拿着它。

问余又来田家把九丸寻走了。

一到杨家,夜间免不了又吵闹。两人吵了几句,还没等问余动手,九丸突然觉得心头漫上一种混合着痛苦、失望乃至绝望的情绪。这种情绪伴随着近些年身体受的劳累和心里积攒下的委屈,势不可挡地像洛河发下来的大水一样,黏稠、混浊地把她淹没了。

九年了。九丸从二十二岁熬到了三十一岁。

这九年是咋过来的呀?九丸哭过,闹过,跑过,最终还在原地。

问余呢?这九年打过、哭过、远走过,虽然他是个脑子不大精明的人,但他也有七情六欲,看着村里其他男人和婆姨乐乐呵呵在一起生活,他心里难道不羡慕吗?

这样的日子什么时候才是个头?两人的一辈子就要这样耗下去吗?

九丸心里盘算着这些事的时候,问余一只手已握成拳头,另一手又在扯她的衣裳。

"罢了,看来你生下就是这么个命吧……你还反抗什么呢……"九年来,九丸第一次没有激烈挣扎,她扑地吹灭了油灯,仰面躺倒在了炕上。

问余见她不像从前那般蹬脚踢腿,两手乱打,一时还没反应过来。但黑暗中,九丸听到他原本握起的拳头咔咔响着松开了,那松开的手继而小心地寻上了自己的胸脯。

303

问余不知道九丸是怎么想的，但他感觉不到从前那股反抗和挣扎的气力了。九丸像只毛发蓬松的再也飞不动的鸟，被他的爪子按住了，他伸着爪子刨她，伸出舌头舔她，用牙咬她，任他怎样，她都再不像从前那样活蹦乱跳地反抗了。

问余喘着气，沉浸在一种胜利的喜悦里，他抓了九年的猎物从未像此刻一样柔弱，她从前身体里铁打一样的骨架似乎突然都被抽走了……这几年她瘦成这样……问余一边粗暴地动作着，一边却淌下两行眼泪。他也不知道自己是怎么了，明明该高兴才对，为啥会淌下眼泪来？

黑暗中，九丸一动不动，她努力控制着自己不要反抗，努力控制着自己不要去在意身体传来的阵阵疼痛，但她依然听到自己眼泪掉在枕头上，发出扑落扑落的响声。

"九丸，九丸，你终于怕我了对不对？还是你愿意了？"问余的头在九丸胸前拱动着，像是委屈的孩子在寻找母亲。

第二天吃早饭的时候，问余偷看着面容冷冰的九丸，怀疑自己昨晚上是在做梦。九丸还和从前那样不正眼瞧他一眼，也不主动和他说任何一句话。

问余恼了，他感觉自己被欺骗和玩弄了一样，把饭碗往下一撂，出到院子里拿起九节鞭就对准院中一棵树狂抽了起来。

杨钦山和杨氏早就习惯了儿子这些举动，只有九丸知道问余这次是怎么回事。但她内心深处依然没有一丝波澜，没有歉意，没有悔恨，也没有任何一丝同情。要说有，那也还是和昨晚一样，有的只是一种深深的绝望。

问余又走了。九丸也回了娘家。

但九丸这个月的月信迟迟未来。开始她并未在意，以为只是经血不调，直到又过了半月，每早起来干呕恶心，这才想到自己可能是有了身子。

九丸和队里请了病假,整日睡在炕上不想动。

包梅看出了女儿的异样,也想到了这一点上。

这孩子是要还是不要呢?母女二人着实为难。

九丸已经三十一岁了,和她同龄的女子们早有了两三个娃……要是和问余就这么过一辈子,不迟早也得有个娃?可问余那脑子,万一这娃也和他爸一样呢?即使娃没问题,生下后就两人现在这光景,该咋养活呢?

包梅夜里悄悄和田水荣说了这事儿,田水荣也愁得半夜没睡着。最后老两口儿只能看九丸咋想了,这事还得她自己做主。

包梅知道女儿也正做着激烈的思想斗争,她就没去问,也没去催,只是精心把家里有的吃食变着花样给女儿做着,希望她能把身体养好些。

九丸昏昏沉沉的,希望再能梦见爷爷或什么神仙给她在这件事上指引一下,然而她一次也梦不到。

九丸想去骆驼脖子的佛龛去烧个香、抽个签,又怕被人看见。

实在没办法了,她只能在夜深人静的时候出去跪在自家院里。她面向窑沿那三个人头鱼身的图案虔诚地跪下祷告着。

"洛河里的神灵啊,你告诉我我该咋办?肚子里的娃娃是要还是不要?"

四下没有一点儿声音。洛河此时冰冻着,一弯新月在西边山头静卧,像干净的刚生出来的一苗白豆芽。墨色的天宇上,星星们迷迷蒙蒙。

这天晚上,九丸总算做了个清晰的梦,她梦见自己站在埋着老太爷、老太奶和爷爷、奶奶的那三棵大杜梨树旁,树上枝叶繁茂,正结着一颗颗饱满的绿杜梨,九丸知道那杜梨很酸很涩,但仍然忍不住伸手摘下一串来,放进了嘴里……

也许是这个梦给她了一种奇特的感觉和信心,九丸决定生下这个孩子。

她早已想过了,要是铁心不要,她至少有五六种方法能小月。

她可以去干重活儿,可以脱了鞋子去冰上走,可以爬到象咀山上从石头上往下跳,可以每天用力揉肚子……她身体本来就瘦弱,这么去折腾,孩子肯定得掉下来。

但现在她不能了。她甚至为自己有过这些念头而感到罪过。

九丸把这个梦告诉了母亲,又说了自己的决定。

"妈这几天也思前想后,为你想了可多!这娃生下来就是你的伴儿,不管问余对你咋样,这娃肯定看着你是最亲的。生下来,你歪好能有个盼头!受累上几年把娃娃务养大,不管是小子还是女子,一到了十来岁就懂得心疼你啦!"包梅拉着九丸的手,娓娓地给她宽着心。

"妈,我也想了可多。一眼看见我的婚姻这辈子就这样了,我常想,只要婆姨汉能处在一搭,哪怕吃糠咽菜我也心甘情愿,可偏偏等上这么个男人。这些年,我知道两家人都不好活,现如今像你说的,有个娃也许我还能有个盼头,心才能安下来。"九丸很少真正和母亲敞开心扉说这么深的话。

"你能这样想我和你大就放心了,那你有了身子的事我看得让你婆婆公公知道,我想他们知道了肯定高兴,这可是件大事!"

"妈,就照你说的办吧,我婆婆知道了也能照顾一下我,不然我怕把你累倒。"九丸把头偎依在包梅肩上,母亲的肩膀虽然跟她一样瘦削,此时九丸却感到那么宽厚。

梅英为此事专门回了趟娘家,回来时,杨钦山和杨氏乐颠颠地跟在女儿后面,想到田家把九丸接过去照顾。

杨氏更是乐得喜笑颜开,走起路来就差手舞足蹈了。

"梅英,你看见九丸是不是真的愿意要这个娃?"杨氏边走边问女儿。

"她也愁过,但这几天看见好了,我品见她应该是真的想要,可说句难听话,万一这娃生下来和问余一样,那该咋办?"对于这件事,梅英心里一直是喜忧参半。

"这你不用愁,就算和问余一样,那也是我孙子!杨家几辈手上都没出过问余这样的,谁知道是哪儿的问题?再说,问余就是大大咧咧的,说他真傻吧又不是……这娃得要嘛!要是运气好,娃娃聪明,那可算祖上积德,能把妈给高兴死!"

"梅英,你看你妈这个样子,多少年都没见她这么高兴过!"杨钦山瞅了婆姨一眼,自己却也抿着嘴偷偷笑了。

"妈,既然九丸决定要,那你可要好好照顾她,你看这几年她瘦成啥了?你可再不能嘴上不饶人,让她心里不痛快!她现在怀的可是杨家的后人!"梅英给母亲安顿道。

"哎呀,梅英,你就放你的七十二条心吧!这下好了,有了娃,我看九丸的心也定了!"杨氏说完,嘴里情不自禁哼起了酸曲。

　　叫声妻儿听我讲,咱两个有话细商量
　　你把娃娃好好养,我请你妈熬米汤
　　先杀猪来后宰羊,烧酒倒下几大缸
　　你把你的娘家人都请上,叫给咱娃娃拜些干娘
　　拜下七个好干娘,后拜八个干老子
　　干娘赠得个红袄子,干老子送的一把银锁子
　　肚兜里掏出二十个铜,铜上穿上些红头绳
　　男孩童女花童,叫给咱孩儿提个精神……

"哎哟,妈,你倒唱上《闹满月》了?"梅英听见母亲哼哼唱着,不由被逗得直笑。

"唉,我看你妈脑子也不大清楚,也不怕路人听见笑话!"杨钦山狠狠瞪了一眼婆姨。

"正理三行怕啥哩?我恨不得高吼上几声,让人都知道我有孙子啦!"

"妈！看把你高兴的,好好看路！"梅英看着母亲高兴的样子,想着这些年自己父母的不容易,心里不由一堵。

杨氏去队里说了媳妇的情况,也说了问余和九丸能有这个娃的不易。两人的婚姻状况队长早就知道,当即也就同意让九丸在家休养。

杨氏和杨钦山想让九丸跟他们回杨家去好好伺候,可九丸想在娘家多待些时日,毕竟想吃啥不想吃啥的,在娘家不理短。

梅英看出了九丸的心思,把杨氏叫到院里说了几句,杨氏这才反应过来,总算是心里踏实了。

一回到家,杨氏又打发杨钦山跑了一趟,给田家背来了一袋麦子,提了半篮子鸡蛋,只等九丸愿意时就接到杨家去住。

虽然粗茶淡饭,但到底不用再去干重活儿、粗活儿,加上母亲知冷知热地精心照顾,过了嫌饭的那段时间,九丸的气色就逐渐恢复了,她的脸开始有了血色。随着又一个春天的到来,九丸的心情也逐渐明朗起来,她时常在夜晚抚摸着自己的肚子,想着小家伙会是个什么样子。

"唉,王母娘娘,玉皇大帝,洛河的神灵,杨家列祖列宗,还有神仙爷爷,你们都要保佑,可千万不能让娃娃长得像了问余！"

除了在心里这样祷告,九丸每天都要对着院中石条上的图案默默许愿……

当山桃花又在象咀山上盛开时,九丸一人小心翼翼爬上了她从前喜欢坐的那块石头,她把每一步都踩得稳稳的。

那石头旁就是一棵盛开的山桃花树,树干上有一条条柔和的灰棕相间的纹路,在周围粗糙的石头映衬下显得特别好看。

山桃花尽情地开着,散发出阵阵甜美的香气,蜜蜂忙着在花里钻进钻出,那圆滚滚、毛茸茸的尾巴向下一点一顿的煞是可爱。

九丸照见一只火镰伴轻巧地落在洛河边的酸枣刺上,啾啾地鸣叫着,在它的叫声中,几只岩鸽鼓动着羽翼,发出奇妙悦耳的声音从河上掠过。

她还听到了斑鸠的叫声,听到布谷鸟的叫声,听到野雉鸡在对面高山上的叫声,听到许多从未注意过的好听的声音。她诧异着自己近十年似乎没留意过这些美妙的声响。

喳喳喳——喳喳喳!又是一阵叫声吸引了九丸,她站起身来望去,只见埋葬着太爷爷、太奶奶和爷爷奶奶的坟地里,三棵大杜梨树上正有两只喜鹊在树上跃动着,相互对答着,那声音像是用大剪刀剪开布匹的声响,充满一种让人快乐、轻松的节奏。

九丸不禁微笑了,她一只手扶住身旁的花树,另一只胳臂伸展开来,尽情感受着春天的微风和暖阳,熏染着身旁的花香。

九丸觉得从前压在心头的那块阴冷的大石被阳光劈开了,她心里第一次涌起一股柔情蜜意。

三十四

洛河川的每个村都拉上了有线广播。

这对人们来说是件稀奇事。

每次开始广播,《东方红》的乐曲就回响在每个山村里,"新闻和报纸摘要""各地人民广播电台联播节目",革命样板戏,曲艺,地方戏,县里或公社的各种会议通知——人们无法想象那个小匣子里咋能"住"下那么多人。

象咀村的广播着实让村民们兴奋了一阵子。通广播后才几个月,样板戏里所有的唱段和常播的那些革命歌曲,村里的男女老少便都会唱了。

"向前进!向前进!战士的责任重,妇女的冤仇深。古有花木兰,替父去从军,今有娘子军,扛枪为人民。向前进!向前进!战士的责任重,妇女的冤仇深……"这是象咀村和杨家峁妇女们学得最快的一首。

九丸去杨家住了几个月,快十月时又回到了象咀村。九丸想在娘家坐月子。

问余今年回来过两回,知道九丸怀了孩子,他高兴得抓耳挠腮,不知怎么办才好,他给九丸又在延安买了块粉色的头巾,还买了一件时兴的大衣——他从来没问过第一次给九丸买的红纱巾去了哪里。

问余回来两次都是头一天回来,第二天就被他妈劝走了。晚上,杨氏也不让他和九丸在一个窑里睡,生怕问余不知天高地厚,影响了肚里的孩子。

杨氏对九丸照顾得无微不至,即使九丸心里知道这种好多半都是为了"她的孙子",但九丸还是在心里对杨氏生出阵阵感激来。她想到自己作为女人,如果也遇上这样的事情,自己会怎么办,说不定连婆婆都不如!这么一想,九丸就觉得从前对杨氏有些冷漠和狠心了,毕竟不能说是婆婆的错。

九丸回到娘家,让父母把爷爷从前做皮子那孔窑收拾了出来。她住在爷爷这个窑里,莫名觉得心安。

九丸整日起来用碎布头给孩子做小衣服,纳软底儿鞋,孩子属狗,包梅就指点着让女儿把鞋头做成小狗的模样,耳朵竖起,眼睛又大又圆,嘴里龇着一排小白牙,还吐出小小的粉舌头来。

包梅还没出嫁的时候女红就做得好,从九丸记事起,家里大人娃娃的衣裳都是母亲自己裁剪缝制,过年时窗户上贴的那些窗花花、窑里碗架上贴的灶帘子,都是母亲剪出来的。即使用旧布做的鞋子,母亲也总要给鞋两边绣上漂亮的花儿雀儿。

九丸后来学裁缝的时候,心里想起母亲裁衣缝衣的手艺堪比一个专业裁缝,那可真是"旧社会"女人们独有的本领和赢人之处。

九丸给自己孩子做的衣服和鞋样子很快就在象咀传开,村里四五个小媳妇一有空就来找九丸,不是让她给大人孩子裁衣,就是让九丸给她们画些好看的鞋样子。

九丸一边做针线活儿,一边听村里早中晚的广播,要么就是盘算过去和今后的很多事,她的心少有闲下来的时候。

十月初九这天,九丸生下一个男娃。娃的小名九丸早就想好了,要是女娃就叫欢喜,要是男娃就叫重生。

重生落到草木灰堆里时,他的外婆和奶奶都在旁边。重生一出来,杨氏就落了泪:"哎呀,谢谢老天爷!这娃一看就是个好娃嘛,跟问余刚生下来一点儿都不像!"

谁也没给问余捎话,杨氏说女人生孩子这事知道的人越少越好生,所以,当九丸在炕上挣扎着疼得浑身淌水时,问余还在延安。

这样也好,回来了也不省心,还得去照顾他。包梅和九丸乃至杨氏都这么想。尤其对于九丸,只要问余一在,她就浑身不舒服,心里憋闷,问余不在,她反而轻松、高兴。

问余这个爹当的似乎和他自己一点关系也没有。孩子满月时,杨氏捎了话让他回来,问余这才头一次见到自己的儿子。

谁也不让问余抱重生,都说孩子骨头还软,生怕他毛手毛脚给磕碰着。问余很听话,他嘿嘿地笑着,好奇地在炕边转悠,来回盯着那襁褓中的婴孩看,偶尔想伸出手去摸重生,不是被九丸喝住就是被杨氏给骂得收回去。

"问余,你从今开始可是要往好里走呢!再不要整天拿着你那些什么棍子、鞭子来回扬打!你看,九丸辛辛苦苦怀胎十月,给你把儿子也生下了,可是再不能像从前那样浪荡了,今后要把钱攒下给你婆姨和娃花哩!"杨氏认真叮咛着儿子。

"这娃甚时候才能长得像我这么大哩?"问余也不回答杨氏,他看着炕上那小小的人儿,想不明白他为什么那么小。

九丸还是和从前一样,她从不直视问余的脸,也不愿和他说话。

九丸天天给重生用奶汁揩脸,因为她听老人们说过,用清奶汁给娃娃洗脸,娃娃的肉皮会又白又滑溜。每次看重生吸吮着自己的奶头,咽着奶水,九丸心里都会涌起一股怜爱和知足,她觉得自己从前就像荒滩里的风滚草,没着没落,滚到哪里算哪里,可现在不一样了,她有了重生,一切心思好像都有了落脚的地方。

一个月下来,九丸没有瘦,反倒胖了几斤,白皙丰润,从头到脚,整个人似乎都散发着柔光。

在九丸充足的奶水滋养下,重生一天天转变着,越来越白净可爱,两只乌溜溜的眼睛也越来越灵活,九丸抱着他,让他看窗户上天光透过来时的窗花影儿,给他看灶火里红红的火苗,还让田水荣给外孙做了个羊骨的拨浪鼓,轻轻一摇动,两边两颗马茹核子就把那骨片打得噼里啪啦一阵脆响。

九丸常常在孩子熟睡时端详他的面庞,生怕从哪里看出些问余的影子来,昨天刚确认过没有,第二天再重新打量一番。

九丸心里默默感激着自己祈求过的"洛河神灵"。

当重生牙牙学语的时候,九丸听到这样一条广播消息:"娑婆镇公社广大贫下中农在毛主席精神鼓舞下,深入开展'农业学大寨'运动,他们要在放荡不羁的洛河上拦河筑坝、建电站,把'夜明珠'挂进土窑洞,把洛河水提上山坡,让洛河为人民造福……"

在洛河上修水电站?九丸知道洛河温柔时水波渺渺、清澈见底的样子,但她也见过洛河淹没庄稼、冲垮桥梁、牲灵们在浪头哀叫浮沉的滔滔洪水。对于洛河,九丸和所有河畔上住的人们一样,一边感恩戴德,一边却又叹息抱怨。如今要在这条再熟悉不过的河上修水电站,这可真是件稀奇事!

又过了几天,广播上又播送了一条新闻:

> 要在洪期可达四五千流量的洛河上筑大坝,石匠成了筑坝工程的中坚力量,面对全娑婆镇公社只有三个石匠的问题,从小生活在洛河畔两岸的曹树兰、胡志珍、高粉团、袁梅英、张毛心、崔换弟等姑娘巾帼不让须眉地站出来了!姑娘们一人一副锤钻,唱着小曲儿跟上老石匠登上峭壁抡锤开石,她们庄严宣誓:坚决砸碎旧传统、旧观念的锁链,做一辈子革命的女石匠……

婆婆镇女石匠们的事随着广播传遍了洛河川，人们议论纷纷，年轻人一边想象着广播中几个女子的风采，一边把《红色娘子军》唱得更欢了。

　　九丸的心也泛起了涟漪。尤其是"坚决砸碎旧传统、旧观念的锁链"这句话，一下就让她觉得心里涌起一股气力。她觉得自己身上的铁链就是旧传统、旧观念铸就的。尤其听到张毛心的名字，她有种预感，这个毛心就是和自己一起在婆婆镇学裁缝的毛心。

　　夜里，九丸寻出自己很久未弹的口弦，她抚摸着口弦的皮套子，想着爷爷曾经对她说过的话，想着"裁缝铺四女将"，想着自己后半辈子要怎么去生活……

　　九丸羡慕着这群女石匠的勇敢和魄力，羡慕着她们不用围着丈夫和孩子团团转，羡慕着她们新潮的思想……还有毛心——算起来，她也应该成了家，有了孩子，可她咋还能出来呢？她又想起当初分别时毛心说过的话："九丸，我们不光要为家人们而活，也要为自己而活！"

　　九丸时刻关注着水电站的修建和女石匠们的最新消息。每段相关的新闻她都能听得热泪盈眶，她觉得这些姑娘们敢作敢为，像一只只从洛河川冲天而起的老鹰，天那么大，她们飞得那么高，已经冲破和超越了人们对女人的限制。她们这才叫不白活一回。

　　一过了年，九丸就抱着重生去找了队长，说了自己也想去参加水电站建设的想法。只要队里支持她去，她马上给重生断奶，让外婆和奶奶照顾一段时间不成问题。

　　象咀村的婆姨女子家也想去当女石匠？这可是一个模范和典型！队长考虑了一下，表示全力支持。

　　九丸回到家里，这才把事情告诉了父母，包梅一听大惊失色："那种苦你不去受不行吗？你能撂得下重生？我是怕你去了想娃娃想得哭鼻子哩！来不得来，去不得去，你还能把奶头撂回来喂娃娃？"

"你可不要以为当石匠是耍,那苦可重着哩!女人家就是做饭看娃,咋能跑到石堆里去扬灰气?真不知道广播里一天说的那些个婆姨女子咋敢来着,她们的家里人都不管?!"田水荣也不同意。

"大,妈,人家能拿得下的活儿我也能干!这是个好机会,你们就眼睁睁看着我这辈子就这样过吗?大!你看看人家这些女子们,活得有骨气,能有个自己的选择!我呢?这些年都是咋过来的,难道你们看不见吗?再说了,毛主席说妇女能顶半边天,男女平等!"九丸心里长期积压着的委屈终于爆发了出来。

田水荣沉默了,他一直对九丸心怀愧疚却无可奈何。

"那你去跟问余和你婆婆公公商量好,他们要是同意,我们也没啥意见!重生肯定替你照顾,就怕你自己牵心他哩!"田水荣松了口。

"我才不和他们去说!我这边有个啥我嫂子会给他们说的。随便他们咋想去!孙子有人给他们照看上就行,重生不管是我妈带还是我婆婆带我都放心。想肯定是要想的,想了我就请假回来看他!几十里路,能有多远?"

九丸说服了父母,第二天就开始给重生隔奶,她在奶头上抹了酱油,重生吃了几次就不吃了,哇哇地哭。包梅赶着在碾子上给重生压了些米茶,回来在锅中细细炒熟,重生渐渐就开始吃米茶粥,也跟着大人吃点儿绵软的饭食。九丸一狠心,炒麦芽加水连服了三天就回了奶。

一切准备妥当,九丸去大队开了介绍信,队长专门安排了金川吆驴驮着九丸的铺盖去送她。

走的这一天,包梅抱着重生站在硷畔上,照着金川和九丸一路出了村。

重生照见妈妈越走越远,哇哇地放声大哭,可九丸硬着心没有回头。

"妹妹,你的心可真狠,你嫂子半月二十不见娃就哭得不行。我看

315

你这可是至少要走半年。"金川笑着说。

"我心硬？哥，我要是心不硬早都垮了。"

"唉，我知道，这些年你受了太多委屈。我和你嫂子也常说起这些事。不管咋样，现在你有了选择的余地，那就好好去按你的意愿生活吧！"

金川和九丸先是到了婆婆镇公社。看了象咀村开的介绍信，公社人高兴道："看来咱这群铁姑娘的精神是宣传出去了，像你这样家中有孩子来参加建设的还真不多！看你决心这么大，不收下你都对不起你的这一番干劲儿！"

"女石匠队伍里是不是有个叫张毛心的？我们当年一起学过裁缝！不知道是不是那个张毛心？"九丸急切地问道。

"我一会儿就带你去工地上找，两百多号人哩，你可要慢慢找，见了就知道是不是她了！"

安排好九丸的住宿，金川就回去了。公社人带着九丸去了水电站工地。

眼前的景象让九丸无比震惊——婆婆镇后街宽广的河滩上，人们正穿梭忙碌在工地上，两岸的石山被炸了下来，许多大石在山脚下堆着，四五十号人拉着架子车运送这些石块，一群女子正在石堆旁挥舞着手锤，叮叮当当地与男人们一起在滩里打着石头，不时有轰隆轰隆的炸石头声回荡在河谷里，声音传得特别远。

这轰隆轰隆的声响让九丸的心紧缩而激动。

三十五

九丸和毛心又见了面。

两人都没想到重逢会是在修建水电站的工地上。

她们的眼睛里看起来都多了些沉稳和岁月的风霜。

九丸是新加入的,她得先去和老石匠师傅学一天。毛心也有分到的任务,两人匆匆一见,便各自去忙碌了,商议好夜间下工了再好好说说话。

河滩里的冷风刮得急,九丸的手很快就被冻得通红,她按照老石匠师傅教的方法,一下一下在石块上錾出纹路来,竖直线的细錾、斜直线的皮条錾都得学会、练熟。

工地上,姑娘们每天一米五的细料子或三米的粗料子,打够要求的任务就行。当然,活儿也要做得精细,施工员要求特别严格,验工验不过的话就要重新来过。

打石头其实也没有什么技术含量,只要心能稳下来,力气使均匀也不是什么难事。这活计倒是暗含了九丸学裁缝时的一些窍道,快、准、稳,这些功夫现在正好能用得上。唯一考验着女人的就是臂力。刚刚抡了十几下，九丸就觉得右胳膊酸痛，冰冷的铁錾握在手里像握了一柱冰，石渣子不时飞溅起来打到手上和脸上。九丸注意到旁边几个女子的脸上和手上都结着血痂，说不清是冻伤还是被石渣子飞起来磕伤的。其中有个姑娘手上还缠着纱布。

一天下来，九丸问清楚了，参加打石头的姑娘们和男人们记一样的工分，吃饭住宿都是公社安排，另外每天补助三毛钱。

夜间，毛心央求公社的人把九丸和自己调在了一个宿舍。这会儿她们才有时间说话。

毛心除了看起来沉稳干练外，模样和几年前基本没什么区别，只是繁忙的劳动使她看起来很消瘦，因此显得皮肤更黑了。

毛心说自己学完裁缝后也回了村，家人给她买了台缝纫机，她在村里帮人做衣裳，有时她帮别人做衣裳，别人给她家做做活儿。一年后，亲戚们就给她介绍了对象，他从前在村里的学校当老师，脾气好，这几年当上了村生产队的队长。毛心去年冬天就到了这里，一是为了响应号召，二是为了树立榜样。她的两个孩子也由双方老人照看着。

她问起九丸的状况，得知九丸也已经有了孩子时，不由长叹了口气。

"九丸，你为什么不大胆地去离婚呢？我给你说，女人成家找一个疼自己的人可重要呢，你现在虽然有了孩子，但其实跟从前没什么太大区别！难道你婚姻的事真打算这样一辈子拖下去吗？"毛心担忧道。

"自从生了重生，我拿不定主意了，也不知道该怎么办。"九丸实话实说道。

"就我见过问余那个状况，我觉见娃有没有这个父亲都不是最主要的了。最主要的是你，女人的大好年华能有几年？如今我们都是三十多的人了！你再这样下去，我看作为女人你这辈子算是白活了。"毛心急道。

　　毛心贴着耳朵给九丸说了些话,讲婆姨汉之间的好,讲做女人的那种幸福和快乐,讲夜间被男人搂着的那种安稳……

　　"九丸!女人最后还得有个贴心人厮守!娘老子迟早有走的一天,娃娃们大了都有自己的光景和家,娘老子和娃娃虽然亲,有些话也不能给他们说,你只能跟枕边人说。"毛心做了总结。

　　九丸第一次听别人给她这样细致全面地分析、开导,高兴之余,她心里也惆怅得更厉害了。

　　"毛心,你说,要是我真能和问余离婚,还能再找下男人不?我这个岁数,可不是二十来岁的姑娘家,又生养过。"

　　"唉,九丸,人哪能想那么多呢?你要是继续拖下去,现在就已经看到底了!要是挣扎着跳出去,最起码后半辈子还有个希望!人家一般人都是劝和不劝分,但你这情况,多少个人里头也没你这么个事!"

　　毛心一番话,似乎彻底把九丸心里的碎石踢开了,这些年来,石头下潮湿、泥泞、阴冷,九丸不由得长长吐出一口气。

　　"九丸,真的不要再受罪了,你大当初定娃娃亲加交换亲本身就是个错!你哥和你嫂子算是最幸运,你和问余又算是最可怜……过去的事没办法改变,但以后能过得咋样其实你现在还能选择!再过十来年,这辈子的大劲儿一过去,后悔也没用了!"毛心看着九丸叹息的样子,从心里心疼她、同情她。

　　"毛心,你说得有道理,幸亏你给我说这些。也只有你敢给我说这些。你知道吗?我在广播上听女石匠中有你的名字,我就动了心。我这次算是来对了。"九丸搂着毛心的肩膀,像是回到了几年前一起学裁缝的时光。

　　"对了,你再有没有见换子和富娥?"九丸问道。

　　"我和你一样,再也没有见过她们两个。不过这几年也打听过,人家说换子还就那样过着,富娥已经嫁了人!"毛心道。

"那银升呢？你来婆婆镇再没见过他？"

"见过一两次，唉，人已经彻底疯了！听说有时裤子都不穿就出来，要么就是赤身裹一块烂被子就上了街。"

"好好一个人咋这么容易就被毁了？"

"就说嘛，人这辈子就看咋选择！人的心可重要可关键哩，银升的心太忠、太犟、太刚，一折就断，这不就疯了？九丸，实话说，我也为你担心过，怕你跑又跑不掉，走又走不远，哪天也被折磨得疯掉！"

"毛心，我心里知道是咋回事，再者，从小就已经惯了，不然，我也有可能急疯！"九丸安慰毛心道。

"这工地上可苦呢，你要有心理准备！有那些没结婚没生养过的女子们不懂，常在冰水里进出，一点儿也不怕……咱们是过来人，要学会自己照顾自己，不然将来老了浑身是病！"毛心给九丸安顿道。

"我知道！咱现在也都是娃娃的娘，再不为了啥，就算为了娃娃也要好好爱惜自己！"

"修水电站任务可是重，你不敢想娃娃想得哭！"

"只要能让我有新的生活，受多少苦我都不怕！"

日复一日的叮叮当当声中，洛河两岸的田地中又燃起了烧荒的烟火，返青了枯黄的野草，明艳了一山又一山的桃花杏花。

女石匠，本领强，
石头身上巧梳妆，
会出面子会下线，
块块料石排成行；
三角、圆肚、条和方，
尺寸标准面面光，
抡锤掌钎打炮眼，
悬崖之上长翅膀！

女石匠们的顺口溜一次次在广播中传颂出去。

九丸每两个月就请两天假回去看重生。

重生有时在田家,有时在杨家。

每次九丸回去,他都把头钻进母亲怀里,用小手摸着九丸的脸,叫着"妈妈,妈妈"。

每次九丸起身,重生都哭得撕心裂肺,九丸也常常眼软,但娑婆镇水电站正在一步步竣工,她脚上那副无形的脚镣也似乎正在一点点被解开,她又找回了当初去学裁缝时的那种自由,她的腔子再也不像从前那样憋得慌、压得慌。这种自由的感受甚至让她不愿去多想重生对自己的眷恋。

毛心的那番话彻底打通了从前堵在她眼前的灰翳和胬肉,让她看清了一切。

九丸觉得自己正在向一个高山的山顶攀去,何时会到山顶,那就是她下定决心纵身一跃、告别从前的时候。

工地上不时出事。

因为没有充足的经验,先是两个炸石头的工人没来得及跑,被石头活活压死在山脚下。接着,三个挖沙的工人又被压死。

"铁姑娘"的手不时被砸伤,但只是裹一裹就继续开战。

所有干活儿的人心头都蒙着一层恐惧。但建筑仍在继续。

十月里,女石匠们又把清河底、打结合槽的任务抢了过来。为了使大坝主体工程赶在第二年洪期之前完结,这两个任务必须在年底完成。短短两个月之内,她们要挖出两米宽、一米深,总长三百五十三米的结合槽。

在党组织的亲切关怀下,修建大坝的女石匠队伍已经扩大到二十九名!接连几场大雪,给施工造成了更大的困难。可是,困难吓不倒出生在毛主席生活战斗过的这块红色土地上的革命青年!在新的战场上,她们迎着刺骨寒风,手抡铁锤,破冰揭石。冰水溅在棉衣上,立刻冻成硬壳子,石碴崩在脸上,立刻划出血印子!可是,她们谁还顾这些,都把右臂上的棉袄脱下,别在腰带里,袒露着右臂抡铁锤……

她们面对茫茫群山豪迈地说:"刘志丹同志对革命忠贞不贰,不怕流血牺牲的精神是我们学习的榜样,别说下雪,就是下刀子,我们也要把这个任务提前拿下!"

…………

全县广播一次又一次播报着最新消息,象咀村的人、杨家峁的人都关注着女石匠的消息,因为这不仅是洛河川上修筑的前人未见的工程,也因为女石匠里有象咀村的女儿九丸,有杨家峁的媳妇九丸。

两个村的村民们凡见了田水荣夫妇和杨钦山夫妇都难免要夸赞九丸一番,两个生产队里开会和"三赛"时,九丸也成了新的模范代表。

"三赛"会上,两个村的小脚老婆和干不了活儿的老汉们都来参加。就女石匠的事情,两个村各自编了顺口溜。

杨家峁编的是:

> 大地花开红烂漫,
> 万里长空飞大雁。
> 我为洛河修电站,
> 革命理想定实现。
> 女石匠们工地战,
> 冰天雪地不怕难。
> 又打石头又清底,
> 誓把天地换一番!

象咀村编的是:

兵摆洛河岸,水上两边川,
冲破旧观念,妇女半边天。
挥锤又舞錾,建设水电站,
冰雪冷双手,热血胸中暖!

过年时,工地放了两天假,九丸回象咀和父母、哥嫂一家一起过了年,正月初二就又和其他女石匠们一起回到了工地上。

去年冬季清坝基,女石匠排二十四小时换班,顶风冒雪提前完成了任务。今年春季砌大坝,她们又是昼夜苦干,创造了每人每天安装十二米石料的纪录。

洛河川的女石匠已经成了报纸、新闻争相报道的对象,她们出了名,不仅成了村广播里的明星,还登上了《西北画报》,不时有外地的参观队伍前来学经验,鼓斗志。

对女石匠来说,除了要继续在河滩里打石头,还不得不额外增加了一项新的任务,那就是利用一切休息时间在剧团同志的辅导下编排汇报节目,有时节目一演完,九丸她们还要现场为参观学习者表演打石头,有时连妆也顾不得卸,带着妆就又挥舞起了手锤铁錾。

九丸跟着毛心和其他姑娘们一起编眉户剧,排练小合唱和《洛河畔上铁姑娘》的舞蹈。唱唱跳跳虽然累,但九丸全身的能量都被调动了起来,这样的生活让她有种彻底脱胎换骨的感觉。同时,她也感觉到自己不再是从前那个顺从、懦弱和茫然的女人了。

九丸在工地上干活儿的时候,银升来逛荡过一回。果然如毛心所说,他赤着身子,又黑又瘦,头发锈成一团,走步嘟囔着谁也听不懂的话。在施工场地边呆坐了一会儿,银升就被民兵们赶走了。没过几天,听说太影响形象,银升被要求必须关在家里,不许再在街上或工地边看到他。自此,娑婆镇街上的人就基本再没见过银升。

夏季的一天夜晚,九丸所在的石匠女排刚刚表演完节目,突然接到了施工指挥部的通知,她们连夜参加了紧急会议,会上传达了周总理重返延安的喜讯和总理对延安工作的重要指示。

如何才能以实际行动报答"三变""五翻"这一份沉甸甸的希望呢?女石匠排排长曹树兰当即表示和要求把大坝护堤上的勾缝任务交给她们。

在二十多米高的大坝护堤上用水泥勾石缝,九丸与其他姑娘们既觉得危险,又觉得是挑战。她们每人一根绳子,一头拴在钻头上,从大坝顶部的石头缝里楔进去,另一头拴在腰上,有的在旁边拿绳子吊着水泥桶,有胆大的则直接身挂料斗,紧握瓦刀,上上下下燕子般在护堤上翻飞。

烈日当空,九丸觉得自己后背像被火烧着一样。洛河水在脚下翻滚着,往下照时让人不由阵阵眩晕,她注意观察着其他灵活的姑娘们都是如何操作的,不一会儿便也能上下自如。

七天后,女石匠排勾的缝足有一千多米。为了加固大坝,她们又主动承担了抢修大坝护堤的任务。她们跳进没膝的淤泥中,打钢筋,运石料,连续奋战十八个昼夜,浇铸水泥护堤近三百立方米,使七十多米长的大坝主体工程抢在了洪水到来之前完成。

女石匠越战越强,水电站天天变样——三道进水闸全部完工了,发电机房建成了。在建站的过程中,女石匠不仅承担了全部工程备料任务的百分之七十,而且还突击完成了好几项艰巨施工项目。

洛河水利工程婆婆镇水电站终于建成。

婆婆镇街道上的家户和附近的村子在夜晚时第一次被电灯照亮。

老人们被电灯耀得睁不开眼,他们怎么也搞不明白洛河水咋还能发电,搞不明白"电"究竟是个啥东西。

每天早中晚,只要婆婆镇公社的广播站开始广播,住户们的家中就会来电,婆婆镇人欣喜赞叹着,似乎楼上楼下电灯电话的生活已经实现了大半。

与此同时,洛河上先后建起了石畔水电站、高石咀水电站、金汤水电站。各水电站还压上了水泵,为两岸的田地抽水灌溉。洛河川人第一次感受到了现代化科技在生活中产生的便利。人们对洛河的印象和概念也不一样了,从前只是夸夸其谈称为"母亲河",或是汛期时能让百姓们"捞捞河柴",现在,因为水电站和灌溉工程,人们对洛河有了更深的理解和感激。

三十六

重生将满三周岁时,九丸总算回到了象咀村。

九丸走了一年零十个月。她回来时,正赶上重生过三岁晬儿。

洛河川人把给小娃娃过生日叫过晬儿,重生过晬儿这一天,杨钦山夫妇一大早也来了象咀村,既是看媳妇,也是看孙子。

此时,川地、台地上的庄稼都收了,初霜已落,田家菜园子里尚有两棵没砍的白菜。为了给女儿留点儿新鲜菜,包梅每天太阳一落山就给两棵白菜包上棉花毯子。新挖的洋芋、收的南瓜和黄萝卜也早早入了地窖,虽没多少,但总算是又一年的收成。

重生过晬儿,包梅去窖里拾了些萝卜,擦成丝在滚水中焯过,又在小瓮中挖出仅有的一点儿腌猪肉剁了些扁食馅儿。虽是肉少萝卜多,但这几年,即便这样的扁食也只能在过年或重大节日时才能吃个一顿半顿。包饺子的面也是包梅早就攒下来的。吃惯了玉米面和高粱面窝窝,很多人都已忘了白面的味道。

九丸看起来又黑又瘦,但不管是站是坐都有了一股子从前没有的气概和劲头,她的头发剪成了短帽盖,这个样子比她从前扎辫子要洋气,但也让家里人看着有些陌生。

近两年的生活不仅让她大开眼界,同时还教会了她许多技能,让她多了一份坚强、冷静和从容——按金川和梅英的话讲,妹妹看起来像个干部,像个妇女主任。

杨氏、梅英一个劲儿问着九丸在工地上的经历,每听到艰难的地方,杨氏都要感慨一番,她想不通九丸为啥要自己去找罪受,而且还把重生丢下,让他像个没娘娃一样,整天哇哇哭。

"妈,你少说两句!九丸这不回来了吗?九丸出去做的可是正事,一般女人谁能受得了那个苦?再说了,象咀和杨家峁现在还点着煤油灯,村里人都盼着能早点儿通电,要是象咀也修水电站,我说什么也要去!"梅英接过母亲的话道。

"通电?通了电能咋样?还不都在山圪崂里活着?"

"唉,这就是个犟板筋!没见过的东西就说不好,没用过的也说不好。要有一天咱这里通了电,你把你眼蒙住,不要靠人家电照亮!"杨钦山笑道。

"蒙就蒙,煤油灯点了快一辈子了,也不见得有啥不好!"

"算了,算了,不跟你吵了,快让我耳根子清净一阵儿。"

听着公婆的吵嚷,九丸也不恼,她微微笑着,把重生抱着坐在自己腿上,间或啾啾地亲着孩子的两边脸蛋儿——只有九丸知道,自己离开孩子的每一天都有多么挂念他。

洛河又开始结冰了,两岸晶亮的冰碴子越来越厚,越来越宽,像是给洛河包上了曲曲弯弯的银边。

九丸给重生缝沙包,叠元宝,折盒子枪,给他教唱歌,教跳舞,教顺口溜……她还让田水荣给重生修了一支木头枪。

快过年时,问余又从延安回来了。这次,他穿了一件不知从哪儿弄来的旧军大衣,戴了顶绒帽子,两扇护耳在半空中呼扇呼扇地翘着,任由两根绑带在空中飞舞,脚上还蹬了双翻毛皮靴子。

这一身打扮,让人见了真不知说什么好。

问余还在工地上弄得两根细钢筋,回来磨了一阵子,让杨家峁过去的老木匠钉了架冰车,冰车一钉好,他就乐不可支地扛到了象咀村,见人就说给自己的儿子送冰车去。

重生一见问余就往九丸怀里躲,在孩子眼里,这个怪人时不时出现一下,对他傻笑半天,有时还要抱他亲他,他又好奇,又感到害怕。

问余从军大衣口袋里摸出四盒蛤蜊油,两盒给了包梅,两盒给了九丸,见九丸没接,自顾放在了九丸住的那孔窑洞窗台上。

问余一抱重生,重生就哭。

重生从来没有叫过问余一声爸。

这次来,重生见问余给他带了冰车,勉强让他抱了一下就挣脱开了,直嚷嚷着让九丸带他去河湾里滑冰。

"重生,我带你去河湾里滑……滑冰!九丸,你让重生跟我去吧。"问余对重生咧着嘴真诚地笑着,又用可怜巴巴的眼神望着九丸哀求道。

除了讨好地笑,他并不懂如何来讨九丸和儿子的欢心。他也能感觉到重生并不愿意和他亲近,所以,问余更加努力地笑着,这使他的面容看起来更加丑陋和怪异了。

"你带他去我可不放心!"九丸抱着重生,也不正眼看问余。

"九丸,那你和问余一起带娃去耍嘛!你看你们,常也不在一搭,现在娃娃都这么大了,总该在一起学着相处相处,不然你让重生将来咋办?"田水荣对女儿发话了。

"就是,九丸,问余也常不回来,你不要为难他,更不要为难重生,重生歪好也有这么个爸哩!你不要让娃将来在村里其他娃娃面前抬不起头。"包梅也来劝说九丸。

九丸无奈,只能给重生戴上虎头棉帽,牵了他的手出了院子。

"问余,你婆姨带娃娃去河滩了,你快跟上去呀!"田水荣提醒问余道。

"哎——哎！我以为九丸不愿意哩！"问余忙不迭地笑着，对丈人弯弯腰，怀里抱着那冰车追了出去。

天阴着，冷风飕飕地从路上和坡下的枣树林子里刮过，几颗干瘪的红枣从枯枝上跌落，啪嗒嗒落在枯草里。九丸抱起重生，拽了拽他的棉裤裤脚，不让冷风钻到孩子腿里去。

问余远远地跟在九丸和孩子身后，他呵呵笑着，捡了几颗掉下来的枣揣在兜里。

洛河的冰冻得真严实！两岸的石山一到冬天就呈现出一种灰赭色来，看上去和田野的颜色混为一体，有种说不出的荒凉和萧瑟。

山上不时远远传来牧羊人吆喝羊子的声音。

九丸这天棉袄外穿的是一件暗红色小白花的罩衫，头上还包了块亮红色的围巾，护住她冻得发红的脸颊。她抱着重生，把他的两只小手放到自己胸口的棉衣中让儿子捂暖暖。重生黑白分明的大眼睛望着妈妈咯咯地笑。

到了冰滩上，九丸放下重生，让他蹲在冰上拉着走了两圈，重生高兴地喊叫着，九丸听着重生的笑声，情不自禁松开了眉头。

"来，重生，你坐在冰车上，爸爸拉着你走！"问余跟了上来，他把怀中的冰车放在冰上，用脚一蹬，那冰车哧溜一下滑出老远，他又把拴在冰车上的绳子一拉，冰车哧溜一下又回来了。

重生咯咯地笑了。他让九丸把他放在冰车上。

"重生，你可要抓牢！"九丸让重生两手牢牢掰住冰车。

问余嘿嘿地笑着，慢慢拉动冰车上的绳子，冰车顺畅地在冰面上滑行着。

九丸开始还怕问余不懂爱护重生，提心吊胆地在旁边招呼着，生怕重生从冰车上跌下来。看了一会儿，竟觉得问余比自己还小心，他像只笨拙的驴子正拉着极为贵重的瓷器，小心翼翼地品着劲儿和速度。再看重生,他开心地笑着,叫着,完全沉浸在滑冰的欢乐当中……

九丸安了心,站在岸上看父子俩在冰上嬉戏。

此刻,她心里五味杂陈。

这是重生落地后一家三口第一次这样在一起相处。除了别扭、难堪和无奈,九丸的心本来像面前的冰一样冷,但重生不时发出的欢笑声不得不让她的心微微颤动了起来,她甚至觉得眼前情景是从未有过的一种美好,但一有这个念头,她立即回想起十多年来婚姻中的一切,回想起了所有的痛苦、孤独和逃避。

九丸在寒风中叹了口气,她看到自己叹出的白气瞬间就消散在风里。

问余则陶醉在重生的笑声中,他拉着儿子反复在冰上走着,自己也不停傻笑。

"重生,重生,玩好了吗?跟妈妈回家喽——"担心河湾太冷,九丸喊道。

重生听话地从冰车上下来,慢慢走到九丸身边,把小手伸到九丸面前,九丸连忙对着那双小手呵着热气,又让它们伸进自己怀里。

"重生乖,跟妈妈回家吧?"九丸笑着问重生道。

重生点点头,突然抽出手来指着问余道:"爸爸!爸爸……"

九丸心中突然针刺一样地痛了几下,她把重生的小手捉住,轻轻地道:"你不要管他!跟妈妈回家。"说完,她一把抱起重生,头也不回地转身上了坡,向家里走去。

问余在冰上呆呆地站着,也不收冰车,也不上到岸上去。他似乎还在回味着刚刚听到的那两声"爸爸"。

半晌,他的脸浮现起一种古怪的神色。

问余仰起头,看了看那灰沉沉的天,从兜里掏出那几个干瘪的红枣放在了冰车上。

过年时,九丸带着重生去了杨家。

大年三十夜里,重生已在炕头熟睡了,九丸又像从前那样坐在灶火边不愿上炕,灶膛里的火噼噼啪啪响着,给她的脸镀上了一层金色。

"问余,我给你说件事……这年一过咱就去县上办离婚吧!"她第一次主动开了口。

"啊?你说什么?离……离婚?"问余噌地坐了起来。

"对,离婚,我不准备和你这样过下去了。"九丸继续说道,她又给灶膛里添了两根柴。

"九丸,现在咱们都有娃娃了,我不……不离!"问余一脸不解,他揉揉眼睛,使劲儿盯着灶膛边坐着的女人,感觉她的脸在火光中忽远忽近,模糊不清。

"有娃娃就有娃娃,离了婚重生我带!你的钱、你家的东西我啥都不要,就要娃娃。"九丸平静地说道。

炕上的煤油灯苗忽地左右摇动着,像是在跳舞。

"明天你给……给妈说去!"问余木然道。

"我会说的。我就是先让你知道一下。你同意的话咱们好合好散,要是不同意,我就去县上打官司。"

"呀!你!你能行哩嘛!还打官司!你要去告我啊?我可是重生的……爸爸!我……我给你说,我还就是不离!"问余突然瞪大眼睛,一脸不屑,九丸的话似乎刺痛了他,让他受到了很大的羞辱。

"你不离是你的事,我反正是不过了!这些年就算你是个憨汉,你的眼总该还亮着,咱的光景过得咋样我想你也清楚!"

"憨汉?你说老子……是憨汉?"问余跳下了炕,他被九丸的话激怒了,这个女人十多年来从没主动和自己说过话,如今第一次主动开口就是要离婚,还说自己是憨汉!

他蹬上靴子,再次捏起了拳头。

"九丸,你再说一遍离婚,再说一遍我……我是憨汉!"

"问余,你真的不晓得你自个儿吗?你从小就是杨家峁和象咀村的一个大笑话!别人不仅笑你,还笑我!我今天清清楚楚地告诉你,我要和你离婚,我不过了!"九丸慢慢从凳子上站了起来,她第一次直视着问余的眼睛道。

问余眼前升起一张倔强、黑瘦的脸,这张脸看起来那样陌生和遥远,回想起自己之前对这张脸的印象,他一时把从前的脸和眼前这个对不到一起。现在,眼前这张脸上的两只眼正冷冷地盯着他,这是他第一次笼罩在这个女人的眼光之下。

"你……"问余不由倒退了一步。

接着,他本能般抡起了拳头:"老子看你活得……不耐烦了!"

九丸并不躲闪,依旧那样冷冷地盯着他。

问余突然发出一声短促的狼嗥般的叫声,他把面前那个身影"扑通"一声压在了灶火圪垎,挥舞着拳头一下下重重砸下去,接着,他的手触到了她的头发,就势一把揪住,把她的头往硬地上磕。

九丸只觉得一阵阵黑影和疼痛从头上、身上袭来,她挣扎着想甩开身上那堵沉重的墙。

九丸觉得自己就要喘不过气来了,她心里只有一个念头,死也罢活也罢,这是自己这辈子在杨家过的最后一晚。

她突然想起炕上睡着的重生,九丸拼力发出几声凄厉的喊声:"重生——重生——"

重生迷迷糊糊地爬了起来,看到地上两人扭打作一团,害怕得哇哇大哭起来,隔壁的杨钦山和杨氏也披着衣裳冲了进来,左右拉住了问余。

"哎哟——你这个亏先人货呀——老娘看你这光景咋过?"杨氏声泪俱下地用指头隔空戳着问余的头。

杨钦山把问余拉起来扯到一边:"好祖宗哩!你咋又打上九丸了?你们这两个仇人呀!"

问余不说话,只是用一种凶狠的神情瞪着眼前的一切。

杨氏一边哭骂,一边拉扶着地上的九丸。

天旋地转间,九丸挣扎着想坐起身来,可是她眼前发黑,两腿也使不上劲儿,只觉得嘴里一阵血腥。

九丸闭上眼睛,觉得身子轻飘飘的。

"妈妈——妈妈——"重生的哭喊一下子把她拉回到了窑里。

重生这时就要下炕,杨钦山连忙把他抱下来,重生跌跌撞撞走到灶火边,一直叫着"妈妈——妈妈——"当他看到九丸满脸是血的样子,不由伸出手去摸妈妈的脸:"妈妈,怕,怕……"

这时,九丸不知哪儿来的气力,坐起来一把抱住重生,把脸抵在孩子的肩膀上,眼泪唰唰地流下。此刻,她觉得重生幼小的肩膀似乎是她唯一的依靠与安慰。

杨氏和杨钦山把九丸母子扶起来,让他们坐到炕上去,杨氏倒了些温水,拿毛巾给九丸把脸上的血迹擦干净。

杨氏的手不停哆嗦着。

"问余,你说,你动不动就打九丸,到底是咋了?你这么大的阵仗,一个指头都能把她戳倒,还趁得上拳打脚踢?她是你婆姨,又不是阶级敌人!"杨钦山继续数落着蹲在地上的问余。

"大!九丸说我……说我是憨汉,要和我离婚!"问余咧咧脖子,伸手抓过一把麦秸柴,在手里嚓嚓地来回揉搓折断。

"啊?离婚?九丸,让我咋说你好呢?你明知问余这样子……你有啥话就不能给我们说?你这是自寻挨打哩嘛!"杨氏端起给九丸揩脸的半盆水下了地,开门泼了出去。

"大,妈……"九丸呸地在地上吐掉一口混着血的唾沫。

"话赶话说到这儿了,我就也给你们二老说一声!我不准备和问余再这么过下去了。十多年了,我没一天好活过,问余大概也不好活,还有你们两个、我父母,大家都一样!我已经想好了,过完年我就和问

333

余离婚！你们愿意的话可以协商离婚,不愿意的话就打官司！"九丸搂着重生,重生的小脑袋紧紧贴在她的胸前。

"唉,你们这两个娃,这么多年来一直是我们的一疙瘩心病！前些年想的是也许缓几年就能顺,又觉得你们为了娃娃也能撑下去,没想到你们一见面就又开始了。"杨钦山蹲在地上点着了烟锅,叹息夹杂着烟雾一口口喷出来。

"九丸,我们现在也不能对你应承什么,这么多年来,确实也是让人心寒……至于离不离,能不能离得了,那要看公家咋断,不是你说了算,也不是我们说了算。作为老人,我们肯定是不想让你们离的,对重生来说,再咋也是亲老子亲娘好！"杨氏站在炕边,拿起笤帚把炕边的灰尘扫了一遍又一遍。

"都有娃娃了,还离什么离……"问余嘟囔着,把手里粉碎的麦秸一把扔进灶火里,那把麦秸一遇到灶火里的火籽,冒了一股烟,轰的一声便烧了起来,喳喳作响。

"我给你们说,今黑夜是我在你们家的最后一夜——"九丸抱紧重生郑重道,灯光下,她的眉眼已肿了起来,这让她的脸看起来像只变形的蚕茧。

三十七

勉强让重生吃了几个扁食,九丸背上孩子,提着收拾好的包裹就起身了,包裹里装着她和重生的两三件夏季随身衣裳,还有母子的两双旧鞋。

问余站在院里,一脸迷蒙愁苦。

杨氏沉着脸让杨钦山去送九丸母子到象咀村去,又给他安顿,去了好好和亲家说说九丸要离婚的事。

九丸一言不发,除了重生谁也不看,她脸上瘀青斑斑,额头还肿着,嘴角结着血痂,当她瘸着腿出了杨家碥畔时,不由长长吐出一口憋在心里的气:九丸,你向前走吧!这辈子你都不来这个地方了!

"重生,跟妈妈回家哦——"九丸转过脸对背上的重生笑道。

"好好,回家家,找外婆……"重生两只胳膊搂住九丸的脖子。

九丸知道杨钦山跟在她的身后,但她一次头也没回。除了背上的孩子、眼前的山路和头顶的天空,当下的九丸心里没有任何一样其他东西或人。

这是大年初一的早晨,家家户户窑顶上冒着青烟,空气中似乎都有一丝扁食粉汤的香味。大年夜里人们讲究"熬三十",今早便都起得稍迟了一些——洛河川从前大年初一的拜大年、祭路神、骑牲灵等仪式早都没有了,所有人家的院子便都很安静,只偶尔有两三个男娃在院中一探一探地点放在矮墙上的鞭炮。

一进田家院子,重生就叫起了外婆,包梅和田水荣刚把门打开,九丸那张青紫交加的脸就出现在眼前。

"问余又把你打了?!还说那小子虽然脑子不清楚,心还善,就这么个善法?"包梅泪眼婆娑地让九丸进了门,帮她解下背重生的带子。

"重生,谁把你妈妈打成这样的?"包梅抱住重生故意问道。

重生看着九丸不说话。

门外站着的杨钦山被田水荣让进了窑里。

"唉,老哥呀,这一回又一回,你们之前的保证哩?我女子该是出嫁过去当你们的儿媳妇去了,又不是把生杀大权都交在你们手里了!"田水荣眉头皱成一团。

杨钦山一声长叹:"唉,我们问余脑子有问题,这点我不敢妄说,你家九丸又是个倔脾气……我们都是当老人的,盼好都来不及,哪还敢安其他瞎心?"

"不管咋样,动手打人的是你家问余!如今又不是旧社会,九丸也不是童养媳妇,咋就给我们打成这样?"包梅让九丸上炕睡下,她去找了毛巾,往水盆里倒了温水,化了点儿盐,拧出毛巾敷在九丸额上肿着的地方。

"妈,你不用管我,我已经给他们说了,我要和问余离婚。"九丸呻吟着,这才觉得浑身骨头无一处不疼。

"唉,就这样还过什么哩?再过下去我女子性命都难保。"包梅又抹了一把眼泪。

"亲家,情况就是这样,我们一听见响动就跑过去拉开了。问余不知轻重,你说我们也不能一直守在他身边照着吧。"杨钦山也抹了一把湿湿的眼角。

"说来说去,都是咱两个当年给娃娃们铸成这些错!你也不要伤心了,如今就看咋能补救吧,我女子我知道,她这些年把罪给受了。"田水荣叹口气,给杨钦山倒了一碗水。

九丸把头蒙在被子里,听见父亲这么一说,她不禁暗暗抽泣起来。重生坐在炕角不知所措地看着这一切,他并不理解大人们都是怎么回事,但他知道,妈妈被那个拉着他滑冰的大个子家伙给打了,妈妈哭了。那个家伙是谁?是爸爸?是不是爸爸?

"能不离还是不要离了吧,问余和九丸都是三十多快四十的人了,还有了重生,离了可咋办?"杨钦山说着又快掉出泪来。

"如今就看两个娃娃自己咋决定,咱们已经错了一回,再不能插手他们的事了。这就不是个正常人的光景,你让他们咋过?"田水荣颤声道。

"哦,不管咋样,打人肯定是问余的错,看在他脑子不精明的份儿上,你们再饶了他一回吧。"杨钦山的两条眉毛耷拉着,一点儿气力也没有,他点了一锅旱烟,脸在烟雾中显得越发凄苦。

窑里又安静了,包梅要给杨钦山煮扁食,杨钦山说什么也不吃,叹着气就出门回了杨家崄。

"九丸,大对不起你,让你受了这么多苦。从现在起,大不挡你了,你自己的事自己决定。只是,大为你和娃娃的以后愁啊……"田水荣走到炕边,隔着被子在女儿肩头轻拍了几下,笨拙而小心。

"九丸,你打定了主意的话就再不要伤心了!妈是知道你这些年咋熬过来的。你在家好好修养,大正月的,公家也都放假了。妈知道你肯定没有吃饭,快起来先吃上一口。"包梅边说边把九丸推起来,把一碗刚煮好的扁食端到女儿面前。

"大,妈,是我不好,连累你们这么些年,常让你们端吃递喝的。"九丸端着碗,眼泪落到热气腾腾的扁食上。

金川和梅英这时也带着鱼祥和鱼壮过来了，一看九丸的样子也都明白了是怎么回事，梅英气得直跺脚，鱼祥和鱼壮看着姑姑的样子，都不敢说话。

"九丸，你真过不下去就赶紧离了吧！我弟弟不算人！我嫁给你哥也是我们两个心甘情愿，相互能看下，你心里不用有什么负担！"梅英哭道。

金川看着妹妹的样子，也是一阵子心痛。但他什么也没有说，也不知该说什么。

"嫂子，只要你不觉得委屈就好。"九丸低低说道，梅英这些年对她的好和照顾她是知道的。

"好了，都把眼泪收起！大正月的，该咋解决就咋解决！现在都打起精神来，吃扁食！"田水荣坐在灶火边给灶里添着柴。

梅英和金川也赶紧去给母亲帮忙。鱼祥和鱼壮脱鞋上了炕，去逗重生。几个孩子很快嘻嘻哈哈玩在了一起。

夜间重生睡下，不时觳觫一下蹬脚挣扎，包梅不由心疼地揉揉重生的耳朵，又在他前腔子摩挲着，嘴里念道："怕猫猫，怕虎虎，不要怕我的臭狗狗……"

过了正月十五，九丸带着重生去队里开证明。她的脸上仍能看出伤痕来，腿脚也没好利索，走路依然一瘸一拐。她给队长安顿千万不要写父亲包办婚姻的句子，不然会给田水荣和杨钦山引来麻烦。

"唉，离吧，离吧，再不离我看你哪天连命都保不住！"队长看着九丸的样子，叹息了一阵，感慨了一阵，很快给九丸出具了一张证明：

尊敬的婆婆镇人民公社：

兹有我象咀村村民田九丸，与杨家峁村民杨问余结婚以来，长期感情不和，经常受到男方殴打，给女方生命造成很大威胁。双方经多次调解无效，现田九丸需要离村办理离婚一事，介绍于你处,希望酌情予以考虑二人离婚问题。

特此证明

九丸揣上这张证明,回去给田水荣和包梅念罢,带了包梅给她准备的干粮和水,又带上先前在婆婆镇参加女石匠排时攒的一百多块钱。田水荣和包梅有心想给女儿一些钱,可是翻遍了箱柜也没多少。

九丸小心翼翼把钱揣进怀里,有了这一百多块钱,她觉得自己去哪里都有底气。

九丸决定带上重生一起去县城,她不放心把重生留在象咀村,她担心着杨氏哪天万一发疯来抢重生。

出了村子,母子二人沿着洛河畔往北而行,包梅和田水荣站在硷畔上一直到看不见九丸母子的身影才进了窑。那边的院子里,金川和梅英也悄悄站在墙边照着九丸的身影,他们不能去送九丸,也不能给她说些什么——田家人怎么能去送女儿或妹妹去县上离婚?这让外人知道还不被骂死?九丸只能自己去,不管事办成咋样,她自己去的谁也说不下啥。

九丸再次沿着那条不知何年何月人们开凿出的羊肠小道向婆婆镇走去,此刻,冷风从峡谷间扑上来,夹杂着灰尘不时呛到人嘴里。

重生被九丸拖着手,刚走了一段便累了,九丸把他背到背上去。

"妈妈,我的爸爸是不是打你的那个人?"重生突然问道。

"嗯……你愿意叫他爸爸吗?"

"我不叫他,我是不是就没有爸爸了?"

重生的话让九丸有些意外,她一时不知该如何回答。

九丸沉默着,她向前用力地迈着步子,风把她头上拢着的头巾鼓荡起来,像一团火苗般猎猎舞动。

晌午时分,母子俩总算上了大路,不多时,过来一辆公社的拖拉机,九丸伸手挡住,开拖拉机的看她背着孩子走路辛苦,就让她坐到了拖拉机厢里去。

九丸把重生从背上解下来横着抱在怀里,又把包袱里的衣裳给孩子裹上,一路颠簸着到了婆婆镇。

公社的人都认识九丸,但一看九丸的介绍信,办理人为难了。一来这年头离婚的人几乎没有,二来各种身份直接决定着判断。

公社的人给九丸讲了刚刚处理过的一件事。

去年五月间,有个部队的军人探亲回家,提出要和自己的婆姨离婚,说婆姨是从前父母包办的,现在两个人生活方式和思想都不在一条线上,希望公社能同意离婚。公社一调查,两人结婚已六年,娃娃也生下了,怎么离?

"我们最后给出的决定是,男方身为部队军人,看不起劳动人民,思想退化,嫌贫爱富抛妻弃子,经过婆婆镇公社革命委员会认真调查研究决定,坚决不予以离婚,并把男方的行为告知了部队。

"田九丸同志,我们看你现在也有这样的趋势,你说感情不和是没有判断标准的,你说他常常打你也没有足够的证据,再说,在咱们这里,女人受一锤半打是很常见的,都像你这样动不动就离婚,我看很多家庭都要破裂。"

九丸愣住了,她没想到离婚原来这么困难。

"那要怎样才能离婚?"她不甘心地问道。

"如果你不满意我们的决定,可以直接去县里找法院,由法院来根据证据、证人判决!"

婆婆镇公社给九丸拿的大队介绍信上加了几行字,盖了公章。

> 经详细询问田九丸婚姻状况,我公社革命委员会经过认真研究,认为杨问余和田九丸离婚证据和理由不足,且男方杨问余不同意与其离婚,现决定不予双方离婚。
>
> 如女方仍然坚持要离,可根据《中华人民共和国婚姻法》第

十七条规定,转报县人民法院处理。

娑婆镇公社革命委员会

九丸灰塌塌地出了公社大门,同时,她的勇气反倒被气愤和失望点燃了——离!就算是到县城、到市里,这婚也一定得离!

九丸下定决心,想到娑婆镇水电站应该有她认识的人,就背着重生到了水电站。

水电站的工人里果然就有与九丸一起打过石头的四个姑娘,她们问清楚缘由,留九丸在水电站住了一晚。夜间听九丸说起自己的遭遇,一起鼓励支持九丸去县法院。第二天,九丸走的时候,姑娘们又给她打问了拖拉机,让九丸一路坐着到了县城。

县城还和几年前她们进城表演汇报时差不多。土路两侧簇拥着一排排的瓦房,备战库、粮种场、拖拉机管理站、政府、市镇小学、百货公司、五金门市、城关供销社……这些地方也都没变,只是路上的车多了,不时就过来一辆大卡车,在街上扬起一阵黄尘。

下了拖拉机,九丸就打问清楚了哪里能吃饭,哪里能住宿,法院在哪里。

她先去了旅社。

县城的旅社共有两个,一旅社和二旅社,两个旅社都是一排瓦房,有大通铺,也有三人间、两人间。

九丸考虑了一阵,最终决定住在离法院近的二旅社。她选了一晚五毛钱的二人间,她担心自己带着重生住大通铺会给别人带来麻烦。

九丸放下包袱,先带重生吃饭,买饭也就在旅社的食堂,馍、粉汤、炒菜都有。母子要了两个馍,一碗粉汤。

一吃过饭,九丸就背着重生急匆匆去了法院。好容易打听到办理离婚的人员,九丸把介绍信拿出来,法院人员又详细询问了两人的情况,其中一个女同志听了九丸的讲述,一脸惊愕与同情。尤其是听到问余对九丸拳脚相加的时候,那女同志更是义愤填膺。

"现在都什么时候了,这样的男尊女卑封建残余思想还在毒害着我们的姐妹!我们要认识到这是一种封建社会的余毒!"

听九丸说自己曾是娑婆镇水电站建设时的女石匠之一,那个女同志就更同情九丸了。她详细记录了九丸的口述,又和几个工作人员一起商量了一番,答复了九丸。

"田九丸同志,根据你描述的情况,我们认为你和你嫂子杨梅英的婚姻是从前旧观念、旧思想下的包办婚姻造成的,现在只要有充足的证据或证人来证明你所描述的都是事实,或者你遭受男方暴力伤害都是事实,你这件事就好判决!"

"我……我从来没有打过官司,不太懂。"九丸不知道该怎么回答。

"这样,你决定起诉的话,我们就给男方出传票,我们需要双方当事人都在场,当庭审理和判决,所以,你要是能找到证人和证据,这几天也就着手去找或准备!"

九丸办理了起诉,法院当即就出了传票,传票由邮递员送往问余所在的工地,法院还专门委托市人民法院给问余上班的厂子打了电话,通知他五日之内回到县城,十五日之内开庭。

九丸决定就住在旅社里等。她算了一笔账,母子两个每天的食宿差不多要花去一块五毛钱,这点倒是不用她操心。她唯一发愁的是不知道人家法院要求的证据或证人该怎么找,该找谁。她后悔自己这次挨打后没去医院检查,至少医院能开出她受伤的证明……